U0137558

稚楚 著

宋煜 × 乐知时

可爱过敏原

完结篇

My youth is yours

内蒙古文化出版社 | 博集天卷
CS-BOOKY

科学揭示浪漫的本质。

第一章
意外过敏

从他出现在宋煜的生命里开始，就不断地给宋煜制造麻烦。

乐知时方才的话此刻仍在回响。

宋煜觉得是自己幻听了，其实乐知时说的是过敏，再无其他。毕竟今晚的他真的不太正常，他开车的时候甚至想过去死。

宋煜从未给过自己机会去空想什么。这么大一个地球，两个人能相遇都是很微小的概率，而他们甚至成为可以陪伴彼此一生的亲人。

还要苛求什么呢。

这种思维定式让他在对待乐知时时也很狭隘，总以为乐知时是在爱和呵护下长大的，很纯真，也很简单。有时候宋煜甚至会忽略乐知时失去过什么，觉得他应该是幸福的。

长大后的乐知时在他面前崩溃、痛哭，宋煜第一次感到这样茫然无措。

覆在乐知时手背上的手不自然地动了动，好像有一种很难过的情绪源源不断地从这个连接处传导过来，注入宋煜的心里。

他果然是一块很失败的石头。外表很强硬，内心软弱得一塌糊涂。

宋煜摸了摸乐知时的头，用很轻的声音喊着他的小名，把他拉到自己怀里。

其实乐知时不想让宋煜看到自己哭，不想给宋煜看这些脆弱的部分，但他不是多么成熟的大人，他的承受力有限，只能忍受到这里。

他把脸埋在宋煜的肩窝，眼泪没入宋煜棉质上衣的纤维中。说出口之后，乐知时感觉轻松了很多，他本来也没有抱多大的希望，所以也没有期待回应。宋煜对他一直很好，大概也不会像拒绝其他人那样冷漠决绝，更有可能是劝导。

病痛让他又昏沉，又清醒，脑子里过了一遍宋煜可能会说的话，然后说服自己不要再哭了。自己哭起来的样子很难看。

宋煜的手就这么一下一下轻轻地拍着他的后背，就在几年前，宋煜还不会这么安慰他，还是他亲自抓着宋煜的手，告诉宋煜安慰人的时候要这么拍。

乐知时又忍不住难过起来，他回想起来，觉得自己刚刚过于咄咄逼人了。他好像总是一而再，再而三地逼宋煜。逼着他在雷雨天陪着自己，逼他接受自己留下，也逼他在所有人面前承认他是自己的哥哥。

可现在，自己这么冲动地把他们之间的关系打碎了，宋煜要怎么面对，这段关系要怎么复原呢。他真的不想成为宋煜的麻烦。

乐知时又开始后悔了。

但宋煜的怀抱是这个世界上最强效的致幻剂，哪怕他最清楚前面有多少溃败的先例，哪怕一头扎进去一定会鲜血淋漓，他也只能闻到甜蜜的玫瑰香气。

乐知时没有再哭了，他敏锐地发觉宋煜的呼吸和动作都带着迟疑和犹豫，仿佛要说什么。他很害怕，在可能被推开前，抓住了宋煜的后背。

果然，他听见宋煜开口。

"你能把刚才的话再说一遍吗？"宋煜的声音很低，带着非常少见的不确定和迷惘，仿佛真的觉得是他自己的问题。他甚至不敢复述自己听到的话。

这让乐知时感到意外，他不知道宋煜这是玩什么把戏，还是宋煜想嘲笑自己。

乐知时埋着脸重复了一遍，然后带着哭腔强调："是真的。"

他感觉宋煜的身体松弛下来，胸口缓慢地起伏了一下，不知道是不是被他吓到了。

乐知时抬起头，用哭肿的眼睛去看他，小声喊他哥哥。

宋煜脸上的表情说不清是难过，还是笑意，他手指轻轻抚过乐知时手臂上已经发出的红疹。

"怎么还是过敏了……"他语气很弱。

乐知时想，果然宋煜还是觉得困扰和困惑，从他出现在宋煜的生命里开始，就不断地给宋煜制造麻烦。

明明宋煜一点错也没有。

他听见窗外的下雨声，淅淅沥沥的声音往房间里渗透。这个房子真的很好，是宋煜喜欢的风格，卧室的落地窗帘把一切都遮住了，白天应该可以看到很好的风景。

和那片绿松石一样好。乐知时在心里说，至少第一个纪念品的接受者和这个房间第一次的使用人，都是自己。

"乐知时。"像是过了一个世纪，宋煜终于愿意和他说话了。宋煜垂着眼，手还握着他的手臂，语气郑重："下面我要说的话，有一些听起来可能会让你产生误解，但我从来没有要哄骗你的念头，也没有要质疑你，只是我必须考虑更多一点，明白吗？"

宋煜短促地皱了皱眉，隔着十厘米的距离望着乐知时，等到乐知时红着眼睛点头，才继续说："你现在生着病，才发完高烧，不是做决策的最佳时机。这些事是你深思熟虑过，还是其实你也很疑惑，分不清……"

宋煜犹豫了片刻，他有点后知后觉地想到什么，把覆在被子上的卡其色毛毯拽起来，绕过去搭在乐知时肩上，把他裹住。

"我现在可以回答吗？"乐知时知道他想问什么，咳嗽了两下，又努力忍住。

宋煜点了下头，望着他的眼睛。

"我是纠结过，但我确定我现在分得清。"乐知时低下头，盯着他修长的手指，带着鼻音说，"宋煜，我十九岁了。"

大约是因为他呼吸不太通畅，这句话说得格外软。宋煜不忍心指出他还没有过生日的事实。

乐知时觉得宋煜不相信他，又问："你觉得应该怎么界定呢？对我来说你是最独特的人，除了你我对谁都不会这样，我……"

他的声音低下来，有些没底气，或许在此时应当采取更加准确的表述。

但乐知时做不到，身为年幼者的他没有那么丰富的阅历，搜寻不到多感人肺腑的话，只能把一腔的炽热小心翼翼又急切地剖开给宋煜看。宋煜生了张人人爱慕的面孔，乐知时觉得自己就是个一贫如洗的小孩，生怕倾囊而出也不过尔尔，在宋煜看来一点也不珍贵。

宋煜似乎很想说点什么，可最后又没说。

乐知时有些眩晕，问他："你觉得我很草率吗？"

宋煜摇头："不，我只是很意外。"

任谁都会意外吧。

"你……"乐知时抿了抿嘴唇，把想问的问题又咽回去，他白而单薄的眼睑上隐约可见青色血管，睫毛轻轻发颤，"我刚刚打断了你，现在你可以继续说了。"

窗外的雨下大了，乐知时期望不要打雷，不然他就更加狼狈了，此时的宋煜不一定还会陪着他。

宋煜其实并不想看到乐知时小心翼翼的样子，他一方面很开心，一方面又觉得惶恐不安，感觉好像都是自己一手促成的。现在乐知时给到他的这些甜蜜，是他许多年前亲手喂给乐知时的蛋糕。未来会如何，他无法预料。

"乐乐，"宋煜问，"为什么你听到我租房子会突然生气？"

"我不是生气，我是难过。"乐知时纠正他，然后他又慢吞吞地解释，"他们都说，你有喜欢的人。我以为你是想和秦彦学长一样，和其他人同居，然后像我高中时那样……躲着我。"

"你喜欢什么样的人啊？"乐知时忍不住问。

宋煜宽大而干燥的手掌裹住他的手，又把这个问题抛给了他："你觉得呢？"

乐知时垂着头，有气无力地列举出自己想过很多遍的条件："要成熟的，独立的，不会动不动就缠着你，给你私人空间……最好也漂亮一点。"最后一条是他自己加的，他觉得宋煜不太在意长相，否则南嘉学姐就已经非常合适了。

他没有发现自己一直皱着眉，直到宋煜轻轻揉开他的眉心。"看来我们的审美真的完全不一样。"

乐知时抬头看了他一眼，嘴唇不自觉抿住。

"除了最后一点，其他都不符合。"宋煜望着他，眼神温柔，"甚至完全相反。"

乐知时没有反应过来，还抽了抽鼻子，有点嫌弃他的喜好。"你居然会喜欢幼稚、黏人、爱缠着你的人。"怪不得不喜欢南嘉学姐。

"是啊。我喜欢漂亮笨蛋。"

乐知时听后抬起头，蒙着水汽的眼睛睁得很大，看宋煜的眼神里满是惊讶和疑惑。他像是被苹果砸蒙的小狗，眨了好几次眼睛，都没有弄懂发生了什么。

他声音很弱地喊了一声哥哥，这是他每次没有底气的时候习惯做的事。

他在钢索上小心翼翼，挣扎了太久，无论倾向于钢索的哪一边，都是烧不尽的烈焰和熔浆。

看着乐知时眼里又开始蓄起眼泪，宋煜替他擦了擦。"没有其他人，从来都没有。"

他舍不得乐知时难过，只要乐知时站在一边招一招手，他就会直接跳下去。长达数年的顾虑和挣扎，都抵不过乐知时说的一句话。

跳下去也好，哪怕错了，他也会挡在乐知时前面，替他受过。

乐知时的大脑一片空白，指尖麻麻的，比之前更加茫然。高烧过后的体虚令他思考也变得迟缓，他惶恐不安地皱眉，顾不上幼不幼稚，下意识就问："真的吗？"

宋煜郑重地点头："我也可以回答你哭之前的问题。这套房子我是为了你租的，不是为了躲你，而是因为你总是生病，在宿舍不方便照顾你，家又太远，总得让你有个可以休息的地方。

"前天房东才给我钥匙。其实我今天没有去做地面测量，是来布置房间了，所以这里的确没有人住过，碗是新的，临时在楼下买的。本来想周末的时候找个借口，带着你一起去逛一逛宜家。"

他站起来，拉开窗帘，落地玻璃窗上积了一层水汽，模糊了窗外沉静又璀璨的湖景。

"你说你想看风景，这样的可以吗？"宋煜的声音有点忐忑，"找得很急，可能还不够好，但是比秦彦家的好多了。"

乐知时的眼泪又往下落，他抬起手背擦掉，可是越擦眼泪越多，最后拿身上的毛毯把自己给罩住，不让宋煜看。怎么会有这么好的事发生在他身上，而且他还哭得这么丢人。

朦朦胧胧的光里，乐知时感觉宋煜在靠近，他的脚步声被地毯软化，变得温柔，他坐下来，乐知时的心就陷下去一小块。

"乐乐，虽然我质疑了你，但请你原谅我，不要质疑我的心意。"

雨好像变小了一点，乐知时听不到雨声，只能听见自己过速的心跳声。

他整个人还是晕乎乎的，手脚酸软，总觉得现在的一切都好得不真实，就像玻璃橱窗里的展示品，他做梦都想要，但是总隔着一层透明屏障，只能看，不能摸。

乐知时的第一反应是自己又做梦了。原本这一晚就过得迷迷糊糊，记忆也只有少许片段，说不定他现在还躺在自己宿舍的床上，宋煜没有来带他去医院，也没有什么租好的公寓。

但乐知时又想，凭他生病时的睡眠质量，是决计做不出这么好的梦的。

见乐知时半晌都不说话，宋煜低头去看他，发现他睁着大眼睛，像是在走神。

宋煜回想了一下自己刚刚的表现，的确不算合格，好像没有说几句像样的话，除了泼冷水就是教育。

"乐知时，你是不是有点失望？"

乐知时如梦初醒般抬起头，看着宋煜，眼神里出现些许疑惑。

宋煜不自然地移开眼。"我是不是应该买件礼物，或者把这里布置得稍微漂亮一点。"

"那种程度的梦我更做不出来了。"乐知时没头没脑地来了这么一句，弄得宋煜疑惑地皱起了眉。

但乐知时却觉得很幸福，他很认真地喊了一声宋煜的名字。

"宋煜。"

"嗯？"宋煜也给出回应。

乐知时摇摇头。

曾经用纸笔传递的回应，如今就出现在他的面前，变成了一个可供收容的温暖空间。从三岁开始，宋煜就是乐知时追寻的一个美梦。

这个美梦对其他人而言都遥不可及，但乐知时运气好，是个例外，只要他稍稍勤快些，黏得紧一点，他就可以摸到一条藏起来的尾巴，得到别人得不到的温柔抚摸。正因如此，乐知时才会产生那么多不切实际的幻想。

他不是没有怀疑过自己这种站不住脚的立场和态度，但宋煜说他可以，他就一直相信，直到自己打破这种虚假的安全区。

他对宋煜产生的分离焦虑，不是因为宋煜是个很好的哥哥，也不是因为他是一个长不大的弟弟。

乐知时不小心咳嗽起来，一咳嗽就停不下来，他怕传染给宋煜，就背过身去咳嗽，宋煜拿毛毯把他裹住，下意识就去找药。

有惊无险，乐知时很快就止住了咳嗽，接过宋煜递过来的水，还有他数好的一大堆药。感冒胶囊、止咳药、过敏药，乐知时都很顺从地一颗颗吃掉了，只是这些药的数量实在不少，最后他没了耐心，把宋煜手心里最后几颗药片一口气吞了，又苦又噎，他歪倒在床头，愁眉苦脸。

宋煜摸了摸他的额头，感觉他还有点低烧。"我去把粥热一下，你吃点东西再好好睡一觉。"

乐知时像是不太想让他走似的，但又习惯性地体谅宋煜，很听话地说："好吧。"

"很快的。"宋煜端着凉掉的粥下楼了。

房间里只剩下乐知时一个人，他又环视了一遍这间卧室，怎么看怎么顺眼，空是空了些，但是宋煜总归是要带他去宜家的，最好明天就去，他们还从来没有两个人一起逛过宜家。

要快点好起来。

乐知时有点乏力，于是拿开毛毯，钻进被子里，想休息一会儿。

这床被子好像也是全新的，蓬松柔软，闻起来有种很新的纤维气味，视线游移到他自己的袖口，黑色条纹睡衣，纯棉的，有温暖的味道。

他发了一会儿呆，忽然愣住，伸出手臂看了看。

不对，他记得自己的睡衣明明是灰蓝色的。

乐知时拉开被子，观察这身宽大的黑色条纹睡衣。

真的是宋煜的。

宋煜端着粥回来的时候，看见乐知时整个人像只睡着的小狗一样趴着，脸全埋在枕头上。

"睡了吗？"

乐知时抬起　只手，冲他摆了摆。

"那起来吃粥。"

宋煜坐到床边，强行把乐知时翻了个面，发现他脸都是红的，那双眼睛原本就哭过，还有些肿，看起来格外可怜。

"脸怎么这么红？"

乐知时能感觉到自己连耳朵都在发烫。他很主动地把床头柜上的碗端起来，吃了一口。明明是白粥，但很甜。

"你放了白糖吗？"乐知时抬眼问。

"怕你吃不进去。"

"很好吃。"乐知时一勺一勺地吃了大半碗，实在吃不下了，就递给了宋煜。

宋煜知道乐知时肠胃不好，也没逼他吃太多，又让他喝了一点温水，催促他躺下去睡觉。

"我还有点数据要处理。"宋煜倾身摸了摸他的额头，"再睡一觉就好了。"

乐知时大脑昏沉，下意识地问："你可以不走吗？"

乐知时对今天的雨天非常不满，没有打雷，他都找不到一个合适的借口，显得很没底气。

宋煜盯着他的眼睛看了一小会儿，竟然点头了。乐知时则趁热打铁，央求他陪自己。

"你再拿一床被子嘛。"

拗不过他，宋煜只能从另外一个房间拿出一床被子放在床上，自己去洗了个澡，穿了一套看起来舒适又干净的白色睡衣，端着他的笔记本电脑进来。

乐知时坐在床上，一脸开心地拍了两下他旁边空荡荡的被窝。宋煜没有办法，把房间里的其他灯都关了，只留下床头一盏小灯，然后进到自己的被窝，坐在床上办公。

心愿达成的乐知时十分安分地缩在自己的被窝里，侧着身子，只露出一个脑袋。宋煜显然没有把眼镜带回来，所以看资料的时候会稍稍眯眼。

宋煜目不转睛地盯着屏幕："你还不睡，病好不了了。"

"好不了我可以一直住在这里吗？"

"可以，我回去。"

宋煜又开始逗他了。乐知时有点难过地离他远了一点，尽管宋煜没有看他，但还是安慰道："骗你的。"

"我已经帮你请了假，正好连着周末，你也没有课。这几天你需要看护，不然可能会哮喘发作。"

乐知时轻轻"嗯"了一声。

夜深了，温度降下来，乐知时有些冷，又往被子里缩了点。宋煜的工作也处理得差不多了，他将电脑合上，放在柜子上，把台灯亮度调到最低，躺了下来。

乐知时还像刚刚那样看着他，一声不吭。

"感冒药没有用吗？"宋煜也侧过来，望着乐知时浅色的瞳孔，"怎么不困？"

"不想睡觉。"乐知时上下眼睑很快地碰了碰，浓密的睫毛被台灯一照，成了毛茸茸软乎乎的棕色，"睡着之后你可能就会走。"

宋煜平直的嘴角翘了翘："不会走。"

他又说："以后都不会了。"

乐知时点头，也笑了。他笑起来眼睛有很漂亮的弧度，纯真、干净，看起来没有烦恼。

宋煜总会出神，感觉这一切不太真实。

不真实的时候，他习惯伸手触摸一下乐知时，确认他的存在。这一晚上，他不知道已经确认过多少次。

乐知时过敏的地方又开始痒起来，他有些烦躁地挠着手臂。

"别抓了。"宋煜发现，隔着被子把他的手摁住，"越挠越多。"

"很痒。"乐知时伸出手臂撸起袖子，果然，手腕内侧又红了一片。

每次他身上起疹子都特别难受，小时候他很喜欢抓，一下子就抓破，大人怎么说都不听，只有宋煜会想一些办法，比如把他的手指甲剪得秃秃的。乐知时很怕剪指甲，小时候的他和宋煜一人坐一个小板凳，宋煜抓着他的手，小心翼翼又冷酷地给他剪指甲，乐知时生怕他剪到肉，总是忍不住要缩手。

剪完后抓挠都不好使，乐知时痒的时候，只能让宋煜给他摸一摸。

就像现在一样。

"摸也不管用，"乐知时一脸忧愁，"还是很痒，要不你掐我吧。"

宋煜无奈地瞥了他一眼："你怎么不说咬呢？"

"咬也行，只要能不痒。"乐知时一脸勇于牺牲的表情。

"行。"

宋煜把他的手臂牵到唇边，张开嘴唇。乐知时以为他真的要咬上去，着急道："轻　点。"

但宋煜没有真的咬下去。

如果今天他没有发烧生病，这一切就都不会发生，他要什么时候才能知道这个房子是宋煜为了自己租的呢？

"睡吧。"宋煜关了灯，房间一瞬间陷入黑暗中，他安抚性地拍了拍乐知时的被子，"明天给你买酸奶慕斯。"

第二天醒来的时候，乐知时抱着的是宋煜的枕头，他有些迷糊，感觉这个枕头是被谁故意塞到他怀里的。自己摸额头检查了一下，烧完全退了，就是嗓子有点疼，不想起床。

"宋煜……"

乐知时叫了两声，宋煜就进来了，他已经换好了衣服，黑色无帽长袖卫衣和白色长裤，很休闲。"睡好了？"

乐知时在被子堆里点头："我饿了。"

可不是该饿了，都中午了。宋煜拿出一套自己的衣服，让乐知时洗漱后换上。

"出去转转？"

"好啊。"

下楼的时候乐知时的腿肚子和腰都酸得要命，像跟人打了一架似的。他发现这个房子确实很好，除了落地窗，还有一个很大的阳台，正对着一大片湖，波光粼粼的，漂亮极了。

"鞋子有点大。"乐知时坐在沙发上，穿好了一只鞋，晃荡了一下自己的腿，感觉脚空荡荡的，"像踩在船上。"

宋煜走过来，乐知时以为他要嘲笑自己，没想到他直接半跪在自己面前，一声不吭地把鞋带解开，一点点扯紧，重新给他系好鞋带。

"这样？"宋煜抬眼看向他。

这一眼把乐知时看得有些慌乱，只能愣愣地点了下头："好多了。"

于是宋煜又低头帮他穿好另一只鞋，还扯了扯他歪掉的袜子："十九岁了，还不会穿袜子。"

"还没过生日。"乐知时狡辩。

宋煜站了起来，嘴角带着笑："你还知道。"

两人整理好出门，宋煜开车带他出了小区，乐知时把车窗开了一个小缝，九月底桂花味的空气钻了进来。

"那边有一个不错的甜品店。"

"吃蛋糕吗？"乐知时眼睛都亮了。

"嗯。"宋煜停了车，把安全带解开，"昨天答应你的。"

乐知时紧跟在宋煜的后头，看到甜品店的玻璃门上映出来的自己，有种奇妙的感觉。

这个小甜品店很漂亮，湖蓝色的墙壁，有些美式乡村风格的装潢，玻璃窗也设计成从下往上拉的圆形样式。乐知时很喜欢这个小窗户，所以选了一个靠窗的位置坐下。

"你好，一份无麸酸奶慕斯，一杯热的馥芮白，一杯意式浓缩。"宋煜点完餐，让乐知时乖乖等自己，他去街对面的药房买体温计。

切角蛋糕很快上上来，上面撒了漂亮的蓝莓和树莓，看起来十分可口。乐知时拿起叉子，吃了一小口，果然比宋煜形容得更好吃。

乐知时放下了手里的叉子，准备忍忍，等哥哥回来再吃。

宋煜买好体温计，过马路的时候就看见那扇黄色小圆窗里乐知时毛茸茸的脑袋。手机忽然响起来，是乐知时的电话。

"你怎么还没回来啊？"他仿佛等了很久似的。

"马上。"宋煜朝他走去，停在那扇玻璃窗前。

投射下来的阴影让乐知时后知后觉地反应过来，抬起头，非常意外地看到宋煜的脸，然后他鬼使神差地伸出手，贴在玻璃上。

在甜品店随便吃了点，宋煜驾车带乐知时去往宜家。车程比较久，乐知时吃过药又开始犯困，歪着头睡着了。等红灯的时候，宋煜帮他把座椅靠背往下调，让他睡得舒服一点。

下过一夜雨，天没有很晴朗，云层很厚重，阳光只能从缝隙里透出来，很微弱。乐知时睡着的时候会咳嗽，比醒着的时候咳得更多，因为在梦里不会忍耐。

宋煜开着车，想到在咖啡厅里乐知时小声问他的问题，很多个，大同小异。

他没有立即回答，不是没有答案，而是怕给出不够好的答案，让乐知时失望。

论起对乐知时好，宋煜想很多人都是一样的，没有人会舍得苛责乐知时。他善良、脆弱，生了一双让人产生保护欲的眼睛，是一个天真的陷阱，从不缺乏自愿献祭的牺牲品。

回忆起来，这些跳下去的人之中，反倒是宋煜最冷淡，最若即若离。

人的好感有时候真的毫无道理。

车流在高架桥上汇聚起来，各种颜色混淆在灰色的天空下。

感情也很容易混淆。爱情可以在时间的冲刷下变成亲情，友情也可以嬗变成爱情，这中间的界限并不清晰，模糊的界限，试探性地摇摆，哪怕是宋煜这样清醒的人也很难逃脱旋涡。

快要抵达目的地，乐知时又咳嗽起来，他侧过头，朝着宋煜的方向，睡相很乖巧。宋煜把车停好，没有叫醒他，手搭在方向盘上多看了他一会儿。他发觉乐知时和小时候相比其实没有太大的变化，只是五官长开了些，鼻子变挺了。但睡着的时候，还是和三岁时给他的感觉一样。

他曾经赌气地想，最好乐知时三岁那年没有来他们家，一直都在英国。或许到上大学前他会跟着乐叔叔回国，留在宋家过一个暑假。

那应该会是他们第一次见面，他会成为乐知时的导游，带着他去吃从没有吃过的当地小吃。

或许那时的乐知时说一口英式英语，吃不惯辣椒和红糖，也不喜欢桂花的气味，或许也不太喜欢他，觉得他不够热情。但宋煜觉得自己会很喜欢乐知时，自己可以努努力，在一个夏天的期限里成为他的朋友，他们或许还会为即将到来的分离而忧愁。

乐知时醒了过来，看见宋煜在发呆，他望了眼窗外，声音很轻地叫了一声"哥哥"。

宋煜回过神，看向他："醒了。"

命运如果为他换一条更轻松的路径，宋煜大概也会为这一声"哥哥"而放弃，心甘情愿选择更艰难的开局。他的确需要一个陌生的邂逅来减轻负担，但三岁时站在卧室门边的那个乐知时也很需要他。宋煜想，他永远无法关上那扇门，拒绝那个小孩。

十五年的记忆就是所有问题的答案。

"喝一点止咳糖浆。"宋煜拧开药瓶，倒了半盖子，递给乐知时。

乐知时很讨厌这种药，皱着眉迟迟不接。"我没有咳了吧。"

宋煜没给他狡辩的机会，直接把盖子递到他嘴边。乐知时逃不了，只好老实把药喝了，他也不想逛着逛着突然发病，太扫兴了。

他们以前很少一起逛超市，除了被林蓉强行拉去办年货，那是过年时全家的集体活动之一。宋煜高效、怕麻烦，不喜欢漫无目的地买东西，他会提前想好需要什么，然后速战速决，否则就是浪费时间。但乐知时不是，他喜欢充满人情味的地方，超市和家装市场都是，在这种地方他可以待上一整天。

路过的一对男女大概是新婚夫妻，女孩很兴奋地拿起一个香薰蜡烛，告诉身边的年轻男人，这个可以放在他们的卧室里，言语间都是对未来生活的向往。

乐知时也走过去，像个学人精一样拿起同款蜡烛，没做商量就直接扔进宋煜推的购物车里，以为宋煜不会发现。

"这个不能买，买了也不能点燃。"宋煜把它拿出来放回原处，"万一引起哮喘就麻烦了。"

"好吧。"乐知时很可惜地看了一眼。眼睛又追上那对小夫妻的背影，发现他们在买挂在墙上的画。

"我们也买幅画吧，你的墙上空空的。"乐知时抓住宋煜的胳膊。

宋煜低头，乐知时的手细白修长，指甲修剪的弧度也很好看，手背上还有一小块注射针孔留下的瘀青。他抬头看着乐知时："你知道你现在像什么吗？"

"像什么？"

"着急抄作业的小学生。"

乐知时对这个形容很不满意，但他不得不承认，自己的确是在邯郸学步。

宋煜推着车往前走了，乐知时飞快跟上他，很直接地在他旁边说："那是因为我是第一次逛家居超市啊，参考一下其他人的不行吗？"

宋煜推着车顿了一下，像是轮子卡住了似的，差点脱手。

乐知时也停下来，盯着他的脸，有些茫然。

"别人同意让你参考了吗？"宋煜的语气有些别扭。

乐知时是个行动派。"那我去问问她好了。"刚抬脚要走，宋煜就拽住了他的胳膊："你给我回来。"

"有什么好参考的。"宋煜说话的时候也不看乐知时，语气还是像刚刚那样别扭。

"买你喜欢的就行。"

乐知时在原地站了一会儿，又追上宋煜，和他挨一起走。

他们买了换洗的床品，是蓝色的。他们都以为彼此喜欢蓝色，乐知时总喜欢穿蓝色的衣服，为了让宋煜看着开心，而宋煜也以为乐知时喜欢蓝色，总是忍不住买一些蓝色的东西，找到理由就送出去，不然就自己留着。

这个乌龙也不知道从何而起，反正两人总是以不同的频率做相同的事。

懒人沙发、漂亮的碗盘、落地灯和乐知时喜欢的地毯，一件不落。他们途经宜家的小平方米装修样板间，里面是已经装好的一个小家，很温馨。乐知时拉着宋煜进去，和他分坐在小餐桌的两头。

"这么小就挺好。"乐知时自言自语。

宋煜却不是很满意："太小了。"

"小一点会比较有安全感。"乐知时用手托着腮，侧脸望向样板间里的小沙发，语气自然，"一眼就能看到你。"

灯光下他的睫毛很撩人，眨眼的时候像是扫在宋煜心上。

样板间里又挤进来五六个人，乐知时煞有介事地站起来。"不行，太多人来我家了，好挤。"他拉起宋煜，"我们先出去透透气吧。"

宋煜差点被他逗笑，但还是忍住没笑出来。

"他们说这里面的餐厅很好吃。"乐知时摸着宋煜的手臂，很明显但很好用的暗示手段。

"这里应该没有多少你能吃的东西。"

"那个瑞典肉丸，蒋宇凡说很好吃，没有面粉感，百分之九十九是纯肉。"

宋煜还是不为所动："没商量。"

他还是那个铁面无私的宋煜。乐知时唉声叹气了一路，最后也只吃到结账区外的一元一支的冰激凌，而且吃到甜筒部分就上交了。

但宋煜补偿性地给他买了一块蓝色包装的牛奶巧克力，并且在无人的停车场安慰了他五秒钟。于是乐知时就又高兴起来了。

那些无法实现的小愿望在宋煜的安慰前变得无足轻重。

只要宋煜愿意，他就可以拥有一个永远快乐的乐知时。

路上乐知时突发奇想，想去吃火锅，磨了一路，宋煜只好带他去吃了潮汕牛肉火锅。回到公寓已经是黄昏，正好赶上客厅景观最漂亮的时候，一推开门，乐知时就小声惊呼，脱了鞋跑到落地窗边，两只手扶在玻璃上，望着外面波光粼粼的湖面。

橘色的太阳一半浸在水里，另一半染红了云霞。光透过白色落地窗帘洒进来，连墙面都变得柔软。

"好漂亮。"

宋煜望着站在窗边的乐知时，感觉这画面很美。当时他也是在这个时间点来的这里，一眼就看中了这扇窗，很笃定乐知时会喜欢。乐知时如果喜欢，就愿意常来。

他拆开包装，把那个奶黄色的懒人沙发提出来，站在客厅问乐知时："这个你想放哪儿？"

乐知时转过身，把它从他手上拿走。"放阳台吧。"

他们把买来的东西都一一拆开，把奶咖色的沙发套套在客厅的皮沙发上。宋煜组装茶几和小柜子，乐知时摆好落地灯，空荡荡的房间一点点被填充得温馨可爱。

窗外的天色渐渐暗了，太阳完全没入湖水中。暖色调的灯一打开，整个空间就都充盈起来。

"这个地毯好舒服。"乐知时把掰好的牛奶巧克力都塞进嘴里，坐在地上，摸了摸地毯，又回过头望了一眼坐在沙发上的宋煜，"你摸摸。"

"病还没好，不要坐在地上。"宋煜想拉他起来，但乐知时耍赖似的说："不冷。"

乐知时浅褐色的瞳孔里仿佛还蓄着夕阳的余波。

宋煜与他对视，许久都不说话。

他不想让乐知时发现自己其实是个偏执又悲观的人。

沙发上突然出现振动声，乐知时被吓到，咳嗽起来，宋煜扶住他的后背，皱眉拿起手机，看到来电人的瞬间又有种大梦初醒的错觉。

他等到乐知时不咳嗽了，接通了电话："妈。"

听到这句，乐知时的心忽然像是被什么戳了一下，下意识地抿起嘴唇坐到沙发上。

房间里很安静，他几乎能听到林蓉的声音，她好像很着急，类似"发烧""在哪里"的字句隐约可闻。

"你已经到学校了？"宋煜看了一眼表，说了谎，"我现在和他在医院，不用，我们过去吧。"

电话挂断了，乐知时问宋煜是不是蓉姨来了，宋煜点了下头。"她已经到学校了。我们现在开车过去。"他握住乐知时的手腕，"她给你打电话，你一直不接，后来就找蒋宇凡，蒋宇凡说你发烧了，被我带走了。她很担心，直接开车过来看你。"

乐知时内心有些歉疚，从昨晚到现在，他开心得有些忘乎所以，几乎把全世界都抛诸脑后，直到电话打来的那一刻才猛然清醒。他是从小寄养在宋煜家的孩子，被一对比亲生父母还要亲的夫妻养大。

"你还没有告诉蓉姨你租了一间公寓，是吗？"乐知时问。

"嗯。"宋煜起身，"先回去吧，她肯定很着急。"

乐知时当然知道，他就是大人口中难养活的小孩。小时候他生病，蓉姨都会哭。上大学了，每天晚上她都会给他发微信，问他今天怎么样。

他跟着宋煜出去，坐上车。

下车后，他们并肩走到宿舍前的树下。

林蓉来得很匆忙，乐知时见她都没有化妆，穿了一件米色风衣，在宿舍楼一楼和宿管阿姨攀谈，脸上是礼貌的笑。他走过去，叫了她一声。

听见乐知时的声音，林蓉立刻回头，看到他的第一眼，表情又忧愁起来，上前几步抱住乐知时，不断地用手摸着他的后背。"可怜的宝贝，小蒋说你发高烧，都烧糊涂了，把我吓死了。快让蓉姨看看。"她抬手去摸乐知时的额头，"不烧了吧，现在好像没在烧。刚刚打了吊针是吗？"

"我没事了蓉姨。"乐知时笑了一下，"我就是因为前几天忽冷忽热的才感冒了，然后洗澡的时候水不热，就发烧了，但是今天一个白天都没再烧了。"他说完，又抱了抱林蓉。

其实乐知时也有点想她，这么一抱，忽然有点想哭。他也不知道为什么。

"感冒了是不能洗澡的。"林蓉摸着他的后背，"吃了药没有，咳不咳嗽？"

宿管阿姨看见乐知时抱着林蓉，忍不住笑道："哎呀，这么大了还这么黏妈妈啊。"

乐知时这才从她的怀里退出来，直起身子，说自己真的没事了。

林蓉转过身，拉着乐知时到宿管阿姨跟前，一脸抱歉："姐，我家小儿子身体特别不好，很容易生病，而且一般人感冒，扛一扛就过去了，我家这个不能咳嗽，一咳嗽可能会引发哮喘，特别危险。"

她又回头，把一直站在一边的宋煜招呼过来："这是他哥哥，也在这里读书，念测绘的。我知道你们这边不方便串宿舍，但是我小儿子他这不是情况比较特殊嘛，他哥哥对他的一些病都很清楚的，可以照顾他。到时候还要麻烦您通融一下，让他们俩能有个照应。"

"真是好福气，两个这么帅的儿子，都很像你啊。"宿管阿姨答应得很是爽快，拿出一张表让宋煜登记。

"快签个字，这样你过来就方便了。"林蓉催促。

宋煜握着笔，按照她们说的把专业和学号都登记上了，最后一行是来访者关系和签字栏，宿管阿姨提示说："你就写兄弟，然后写姓名就好了。"

"嗯。"

宋煜写下了"兄弟"两个字，还有他的姓名，下笔潦草。

"跟我回家去吧，乐乐。"林蓉拉着他的手，"你看你手冷的，明天周日，后天再请一天假吧，到时候我开车送你来。"

乐知时有些为难，宋煜放下笔："他都快十九岁了，总不能一生病就往家里跑。在学校我会照顾他的。"

"那你真的要看护好弟弟啊。"林蓉还是不放心，看向乐知时，"我刚刚跟小蒋也交代了，而且我带了一些药放在你宿舍，你的喷雾我给你放到枕头下面了，晚上睡觉千万不能睡得太死，一有呼吸不过来的感觉，就赶快吸药，知道吗？"

"叔叔本来也要来的，但是他在外地，过不来。"林蓉捏着他的手，"你长这么大都没有离开过家，有什么事告诉我，开车过来很快的，或者让你哥哥帮你，好不好？"

乐知时一直点头，又忍不住抱了她一下。

宿舍门口人来人往，林蓉也笑了："哎呀，不能让其他人看到，大家要笑你了。"

"真的不跟我回去吗？"

"真的没事了。我周一还有课。"乐知时说话的声音很轻。

"那好吧。"林蓉妥协了。宋煜和乐知时送她去停车的地方，一路上林蓉嘱咐个不停，生怕乐知时在学校过得不好。宋煜跟在他们后面，一言不发地听着，林蓉扭头："我怎么觉得哥哥今天不太高兴？"

乐知时有些心虚地说："没有吧。"

林蓉笑起来。"肯定是因为我只关心你，哥哥就吃醋了。"她拉了一把宋煜，搂住他的胳膊，"儿子，妈妈跟你说，学习很重要，生活也很重要，知道吗？开心一点。你开心妈妈就放心了。"

宋煜点了点头："快回去吧。晚上不安全，开车小心点。"

"没事的，妈妈今天搞得这么匆忙，一点都不像漂亮富婆了，是吧乐乐。"林蓉开着玩笑，一人抱了一下，"你们都好好的。"

看着林蓉的车开远了，离开视线范围，乐知时侧头看了一眼宋煜，他的侧脸在黑夜里有些冷。

下意识想开口叫哥哥，但乐知时忍住了。

"先上去。"宋煜说。

乐知时有些慌："那我今天不能去你那儿住了吗？"

宋煜转过脸，脸色变得柔和了些。"我的意思是，先上去拿你的手机，还有换洗的衣服。总不能明天也穿我的。"

第二章
鹅卵石路

"反正我只要有你，连难过都是幸福的。"

再次回到宿舍楼，宿管阿姨很热切地打招呼："妈妈走啦？"

乐知时低声回应："嗯，回去了。"

"不要生病让妈妈担心啊，她进门的时候差点摔一跤呢。"

乐知时看到林蓉送给宿管阿姨的点心，包装很好认，也能想象得到林蓉着急进门差点摔跤的样子，因为她有时候走路就是很不留心，这一点和自己不相上下。

有了林蓉的关照，宋煜得以和乐知时一起上楼，随意出入他的宿舍。

其实他不是不知道，只要自己在登记表上签字，表明身份，就可以时不时来乐知时的宿舍照顾他。但他就是很需要一个理由，拥有可以和乐知时独处的空间，所以自欺欺人又擅作主张地租下一间公寓。

万幸事情和他预想的不一样了，起码现在是。否则他真是做了太多一厢情愿的决定。

周末，宿舍里没有人。乐知时开门开灯，爬到自己的床上，在枕头边找到了手机，也看到了林蓉放在他枕头下面的喷雾。

心情有些低落，他从床上下来，打开柜子，整理了两套自己的衣服装进书包，还有笔记本电脑和宋煜送给他的绿松石。

宋煜站在他的桌子前，发现了林蓉花心思炖的鸡汤，还有她在每个室友桌子上放的小零食和点心，都分得好好的。

连相同的习惯都在告诉他，乐知时也是林蓉带大的"儿子"。

心情复杂，宋煜感觉身体有些麻痹。过去的那些小情绪他瞒住了每一个人，久而久之也就成了习惯，无论怎样都可以自己消化掉。

但现在他承诺要好好照顾乐知时，这个决定似乎也将乐知时拉入这种自责和煎熬的深渊里。宋煜一时间很不适应，不知道应该如何是好。

"我收拾好了。"乐知时看见宋煜出神，伸出手碰了下他的指尖，轻声说，"我们走吧。"

宋煜说"好"，然后接过乐知时的包，开车带他回那间秘密的小公寓。一路上，两个人很默契地对刚才发生的事避而不谈。宋煜放了一首舒缓的钢琴曲，掩盖车里的沉默。

乐知时检查了一下手机上的消息，十几个未接来电，看得人心惊，还有朋友们发来的微信消息。他产生了十分强烈的逃避心理，关掉屏幕一条也不想看。他很希望此刻宋煜能开着这辆车带他逃走，逃到一个任何人都找不到他们的地方躲起来。

但这个念头只存在了几秒，乐知时就放弃了。他做不到把宋煜夺走，也做不到离开林蓉和宋谨。

冷静下来后，乐知时一条一条认真回复完所有的消息，然后选择了关机。

公寓离学校并不远，他们很快就到了，地下停车场的灯光很昏暗，乐知时下了车，跟在宋煜的身后进入电梯。他在电梯里打了个喷嚏，于是宋煜伸出手，轻轻拍了拍他的背。

打开公寓的门，里面黑沉沉的，仿佛不再是下午那个漂亮温暖的房间了，宋煜伸手想要把灯打开，但被乐知时拦住。

很奇怪的是，他们仿佛是理所当然处在黑暗中的。

乐知时试图让宋煜紧绷的情绪和缓一些，过了好久，他才说话："我饿了，我们把汤喝掉吧。"

宋煜说"好"，打开了灯。

鸡汤里放了红枣、枸杞，还有滋补的山参和花胶，颜色金黄鲜亮，一打开盖子，扑面而来的就是熟悉的香气。乐知时把他们买来的瓷碗和瓷勺拿出来洗干净，盛上汤，喝了一小口。他想起了小时候他身体不好，又有很多不能吃的东西，一直到小学毕业，都是林蓉每天给他送饭到学校，在食堂陪着他吃完。

没有人不羡慕他有这么一个漂亮又会做饭的"妈妈"，所以小时候的乐知时在外面都不会叫她蓉姨，他很享受别人夸奖他妈妈很厉害。这种可怜的虚荣心让小小的乐知时感到很满足。

"多吃一点。"宋煜给他夹了一只炖得软烂的鸡腿，放在碗里。

乐知时看着宋煜，有些怀疑自己是不是做错了，如果忍耐一下，是不是对大家都好。

时间在安静的空气中流逝得很慢，乐知时很想说点什么让宋煜开心起来，但一直都是宋煜在说话，他说要记得吃药，等一下给乐知时量体温，记得要给妈妈发消息，他一边说一边站在洗碗池边洗碗。

宋煜通常不会说这么多话，他往往都是最安静的那个。他说这么多，反而让乐知时不安起来。他没有头绪，心也乱。怪自己太天真，以为白天时自己已经身处天堂，但回过神来，才发现这个天堂很有可能是他人的地狱。

这就是宋煜一直保持缄默态度的原因吧。

一晚上，乐知时很安静地听宋煜的话，吃药，洗漱，等到回房间的时候，他发现宋煜昨晚抱来的那床棉被不见了，忍不住有些失落，但他不想再给宋煜造成更大的负担，就什么都没说。

他躺在床上，给林蓉发送了消息，说鸡汤很好喝，问她是不是安全到家了。

林蓉很快就回复了，并且给他发来一张棉花糖和橘子歪在一起睡觉的图片。

蓉姨：哥哥心情有没有好一点？

乐知时很诚实地说：好像没有。

林蓉很快又回复了。

蓉姨：你哄哄哥哥，他每次都喜欢一个人闷着，我其实很不放心。哥哥长大了，什么事都不愿意告诉妈妈了，幸好还有你在他身边，他和你在一起的时候还会多笑笑。哥哥要是能像你一样多依赖我们就好了。

看着林蓉发来的话，乐知时沉思了两秒。

乐乐：蓉姨，如果有一天，你觉得哥哥或者我伤你心了，可以不要生他的气吗？你只要生我的气就好，打我骂我都可以，哥哥很爱很爱你，我也很爱你，但是如果有错，一定是我错了。

林蓉很快就回复了。

蓉姨：说什么呢，你们该不会是做了什么不敢告诉我的事吧？不应该啊，你们俩都这么听话。有什么不开心的事都要告诉我，我来帮你们解决，不然要家长干吗？而且我知道你们都很爱我，很爱爸爸，我永远都不会生你们的气。

过了一小会儿，他又收到一条消息。

蓉姨：最多象征性地气一小会儿，你们哄哄我就好了嘛。

乐知时吸了吸鼻子。

乐乐：嗯，爱你（爱心表情）。

他鼻子原本就堵得有点难受，又因为想哭，更不舒服，很需要纸巾。他下床，在卧室里找了一圈，想到白天时在客厅见到了，打算下去取。他轻手轻脚打开门，在二楼看到了客厅里的宋煜，犹豫了一下没有直接下楼。

因为他发现宋煜站在沙发旁的白色矮柜前，找出一瓶什么药，倒了一颗药在手心，就着凉白开喝掉了。

乐知时皱了皱眉，以为宋煜也生病了，他很担心，又多看了一眼那瓶药，总觉得瓶身的包装很熟悉。宋煜要转身，乐知时有些心虚地回到自己的房间，合上了门。他靠在门后，听见宋煜上楼的脚步声，木质楼梯发出沉闷的声响。

脚步声在他的门口停了几秒，不知道是不是乐知时的错觉，他的心跳得快了些，但宋煜的脚步最终还是走到了隔壁的房间。

乐知时忽然回忆起自己为什么觉得熟悉，那瓶药他曾经在宋煜宿舍的桌子上看到过，一模一样的包装，宋煜告诉他是褪黑素，不让他吃。

他后知后觉地拿起手机查询褪黑素的功效。

"服用褪黑素可以一定程度上帮助治疗睡眠障碍，缓解失眠痛苦。"

看到这句话，乐知时的心忽然起了一阵细密的痛意，他继续往下看，把所有有关这种激素的介绍都看了一遍。

夜晚的时间过得很快，玻璃窗外的湖水很是静谧，乐知时看向湖，透明玻璃上映出他忧虑的脸，仿佛湖也在望着他。

十分钟后，努力说服自己不要去打扰宋煜的乐知时终究没能忍住。他怕穿拖鞋太吵，于是套上袜子，脚踩在地上，很轻很轻地打开门，走到隔壁，几乎花了半分钟的时间去拧门把手，尽可能不发出任何声音。

宋煜的房间总是很黑，很静，像一个隔绝一切的防空洞。他喜欢把窗帘通通拉上，不留一丝一毫的光亮。乐知时摸黑进去，很小心地向前摸索，很快他的眼睛适应了黑暗，看到了宋煜的床，他一点点靠近。

但还是被发现了。

宋煜伸手开了台灯，屋子里一下子亮起来，乐知时就像是行窃失败的笨贼，愣愣地站在床边，有些尴尬地盯着他。

"怎么过来了？不舒服？"宋煜往上靠了靠，看向他。

这个瞬间乐知时非常希望自己和棉花糖一样是一条小狗，悄悄跑过来，轻轻一跳就跳上床，挨在宋煜身边，不打扰他。乐知时的眼睛有些酸，走过去坐到宋煜床边。

"没有不舒服。"乐知时替自己解释，"我不是要过来吵你的。"

宋煜望着他，因开灯而皱起的眉微微松开些，他的手从被子里伸出来，覆上乐知时的手腕，指尖发凉。"又不想吵我了？"

"不是。"乐知时觉得被误解了，很快否认。他把灯调到最暗，躺到了宋煜的身边，伸出一只手搭在宋煜身上："我是带着任务来的。"

"什么任务？"

"哄你睡觉。"乐知时的表情有些得意。

宋煜的嘴角轻微地勾了一下，没说话。乐知时又说："我很厉害的，每次橘子躺在我腿上，我随便摸一摸它就睡着了。"

"所以你也要来随便摸一摸我？"宋煜声音有些懒散，低沉得很好听。

乐知时摇头："不随便，我会认真哄你的。"说完他就开始履行自己的职责，一下一下拍着宋煜的肩膀，很轻很轻。宋煜怕他又着凉，把他拉进被子里。

"你的手都是凉的。"乐知时有些不满，一想到那种药的副作用之一是体温降低，他就难受起来。

宋煜盯着他的脸孔，低声问："为什么要来哄我睡觉？"

乐知时很诚实地回答了。"我看到你吃褪黑素了。刚刚我查了一下，才知道褪黑素是缓解失眠的。"他抬了抬眼，睫毛有些颤，"你经常睡不着，是吗？"

宋煜没有回答，沉默的时间不断拉长，他看见乐知时眼底泛起一层水汽，于是又说："这不是很正常吗？很多人晚上都睡不着，喜欢熬夜。"

"喜欢熬夜和想睡觉睡不着不一样。"乐知时说，"如果没什么，你怎么会吃褪黑素？而且那个不可以经常吃的，有很多副作用，会有依赖性，还可能会引起轻度焦虑和短暂抑郁。"

他带着鼻音喊了一声哥哥："以后不吃了好吗？"

看到他这么担心，宋煜只得应下来："好，不吃了。"

"睡不着我会陪着你的。"乐知时说什么都是一副郑重其事的样子，"我买一本书给你念，我给你念民法，还有刑法……"

"那就不必了。"宋煜很轻地笑了一声。

听到他笑，乐知时紧紧绷着的一根弦稍稍松了松，抬头看向宋煜的眼睛："那你想让我念什么，我都给你念。"

宋煜想了一会儿，有了一个很不错的主意："你小学一年级到六年级的日记。"

乐知时的脸上立刻露出很为难的表情："这是我的隐私吧……"

"那算了。"宋煜说，"就让我失眠吧。"

"可以，可以。"乐知时连忙答应下来，"等我找到就通通带过来给你念。希望你听了之后不会笑到睡不着觉，我小时候写的东西估计都不太正常。"

"比如希望全宇宙的小麦通通灭绝，大家都吃不成？"

"你怎么知道！"乐知时睁大眼睛，"你是不是偷看了？"

"我妈给你送夜宵时不小心看到的，偷偷告诉我了。"

"怎么这样啊……"乐知时一想到自己被偷偷笑了很久，就觉得丢人。

宋煜的嘴角微微扬着，似乎比之前开心了一点。这一点让乐知时感到很满足。"我希望你每天都开心。"

"没有人每天都开心。"宋煜给出一个消极的回应。

乐知时举出一个反例："和你在一起，我每天都开心，开心一个小时也是开心。"

说完，他低下头，沉默了一会儿。

宋煜以为他不想说话了，想催他回去睡觉。

"哥哥。"乐知时还是开了口，声音闷闷的，"如果我会让你很难过，你就告诉我，好不好？我不会硬要赖在你身边的。"

房间里很安静，他能听到宋煜的心跳声，沉闷地击打着胸膛。不知道过了多久，宋煜才回答。

"我又开心又难过。"他的声音有点哑，"就好像在透支人生中美好的那部分一样。但还是想要，很想要。"

乐知时想给他安慰，或是让他感到解脱，但很快，又听见他说出下一句。

"但如果你离开我，我可能就只剩下难过了。"

这句话让乐知时产生了莫大的痛苦和不舍。他觉得宋煜和平时很不一样，又或许是他从来没有见过这样的宋煜。他像只只会自己舔舐伤口的猫，无论什么时候都高傲地背过身去，给乐知时一个看起来很坚强的背影。

乐知时不想这样，他不想再被当成孩子，尤其是当他知道宋煜没有他会非常难过之后。

"你这样说我就不会退出了。"他的语气有些赌气的意味，"你知道的，不是所有事都可以撤回，都可以恢复原状的，得到过就是得到过的。"

"如果真有一天，我得到过的一切都变回原来的样子，我根本接受不了。"

宋煜苦笑一声："那你要怎么办？"

乐知时没忍住，流了一点眼泪，他埋着头，不想让宋煜发现。

"我会离开你们所有人，去一个谁也找不到的地方躲起来。"

在此之前，他会带走宋煜送给他的小石头，顺走那本宋煜念过的数学书。那本书的确晦涩难懂，但一辈子很长，他总能自己把它看完。

"你要自己过一辈子吗？"宋煜问。

"嗯。"乐知时想，是不是这样显得很无情，他是不是应该像电视剧或电影里那些殉情的痴男怨女一样才显得比较认真。所以他又解释说："我爸妈命很短，我还是替他们多活几十年吧。"

他说得很轻松，像是玩笑话，但宋煜听得很心疼。

"一个人根本就没办法生活。"

这句话没有明确的指代，乐知时起初觉得宋煜是在说他，可后来又觉得宋煜在说自己。

"所以你不要让我走。不要再把我当成小孩子了，我已经长大了，无论发生什么，我都可以和你一起承担。"

"我知道这样不对。今天看到蓉姨，我觉得我真的罪大恶极，他们对我这么好，我……"

"这不是你造成的。"宋煜说。

乐知时纠正了他的话："这也不是你一个人造成的。"

乐知时稍稍抬起头，望着他："你说你和我在一起时有开心，有难过，否则只有难过，那我就不可能留下你一个人。你留住那部分开心，把难过给我。

"反正我只要有你，连难过都是幸福的。"

宋煜真的弄不明白，乐知时到底是哪里来的这么多温暖情绪，像株吸食二氧化碳却源源不断释放氧气的植物，企图消化他所有负面的能量，就为了让他笑一笑。

乐知时是出现在他生命里的一种不寻常的特殊物质，有很大的能量，无法测量。

"好。"宋煜永远拒绝不了，干脆放弃抵抗。

"答应过你的事我都记得，在你做出其他决定之前，我不会自己逃跑的。"

"没有其他决定。"乐知时很坚定，"只要你需要我。"

乐知时的体温渐渐流淌到宋煜身上，让他的身体松弛下来。乐知时一边拍着他的后背，一边对他说小时候发生的事，他们一起摘过的莲蓬，一起种过的枇杷，江滩公园的向日葵花田和植物园的无尽夏，到后来，他的声音渐渐模糊，手的动作也缓慢下来。

他为了宋煜而焦灼的心，比意识沉静得更慢，一直延伸到梦中。

第二天，乐知时又有点低烧，不知道是不是晚上吹了风的原因，他被宋煜带去医院，又打了两小时的吊针。宋煜在他旁边写论文，他安安静静地用手机看动漫，其间时不时和蒋宇凡聊天。宋煜偶尔瞥一眼，发现蒋宇凡在秀恩爱，给乐知时发了不少合照。

出来的时候正好吃晚饭，乐知时胃口不好，吃得又慢又少，宋煜催着他喝了一碗排骨藕汤，才结束这顿饭。

"我想去一个地方，在学校里，能不能不要直接回家？"

宋煜瞥了他一眼："然后明天再去打吊针？"

"不会再着凉的。"乐知时十分顺手地把责任推到他身上，很小声地说，"说不定是因为昨天你抢我被子……"

宋煜歪了下头，盯着他，不说话。

"肯定不是，是我自己踢开的。你今天可以给我压着被子，这样我肯定踢不了被子。"

有人路过，宋煜捂住了乐知时的嘴，等人走了才松开。

"你说的都是什么话？"他语气又别扭起来，乐知时搞不懂为什么。

最后宋煜还是跟着乐知时一起去了他要去的地方，他们在校园里走了很久，全程都靠乐知时看导航，越走越偏。

"你告诉我，我带你去。"宋煜忍不住说。

乐知时盯着手机直摆手："你肯定不知道，绝对。"

"冷知识：我大四，你是大一新生。"

"嘘。"乐知时头都不抬。

他们最后还是找到了，在樱顶后头的狮子山上，是一条石头铺成的小山路，路的开端就在山脚下。这里几乎看不到其他人，乐知时比抵达西天取到真经还激动。"就是这儿，找到了！"

宋煜疑惑地皱起眉，像这样的小山路 W 大数都数不清，他平时根本不会考虑这种路，既不方便，也很低效。

"所以呢？如果你想去樱顶，有很多方式……"

乐知时没等他说完，直接蹲了下去，指了指地面："哥哥你看。"

宋煜低下头，这才发现这里的路面上镶嵌了许多鹅卵石，拼出很清晰的五个字。

他忽然有点想笑："这是蒋宇凡告诉你的吧？"

乐知时站起来。"他说上周他女朋友带他来过，很有意思的。"乐知时小声自言自语，"我喜欢石头。"

说完，他拽了拽宋煜："走吧。"

宋煜以为自己一辈子都不会做这么幼稚的事，但他不仅做了，还有点开心。他们一步步往上走。

除了开端的那五个字，还有很多古诗和情诗，都是用鹅卵石拼成的，乐知时说："这好像是一九八几年的时候，一个老师带着学生一起做的课外劳动。"

"这个老师真浪漫。"乐知时说，"字都拼得好可爱。"他忽然看到一块黄色的半透明鹅卵石，"这个好看，像玉一样。"

宋煜的手松松地搭在他肩上："这是二氧化硅胶体石髓，蓝的那部分是因为有铜元素。"

乐知时看了他一眼："被你一解释就变得很微妙了。"

宋煜不以为然地挑了挑眉："科学揭示浪漫的本质。"

"好，说不过你。"乐知时带着他走过拼出的城市名，走过石头写下的"离离原上草，一岁一枯荣"，还有"两情若是长久时，又岂在朝朝暮暮"，其间乐知时还顿了顿，对着地面说："拼错了，是久长时。"

他们一点点往小山的高处走去，很快，两个人一起走到这条路的尽头，这里绿树环绕，没有任何一个人来打扰。

"终点到了。"乐知时小小地蹦了一下，指着地上的字对宋煜说："你看。"

不起眼的鹅卵石拼出简单的四个字，但好像概括了他们之间的很多年。

夕阳温柔地落在乐知时脸上，连软乎乎的头发都泛着金色，他的耳朵发红，被阳光照得半透明，连毛细血管都隐约可见，像金色的贝壳。宋煜紧紧地凝视着乐知时，希望暮色晚一点降临，因为这一幕真的很美。

可他又希望天立刻黑掉。

第三章
满分答卷

他们之间透明的洋流再一次接续上，吉他的声音变成缓缓流淌的钢琴声。

　　养病这几天，乐知时在公寓休息得太好，本来不太缺觉的人硬是被宋煜养成了长睡眠者的作息。

　　知道他上午十点有公共课，宋煜七点半就起来，到小区外的早餐店买了乐知时喜欢的豆浆和鱼糊粉。上楼已经是八点，放下早餐，宋煜来到卧室，坐到床边，看见乐知时还抱着枕头睡得香甜，乱掉的头发毛茸茸的，完全没有感觉到有人进来。

　　"乐乐。"宋煜很轻地叫了一声，显然乐知时不会有任何反应，他又弯下腰，凑到乐知时耳边，"起床了。"

　　乐知时稍稍动了动，雏鸟似的睁不开眼睛，只含混地从鼻腔发出一些变了调的单音节，最后翻了个身，还顺便带走了怀里的枕头，面对墙壁继续睡。

　　宋煜没办法，时间还早，他打算让乐知时再睡一会儿，于是拿出抗过敏的药膏挤了一点在指尖，轻轻地在之前出疹的地方涂上，擦了几天药，那里的痕迹已经消得差不多了。

　　"不要舔……棉花糖出去……"

　　听到乐知时含含糊糊的声音，宋煜哭笑不得，又觉得他太可爱，擦完药，又蹭了蹭乐知时的手心。

乐知时果然又哼唧起来："走开，我要睡觉……"他翻了个身，仰面朝着天花板，压着的额发翘起来一缕，看起来有点傻气。

宋煜伸手帮他压了压，但那缕头发比乐知时本人还要倔，压了好几次，依旧翘着。他打算起身收拾一下乐知时等会儿上课要带的东西，但刚要起身，就听见乐知时很含糊地叫了一声哥哥。

又做什么梦了。

宋煜一只手撑在被子上，弯下腰去，想听一听乐知时的梦话。但乐知时没有继续说下去，又一次陷入了沉睡。他的唇形很漂亮，颜色是发红的粉色，微卷的浅色头发和白皙的肤色，和中世纪油画里描绘的美少年形象极为相似，神话故事里，这样的形象往往天真烂漫。宋煜对这一点很认同。

宋煜拨了拨他的额发。乐知时放在枕头边的手机忽然响起来，是闹钟的声音，睡熟的他皱着眉，眼睛都没有睁开，伸手到处摸着找手机。宋煜十分好心地把他的手机拿来塞进他手里："在这儿。"

乐知时还是没睁眼，一只手拿手机，一只手的食指在屏幕上戳，戳到那个关闭键，声音消失，一瞬间又陷入睡眠。

宋煜觉得无奈又好笑，还是决定让他睡够，于是躺在他身边，就这么静静地看着他，直到九点才把他叫醒，方式是伸手在他的颈间刮弄，乐知时的脖子非常敏感，一碰就痒得缩起来。宋煜知道他的弱点，不到最后不想用这一招。

果然，乐知时像蚯蚓一样翻身数次后，总算醒了。

"你太过分了。"他声音闷闷的。

宋煜十分冷酷地说："我不过分一点，你就要被点名记过了。"

乐知时这才想起自己上午有课，立刻拍了拍自己的脸，翻身下床飞快地洗漱，跑出来的时候满脸都是水珠。

"擦脸。"宋煜从床边站起来，"不用着急，我开车几分钟就到了，时间还很充足。"

乐知时很敷衍地甩了甩自己的脑袋，和棉花糖洗完澡之后的举动没分别。他跑到宋煜面前说："我喜欢你这儿的牙膏，茉莉花味道的。"

"是吗？"宋煜觉得牙膏和牙膏之间没有分别。

无论笼中人如何，被温柔对待的云雀总会快乐而慷慨地抖动着双翼，回赠他一片柔软的羽毛。

乐知时望着宋煜的眼睛，沾着水汽的脸庞如在晨雾中："是不是茉莉花味？"

如果云雀不遗落这片羽毛，笼中人就不会产生留下它的欲求。

"是茉莉花味的，很甜。"

说完，宋煜抬起手腕，把乐知时送给他的表举给他看："上课迟到也是要扣分的。"

"知道了宋老师。"乐知时垂头丧气，决定厌学三秒。

不过他完成了另一个壮举，在洁癖患者宋煜的车上吃早饭，并且逼着宋煜喝完了他喝不下的豆浆。好在宋煜开车，乐知时赶在九点五十九分抵达教室，坐到了蒋宇凡的旁边。

"你该不会是回家了吧？"蒋宇凡对公寓的事并不知情，"这一大早是叔叔阿姨送你来的？还是你自己坐地铁来的？"

"我哥。"乐知时打了个马虎眼。

"你好点没？还烧不烧了？"蒋宇凡又问。

老师正巧进了门，乐知时连忙摇头，压低声音："我昨天就好了。"

老师合上的门又一次打开，沈密迟到两分钟进来了。乐知时看了他一眼，感觉他状态不太对。蒋宇凡碰了碰乐知时的肩膀："沈密这两天好像不太对劲，喝了好多酒，我陪我女朋友去操场遛圈，看见他一个人坐在台阶上。"

"为什么喝酒？"乐知时好奇。

"我后来发微信问他，他说是他家里的事，没什么要紧的，还要我别跟你说。"蒋宇凡觉得不好，"兄弟一场，关心关心还是有必要的。"

乐知时觉得很有道理，所以当即给沈密发了个狗狗摸脑袋的表情。他觉得既然沈密不想说，那也不会喜欢别人问。

果然，过了五分钟，沈密回了他一个搞笑的表情，其他什么都没有说。

这门公共课乐知时算擅长，听起来不费力，笔记也做得很快很好。半节课下来，已经有三个人找他借笔记，乐知时把他的笔记文档复制发给他们，然后趴在桌子上休息了一会儿。

"哎，听说我们学校马上要搞艺术节了，你参不参加啊？"蒋宇凡刚问完，又觉得乐知时一定会被拉去参加，就他这长相，院里的学长抢着要，"你喜欢哪个版块？"

"有很多吗？"乐知时有些好奇，"我都不知道。"

蒋宇凡转给乐知时一条微信消息，乐知时拿出手机，但第一个看到的是宋煜的消息，说中午来法学院，陪他吃饭。乐知时一下子就高兴得忘乎所以，将蒋宇凡发给他的消息抛诸脑后。

蒋宇凡盯着他："你看上哪个了？怎么这么开心，嘴角都可以上九天揽月了。"

"什么看上哪个了？"乐知时小声自言自语，"我谁都看不上。"

"哟。"蒋宇凡笑他，"你肯定会被拉壮丁的，长得帅就是一种罪过。"

老师又回到教室，他们的跨服[1]聊天也就此结束。乐知时听课的时候很专注，全程没看手机，等到最后老师讲完下课，他还在用笔记本电脑整理这堂课的笔记。

"哎，我今天就不跟你去食堂吃饭了啊。"蒋宇凡飞快地收拾书包，"我答应我女朋友要陪她出去吃肉蟹煲。"

乐知时盯着电脑屏幕，分了一点注意力回答他："好吧，你这个见色忘友的家伙……"

刚说完，乐知时猛地惊醒："到饭点了？"他顾不上跟要跑路的蒋宇凡说再见，收了电脑拿起手机，打开一看，果然看到宋煜发的消息。

哥哥：下课了告诉我一声。

哥哥：你想吃炒栗子吗？我看到有卖的。

哥哥：我过去了。

乐知时跟着人流往外走，低着头想打字，可刚打了两个字，他就又收到一条新的消息。

哥哥：走路不要看手机，不用回复，出来就好，我等你。

不知道的还以为宋煜在他身边安了只眼睛，专门拿来盯着他，乐知时回了个头，确认了一遍，宋煜的确不在他后面。

宋煜实在是太了解他了，一个正在输入中就能猜到他在做什么。

人流裹挟着他来到教学楼的出口，环境嘈杂，乐知时以为自己要找一会儿，但一抬头就看到了宋煜，他站在梧桐树下。他朝乐知时露出一个很淡的笑，视线相对的时候向乐知时走来。

虽然乐知时没有回复他，但宋煜还是买了烤栗子，还是热的。

---

1. 跨服：原指游戏中不同的服务器，此处是指两个人说的不是同一件事。

"好香。"乐知时打开看了一眼，每一颗栗子都圆鼓鼓的，裂了小缝，露出里面香甜金黄的果肉，"你怎么知道我还在里面？万一我走了呢。"

"我猜到你可能在问问题或者记笔记。"宋煜顿了顿，又说，"而且刚刚沈密出来了，他告诉我你还在里面。"

宋煜也没有想到，自己会有对沈密说谢谢，并且顺利和解的一天。

经历了这几天的变动后，整个世界好像才真正显示出不可知的模样。

"他没说别的吗？"乐知时看向宋煜，"蒋宇凡说他最近不对劲，好像不太开心。"

宋煜"嗯"了一声："低谷期吧。"

"希望他快一点走出去。"乐知时很真诚地自顾自祈愿，一抬头看见宋煜带着 AirPods（无线耳机），"你在听歌吗？"

"嗯。"

"我也想听。"

宋煜摘下来一只，给乐知时戴上。

乐知时抬手把耳机塞好，继续挨着宋煜走。耳机里是一首英文歌，吉他的音色很好听。

过去的宋煜总是一个人戴着耳机，沉浸在自己的世界里，但现在，他愿意把自己的一部分分享给乐知时。站在这偌大的校园里，每个人都是个体，仿佛汪洋大海里众多孤立的岛屿，但他们不同，他们虽然没有触碰彼此，看似没有关联，但听到的是只有彼此能听见的同样的音乐。

这种联系隐秘而又唯一，像是一条特殊洋流，圈起两座小小的平凡岛屿。于是它们就不孤单了。

食堂里人很多，宋煜不太想让乐知时排队，所以询问了他想吃的东西，找了个座位让他坐着等，独自去买饭。他走得太远，五米，十米，到某个距离，乐知时耳朵里的耳机就没了声音，周遭嘈杂的环境音一瞬间涌了进来，像潮水一样。

他们的洋流被切断了。

"乐乐。"

听到熟悉的声音，乐知时抬头，看见端着餐盘的南嘉。"好巧，你们也下课了？"

"嗯，我跟宋煜一起来吃饭。"

"是吗？那你介意我坐下吗？"南嘉笑了起来，"位置有点难找。"

"当然不介意。"

南嘉坐到了乐知时的斜对面，给宋煜留下了乐知时正对面和旁边的空位。"我今天累死了，一上午连口水都没喝。"她把吸管戳进杯子里，喝了一大口。

乐知时好奇："什么事这么忙？"

"还不是艺术节的事。我在帮忙联系辩论和服装走秀两个版块，我们院去年六个版块只有两个进了艺术节决赛，今年大家都想要好成绩，就很拼。"

乐知时想到蒋宇凡课间说的话。"原来有六个版块啊。"

"对，不过辩论是竞争最激烈的，你也知道我们学校是辩论名校，这个报名的人太多了，好多大四毕业生、研究生都还在打比赛。但是其他几个版块也都很厉害。"说到这里，南嘉眼睛睁大了点，"对了乐乐，你想参加吗？你想进哪个版块我都可以帮你打招呼。唱歌、跳舞、情景剧，还是辩论？要不你去给咱们院服装设计选手当模特吧。"

"啊？"乐知时想了想，"当模特的意思是有人画图设计衣服？"

"是啊，服装都是大家设计的，然后走秀展示，很盛大的。我觉得你走秀肯定很好看。"

比起走秀，乐知时倒是对画图和辩论更感兴趣，原本不考虑参加艺术节的他也开始考虑起来。

见乐知时想得出神，南嘉也没继续说，怕打断他，没想到过了半分钟，发着呆的乐知时忽然开口："我哥回来了。"

他们之间透明的洋流再一次接续上，吉他的声音变成缓缓流淌的钢琴声。

南嘉一抬头，还真是，几米开外的那个人可不就是宋煜。

"你们两个的心灵感应未免太厉害了。"南嘉忍不住感叹。

乐知时也回过头，与宋煜对上视线的瞬间，露出一个笑容。从断点接续起来的音乐给了他暗示，也像是代替宋煜给他一个回来之后的微笑。

"没有，我们作弊了。"他笑着对南嘉说。

宋煜礼貌性地对南嘉颔首，当作打招呼，然后径直坐到了乐知时的对面，说话声音没有感情，像个外表出众的家政服务机器人。

"今天没有鸭血粉丝汤，只有米线。"

"米线也可以。"乐知时非常开心地把碗接过来，想到南嘉刚刚说的话，问宋煜，"你参加过学校的艺术节吗？"

"嗯。"宋煜点了下头，十分随意地分着餐具，"在辩论队待过一阵子。"

南嘉也笑着说："我和你哥在半决赛还遇到过。他是那年新生赛的黑马，本来大家都以为这个一句话都不说的人应该完全不善言辞，没想到居然是隐藏的黄金四辩。"

"他不是不善言辞，只是不喜欢说话。"乐知时第一时间为宋煜辩解，不过想象一下宋煜穿着西装坐在辩论赛的长桌上，他就心生向往。

乐知时拿脚碰了碰宋煜的脚尖。"那你今年参加吗？"

宋煜摇头："没时间。我去年就没参加。"

南嘉也耸耸肩："我之前跟他们院的教练聊天，他还很替宋煜惋惜呢，觉得他是个很强的种子选手，要知道二辩和三辩的攻辩短打其实是可以很好地训练出来的，不缺好的二辩和三辩，但是优秀的四辩就很难得了。"

乐知时高中的时候也参加过辩论赛，他对此也很认同："对，尤其是在旗鼓相当的比赛里，大家都不相上下，辩位越靠后压力越大，胜利的赌注有时候就押在四辩身上了。"

宋煜不以为然："没这么夸张，二辩和三辩永远是主力。"

"反正就很可惜啦。"南嘉笑着对乐知时说，"不过我感觉你哥除了自己的专业，做其他事都是玩玩，应该就是多点经历吧。你也可以像他一样，多尝试一下，大学嘛，要抓紧一切可以丰富自己的机会。"

没有聊太多，南嘉很快吃完饭，收拾餐盘，和他们告别后离开了。她总是很忙，从一个地方赶到另一个地方，每一天都过得很充实。

没有人聊天了，乐知时便一边安静吃饭，一边思考，过了一会儿又抬起头。"宋煜。"

宋煜头都不抬。"你现在叫我名字真是越来越顺了。"

"这样比较亲切嘛。你后来为什么不去辩论队了？打下去应该会进校队，说不定以后还能参加锦标赛之类的。"

说完，乐知时像是撒娇一样，用很轻的语气说："我还想看你打比赛呢。"

只剩下他们两个人，宋煜的解释都变得长了："我本来就是抱着打发时间的心态去参加的，打了两年，发现这其实是非常花时间的事，要不断地训练，为了一个论点反复查证资料，猜测对方的思路，找出拆解对方论点的路径。这些都不是凭空出现的，需要精力和时间。我精力跟不上，打完预想中的最后一场就退队了。"

说完，他又道："而且有很多人比我更热爱这项比赛，应该把机会给他们。"

乐知时咬着筷子，点了点头，他发现宋煜和其他人很不一样。换作另一个和他年纪一样大的年轻人，一旦有幸进入院辩论队，即便最初没有进校队的理想，一场场辩论打下来，也一定会有想继续赢下去的心，然后就走上另一条路。

"大家都说你很适合，有天赋，你不会觉得放弃很可惜吗？"

宋煜拧开水瓶喝了一口水。"觉得放弃很可惜的，本质上是因为做不到，所以不做了。"

他把水瓶递给乐知时，示意他也喝水，看到乐知时乖乖接过去，宋煜才继续道："人的精力是有限的，能够专注在一件事上，把这一件事做好，就已经很难了。"

"我有时候觉得你特别像登山的人。"乐知时看着他，脸上浮现出微笑。

宋煜抬了抬眉："为什么？"

"我们之前不是看过那个纪录片吗？那些要登上海拔上千米高峰的登山者，他们都很专注，旅途前会事无巨细地做计划，过程中也几乎只有一个目标，就是往上，其他的念头都被舍弃了，越向上就越专注。"

这样的过程和宋煜的人生法则极为相似，就像剪枝优化算法，过滤掉不需要的路径，减少复杂度，提高效率。

说到登山，乐知时眼神的焦点渐渐移远了，有些出神。

"你说，我爸是不是也是这样的人？"

他看向宋煜，疑惑道："为什么你反而比较像他？"

宋煜沉默了一会儿，对乐知时说："乐叔叔不是只做一件事的人，他很勇敢，会尝试所有他想尝试的新事物，扩宽人生的广度，这是另一种精彩的活法。像他的是你。"

乐知时有些受宠若惊："真的吗？你觉得我像他吗？"

宋煜点了点头："你是你爸爸妈妈优点的集合。"

这句话在吃饭的场合说出来，显得有些过于郑重了。乐知时听得有些不好意思，但他了解宋煜，这个人最不会做的事就是恭维，这些都是宋煜很难得的真心话。

一顿饭吃得差不多，他们清理好桌面，端着餐盘离开食堂。

尽管乐知时很不愿意和宋煜分开，但他的病已经好得差不多了，终归还是要回自己的宿舍住，何况这几天室友们也都很担心他。宋煜对此也同意，于是送乐知时回宿舍，下午他要开组会讨论论文进度，还不知道会持续到几点。

天气转凉了，但叶子还是很迟钝地保留着夏天的颜色。乐知时走着走着，忽然仰头问宋煜："你觉得我应该参加辩论比赛，还是服装设计比赛？"

他的选择困难症总是在这种时候干扰他的决定。"照理来说，辩论是不是对我学的专业帮助比较大？"

前面驶来一辆车，宋煜没有直接回答问题，而是绕到外侧，在不经意间和乐知时交换了位置。

"思辨对任何事都是有帮助的。"车从他身边开走，他也开了口。

乐知时若有所思地点点头，又听见宋煜说："不过最重要的不是对你有帮助，而是你喜欢。"

乐知时觉得自己为选择辩论赛所堆积出来的立场设定一下子就被宋煜推翻了，而且对方仿佛非常了解他，直接说中他的心声。乐知时忍不住笑着反问："你怎么就确定我喜欢另一个呢？"

四下无人的校园马路很是安静，沿途桂花落了一地，深深浅浅的秋天碎末散发着甜香。宋煜的脚步和乐知时的保持着很高的一致性，频率稳定，他的回答也很平静。

"除了你会喜欢上谁这件事，其他你喜欢的东西，我都很确定。"

乐知时的脚步突然顿了顿，步调节奏完全被打乱。

乐知时已经习惯了去猜测宋煜的行为动机，从他细微的表情里去获取一点点提示，但现在，他有时候会很直接地将自己展露出来，像一只猫没有防备地展露自己柔软的肚皮。

没有人可以打败猫咪的肚皮。

乐知时轻微歪了下头，有些得意。

见他这样，宋煜忍不住抬手刮了一下他的鼻子。"高兴什么？"

乐知时大言不惭："我替你高兴，因为你现在完完全全了解乐知时这个人了。"

宋煜被乐知时神奇的语言艺术给打败了，他发现他的负面情绪在乐知时面前几乎是无所遁形、无法生存的，它们短暂地出现一小会儿，就被乐知时的三言两语扼杀在摇篮中。

回到宿舍，除了约会中的蒋宇凡，其他两个室友都在宿舍，他们问了乐知时这几天怎么样，然后把自己刚去小超市买的零食分享给他。

乐知时没有午休，花了一点时间查看蒋宇凡发给他的艺术节招募信息，又在微信上咨询了南嘉学姐，最后还是决定报名参加服饰设计大赛。

南嘉一开始并不知道乐知时会画画，看到他发来的画还有些吃惊。

南嘉学姐：这些都是你画的？你以前学过画画吗？好厉害啊。

乐乐：只是兴趣爱好啦，我很喜欢看动漫，自己也偶尔画一些。

南嘉学姐：太好了，我们院缺的就是你这种有底子的选手。

报完名的乐知时收到了初选的时间和地点的信息。他有点紧张，于是站了起来，在不大的宿舍里来来回回走了两趟，最后想到什么，又坐下打开电脑。

他找南嘉要了宋煜最后一场辩论赛的视频。过了十几分钟，南嘉发送过来，顺带着发了一段话。

南嘉学姐：话说这一场比赛还让宋煜多了好多绯闻，几乎都没人讨论比赛本身了，大家都猜测他会脱单。不过结束后宋煜还是孑然一身，吃瓜群众也就没再讨论了。

乐知时有些不解，笑着打字。

乐乐：这么厉害吗？那我更要好好看看了。

视频里的宋煜穿着一身西装，除此之外和现在几乎没有分别。乐知时看到的时候有一点点失落，或许对宋煜来说这场比赛并不重要，但对乐知时来说却不是。

他很想参与其中，哪怕不能亲自到现场观看比赛，也希望宋煜可以告知他一声，好让他有机会说一句加油。

但过去的时间终究是过去了，没有参与过就是没有参与过。视频里这个闪闪发光的宋煜，和他没有关联。

思绪回归到视频上，主持人已经开始介绍辩题——科学和人文哪一个更重要。

看到这个辩题，乐知时觉得很熟悉，大概是因为辩题的确很老套，他高中时好像也辩过类似的题目。等到宣布正反方的时候，乐知时几乎笑了出来，因为宋煜的队伍竟然抽中了反方。

人文大于科学，这简直是让宋煜自己辩自己。

从立论陈词开始，一直到自由辩论，宋煜都没有发言，他全程表现得像一个游离在比赛之外的旁观者，记录着他听到的各种观点，哪怕自由辩论有机会唇枪舌剑，他站起来的次数也很少，基本都是在短打脱缰的时候稳固己方观点。

当比赛到了结辩环节，宋煜才开始正式表现，他的语速不算太快，但气场非常稳定，前半部分的陈词几乎把对方辩论过程中的全部漏洞都精准地抓了出来，并且一一拆解了对方的逻辑，像抽积木一样拆掉了对方精心构建的逻辑大厦。

镜头这时候还故意切换到尚未发言的对方四辩脸上，对方已然失去了表情管理。

宋煜不喜欢声情并茂地无限拔高立意，用抒情去裹挟观众，哪怕在他这次的辩论立场下，这样做是占优势的。

他依旧冷静从容，只是在最后引用了一句别人的话，完全不像是他的风格。

乐知时忽然愣了愣，把视频进度往前调了调，重新听了一遍他最后说的话。脑子一个激灵，想起什么来。他按照视频上显示的比赛日期，在自己的云存档里检索到了聊天记录。

耳机里传来评委和主持人的声音，他们宣布着奖项，乐知时此刻已经无暇关心，他知道宋煜赢了。

乐知时的视线落在聊天记录上，时间已经过去了两年。

哥哥：问你一个问题。

乐乐：什么？

哥哥：你觉得科学重要，还是人文重要？

乐知时回忆起当时的感受，第一反应是没有太当回事，还和宋煜说了些无关紧要的话，因为他觉得像这样的问题，自己的观点对宋煜来说并不重要。

后来他发现宋煜的确在认真提问，于是他也认真回答了。

乐乐：谁更重要好像很难判定，不过我刚刚突然想到一个画面，如果我们退回到原始时代，科学可能就是我们人类制造一把斧子的经验，这很重要，我们可以用它捕猎，填饱肚子。但人文精神在这时候会出现，它告诉我们，不要用这把斧子砍杀自己的同类。

看到这里，乐知时依然有些不敢相信，宋煜怎么会真的表达出了自己说的话呢。

于是，他再一次把比赛视频的进度条拉回到宋煜最后的发言，他的结辩陈词每一句都逻辑严密，找不出一丝漏洞，但把理应拔高立意的末尾空了出来，放上乐知时自认为无足轻重的观点。

视频里，辩论只剩下最后十几秒，宋煜放下了严密的武装，看向观众，那张始终镇定到几乎冷漠的脸，终于多了一丝柔和的神色。

"当看到这个辩题时，我把它发给了一个总是与我观点对立但对我非常重要的人。他看到之后，说了一句极为简单的话。我想引用这句话，作为我今天结辩的收尾。"

聊天框里，这也是那一天他们的最后一句。

乐乐：如果说是科学让人类制造工具，那人文精神的意义，大概就是避免我们沦为科学的工具吧。

乐知时看着屏幕里的宋煜在复述完自己的观点后深深地鞠了一躬，心情很复杂。有些气他在这么重要的比赛里引用自己不成熟的言论作为结尾，又为他那句"非常重要的人"而意外，而脸热，也明白了为什么南嘉说这段视频会引发绯闻风波。

但波动的情绪最后涨满一颗心，只剩下酸楚和感动。

原以为自己从未参与过的那些经历，原来根本就没有错过。

宋煜每一块闪闪发光的人生碎片里，都折射着乐知时纯真的倒影。

乐知时把宋煜"退役赛"的最后一段录屏保存了下来，并且发送给宋煜。

乐乐：谁允许你擅自引用我的话了？快给我打钱。

等了一会儿都没有回复，乐知时猜到他在开会，说不定还正在做报告，没有时间回复，所以也没太在意。等到下午上第一节课前，他看了看手机，才发现宋煜已经回复他了。

没有别的话，直接微信转账。

看到消息的第一时间，乐知时有些哭笑不得，他怎么都没想到会是这样的一个回复。

乐知时没有收款。

乐乐：我开玩笑的。你怎么这么沉得住气啊，这些事全都不告诉我。我听南嘉学姐说你最后一场比完之后，好多人都在议论你的绯闻，你当时什么感觉？

过了两分钟，他收到了回复。

哥哥：忘了。

教授已经来到讲台前，打开了教案。"同学们都到了是吧？扫一下这个二维码啊，签一下到。"

乐知时赶紧退出聊天签到，顺带着推了推旁边正躲着打游戏的沈密。

微信又弹出一条提示，乐知时签完到回到聊天页面。

哥哥：不过现在的感觉是挺开心的。

乐知时几乎都能脑补出宋煜用他那张面无表情的脸和他没有情绪起伏的声音说出"挺开心的"这四个字的样子。

乐乐：如果早点让我听到最后那段话，你会更早开心的。

哥哥：我很庆幸你没有早一点听到，这样我就知道你的一切选择都是自发的，而不是被一些示好的话所影响做出的。你很容易因为无法拒绝他人的好意而选择接受，尤其是对我，你从来都不会拒绝，这些我都很清楚。

看到这句话，乐知时心里很温暖，宋煜比任何人都了解他，知道他在人际交往上的迷津，也最清楚他的性格和脾气，但不会利用这份熟悉和了解去达成什么目的。

但乐知时还是不想被宋煜看成小孩子，于是为自己反驳。

乐乐：我现在已经是大人了，你放心，我不会这么简单就被影响的。

哥哥：成为合格大人的第一步是学会拒绝别人，包括我。

他说得没有错。乐知时盯着这句话，他时常因为无法拒绝他人的请求而陷入与自己无关的琐事中。面对宋煜，他好像做不到拒绝，因为宋煜根本不会提出要求，他甚至希望宋煜能向他多索取一些。

乐乐：成为合格大人的第一步是学会依赖你最需要的人，就是我。

发送完这一句，老师开始讲课，乐知时没有等待宋煜的回复，打开电脑准备学习。

进入大学之后，专业学习和乐知时想象中差别很大。老师们强调的不再是一个个知识点，而是思维方式，让他们将自己的大脑训练成"法脑"。与此同时，法学又是一门和众多学科联系紧密的专业，不光是学法，为了清楚地弄懂一个案例，他们还要了解与之相关的各行各业、各个学科的内容。

这一点，习惯发散思维的乐知时倒是十分适应。

"我最怕上张教授的课了。"沈密把手机放到桌上，翻开书，"千万别点我。"

每次上这节课，张教授都会默认大家已经了解这个案例的背景知识了，所以面对他的随意提问，大部分的学生其实都一问三不知，但乐知时经常在阅读案例材料的时候就已经查过资料了。

连续两次上课被喊起来回答问题，乐知时是唯一有话可说的人，长相又特殊，老师很快就记住了他的名字。

"小伙子不错啊。"老教授两手一背，点了点头，"可以，好好学，以后有前途的。"

一下午的课结束，沈密要去校队训练，乐知时和蒋宇凡一起去食堂吃饭。人很多，打上饭找到位子，乐知时才拿出手机看了看，发现又多了许多微信消息。

但他第一眼就看到了置顶对话框的未读提示。

哥哥：你说得对。

乐知时看着聊天记录，傻笑到饭都不吃，蒋宇凡瞅了半天，踢了他一脚，才把这家伙拽回来。

"你捡钱了？笑成这样？"

"捡什么钱？天降一笔三位数横财我都没收呢。"乐知时拿起筷子，夹了一块红烧肉塞进嘴里，又软又香，肥而不腻。本来不饿的，吃一口就饿了，他又夹了一筷子鹌鹑蛋，把自己的小菜碗推到蒋宇凡跟前："这个鹌鹑蛋和红烧肉特别好吃，你尝尝。"

"不对，"蒋宇凡手摸着下巴，像个水平不佳的侦探，"我觉得你自打病好了，整个人都有点不一样了，每天笑呵呵的，而且有事没事就跟人聊天，你是不是搞网恋了啊。"

"我跟谁网恋啊。"乐知时扒了口米饭。

蒋宇凡点点头："也是，你这长相，要是真的去网恋，那对方估计就是欧皇[1]里的欧皇，皇上皇。"

"什么意思？"

"跟你网恋奔现，那岂不是跟抽盲盒抽到 SSR 级别的限量隐藏款一样？"

1.欧皇：网络用语，指运气好。

这个形容把乐知时逗笑了。他心想，那跟宋煜谈恋爱的人，应该抽的是隐藏款里的隐藏款，全世界只有一个。

"哎呀，你看你吃饭吃一脸，自己擦擦。"

"你快吃这个肉，真的好吃。"

蒋宇凡夹了一块。"嗯！真的，我下次也点这个。"他咽下去，收到一条消息，十分兴奋，"乐乐，我可以去演情景剧了！"

"真的？"乐知时也特别开心，"你真厉害，什么时候选拔？"

蒋宇凡看了一下表。"八号，我现在就开始有点紧张了。"

"没事，"乐知时宽慰他，"你口条好，长得又端正，声音中气十足，特别适合演这种话剧啊情景剧什么的，我到时候去看你表演。"

"哎对，你报名了没？"

乐知时点头，喝了一大口豆浆。"我报的是服装设计比赛，初选时间是十月九号，我这个国庆节估计是有的忙了。"

"我去，那不就是你生日前一天啊。"蒋宇凡把自己餐盘里的一个鸡翅夹给他，"也好，你弄完直接回家过生日，反正也不是当天出结果。"

话虽如此，但乐知时的压力还是不小。尽管他很喜欢画画，但毕竟不是设计专业出身，这么大的学校，里面一定是藏龙卧虎，乐知时越想越觉得心里没底。

正巧院篮球队最近没有比赛，大家都忙着艺术节的事，乐知时也不用去训练，把课余时间都花在了学习服装设计上，在图书馆借了一大堆书，学起来整个人都扎了进去，在宿舍画图画到半夜一点半。

在学校文具店买的写生册纸质很普通，乐知时握着铅笔画了几条线，忽然发起呆来。

他想到了宋煜高三毕业的时候留给他的皮面写生册，他留在家里，没有带来。那个本子的纸是他用过最好的。

于是乐知时一时起意，给宋煜发了一条消息。

乐乐：哥哥，你上次给我的那个写生册是在哪儿买的啊，有链接吗？还是在实体店买的。

没等到回复，宋煜的电话直接打了进来。乐知时连忙轻手轻脚地从宿舍出去，带上门，走到楼道里接通了电话。

宋煜低沉的声音从那头传来："怎么还没睡？"

"我在画图。"一听到他的声音，乐知时就很开心，感觉他们这几天只有吃饭的时候见见面，"你怎么也没睡啊。"

电话另一头传来打字的声音。

"数据出了点问题，我在看是哪个环节出的错。"

乐知时"嗯"了一声，然后又问了一遍写生册的事。打字声突然停了，等了好一会儿，宋煜才说："那个不好买。"

"是吗？那算了，我就是突然想到了，因为那个本子的纸特别好，摸起来就很舒服。"他说着，背靠到墙壁上。

"……我可以问问，如果你想要的话。"

怕打扰他工作，乐知时没拉着他聊太多，就挂断了电话。

假期两个人都很忙，宋煜还被导师带去北京参会，计划九号回来。这让乐知时很是不舍。他们每天会通电话，画稿画到思路枯竭的时候，乐知时都会摸一摸他桌子上的绿松石。

假期末尾，乐知时回了趟家陪林蓉和宋谨吃饭。但比赛在即，他的设计一直卡在一个很微妙的地方，灵感淡薄，实在没有心思休息，于是只待了一天就返校，顺带把那本皮面写生册从家里带走了。

天色发灰，像是有一场雨即将到来，乐知时有些后悔临走时光顾着和宋煜聊天，没有听蓉姨的话，穿上那件牛仔外套。

抱着写生册，他要独自坐一个多小时的地铁才能到学校，还要十几个小时才能见到宋煜，但乐知时忍住没给宋煜打电话，怕占用他的时间。

没想到的是，宋煜却给他发来消息，问他什么时候到学校，还提醒他不要在车上睡觉。

乐知时很老实地说还有五站，并且说自己现在非常精神，只是有一点想喝奶茶。

宋煜没有回复，乐知时戴上耳机听歌，拿出包里的平板电脑随手写写画画。画得入迷，差一点错过到站消息，在地铁闸门快要关上的时候才跑了出去。他松了口气，上了电梯。

背着包，乐知时感到疲累。站在扶手电梯上，他想，地铁站真的很奇怪，明明挤满了人，却没有多少人情味，就像一条城市流水线上的某一个加工模块。

每一个身影都来去匆匆，一股脑拥进来，转移到下一个模块。大家的停留很短暂，分别也很短暂，所有的情绪都加速流动。

乐知时是这加速的城市潮汐里最缓慢的一个部分，他抱着写生册，疲倦地跟着同一方向的人往出口走。

终于走到出口，外面的冷风吹得乐知时缩了缩脖子，感觉要下雨了。下一瞬，他在行色匆匆的人潮里，看到了一个完全静止的身影。

乐知时以为是自己看错了，于是愣在原地，任由周围的人流绕开他，仿佛他是激流里一块呆滞的"石头"。

但另一块原本静止的"石头"却动了，一步步朝他走来，神色温柔。

"累傻了？"

宋煜穿着一件黑色风衣，手里提着一个深灰色的牛皮纸袋，在乐知时面前停下，见他只穿了件单薄的卫衣，连个薄外套都没穿。"不冷吗？"他从纸袋里拿出一杯热奶茶，递到乐知时手边。

接过奶茶，乐知时忽然有些鼻酸："你不是说明天回来吗？怎么也不说一声，就提前回来了……"

他的声音在嘈杂的地铁站显得格外软，鼻尖也红红的，眼睛蒙着一层水汽。

宋煜脱下风衣外套给他穿上，带着他离开了。

一到街上，冷风就直扑上来，乐知时裹着宋煜的风衣，跟着宋煜上了他的车。刚坐下，乐知时就直接问道："你要回宿舍吗？还是回公寓？"

宋煜系上安全带。"公寓吧，我室友都还在北京。"

听到这句话，乐知时侧过身，手搭在宋煜的手臂上，"那我可以去吗？我想去。"

宋煜没说话，发动了车子，过一会儿又看向乐知时："你真的一点都不怕我。"

他把疑问句说得像陈述那样确切，仿佛乐知时就应该有点防备心才对。

"怕你什么？"乐知时有点蒙，几秒后又补充，"哦，还是有点怕的。我小时候很害怕你生气，虽然你不会对我发脾气，但是你不说话，我不喜欢你生闷气。"完全没有在一个频道上，宋煜放弃了，见乐知时始终抱着那本写生册，他想到一见面就准备给他的纸袋，拿出来，递给乐知时。

"你可以装在里面。"

"这里面还有别的东西吗？"乐知时之前看到，还以为只是他用来装奶茶的，还奇怪怎么会这么大。接过来往袋子里瞅了一眼，他惊讶地发现里面竟然装着一本新的写生册，是灰蓝色皮面的，上面也刻着一个芝士图案。

"你买到了？"乐知时很是惊喜，"太好了，我很喜欢这个写生册。"他摸着封面上小小的芝士图案，好奇地问宋煜："这是这个牌子的 logo（标识）吗？"

宋煜语焉不详："可以这么理解吧。"

"好可爱。"乐知时发自内心道，并且把新的写生册和旧的一并抱在怀里。

"哪里可爱了……"宋煜的语气变得别扭起来。

乐知时放弃同化宋煜的审美，转头询问他在北京参会的情况，这才知道他放弃了最后一天的集体活动，学术会议上午结束，他是买最早的一班飞机赶回来的。

"你应该跟他们一起去爬长城。"乐知时替他可惜。

"很无聊，不想去。"

天黑得很快，等到他们抵达公寓的时候，几乎已经全黑下来。宋煜停车的时候，乐知时才忽然发现，车里并没有香薰，只有很淡的皮革气味，是从座椅上散发出来的，还有宋煜身上的味道。

在电梯里的时候，宋煜询问他艺术节的事："准备得怎么样？"

"我可以说很一般吗？"乐知时靠着电梯看着他，"真的不太行。"

宋煜没有像其他人那样盲目鼓励他，而是很认真地问他为什么这样觉得。

"我太不专业了。"电梯抵达公寓所在楼层，乐知时抖了抖身上的书包，跟着宋煜一起出电梯，"最近这段时间，我看了很多书，才知道原来服装设计这么难，有很多专业知识，我现在是连布料种类都分不太清的程度。"

他叹了口气："而且我现在灵感枯竭。初选给我们的主题是湖，我一开始觉得很简单，湖太常见了，然后画了好多，一点都不满意，但是明天就要初选了。"

"你还有一点时间。"宋煜的语气仿佛他就是主办方一样，"初选不会很严格，只要你能提交一个完整的设计稿和作品思路，没理由不让你过。"

"是吗？那后面怎么办？我要亲手做衣服啊……"

宋煜刷了卡，推开门，把乐知时的书包取下来放在玄关，然后把手放在了乐知时的头顶："真厉害，你都是一个可以亲手做衣服的小孩了。"

这句话配上他冷淡的脸和毫无波澜的表情，有种诡异的萌感。就像一个机器人在按照程序对自己的小主人进行夸奖，想到这里，乐知时忍不住就笑了出来。

"你好有趣。"

宋煜觉得很奇怪，因为无论是"可爱"还是"有趣"，都和他本人很不相符。

"没瘦。"宋煜自顾自地说。

乐知时又笑了："这才几天，怎么会瘦呢？"

宋煜语气很淡地说："感觉过了很久。"

听到这句话，乐知时不知道哪里来的勇气，拖着他往房间里面走。客厅的窗帘没有拉，半黑暗的空间仿佛是深蓝色的，像另一片湖，他们走向柔软的沙发岛屿。乐知时稍微推了推宋煜的肩膀，让他坐在沙发上。

在乐知时的视野里，窗外粼粼的湖光忽然就落到宋煜的右眼和额角上，冷色调的光芒在他英俊的脸上浮动，像起伏的思念。

宋煜就是那片即将吞没他的湖。

乐知时忽然道："我知道了！"

见他这样，宋煜疑惑地顿住，见他的眼睛亮亮的，表情也变得生动，仿佛突然被注入了什么。

"等一下哥哥，我得到了一个特别好的灵感。"他跑到玄关，一阵翻找之后，抱着他的写生册和笔折返。

"怎么了？"

"我知道这个主题怎么表现了，不一定要是天气很好的时候的那种碧绿的湖水，黑暗中的湖也很美。"乐知时很兴奋，"刚刚你脸上的湖光好漂亮，就是那个瞬间给了我启发。谢谢你。"

说完，他盘腿坐在地上，借着湖光飞快地在画纸上画出线条，向宋煜分享自己的想法："我想要用大面积的黑色和深蓝色做底色，最好是那种掺了银丝的薄纱布料，高出来的领口做出淹没的效果，还有银色的点缀。"

乐知时抬起头，看向宋煜："我连妆容都想好了，就是你刚刚的那一幕，要那样的效果。"

宋煜点了点头，替他打开了客厅的灯。

见他捡起地上的风衣要走，乐知时伸手抓住他的小腿，眼睛还盯着自己的写生册，语气带着不易察觉的撒娇意味。"你要去哪儿？"

"洗澡。"

"你要把水温调高一点再洗，不然会着凉。"

思路一旦被打通，乐知时整个人充满了力量，很快就投入到设计之中。

他先是在纸上画了个大概，然后又拿着包转移到楼上房间，在书桌前坐下，用板子和电脑专心画初稿。尽管只是院级的初选，但乐知时也想尽全力去做，不愿糊弄。按照"湖"的主题，他画了五组设计，主色调都是低明度的黑色、深蓝和深青色，形态上用纱织物表现出水波的感觉。

宋煜穿着睡衣从浴室出来，站在乐知时的背后盯着屏幕。

"怎么样？"

"早点休息。"宋煜低声说。

乐知时向他保证："画完我就去洗澡。"

乐知时结束最后一组设计稿的上色时，已经接近深夜十二点。他回头发现宋煜已经累得在床上睡着了，于是轻手轻脚地去了楼下的浴室。

乐知时上午还有早课，跟着宋煜早早起床，坐他的车到学校，午饭后又修改了一下自己的稿件，赶急做了个PPT（演示文稿）。

初选是院级内部选拔，入选的组队一起参加校级比赛。因此初选的规则相对简单，大家只需要提交设计稿，不要求一定要制作出成衣。法学院和新传学院的初选都安排在九号，也是在同一间多媒体教室。

新传学院的时间是下午两点到四点，法学院则是四点到六点。改好PPT的乐知时在宿舍待不住，下午三点就过来了。

"别紧张，别紧张。"陪同的蒋宇凡捏着乐知时的肩膀，"你这绝对能行，进院队还不简单啊，小case（事情）。"

楼道里不只他们俩，还有不少和乐知时一样赶早来的法学院学生。宋煜因为有课不能来陪他，乐知时往窗户那儿瞟了瞟，不过也看不到什么，里面拉着窗帘。

"让一让。"后面传来一个声音，乐知时听罢下意识往旁边躲，背贴上墙壁。

一个穿了一身潮牌、戴着橙色半透明复古眼镜的男孩子抬着下巴从他身边走过，手里举着一套被罩住的样衣。

"让一下，我要进去。"

见那人进去了，蒋宇凡嗤之以鼻："属螃蟹的吧，横着走路。"

"好厉害……"乐知时一路看着他进教室，忍不住感慨。

这人一定不简单，两点开始初选，三点才姗姗来迟，一点也不紧张，还超额完成要求做出了样衣。

"这有什么厉害的？"蒋宇凡十分护短地抓住乐知时的肩膀，晃了晃他，"你才是最棒的，知道吗！"

"他是蛮强的。"旁边一个法学院的女生开口，仿佛认识刚刚进去的人，"我男朋友是新传的，他说这个人是新传新生里最有名的，叫徐霖。他爸爸是电视台的新闻主播，妈妈是一个还挺有名的服装设计师，都可以给咱们比赛当评委了。"

蒋宇凡一副恍然大悟的样子："嗬，子承母业，难怪这么傲呢。"

那个女生又说："是啊，没想到他也来参加了，看来今年的一等奖要归新传了。"

见乐知时不说话，蒋宇凡撞了撞他的肩膀。"别紧张啊。"

"嗯，我还好。"乐知时也不知道为什么，昨晚之前还挺着急，但现在好像又过了紧张的劲了，只是有点好奇大家的作品都是什么样的。

他从兜里掏出一块奶糖，丢进嘴里吃起来。

糖吃完了，新传的初选也结束了。

门打开来，一群人从里往外出，那个叫徐霖的男生也出来了，还是打头阵。这次他的橙色眼镜被推到了头上，细长的眼睛里满是自信，还一脸悠闲地嚼着泡泡糖，像之前那样拿着他的那套样衣。

簇拥他的人不少，旁边一个矮个子男生对他很是恭维。"你一看就是直接进院队的，参加初选已经是给面子了，还这么认真准备，简直就是降维打击嘛。"

徐霖挑了挑眉，并没有对这番话给出回应或评价，像是默认。

经过乐知时身边的时候，徐霖多看了他一眼，走了过去，又回过头。乐知时脑子里正过着一会儿的解说词，错开徐霖往教室走，压根没有发现有人看他。

"哎。"

乐知时依旧没察觉，直到一个人绕过他跑到他面前，正是刚刚的徐霖。

"你是哪个学院的？是法学院的？"徐霖问。

蒋宇凡不喜欢他的态度。"哎什么哎，叫声同学不会啊。"

乐知时脾气好，对着徐霖点了下头："是。"

"你也来参加这个？"徐霖上下打量了乐知时一番，"是当模特吧？模特今天其实可以不用来。"

他又绕到乐知时侧面观察，兀自点头："你身材比例挺好的，五官也立体，条件这么好，给法学院的当模特可惜了……要不我雇你，你给我当模特吧？"

看他这么自信，蒋宇凡气极反笑："你们新传没人了啊，跑到法学院挖墙脚，赢了算谁的？"

完全被误会了。

乐知时看向徐霖，十分直接地说："同学，你弄错了。我不是模特，我是报名参加设计比赛的。"

对方的脸色变了变，一脸不可置信的表情，还把自己头上的橙色眼镜拿下来戴上，又打量他："你没搞错吧，法学院没人做设计了吗？把一个模特的苗子放在设计岗。"

"没人规定模特是什么样，设计是什么样吧？"乐知时对他笑了笑，"你是艺术领域的，应该比我们更包容才对。"

但这个徐霖也有奇怪的个性，紧咬不放。"你真没必要去。我直白点告诉你吧，法学院就没有几个能行的，你去了设计组也是浪费。还不如来我这儿，我保证，绝对让你在样衣展示的时候大放异彩。"

蒋宇凡有些担心，乐知时是出了名的软耳根，本来就不会拒绝人，万一真被这家伙说动了就坏了。

"乐乐……"

谁知乐知时自己先开了口，他不合时宜地想到了宋煜在不久前说过的一句话，决定迈出成为合格大人的第一步。

"谢谢你对我外在条件的肯定。"他言语温和，脸上带着善意的笑。徐霖觉得乐知时心动了，于是十分满意地双臂环胸，但乐知时说的下一段话就偏离了他的想象。

"不过不好意思，我还是要拒绝你。从一开始我就是抱着做设计的念头来参赛的，如果能加入我们学院的设计团队，献一份力，就再荣幸不过了。除此之外，我没有考虑过其他的选项。"

徐霖脸上一副对他无法理解的表情，几乎要翻白眼，最后还是忍住了。可他仍扬着下巴，照旧是那副自信满满的模样。"你会后悔的。"

"不会的。"

乐知时仍旧笑着，还耸了耸肩。

"而且我也不需要别人来让我大放异彩，我自己就可以。"

第四章
生日快乐

"能提前一天过生日吗？"

拒绝一个人的感觉比乐知时想象中要好。

法学院的初选开始，乐知时一进去就看见了南嘉，她负责初选的流程，带着一众选手抽签，有五十个人参赛，乐知时跟在后面抽签，轮到他的时候南嘉对他露出一个笑容，很小声地说了声"加油"。

"你第几个？"

"四十九，倒数第二个。"乐知时觉得不好不坏，虽然很多都觉得太靠后会吃亏。

他和蒋宇凡一起往阶梯教室后排走，找到一排空座位坐下。蒋宇凡看着其他同学上去讲解他们的灵感，比乐知时还紧张，甚至有点透不过气，跑去把阶梯教室的后门也打开了。

"好难啊，我们情景剧面试都没这么难。"他跑回来坐到乐知时旁边。

乐知时点头："那说明你很有表演天赋啊。"

蒋宇凡也宽慰他："你肯定能行的，别听那个戴眼镜的胡说。"

乐知时笑了笑，他并没有被徐霖的话激怒，相反，他在某种程度上燃起了斗志，希望自己能够顺利进入设计组，和徐霖正面较量。

法学院的参赛选手带着自己的作品陆续上台进行讲解，和之前的乐知时一样，拿到"湖"这个主题之后，大家的设计风格基本类同，色彩上大多是青色、湖绿色，设计上也以水袖、扎染等中国风设计为主，有几个设计概念惊人地相似，乐知时看到评审们交头接耳，表情都不太理想。

"创意都好相似啊。"蒋宇凡自觉自己是外行人，只在乐知时旁边很小声地说，"说是一个人设计的我都信。"

乐知时点点头，正要说话，一个长相清秀，穿着一身汉服的女生上台了，她说话的声音很细，也很胆怯，但只一句话就吸引了乐知时的注意。

"这身衣服是我自己动手做的。"

坐在台下的评审也十分惊喜，连连点头："做得不错，你不说我们都想不到。"

蒋宇凡看着她的 PPT，靠到乐知时旁边。"但是她的设计和前面的差不多，都是中国风水墨画感觉的。"

"没关系。"乐知时解释，"艺术节上院和院之间是团体比赛，和你们的情景剧一样，一个团队里需要设计，但最后总是要做出衣服穿在模特身上的，所以也需要会工艺制作的人，有她在胜算会更大一点。"

蒋宇凡明白过来。可他觉得很奇怪，周围没上场的人都在不断地查看自己的 PPT 和设计稿，准备接下来的讲解，唯独乐知时，津津有味地听着他人的作品展示，还把自己喜欢的作品和人名记录在本子上，好像他才是评审一样。

轮到乐知时上台，他看起来和平时没太大区别，打开 PPT 之后对台下的评审露出一个笑容，十分自然地做了开场白。蒋宇凡坐在下面，看见前排不少妹子拿起了手机，镜头全都对着乐知时。

"这是我以'湖'为主题做出的五组设计稿。"投影上放出他的电子手绘稿，三组女装，两组男装，风格都是偏清冷迷离的，"我的设计思路来自夜晚的湖水，所以在这里我采用了大面积的深色，点缀银丝和偏光设计，第一套是缎面长裙，裙摆模拟水流的'S'弧剪裁，银色和蓝色偏光凸显出湖水波光粼粼的特质……"

他简单地对自己的设计进行了讲解，台下的评审们连连点头，其中一个特意问道："你的创意很特别，方便跟我们分享一下创作过程和灵感来源吗？"

正听着对方的提问，乐知时偶一瞥眼，好巧不巧看见一个人从阶梯教室的后门走进来，不是别人，正是他的"灵感来源"。

宋煜穿着白衬衫和铅灰色大衣，戴着银丝眼镜，出挑又斯文，他不动声色地在最后一排坐下，注视着乐知时。

"灵感……"一直讲解得十分顺畅的乐知时忽然有些卡壳，白皙的脸颊很快泛了红，他抿了抿嘴唇，还是很直率地给了他们答案，"是一个对我很重要的人给我的灵感。"

台下为数不多的参赛选手都开始议论起来，大家都是法学院的学生，圈子小，乐知时从入学起就是学院里人气最高的新生，谁都没想到会在初选的时候听到这样的八卦。

蒋宇凡先是吃了一惊，然后又皱眉想了想。

他觉得这个重要的人很有可能是乐知时他哥，毕竟这孩子是个啥也不懂的兄控。

但没想到的是，乐知时又说出了下一句。

"有一天晚上我看到湖光映在他脸上，很好看。"

听到这句，蒋宇凡又觉得不像是乐知时他哥了，但是他始终不敢相信乐知时会有喜欢的女生，而且还不告诉他，他觉得心痛。

乐知时垂下眼，睫毛遮掩住一部分情绪，但耳朵还是红的，从刚才那个自信而随和的设计者变成一个单纯羞涩的大男孩。"……我都看呆了。所以当时就有了灵感，一开始我和大家一样，把湖局限在白天的时候，绿水碧潭，但夜晚的湖光也很美，冷冷的，很神秘。"

一位评审赞许地点头："不错，创意很独特，对美感的把控也很到位。而且这个背后的故事也挺美的。"她说完，下面的人就都笑起来。

"可以了，下一位吧。"

乐知时下了台，但没有直接坐到宋煜身边，而是低着头一路走，回到了之前坐的位子上，他觉得很热，于是拉开拉链，脱掉了卫衣外套，只穿一件单薄的棉质长袖，趴到桌子上。蒋宇凡凑上去跟他说话，还揽住他的肩膀。

从宋煜的视角看，乐知时的背影总是很可爱，头发微卷，像个毛绒玩具。

"你太牛了，这个设计特别惊艳，我觉得你肯定能进。"蒋宇凡又起了八卦的心，"不过你刚刚说的那个重要的人……是谁啊，我怎么不知道有这号人？"

"那个……"乐知时一下子找不到合适的理由搪塞过去，而且他现在满脑子都想着宋煜。

手机忽然振动了一下，乐知时低头看。

哥哥：把外套披上。

看到这句，他终于还是忍不住回头。

宋煜定定地注视着他，眼神温和。乐知时很清楚，这张面孔就是他设计稿里那张被模糊了的脸，为了让那张脸不那么像宋煜，乐知时改了好几遍稿子。但无论怎么改都掩饰不了。

他又扭回头，按照宋煜的话把外套披在身上。

最后一个人的讲解在这时候结束了，周围的人都起身往外走，一部分走到后门，一部分从前门走。经过的人都会看一眼宋煜，一连好几个都是如此，乐知时便坐不住了，他站了起来，朝着宋煜的方向走过去，停在他前面。

见乐知时走了，蒋宇凡也跟着起来，意外看到了宋煜，连忙向他问好："学长，你怎么来了？"

"听说这边初选，来看看。"宋煜也站了起来，和乐知时并肩走出教室。

外面的天色将暗未暗，蒋宇凡赶着陪女朋友吃饭，着急地走了，说晚上给乐知时带好吃的回宿舍。只剩下两个人，乐知时便更靠近宋煜一些。

宋煜以为他冷，想把自己的大衣脱下来，乐知时很快发现了他的动作，阻止了他。"我的外套很厚。"他搂住了宋煜的手臂，又松开来，依旧贴着他走，问了之前蒋宇凡已经问过的问题，"你怎么过来了？"

但宋煜给了不同的答案。

"我来看看你利用我做了什么好事。"

这话带着点调侃的意思，乐知时觉得抱歉，又觉得宋煜很可爱。"那你觉得怎么样？"

宋煜这回没有笑，微微点头，语气认真："很有设计感，或许你也可以试试做这一行。"

"那还是差远了。"乐知时觉得这已经是非常高的褒奖了，于是也有些飘飘然，像是充好气的氢气球，直往上飘。

宋煜带着他去了很隐蔽的一个小馆子，不在校园内，在家属楼外。在那里吃饭的大多是小区里的住户。他点了一份陶罐煨的鸡汤，里面放了炖得绵软的板栗仁和橙黄的虫草花，还有一大份乐知时喜欢吃的卤菜，满满当当塞在一个瓷制汤盆里，上面淋了一层鲜亮的辣油，撒了些许白芝麻。

热米饭一上来，乐知时就舀了一勺香浓的卤汁倒在饭上，拌了拌，挖了一大勺塞进嘴里，裹着卤汁的米饭弹牙又入味，是很朴实的美味。

这家餐馆的卤菜让乐知时想起了他们高中门口的婆婆卤味，只吃了一口，他就想到那天躲雨的情形，想到宋煜拿着伞，回到长廊接他的那一幕。

宋煜吃得比平时多了一些，乐知时便问了一句："你很喜欢这家吗？感觉胃口不错。"

"我是觉得你会喜欢。"宋煜又解释说，"中午没时间吃饭，晚上就一起吃了。"

乐知时对他种对自己不负责的说法感到很不满。"你不可以这样，没有时间吃饭你就应该告诉我，我可以给你送。"

"你下午初选。"

宋煜的潜台词很明确，但乐知时依旧不买账："那你也应该告诉我，没有什么事比你更重要。"

他的声音有些大了，隔壁桌的情侣往这边瞟了一眼，又转过头去。

宋煜静静地用筷子把鸡块的皮和骨头都去掉，在蘸水里蘸了蘸，放到乐知时的碗里，这像是他的示弱和安慰。乐知时声音软下来："你下次告诉我啊。"

"我会的。"宋煜语气郑重，让乐知时心里好受了一点。他吃掉了宋煜夹给他的鸡肉，又说："我会一日三餐给你发消息催你的。"

"好。"

宋煜知道自己不用把没吃饭作为理由说出来让乐知时担心，但他忍不住想说，于是他就看到了乐知时为他着急，为他发一点难得的小脾气的样子。

有时候宋煜很需要这样来证明点什么，好让他的那颗心有个落脚点。

但他终归还是不忍心让乐知时着急，所以又补充道："只是因为我之后想换方向，可能要换组，想早日做出成果，尽快通过。忙过这一阵子就好了。"

事实上并没有这么简单，宋煜下午在导师办公室从三点待到五点半，听他说了许多自己不愿听的，与学术也无关的话，因此差一点赶不上来看乐知时的初选，好在比较幸运，乐知时是倒数第二个。

乐知时是知道宋煜的情况的，他在现在的组里承担了很大一部分工作，导师应该不情愿放他走。

"那你的导师同意了吗？"

宋煜没有直接回答，并且像是带了一点情绪。

"准确地说，他只是我的本科毕设导师，我还没毕业，硕士期间的工作还没有展开，谈不上他同意不同意。"

宋煜又说："我本来想去的组现在换成另一位导师负责了，等保研之后我应该会去他那里。"

乐知时不是很懂他的专业，所以也没有多问。"反正你如果不好好照顾自己，我就会生气。"

"你以前从来不生气。"宋煜说，"除了你生病的时候。"

"我现在会生气了，而且会对你发脾气。"乐知时托着腮，"怎么样？"

"只要你不生病，想怎么发脾气都可以。"

乐知时听了这样的话，没理由不心软。

一顿饭吃完，他们从家属楼往学校里走，途经梅园小操场，看见露天播放的电影和乌泱乌泱的人，乐知时才想起来今天周五。

"好多人啊。"他一边走，一边朝屏幕的方向望去，依稀可以看到男女主角的脸，是一部欧美爱情片。

宋煜只看一眼乐知时的表情，就知道他想去看看。于是他也没有商量，直接就朝着那个方向走了，而乐知时就像一只和主人寸步不离的小动物，在偏离航向的第一时间飞快赶到他身边。

"我们要去看电影吗？"乐知时的语气有些激动。

"嗯。"

人很多，周围已经没有可以坐的地方，他们只得站着，站在人群的后面。电影里的男女主角漫步在黄昏的河岸边，说着两人都喜欢的一本书。女主角很意外地转移了话题，说今天是她的生日，乐知时则傻乎乎地和屏幕对话："好巧，明天是我的生日。"

宋煜勾起嘴角，把乐知时被风吹乱的头发理得柔顺些，替他戴上卫衣外套的帽子，说自己想买点水，问乐知时有没有想要的。

乐知时摇了摇头，难得地没有提出要求，只让他快点回来。

周围的人越来越多，大家都挤在黑暗中，很多都是一对一的情侣，乐知时甚至在靠近屏幕右侧的角落看到了疑似秦彦的背影，但人头攒动，他看不清，踮起脚又歪着脑袋，再看到的时候，那个疑似秦彦的家伙正在和他女朋友接吻。

乐知时的脸有些发烫，感觉偷窥到了什么，踮起的脚落下，没站稳，一不小心向后仰去，被一只手扶住后腰。他还没有回头，就知道是宋煜。

"你回来了？"

宋煜点了点头，他手里的便利店袋子里没有水，只有一盒芝士蛋糕。

"你不是不喜欢吃甜食吗？"乐知时拿出蛋糕盒子，打开来，奶香味很浓。

"给你买的。"宋煜又说，"唯一不含面粉的蛋糕。你明天的生日蛋糕妈说她会做了送过来。"

"我知道。"乐知时拿起塑料小勺想挖一勺，但被宋煜阻止了。屏幕里，男主角为女主角唱了生日快乐歌，宋煜对乐知时说："能提前一天过生日吗？"

他这个要求很无理，又有些草率。没有人会拿着一个从便利店保鲜柜里买来的十几块钱的小蛋糕，问人家可不可以把今天当作生日，没有礼物，也没有惊喜。

但乐知时恰好是一定会同意的那个人。

"好啊。"乐知时站在冷风和人群里，笑得很甜。不远处的大屏幕里，男主角拿出一个打火机，火苗点起来，他把这个当作蜡烛，递到女主角的面前，他说许个愿吧。

银幕的光照在乐知时的脸上，他问宋煜："没有蜡烛，我们还许愿吗？"

"有。"宋煜从口袋里拿出一盒百醇饼干，如果乐知时不提许愿的事，他是决计不会把这个蠢办法暴露给他看的，宋煜并不想承认自己为了找一支蜡烛的替代品，在便利店多留了五分钟。

他把抹茶味的细长饼干插在蛋糕上，然后说："这就是蜡烛。"

乐知时也没有反驳，笑着闭上眼，又睁开眼，演技逼真地吹了一下。蜡烛的功能用完，宋煜就把百醇饼干抽掉了。"这个你不能吃。"

"好吃吗？"乐知时好奇地问道。

"一般。"宋煜不想让他馋起来，尽管乐知时已经不是吃不了就哭的小孩子了。

乐知时吃了一口蛋糕，又喂了宋煜一口。电影里的男女主角也过完了那个简单的生日。

"为什么要提前过？"乐知时含混地问。

宋煜静静地站了片刻，眼睛望向远处："明天人很多，大家都会来给你过生日。"

乐知时这才明白，原来宋煜只是想单独和自己过一次生日，哪怕他真的很忙，连吃饭的时间都没有，一切都特别临时和草率，但他还是想要。

"好冷好冷。"乐知时故意说得很大声，周围有些人扭头看他，然后他又像是装成故意闹着玩的样子。

宋煜一开始觉得奇怪，看见周围的人看着他们笑，又扭回头继续看电影。天完全黑下来，没有太多人在意他们的举动。

"那我现在算是十九岁了吗？"

宋煜的唇边浮现一丝笑意："算吗？"

他抬手拨了拨乐知时的额发，眼神有些失焦："我到现在都记得你九岁的样子。"

"只有九岁吗？"乐知时仰头问他。

"三岁也记得，四岁，五岁……"宋煜想了想，"好像都记得。"

乐知时想，或许在他眼里，自己永远都是个孩子。

"宋煜。"乐知时又一次叫了他的名字，凑近了些，在嘈杂的人声和对白里开口，声音很轻，像是许愿。

"之前你是哥哥，我是弟弟，我们是不平等的。我需要你的照顾，你什么都不需要。"

宋煜静静听着，看向他的眼睛。

"现在我长大了，我是你的家人，你也是我的家人，我们很平等。

宋煜的理智稍稍出离了几秒，很短暂就恢复了。

乐知时的眼神很亮，鼻尖和脸颊被冷风吹得发红，仰视他的样子看起来十分单纯，见宋煜不回答，他又伸手牵住宋煜的袖子。

"嗯。"宋煜点了点头。

电影里的男女主角接吻了，梅园小操场上出现此起彼伏的口哨声和欢呼声，正值青春期的人家都为此感到害羞或激动。

乐知时听到声音，也回头望了望，又转过来，耳朵有些红。

宋煜以前讨厌人多的地方，也厌恶别人跟风起哄，但现在却意外地觉得这样的场景很美好。

"你答应我的事要做到，不能只是说一说。"乐知时和宋煜靠得很近，在吵闹的人群里踮了下脚对他说，"你需要我帮你做什么事，我都会做的。"

宋煜点头，他知道乐知时是不会说假话的人，所以又忍不住逗他："什么都行？"

乐知时飞快点头，几乎没有思考，但还是在他对宋煜极低的下限里勾选了一个条件："只要不违法。"

宋煜被他逗笑了："挺对得起你的专业。"

"你记得小时候我送给你的贴纸吗？你只用了一张。"乐知时握住他的手臂。

宋煜反问："我用过吗？"

"用过！你六年级的那个暑假，我在你房间里让你陪我玩游戏机，"乐知时很快速地回答了，但说下一句的时候表情不太开心，"你用了一张贴纸让我安静半个小时。"

不过那个时候宋煜甚至没有把贴纸拿出来给乐知时核销，他嘴上说完，乐知时就灰溜溜地离开他的房间，默认他已经使用了。

这种事他的确干得出来。宋煜回忆了一下，些许片段在脑海中浮现。

他又看向乐知时的脸，见他沮丧地低着头，于是抬手揉了一把他的发顶。"这些倒是记得。"

"那也不能只记得你的好。"乐知时低头，用只有自己听得见的音量自言自语，"不然我更没救了。"

宋煜站了一会儿，说这电影后面不好看了，拉着乐知时的手臂离开了乌泱乌泱的人群。

他们凭感觉前行，黑暗中的校园充满了各种寂静的秘密之地，像一个个彩蛋一样的黑匣子。

路上乐知时询问宋煜是不是他导师做了令他不开心的事，但宋煜没有正面回答，乐知时也就不问了。

"芝士蛋糕很好吃，下次我们再买一块一起吃吧。"

宋煜说："好。"

晚上八点半，他被宋煜送回了宿舍。尽管很不舍，但乐知时想到他连午饭都没有时间吃，于是也不忍心任性地要求他把时间花在自己身上。

回到宿舍，蒋宇凡正翻着点评 APP，和乐知时商量明天去哪一家餐厅。乐知时收到很多消息，来自林蓉的，沈密的，学长学姐的。他都一一回复了，但心里想着的却是宋煜站在操场上，说着"明天人很多"时的表情。

他不知道宋煜来找他之前发生了什么，尽管宋煜很能伪装，但乐知时对宋煜的情绪感知是很敏感的。

但宋煜能在不太开心的时候来见他，和他说说话，然后索取一个提前的两人生日，乐知时觉得他已经进步了。

尽管如此，乐知时依旧觉得，他需要宋煜的程度，远远超出宋煜对他的需求，是连他自己都觉得无法忍受的程度。

秦彦发来的消息很长，他说明天带着女朋友一起来给他过生日，还说订好了KTV包间。乐知时说不要花那些钱，但没有即刻得到回复。

等待中，乐知时点进他的头像，看到他刚发不久的朋友圈，是在梅园小操场的露天影院他与女友的牵手照。

果然是他。

乐知时盯着那张照片看了许久，心里有点羡慕。

忍耐是他最不会做的事。小时候无法忍耐过敏生病的痛苦，他会哭个不停；也忍不了开心和喜悦，想一股脑表达出来，他一刻也藏不住。

但乐知时也开始学习忍耐。

无往不利的乐知时也开始变得胆怯。

晚上十一点，他洗完澡出来，套了件毛茸茸的米白色家居服外套。

对面床铺的室友和女朋友打电话，蒋宇凡在和女朋友打游戏，还剩下一个室友，说有点饿，想去楼下自动贩卖机买一盒杯面。

乐知时陪他一起下去了。

"他们俩天天在宿舍秀恩爱。"室友拿胳膊拐戳了戳乐知时，"你怎么还不谈啊，那么多女生追你。"

乐知时摇了摇头。

室友把手里的杯面向上抛了抛，靠在自动贩卖机前问乐知时："乐乐，你想不想吃点什么？这个布丁挺好吃的，我请你吃吧。"

乐知时说不用了，他不想吃，脑子里想着一些有的没的，他不应该这么患得患失。

纠结地站了两秒，最后乐知时还是拜托室友给他买一个，但是说会把钱给他。室友连连摆手，说出来的话倒是有几分浪漫："你就当这是我给你十八岁的最后一个小礼物嘛。"

"谢谢你。"取走布丁后，乐知时慢吞吞地跟在室友身后，走了几步，又折返。

"你干什么？"室友看着往宿舍大门方向去的乐知时，又喊了一句，

"门禁！"

"我知道，我今晚不回来了。"乐知时拿着那个布丁，头也不回地跑了出去。

他没有拿手机，没有导航，在黑暗的校园里跑了很久，最后几乎是凭着这么多天和宋煜反复走这些路形成的直觉，来到了宋煜所在的学院。

气喘吁吁地站在宋煜宿舍楼下，乐知时努力平复了一下呼吸，鼓起勇气走到宿管阿姨的窗口。阿姨见他穿着一身家居服，又是完全不熟悉的脸，便问他来这里干什么，是哪个楼的。

虽然乐知时一一回答了，但他还急促地喘着气，看起来不算正常，令阿姨很怀疑。

"我来找宋煜，他住在418。"

"你找他干什么？这么晚了。你们不同学院的是不可以随便串楼的。"

"我……"

身后走来一个人，朝他这边走近了一点，是个长得清秀的男生，戴着一副黑框眼镜，他瞅了乐知时好几眼，走上前来，轻拍了一下他的肩："你是乐知时吧？"

"对。"

这是一张不熟悉的脸，乐知时有些意外："你认识我吗？"

"认识啊。"他笑了笑，"你找宋煜有急事吗？"

乐知时想，送一个便宜布丁应该也算不上什么急事，甚至都不好意思拿出来当作理由说给其他人听，所以他沉默了。

"没事，你是不是没拿手机？"那个男生看了看乐知时，直接越过他，对玻璃窗口里的阿姨打招呼，"阿姨，这是宋煜他弟，我能带他上去找他哥吗？"

阿姨一脸狐疑，可这个男生和阿姨的关系似乎很不错，他三言两语把宿管阿姨哄得十分开心，于是也就对乐知时松口了。

"你早说是他弟弟嘛，问你的时候怎么不说呢？"

乐知时没有接话。

"一会儿要出去啊，不能留宿。"

"知道了阿姨，晚安。"男生把乐知时带到楼梯口，才开始自我介绍，"我是宋煜的室友，我叫陈方圆。"

"学长好。"乐知时连忙打了招呼，但又有些好奇，"学长你是怎么知道我的？你见过我吗？"

"见过啊，宋煜和你在食堂吃饭，我看到过好几次了。宋煜为你差点跟法学院的人打架，这事在我们班都传好几轮了。"

陈方圆又笑起来。"也是神奇，没想到宋煜那种冷冰冰的家伙，居然是个弟控。"说完他解释道，"我就是调侃啊，你不要介意。"

乐知时摇了摇头，跟着陈方圆走到了他们宿舍门口，又犹豫了一下："我可以进去吗？"

"可以啊。"陈方圆开了门，发现里面竟然没人，"欸？你哥现在还没回，估计在实验室吧。要不你在他座位上等一会儿吧。"

这还是乐知时熟悉的那个宿舍，来这里躲雨仿佛就是昨天的事。

陈方圆走到宋煜对面床的桌子前，把外套脱了，拿出手机。"我给你哥打个电话啊，你坐着吧，最干净的那个位子就是他的。"

乐知时很顺从地走过去，宋煜的桌子和之前没太大区别，摆设几乎都一样，除了角落有一个物件，被黑色丝绒布罩罩住了，看不出是什么。

宋煜不接电话，陈方圆转了过来，见乐知时的手摸着宋煜桌上的黑色布罩，立刻出声阻止："哎哎弟弟，你别碰他这个，当心他回来骂你。"

乐知时狐疑地转过脸，手却没有收回来。他看着陈方圆脸上紧张的神色，开口第一句却是："他不会骂我。"

陈方圆一副小祖宗没见过世面的表情，低头飞快地编辑了一条微信消息发过去，然后走到乐知时身边。"那可不一定，你哥贼宝贝这玩意儿，谁都不让碰。一开始是怕落灰怕沾上水，用玻璃罩罩住，后来玻璃罩积了灰，他又找了个绒布罩住。八成是你未来的嫂子给他的。"

他又补了句："如果能成的话。"

听着陈方圆声情并茂地讲着关于这个摆件的事，乐知时心里有些吃味，他还没见宋煜这么宝贝过什么东西。

他又一次伸手："我想看看。"

陈方圆心想，这孩子怎么说不听呢。"行吧，那你小心点啊，不然我怕你哥回来说你。"

"他不会的。"乐知时带着一点置气的心说出这句话，取下了那个绒布罩。

下一秒，他愣在原地。

玻璃罩里放着的，是他在初三毕业的暑假熬了很多个夜给宋煜做出来的地球仪。

乐知时甚至都快忘了这个东西的存在，他以为宋煜根本不会喜欢，以为它早就被丢到某个角落里，转也转不动，掉色积灰，等同被抛弃。

他知道自己和宋煜之间总是存在着信息差。宋煜的心情就像是一个个埋得很好的线索，或是藏得很深的拼图碎片。

乐知时很难得地获得一小块，就可以还原出些许模样。

但那总是不完整的，所以他会怀疑。

距离十九岁还有二十分钟，乐知时获得了非常重要的一条线索。

然而他却因此变得极度贪婪，一个个抛出的拼图碎片让他失去耐心，他只想要一个完整的答案，这样的念头迫切至极。

陈方圆的手机振动起来，他立刻接通。

"喂，对啊，下面冷我就让他上来了，我以为你在宿舍呢……你弟没带手机……"说着陈方圆又打量了一下乐知时，"……看起来好像没出什么事，应该也没病，啊行……"

才说着，宿舍门就打开了，乐知时和陈方圆一起看过去，是难得慌乱的宋煜。

"你都上来了还打什么电话，浪费话费。"陈方圆挂断了。

宋煜稳了稳呼吸，走上前来，甚至没有注意到桌子上的地球仪，眼里只有乐知时。

"没事吧？"他低声说，"怎么过来也不说一声。"

"我……"乐知时不知道该怎么向他说，是说自己改变主意了想待在他身边，占用最后几分钟的时间和他一起度过生日的零点；还是应该用临时编的蹩脚理由，说自己只是听说某个布丁还不错，在深夜穿过大半个校园送来给他吃；还是承认自己没来由地患得患失，需要安抚。

宋煜似乎领会到什么，拉着乐知时的手腕往外走。

"哎，"陈方圆在背后喊他，"你干什么去？"他跑到门口，"你别对你弟弟发脾气啊。"

宋煜只留下一句："我晚上不回来，不用给我留门。"

乐知时被宋煜带着下了楼，阿姨已经不在门口值班，他们离开宿舍，没有别的地方好去。

看着乐知时脚上的棉拖鞋，宋煜只得拉着他绕到离宿舍楼几百米处的树林，这里有一片空旷的露天停车场，人很少，宋煜习惯把车停在这里。

上了车，宋煜调了空调温度，然后才询问乐知时怎么了。

乐知时还是没有说话，他看着宋煜，鼻尖有些发酸，但他分辨不出这是因误会宋煜而产生的歉疚，还是看到地球仪之后的感动。

"怎么了乐乐？"宋煜叫了他的小名。乐知时忽然就忍不住了。

"我想跟你一起过生日。"

听到这句话，宋煜的身体明显松弛了一些。"你可以告诉我。直接跑来我会不放心。"

"这次很临时，我本来不想出来的。"乐知时替自己解释了一句。

他鼻子有点堵："你说你想提前单独给我过生日，其实我也只想和你过生日。"

他情绪有些激动，说话很没有条理，逻辑不通，宋煜试图理顺他的话，并找到一个对乐知时来说已经不重要的点。

"你是觉得我没那么重视你吗？"

乐知时摇了摇头。"不是，我只是……我想让你多依靠我一点……我也不知道自己为什么会这样想。但我刚刚看到那个地球仪了。"

宋煜的眼神变了变，过了几秒，他问道："那会让你相信我其实很重视你吗？"

乐知时与他对视，点了点头："会，我现在知道了。"

宋煜轻笑了一声，但眼睛里没有多少笑意。

"你不知道。"

虚假的生日蛋糕和蜡烛带来的是预支的快乐，距离真正的十九岁还有最后一分钟。

"你知道为什么我不记得用过你送的贴纸吗？"

乐知时看着他："为什么？"

黑暗中，手表的秒针一点点跳动着，像是倒计时的声响。

"因为我都留着，每一张都在，我清楚地记得有十张，每年整理的时候我都会数一遍。"宋煜明明笑了，脸色却很苍白。

"你送的手表，你给我的已经枯到一碰就碎的四叶草，用过的旧日历……每一样都在，都被我藏着。地球仪也是一样。"

车窗玻璃上起了一层很薄的雾。

乐知时眼里蓄着水光，忍住不眨眼。最近的每一天都像是在梦中，有时候连他自己都恍惚到以为眨一眨眼，眼前这个人就会消失。

他小心翼翼地学习做一个体贴的人，给宋煜空间，克服对宋煜的依赖，以为这样宋煜就会多在意他一点，多需要他一些，不要把他当作一个什么都不懂的弟弟。

"哭什么。"宋煜感觉到乐知时在哭，安慰道，"不要难过，对身体不好。"

听到这些话，乐知时更难受了。

乐知时很迫切地想要对宋煜说些什么，让他相信自己也是一样的，但越是着急，头脑越是混乱，想到的话总是毫无逻辑。

最后宋煜看了看手表，说时间太晚了。

"过生日还让你哭。"他埋怨自己，"我们回去吧。"

第五章
弦外之音

如果没有任何意外，乐知时会是世界上最幸福的小孩。

闹钟响第二遍的时候，乐知时才终于从沉重的困意中苏醒些许，闭着眼，伸长胳膊毫无章法地摸了半天，终于摸到手机，戳了好久屏幕才关掉了闹钟。

意识还不清醒，他眯着眼，想看看现在几点，迷迷瞪瞪摁了侧边按键，屏幕亮起来，九点零三分。原本准备再睡一会儿，可他忽然发现，屏保好像有些陌生，才反应过来这是宋煜的手机。

他们的手机型号相同，颜色相同。就连手机壳都是一样的，是乐知时照着宋煜的买的。

只是他的屏保是自己喜欢的动漫角色，而这个手机的屏保是一张照片。上面拍的是凌波门湖畔的日落，璀璨的碎金散落在粼粼波光中。

明明人还是迷糊的，仅仅这一张照片，就触动了乐知时心底的柔软处。他看到的好像不是湖，也不是夕阳，是独自坐在湖畔长椅上的宋煜。

他是用怎样的心情拍下这张照片的，乐知时不敢去想。

在乐知时十九岁生日这一天，宋煜睡了一个踏实的好觉，乐知时感到十分满意，仿佛这就预示着未来的一年里他和宋煜都会非常好运。

但很快他又在心里推翻这个想法，重新想了一遍，他可以不要好运，全部都给宋煜。

除了和宋煜在一起时，乐知时几乎从不赖床，自律早起的习惯也是跟着宋煜学来的。但和宋煜在一起的时候，乐知时就格外喜欢虚度光阴。

无奈约好了中午和大家一起聚餐，作为主人公的他无论如何都不能迟到。

洗漱完，乐知时脱了上衣，忽然想到从宿舍来的时候穿的是毛茸茸的家居服，不能穿出门，于是呆站在床边。

已经洗漱完毕的宋煜看见他发呆，于是从衣柜中找出黑色衬衫和长裤，递给了他。

乐知时腰细，宋煜猜想裤子尺寸应该不合适，于是到楼下去拿皮带。

宋煜把皮带扔到床上，然后走到衣柜前，找出一件乐知时可以穿的米白色羊毛衫，说："在外面不要穿这么少。"

"知道。"乐知时拖着音，系好了皮带，保证道，"我肯定不会再感冒发烧的。"

听着他这些毫无自觉的话，宋煜甚至都怀疑这个人还是不是昨天晚上穿着家居服就跑来的乐知时了。

"但是我早上起来喉咙有一点痛，老想咳嗽。"乐知时仰着头，摸了摸自己的喉结，小声嘟囔，"不知道为什么。"

"多喝点水。"宋煜说了句没用的废话。

"这个袖口的纽扣是金色的，好好看。"乐知时抬手打量了一下衬衫袖口，又放下，看着镜子里的自己，"我开学之后一直好忙，好久没有剪头发了，长这么长了。"

宋煜看着镜子里的乐知时，微卷的棕色额发盖住了颧骨，右侧的头发被撩到耳后，后面的发尾也长长了一些，后颈的痣若隐若现。乐知时半低着头，细白的手指扣着松松垮垮罩在身上的羊毛衫，眼睫毛在眼睑下投出一片阴影。

比起之前总是元气满满的少年形象，此刻穿着他衣服的乐知时好像多了一些慵懒感。

他走过去，替乐知时把里面的黑色衬衫纽扣扣到最上面一颗。

"这样不好呼吸。"乐知时不是很配合。

"喉咙受凉了也容易哮喘。"

约定的时间是十二点，餐厅是蒋宇凡订的，是一家乐知时很喜欢的湘菜馆，早上蒋宇凡就给宋煜发了消息，还说乐知时一夜没有回宿舍。

宋煜回了句他知道，便开车带着乐知时过去了。

抵达餐厅楼下，乐知时解了安全带着急下去，但宋煜没有直接开门。"等一下。"

他打开手边的一个储物盒，从里面拿出一个十分精致的藏蓝色天鹅绒礼盒，递给了乐知时。

"这是什么？"乐知时接过来，眼睛看向宋煜。

"生日礼物。"宋煜简单回答。

乐知时打开，发现是一块十分精致的机械表，蓝宝石玻璃镜面，表盘呈放射状波纹，像湖水一样，在阳光下反射出很淡的蓝色光泽，刻度、时针和分针都是银白色，细长的秒针则是漂亮的海蓝色。

"好好看。"乐知时眼睛都亮了，他拿起手表，翻过来一看，才发现品牌很熟悉，又拽过宋煜的手，"这是我给你买的手表的牌子吗？"

但宋煜送的明显贵很多。

"嗯。"宋煜拿过表，给乐知时戴上，挑选的表盘与他的手腕粗细正好匹配，打量一番，宋煜点点头，像是还算满意自己挑选多日的成果，"很适合你。"

"我也是有表的男生了！"乐知时把手腕伸远了些，又看向宋煜，"这个很贵吧？"

"还好。"宋煜问他，"喜不喜欢？"

乐知时兴奋地点头："喜欢。"

事实上宋煜哪怕是送他一个打印出来的贺卡，他都会高兴地把它摆在自己的桌子上天天看。

"这个肯定比我送你的贵。"乐知时抿起嘴唇，"等我挣钱了给你买一个更好的，好吗？"

"不用。"

乐知时像是怕他觉得自己买不起似的，立刻说："我以后会当律师，可以挣很多钱的。"

"知道了，小律师。"宋煜嘴角微微勾起，垂眼看着自己腕间戴了很多年的表，"但这个就很好了。"

乐知时看着宋煜的手腕，他送出去的表还和新的一样，几乎没什么磨损的痕迹，黑色表盘散发着淡淡的瓷光，时隔九年，他收到了宋煜送出的同品牌的手表，仿佛是一种漫长而郑重的回应。

生日聚餐叫的都是很亲近的朋友，基本都是在 W 大的这一批，晚上乐知时还要和家人吃饭。他和宋煜前后脚进入包间，看见已经坐在里面的秦彦、蒋宇凡，他们俩都带了女朋友。

蒋宇凡看见乐知时，说："乐乐你可算来了，沈密和南嘉学姐刚出去买奶茶，然后晓成他来不了了，他妈生病他赶回去照顾。"

晓成就是乐知时陪着去买杯面的室友，乐知时点点头，问另一个室友："那洋哥呢？"

"他被导员叫去干活了，估计也够呛。"

秦彦"嗤"了一声。"导员就爱使唤你们这种听话的新生，没事，再熬一年就好了。"他看向宋煜，"你俩一起来的？你弟让你去接他了吧。"

"嗯。"宋煜含糊地回答了一句，走过去坐到秦彦的右手边，乐知时也挨着他坐下，点完菜，沈密和南嘉也提着奶茶回来了，包间里一下子热闹起来。

南嘉坐在乐知时的旁边："来，你爱喝的奶绿，五分甜。"

"谢谢学姐。"乐知时接过来，熟练地戳破包装，喝了一大口。秦彦戳奶茶的时候不小心脱了手，奶茶流到桌子上，滴了一些在宋煜的裤腿上。

"哎呀对不起对不起，我的错我先跪。"秦彦觉得宋煜这个洁癖可能会炸，疯狂道歉，没想到宋煜心情似乎还不错，只是起身说自己去清理一下就走了。

服务员先上了几道凉菜。

"对了乐乐，"蒋宇凡一边拆了筷子递给女朋友，一边抬头看他，"你昨晚跑哪儿去了，手机都不拿，晓成上来的时候说你不回来了，我还以为他开坑笑。"

"吃饭吃饭。"沈密招呼着，又转头问南嘉，"学姐你刚刚不是在路上说艺术节初选的事吗？怎么样，有没有什么第一手消息可以透露的？"

"对。"她笑着看向乐知时，"乐乐，我昨晚整理评审老师的评审表，看到你的分很高，评语也很好，你肯定能进院队。"

"真的吗？"乐知时很是开心，"太好了，那我可以准备之后的比赛了。"

"对，过几天评选结果出来，我会带着你们几个选手一起开会的。"南嘉拍了拍他的肩膀，"你可是今年法学院冉冉升起的新星啊。缺什么告诉学姐，学姐尽全力帮你。"

"别的倒是不缺，"乐知时握住南嘉的手上下摇了摇，一点也没有客气，"就是很需要一个漂亮的女生模特，最好是院花级别的，穿什么衣服都好看的那种。"

一桌子人都大笑起来。

"法学院的院花院草竟然在私下做这种交易！"

"哈哈哈哈，把自己绕进去了吧，南嘉学姐。"

南嘉也笑得直不起腰："行行行，你都求我了我能不答应吗？那你给我设计漂亮一点的裙子。"

"会的会的，最漂亮的给你。"

宋煜打开包间门，回到自己的位子上，见他们聊得很开心，也没插话，给乐知时倒了杯热水凉着。

"不错不错，我就等着看乐乐决赛了。"秦彦给自己的女朋友夹了一筷子凉菜。

服务生推开包间的门，将菜一一端上来。一大盘蒸鱼头放在最中间，鲜辣的红剁椒和青泡椒对半铺在上面，细嫩的鱼肉和半透明胶质浸在汤汁里，香辣中带一点开胃的酸。乐知时很喜欢用剁椒鱼头的汤汁拌饭，最好再来上一筷子擂辣椒皮蛋，软烂的杭椒和皮蛋一起舂碎，口感绵密，细品还有一股淡淡的奶香。

他喜欢这种能够把寻常食材做得极为可口的菜，和大多数人的生活一样，大家都很平凡，但总有人可以过得有滋有味。

秦彦和蒋宇凡都是谈恋爱就格外照顾对象的类型，饭桌上就看他俩给女朋友夹菜盛汤，还相互调侃妻管严，插科打诨，很是热闹。乐知时边吃边看，有时候也参与进去说两句，再低下头，发现自己的碗里多出一块鱼肉，剔了刺，也没有葱姜，还有一小块鱼唇，是乐知时喜欢吃的。

他看向宋煜，小声说："这个你吃。"

宋煜不说话，低头喝了一口汤，说自己不喜欢。

"鱼唇多好吃啊，外面一盘烧鱼唇巨贵。"秦彦道。

见他们说这个，坐在对面的蒋宇凡盯着乐知时的脸看了半天，直到乐知时也抬起头和他对视，他才拿筷子隔空点了点："乐乐，你嘴怎么破了？"

刚说完，沈密和南嘉也往他这儿瞟了一眼。

"嗯？"乐知时下意识抿起嘴唇舔了舔，"最近有点干……嘴唇起皮，被我撕破了吧。"

刚说完，宋煜就把水杯往他面前一放："喝水。"

乐知时瞥了他一眼，只能乖乖端起自己不愿意喝的白开水。

秦彦伸了个懒腰，说："等你们艺术节一过，篮球赛也差不多要开始了，又要训练了。煜哥，没事过来指导指导新生呗。"

宋煜放下筷子，淡淡道："等我回来再说吧。"

"回来？"蒋宇凡好奇，"学长你又要外出作业啊？"

乐知时显然比他更意外，差一点呛到，咳嗽了半天。

"嗯。"宋煜把纸巾递到他手边，语气比刚刚柔和许多，好像只在对他一个人解释，"昨天晚上才通知的。"

难怪，昨天半夜他们见面，根本顾不上说别的话。

"那你要去几天？出省吗？"乐知时来不及喝水，忙问道。

宋煜点了下头："一周左右。"

乐知时抿了抿嘴唇，很懂事地没有再问更多，倒是秦彦，好奇心起来，杂七杂八问了一堆："哎，那你这回去的地方盛产什么？有没有值钱的石头啊矿啊什么的，给我捎点呗。"

"盛产楠木。"宋煜摘了眼镜放在桌上，闭眼捏了捏睛明穴。

"楠木？楠木很贵吗？"乐知时语带疑惑，把他的眼镜拿起来摆弄，戴在自己鼻梁上。

"贵。"宋煜抬眼，"相当名贵的棺木。"

"棺木？"沈密率先大笑出声，"哈哈哈哈，讲究！"

一桌子人都笑了，秦彦拿手臂绕过宋煜的脖子晃着他。"你小子嘴忒毒了！"

"你不是要贵的。"宋煜脸上带了点笑，眼睛看向乐知时，语气温柔地让他把眼镜取下来，"别戴我的，小心把眼睛弄坏了。"

吃完饭，秦彦带着南嘉、沈密回篮球队，蒋宇凡去和女朋友约会，大家在餐厅外分开。停车的地方有点远，几个人都在等秦彦和宋煜开车过来。乐知时和南嘉并排站在路边，看着不远处的沈密和蒋宇凡插科打诨，天蓝得很澄清，云高高地悬着，只是风有些大，南嘉裹紧了自己的风衣，看向乐知时，注意到他的手腕。

"手表很好看。"南嘉很真诚地夸了一句，将碎发撩到耳后，轻声说，"我到现在才发现，真是够迟钝的。"

乐知时只听到前一句，十分开心："是吗？学姐你觉得好看吗？"

南嘉认真点头："生日礼物吧，一看就是用心挑了很久的。"

她并没有问是谁送的，乐知时也没发现不对，只是愉悦地点头，但还是多少有点不习惯。"以前我都没有戴过表，这个看着就很贵，总是担心磕着碰着，又怕不适合我。"

"你的担心真是太多余了。"南嘉拍了拍他的肩，笑容甜美，"没人比你更适合了。而且重要的不是手表，而是心意，只要用心维护和珍惜就好啦。"

乐知时点头，他替南嘉把掉了一半的围巾又绕到她脖子上，听见秦彦的声音，俩人回头，看到他和宋煜的车开了过来。

宋煜的车和他人一样，哑光黑，很低调，看起来一尘不染，他坐在驾驶座上，面无表情地握着方向盘，时不时瞟一眼后视镜。

蒋宇凡带着女朋友走过来，先是说乐知时穿得太少，又让乐知时回家之后记得给他带好吃的，乐知时一一应了。他的小女友好奇地问南嘉："学姐，你现在单身吗？"

南嘉笑着点头："对呀。"

"是不是要求太严格了。"蒋宇凡女朋友开玩笑，"合适的人选太少。"

"不是啊。"南嘉笑道，"我不设限，合眼缘的都可以呀，目前就是缺了那么一点点缘分。"

对方也笑起来："那女生可以吗？哈哈哈。"

南嘉十分大方地将头发拢起来扎了个马尾，故意对她眨了眨眼："那也说不定呢。"

蒋宇凡突然感受到了危机，站到了自家女友和南嘉中间，说："学姐这使不得，使不得。"

乐知时笑得肚子疼，蹲了下来，像个小孩一样捧着脸仰望他们，直到宋煜把车开到他跟前，摇下车窗，他才站起来，跟大家道别后上车离开了。

回去的路上，乐知时无所事事，于是拿宋煜的手机看动漫，但新出的后传他并不喜欢，所以一集都没看完，还没过江，他就歪着脖子在副驾驶座上睡着了。

再醒来的时候已经快到家了，他发现自己的座椅被放平，脖子上还垫着一个 U 型枕，宋煜依旧在驾驶座上心无旁骛地开车，仿佛什么都没做。

乐知时没出声也没起来，靠在座椅靠背上伸出手，摸了一下宋煜的手肘。

"醒了。"宋煜从后视镜瞥了他一眼，拿出一瓶气泡水给他，"喝一点。"

乐知时听话地坐起来，睡得脑子有点蒙，拧开瓶子喝了一大口，然后对着天空发呆。才这么一会儿就变了天，窗外的世界仿佛被灰色的水雾罩着，积雨云聚拢，压低了天空。

原计划是林蓉和宋谨来他们学校附近吃饭，但宋谨有事走不开，正好宋煜也要去西北外出作业，想着回家住一晚，收拾几件厚衣服。

乐知时上次回家是一个人，和往常一样吃饭睡觉，逗家里的猫猫狗狗，和林蓉坐在一起看电视剧，听她聊八卦，没有多少负担。这次和宋煜一起，他的心里总隐隐感到不安。

他们出了电梯，宋煜看起来和平时并无两样，沉默着开了门。乐知时和他一起进入玄关换鞋，他们两人的拖鞋已经摆在了门口，并排放得整整齐齐。

棉花糖第一时间冲了出来，站起来挠乐知时和宋煜的腿，乐知时抱起棉花糖亲了好几下它的脑袋，关上门，听见林蓉在里面喊："回来了？"

这恍惚间让乐知时回到了中学时代，每天中午放学回家，林蓉都是这样等着他们。

他应了一声，喊了一声蓉姨，然后趿着拖鞋进去了，棉花糖从他的怀里跳出来，跑去骚扰宋煜。橘子在客厅的沙发上睡觉，听见动静抬了下头，慢悠悠地摇了一下尾巴，高贵得跟打了个招呼似的。

沙发上还摆着织了一半的羊绒毛衣，另一件已经织好，只是颜色不同。

乐知时在楼下买了林蓉爱吃的冰激凌，他们一起看电视的时候，林蓉总是会嚷嚷着"这吃完又会长胖"，然后吃下一整罐。

宋煜跟在后面，走进来才叫了声妈。林蓉围着灰粉色的围裙，拿着一个西红柿从厨房出来，素面朝天，头发很松散地盘在脑后，乐知时觉得她看起来和十年前好像也没分别。

"我买了冰激凌，放冰箱啦。"乐知时走过去拉开冰箱门。

"哎呀又要长胖了。"林蓉嘴上这么说，可还是跟在乐知时后头，看他买的什么口味。

"你爸爸在路上，一会儿就回来了。"她抬头看了一眼宋煜，又蹙了蹙眉，"小煜，你眼睛度数长了吗？"

"还好。"宋煜说自己只有在学习和开车的时候才会戴眼镜，"还是两百度左右。"

"要定时验光，不能再高了。"林蓉伸手抚平他大衣上的一处褶痕，转头又拿着她没切的西红柿进了厨房，絮叨说，"听说长到六百度的话，是会遗传给下一代的，我们家还没有近视基因呢。别到时候小宝宝一出生眼睛就不好。"

"我上去休息一会儿。"宋煜看着乐知时的眼睛说。

林蓉背对着他们。"你去吧，还早呢，现在才四点。"

乐知时留在了厨房，帮林蓉择菜。

宋煜在原地站了一会儿，仿佛也不想独自上楼了，但他的手机响起来，是他的导师打来的电话。他还是上去了。

"哥哥好忙啊。"林蓉感叹了一句。

和大多数母亲不太一样，很多时候林蓉给人一种不太靠谱的感觉，不像许多母亲那样稳重，甚至略显疲态。她年轻、漂亮又孩子气，喜欢对着老公和儿子撒娇，时不时还会被亲戚在背后说三道四。

但事实上，料理生活这一点，林蓉比任何人都做得认真，家人的衣食住行没有一点不安排妥当，就算是最简单的炒青菜，乐知时都觉得林蓉做出来的比任何人做的都好吃。

"在学校怎么样？初选是不是没问题了？"林蓉在西红柿顶部划了很浅的十字花刀，放在沸水里煮。

"应该没问题吧。"乐知时避重就轻地向她讲述了一些在学校发生的事，讲课普通话不标准的老教授、食堂里很"暗黑"的西瓜炒肉，还有开了一整条路都没人收的桂花。

"真可惜，那可以做很多糖桂花呢。对了，我这次用糖桂花做了小汤圆，冰在冰箱了，你一会儿吃完饭吃。"西红柿的表皮卷起来，林蓉夹出西红柿放在冰水里，撕掉了表皮放到一边，又抽出一根长长的芹菜，切掉尾部的根，很细致地抽掉芹菜背面的粗纤维。

乐知时也拿了一根芹菜，帮她一起处理，但他不是很熟练，林蓉就手把手教他。"这样，你掰断的时候抽丝，对。"

她一着急叫了乐知时毛毛，大部分时候她都叫他乐乐，有时候叫乖乖，毛毛是这座城市的人对刚出生的小宝宝的叫法，但林蓉经常这么叫乐知时，好像他还是个很小的孩子一样。

乐知时本来都已经习惯了，今天忽然一听，莫名有些鼻酸。

"你们俩也真是好玩，你是很多东西不能吃但什么都爱吃，除了不吃枸杞和姜，哥哥就麻烦了，嘴挑得很，芹菜都不能有丝，西红柿也不爱吃皮，喜欢喝汤。"她把择好的芹菜放在一边，唉声叹气道，"得亏他自己会做饭，不然我都不放心。"

乐知时知道她不放心什么，只说："哥哥很厉害，自己什么都做得了。"

"那也需要一个人和他相互照顾。"林蓉把放凉的西红柿切成块，放进正煨着的砂锅里，里面是炖得软烂的牛肉，"我其实蛮矛盾的，不想让你们长大，无论哪一个，一想到有一天你要离开妈妈，自己成家立业，就觉得心里挺不是滋味的。"

她拿小勺搅了搅。"但是呢，我也希望你们都能找到自己喜欢的人，特别是哥哥，每次想到他总是孤零零一个人，我就很难过。明明他条件这么好，怎么能一直单身这么多年呢？"

乐知时不知道应该说什么，索性不接话了。

"其实我也知道他要求高，可能不像别的小孩一样一下子就能找到一个中意的，但总不能一直这样下去吧，那我就要得心病了。"她舀了一口汤，吹了吹，喂到乐知时嘴边，"尝尝，淡吗？"

乐知时顺从地抿了一口，摇头。"正好。"他又安慰地摸了摸林蓉的手臂，但也只能对她说，"你不要想这些了。"

"那我还能想什么呢？"林蓉放下勺子，"你们都长大了，我们只希望你和哥哥健康平安，每天开开心心的，未来可以有很幸福的生活。"她摸了摸乐知时的脸，有些俏皮地皱了下鼻子。"你还小，不着急谈恋爱啊，我还想你多陪我几年呢。"

乐知时笑了一下："为什么我不着急谈啊？"

林蓉蹲下来检查了一下烤箱里的鸡翅，语气里是满满的不放心："因为你太单纯了乖乖，蓉姨好怕你被骗啊。欺骗感情就算了，万一有人追不到你，或者跟你分手之后回来报复你，你体质又特殊，到时候出点什么危险，我要哭死了。"

乐知时静静地站在厨房里，望着蹲在自己面前的蓉姨，一句话也说不出来。他眼睛酸涩，但还是克制住自己的情绪。他看着厨房里满满当当的菜，又想到客厅的毛衣，思绪跳转，想到工作繁忙还要赶回家来陪他过生日的宋谨。

所有人都一心为他庆祝这一天。

"我去喂橘子和棉花糖吧。"

林蓉回头亲昵地摸了摸他后背。"嗯，我把它们的食盒都放在楼上了，在拐角储藏间门口，少放一点，最近棉花糖肠胃不太好。"

乐知时蹲在储藏间外给棉花糖倒狗粮，又给橘子开了一个猫罐头，一听见声音棉花糖就跑了上来，橘子倒是不紧不慢。他抱着膝盖坐在它们面前，静静地看它们吃饭。

"慢一点。"他小声对棉花糖说，又摸了摸它的背，感觉它瘦了，呼吸声也变重了。

乐知时站了起来，穿过走廊打开了自己房间的门，里面拉着窗帘，阴雨天屋子里很暗，他抬手想关上门开灯，忽然感觉手臂被一只温热的手握住。

门被关上了。

乐知时抬头与宋煜的眼睛对上，无端产生了一种消极情绪。

宋煜语气温和地问："累了吗？"

乐知时摇头，答非所问，很小声地喊他。

"嗯？"

宋煜好像感应到了什么，他们对彼此的情绪变化都有着高度的感知力，但他没问缘由，只是说："今天生日，不要不开心。"

"没有不开心。"

林蓉和宋谨给他的亲情，对他而言是宝贵且唯一的。

他没有其他可以称之为亲人的人了。

乐知时发着呆，听到宋煜喊了一声乐乐，声音很沉，给乐知时很多很多的安全感。

"突然有点想见你的爸妈。"宋煜说。

这是已经不可能做到的事了，乐知时还是问他："怎么想起这个？"

宋煜的语气很是慎重："要谢谢他们让你出生。"

乐知时更难过了，但他不想哭，所以一直忍着。

"听说你是下午出生的，我记得爸妈是下午接到的电话，不过在英国应该是早上。"说完，宋煜轻笑了一声，好像在自嘲竟然能记得三岁时发生的事。

"很想回到十九年前的这个时候，想在产房外等着你出生，然后捏一下你的手。"

乐知时眼睛很酸，但是在笑："只是捏手吗？"

宋煜犹疑了一下。"他们会让一个三岁小孩抱你吗？"

"会吧，如果是你的话。"乐知时觉得他很奇怪，把这些幻想说得好像真的一样，"你要做什么？偷小孩吗？"

宋煜摇头："我要把你抱到角落里，告诉你，我们会一起长大。"他声音很轻，很温柔，把乐知时从煎熬和焦虑中拉出，给他温暖。

乐知时几乎没有犹豫地说了好。

他对宋煜永远有求必应。

事实上，乐知时的性格随遇而安，很少去想如果。因为对他来说，想象如果是一件很残忍的事，失去的就是失去了，想象越是美好，现实就越是残忍。所以他十分平和地接受了自己失去了父母的事实，也接受了自己过敏、哮喘，很多事做不到。因为只要接受得够轻松，好像也没什么可惜的。

但此时乐知时非常渴望有如果，哪怕时间不能回到他三岁以前，不能重新拥有自己的家人也没关系，他不贪心，早一点点就好了。

"你说，如果我们不是一起长大，你还会注意到我吗？"乐知时问。

宋煜点头："会。"

"为什么？"乐知时想不出太多理由，"你觉得我长得还不错，性格也还行，是吗？"

宋煜对"不错""还行"这类形容词仿佛不太满意，他不明白乐知时为什么对自己的认知总是不太准确，明明乐知时从小也是被很多人追捧着长大的。

"你是我见过的长得最好看，性格也最好的人，但这些都只是你的一小部分闪光点。"宋煜的语气很稳重，连少有的夸张赞美都显得很有分量，令人无法产生怀疑，"你是一个人见人爱的小朋友，我会关注你也在情理之中。"

何况没有人像乐知时一样，不计回报地对他释放光和热。

明明忍了很久，可乐知时最后还是哭了出来，只是流眼泪，几乎没有发出声音。

长大成人以后，哭也成为一种奢侈，是难堪而私秘的，不能随时随地掉眼泪，最好是一个人的时候，哭过之后最好谁也不要发现。不给任何人制造情感上的负担，是成年人生活的基本准则。

但对乐知时而言，宋煜是一个秘密的时光胶囊，在他这里，长大成人的乐知时永远都可以做一个想哭就哭的小孩。

宋谨回来的时候，乐知时又恢复成相对成熟的模样，很懂事地给宋谨泡茶，和他坐在一起毫无芥蒂地聊天，在任何人看来，他们都像是一对无话不谈的父子。

宋谨有无论去哪儿都给家人带礼物的习惯，且每个人的礼物都不一样。大家围坐在客厅拆礼物是乐知时最喜欢的活动之一。

这次他得到的是一本书，是南非宪法法院前大法官奥比·萨克斯所著，以南非视角展开的宪法建立和共和国变革的过程，探讨人权、自由和平等。宋谨喜欢给两个孩子买书，尤其是给乐知时，他每次都会自己看一遍，挑选出他认为不错的，在扉页写上"赠知时"三个字，有种老派的、传统的呵护感。

"我看过了，觉得你会很喜欢。"宋谨抿了一口茶，"以前我觉得你学法并不是很适合，你性子太柔，太善良，但我看了这本书，扭转了偏见。现在我觉得你非常适合，这一行很需要同理心，需要仁慈和正义。"他的神色慈爱中带着一点很轻微的得意，仿佛对自己心态的转变感到愉悦。

"是吗？"乐知时也开心起来，从宋谨身上得到了一种近似父亲的认可，这对他很重要。

十数年的成长路径里，宋谨都充当着半个父亲的角色，为他们的生活打拼，给他们非常坚实的物质基础和情感后盾。

"是的。"尽管乐知时不是真的在发问，但宋谨还是给了很确切的回答，他放下茶杯，靠上沙发望着墙上的画，"我有时候觉得，可能因为你是跟我长大的，我们家的环境对你的性格塑造肯定是有影响的，所以你才这么温和，如果你跟着乐奕长大，可能更开朗，说不定也是个小冒险家。"

宋谨只有在谈论起乐知时父亲的时候，脸上才会流露出一种复杂的神情，嘴角是勾起的，但眼神是难过的。

"他可能会嫌我把你教得太保守了。"宋谨笑着说，"要是他，估计会带着你爬山、浮潜、滑雪，不过你身体不行，我是不放心的。他要让你去玩那些，我肯定要跟他大吵一架，让他老实一点，踏踏实实学着当个可靠的爸爸。你刚出生的时候我就说这些，他肯定都烦死我了。"

说着说着，宋谨陷入了沉默，盯着茶杯里清亮澄澈的茶汤，最后拍了拍自己的膝盖。"不说了，要吃饭了，我去看看小蓉今天做了什么好吃的。"

看着宋谨的背影，乐知时陷入一种伤感之中，但不是因为自己。

或许对他而言，自己的父亲只存在了三年，婴幼儿时期的他跟父亲建立不了多么稳固的情感基础，没有记忆存档，但对宋谨而言，乐奕是和他一起长大的挚友，是亲如手足的存在。

乐知时不知道自己的爸爸是不是一个可靠的父亲，但他一定是一个很好很好的朋友。

饭桌上依旧温馨，林蓉做了一个很大的海盐奥利奥奶油蛋糕，奥利奥也是自制的，上面是乐知时爱吃的各种莓果，戚风蛋糕坯是用米粉和杏仁粉调配烤制的，蓬松柔软，带着淡淡的坚果芬芳。

"这可是我试验了四次的配方，你们绝对喜欢，比外面卖的蛋糕蓬松多了，而且质地也很细腻。快尝尝。"林蓉切了一块最大的给乐知时，"今年是我们乐乐最后一年十开头的生日了，要顺顺利利，健健康康。"

宋谨点头："是啊，明年就是二十弱冠了。"

林蓉敲打了一下宋谨。"弱字不好，要健康强壮。"

"健康好说，"宋煜握了握乐知时比他细了一圈的手腕和胳膊，"强壮就难说了。"

"我挺强壮的，我有腹肌。"

"腹肌好呀，你哥哥的腹肌就不错。"林蓉分好了蛋糕，坐下来，"快吃，这个米蛋糕好吃吧，你生日过了我就要在阳和启蛰推广，做成小的，名字就叫乐乐海盐奥利奥戚风奶油。"

"有点长吧这个名字。"

"哈哈哈，好像是啊。"

乐知时拿起叉子，在笑声中吃下第一口蛋糕，他忽然发现了一个许多年都不曾留意的事实。

对中国家庭而言，餐桌是很特殊也很神圣的地方，大人们常说"先吃饭，吃完饭再说""在饭桌上不要说不开心的事"，生活再艰难，餐桌也是珍贵的乌托邦。大家分享食物，也是分享彼此的生活。

而在宋家的乌托邦里，没有小麦的存在。

过敏的只有乐知时一人，但在这十数年里，他们一家三口都为了他剔除了这个看似必不可少的过敏原。

如果没有任何意外，乐知时会是世界上最幸福的小孩。

晚上，宋谨看球赛，林蓉又开始织毛衣，乐知时端了杯热牛奶到沙发前，很温顺地靠在林蓉的肩膀上，看她拿着很细的毛衣针织出双螺纹。宋煜拿了本书走了过来，坐到旁边的沙发上看书。

"稀奇了。"林蓉抬了抬眼，动了下肩膀示意乐知时看，"你哥今天居然没有一个人闭关修炼。"

乐知时望了一眼，正好和抬头的宋煜视线相对，觉得一家人聚在一起的感觉很幸福。

"可能是哥哥想你了。"乐知时又靠上林蓉的肩。

"真的假的？"林蓉用小拇指钩着毛线，表情有些撒娇的意思，"想我也不跟我说，那我怎么知道是不是想我？"说完她故意对宋煜使眼色，"学学你爸，人长嘴就是要说话的。"

专注看比赛的宋爸爸突然被点名，连内容都没听见，就直接揽了揽林蓉的肩膀，有些迷茫地问："怎么了小蓉？"

乐知时和林蓉都笑了起来，宋煜一脸事不关己的姿态，端起乐知时拿来的热牛奶喝了一口。

"没什么，我逗你儿子呢。"她停了停手上的动作，对着宋煜来了一套捧杀，"你说说你，这长相，这气质，要是再有你爸一半的温柔体贴，是个天仙都被你弄下凡了。"

乐知时没有作声。正喝着牛奶的宋煜被这句话呛了一下，咳嗽两声，又低头翻书，从容道："宋谨同志长相气质俱佳，温柔体贴善解人意，都没能让天仙下凡，何况是我。"

听了这话，林蓉一下子没反应过来，转念一想不对，两手往膝盖一放。乐知时见了这架势立刻坐起来摸她后背。"下凡了下凡了，蓉姨就是仙女。"

林蓉伸脚踢了踢宋谨。"你儿子天天讽刺我，你管不管他？"

直播正到了赛点，宋谨两头顾不过来，也只听了个大概，揽过老婆肩膀亲了一下她头顶。"管，你是王母娘娘。"

林蓉推开他："什么跟什么啊，你看你的球吧。"

乐知时笑得歪倒在沙发上，瞥见宋煜嘴角也带着笑意，一瞬间觉得他们的生活真的很好，很希望时间就停在这一刻。

见宋煜还在笑，林蓉又好气又好笑，最后长吁一声："我看就我家小煜这挑剔程度，真有天仙下凡他也是看不上的，就不知道他能看上什么样的？"

乐知时以为宋煜会装死不回答，没想到垂眼看书的他却开了口，一副轻描淡写的样子："天仙就算了。"

"天使下凡可以试试。"

第六章
人人平等

"只要你希望淋一场雨，那么雨永远公平地为每一个人落下。"

在家里待了一天半，周日晚上宋煜开车带着乐知时回了学校。天气始终阴沉，但雨一直没有落下。

坐在车上，乐知时闭上眼休息，眼前反复出现林蓉抱着他不舍得他走的场景，后备厢放满了她做的点心和零食，不知道是她猫着腰在厨房做了多久才做完的。

他穿着林蓉织对的毛衣，腿上搁着未谨给他买的书，被爱和自由包裹着长大，有非常安全稳定的人生轨迹，却一意孤行地驶向一条死胡同。

某种程度上，他的确很像他的父亲。

返校后他们没有回宿舍，因为宋煜第二天一早就要离校外出，他第一次挽留了乐知时，尽管方式还是不确定的询问。

"要不要去公寓住一晚？"

乐知时当然同意了。

在乐知时洗澡的时候，宋煜一个人坐在卧室地毯上安装好了投影仪，和几年前狠心赶他走的自己很不一样，现在宋煜可以让乐知时待在自己身边，很安静地陪他看他喜欢的动漫电影。

乐知时的瞳孔总是亮亮的，他认真地盯着投影屏幕，像只可爱的小动物。看到激动之处，他还会在被子里猛地蹬腿。

他们很多时候都是不需要言语沟通的，一个动作就能知道对方心里的想法。乐知时蹬一蹬，宋煜就知道他困了，把他垫高的枕头取了一个，让他平躺下来。

强撑着看完了最后片尾曲部分的彩蛋，乐知时睡下了。宋煜给他盖好被子，像是盖上了一个安全而温暖的保护罩。而乐知时就像是一台接上电源的机器，进入休眠。

他们彼此陪伴，相互保护。

大概是印象中宋煜会走得很早，乐知时天不亮就醒了，发现宋煜还在，心里才踏实一些。他跑到楼下洗漱，给宋煜做了很简单的早餐。

只有煎蛋、培根和米吐司，但是他翻出来一瓶黄芥末酱，组合在一起就还不错，他觉得宋煜会喜欢。

宋煜下来的时候脚步有点快，下到一半看见从厨房端出两个盘子的乐知时才停了停，恢复成以往慢条斯理的状态。

"我做的东西不是很好吃。"乐知时自己先主动替他降低预期，"你不要挑剔，不好吃也不要告诉我。"

宋煜尝了一口，看向看似不在意评价的乐知时，说："好吃。"

"真的？"乐知时也咬了一口自己做的三明治，"好像还可以。"

他觉得宋煜对他的要求一向很低，容忍度很高，态度也很温和，这些他现在才发现，但仔细回想，很久以前宋煜就是这样了。

八点不到，宋煜就带着提前收拾好的行李离开了，他走得很急，乐知时穿着睡衣和拖鞋陪他坐电梯。宋煜让他回去再睡一会儿，反正上午没课。

电梯门打开，冷风直往乐知时的脖子和脚踝灌，乐知时目送宋煜走进停车场，看着他的背影，乐知时冷得浑身发麻，打了个寒战。

"宋煜。"他很大声地在后面喊了一声，看见宋煜回头，本来想跑过去，但宋煜大步朝他走来，直到来到他的面前。

乐知时很乖地叮嘱："你要小心，记得给我带礼物，不要生病了。"

宋煜点头，趁着没人，乐知时踮起脚拍了拍宋煜的头："不要担心我，我不那么难过了。"

他知道这两天在家，宋煜很担心他，所以才和过去不一样，不会自己一个人待在房间，而是陪着他在客厅，陪着他做很多事。宋煜的关心是没有声音的，静水流深。

"别怕。"宋煜摸了摸他的脸颊。

乐知时摇头，眼神坚定。"一想到你这么多年都是这样过来的，我就觉得很难过，很心疼，根本顾不上害怕了。"他很直白，很坦诚，"你也不要担心我。那种只有你一个人挣扎的日子不会再出现了。"

"还记得我当年抽到的签文吗？"乐知时歪了歪头。

宋煜露出一个很淡的笑："顺其自然。"

那其实是他的。

"对，以后的事我们都一起面对吧。"

乐知时站在原地看着他开车出去，直到再也看不到。回到公寓的他根本没能睡着，打扫了一遍房间，然后就收到了南嘉发来的开会通知，换了衣服赶去学校。

因为有南嘉帮忙，法学院这次动作很快，早早地发布了初选晋级名单，把即将代表学院参加比赛的学生都召集起来开会，很明显是希望这次能拿个不错的成绩，一雪前耻。

尽管提前知道了自己晋级的消息，但真正去开会，乐知时还是有些紧张和兴奋。上次那个穿着汉服的女孩子果然在里面，两人打了招呼，乐知时发现她是个特别内向的小女生，问了两遍才听清她的名字，叫小琪。

"我叫乐知时。"他还没说太多，小琪就点头："我知道你，你很有名。"

乐知时觉得神奇，因为他并不是朋友众多的那一类人。另外三个选手也进来了，尤其是一个穿着皮衣的灰蓝色短发女生，比南嘉还要高，拎着一块黑色滑板进来，自我介绍只有一句："我叫曲直。"

还有两个男生，一个高高壮壮、声音很细，说话总是丧丧的，名字很有趣，和他本人一样丧，叫周一。最后来的是一个干瘦、穿着不合身的橙色大卫衣的男孩。"我叫陈毕，大家都叫我陈皮。"他嚼着口香糖，一进来就给南嘉学姐吹彩虹屁。

南嘉让他们坐下，和另一个学姐一起给他们介绍艺术节服装设计比赛的规则："这一届赛制有一点改革，每个学院的小组是五个人，你们刚刚也相互认识了。因为我们有比较长的 T 台展示时间，需要制作成衣给模特，制作周期比较长，所以决赛只比一轮，大家只需要设计一个主题的服装。"

那个很酷的女生抬了抬手："学姐，是命题的吗？"

南嘉点了点头："不过每个学院的主题是不同的，一个学院一个，是采取抽签的形式分配的。"

乐知时皱了皱眉："所以，这个比赛还有运气的成分？"

"理论上是这样的，因为一定有好发挥和不好发挥的主题。"南嘉耸耸肩，"这也没有办法，有的主题本身就很吸睛。"

另一个学姐补充道："走秀的话一个主题需要三轮，所以我们需要大家设计出三组服装，如果可能的话，尽量设计得有层次，比较容易拿高分。"

看起来就很丧的周一同学叹了口气，像一堵移不开的山一样坐在椅子上。"可是我们学院在这个项目上很不擅长，以前都只能拿一些鼓励参与的奖项。"

而嚼着口香糖的陈毕倒是看得开，比起周一更像是个老油条。"嘁，没事，咱们本来就是划划水啊，是吧学姐。"

南嘉张了张嘴，还没说话，酷姐曲直倒先开了口："你要是想划水，倒不如去参加赛艇比赛。"

一直不吭声的小琪很紧张地抠着手指头，乐知时看见她好几次想抬手，又弱弱地放下来，于是主动问她："小琪，你有什么想问的吗？"

大家的目光都聚集在瘦弱的小琪身上，只见她紧张地咽了咽口水，眼神闪烁，最后看向南嘉："我……我想去洗手间。"

"嘁。"陈毕又趴回桌子上。

一个会议开下来，过程并不是很理想，南嘉觉得有点悬，结束之后留在讲台上收拾资料。"乐乐，你一会儿有事吗？陪我去趟校医院吧。"

乐知时一下子有些担心，从位子上站起来，还没来得及说话，就见那个叫曲直的女生拎着滑板上前："学姐不舒服吗？"

"啊，"南嘉笑了笑，把资料装进包里，"有点感冒。"

"我跟你去。"乐知时背上包，准备跟她一起去。他的舌尖前几天破了一点，但没太大感觉，他还以为只有嘴唇破了，后来才发现是舌尖溃疡。

"我也想拿一点药。"他站在后面，伸出舌尖拿手机拍了一张照片，两指放大观察了一下那个溃疡的小白点，然后把照片发给宋煜。

乐乐：看（图片）。

曲直站在讲台边，拿出手机。"学姐，可以加微信吗？"

南嘉没有拒绝，也拿出手机。"可以啊。"打开微信让她扫。

"你的滑板好酷。"南嘉低头看着地上的滑板，辨认上面印着的一行字母，好像是西语，"我一直想学，但有点怕。"

"我可以教你。"曲直摇了摇手机，"加上了，想学随时找我。"

三个人一起离开，曲直用脚踩了一下滑板的一端，滑板立起来，她用手利落地接住，跟着他们下了楼。到室外之后，她踩上滑板，一副准备离开的架势。

"明天见。"乐知时和她挥手拜拜，对方朝他笑了笑，然后看向南嘉："想找人陪同看病也可以找我。"

南嘉很开朗地笑起来："用滑板载我吗？"

曲直也笑起来："机车怎么样？持证上岗。"

说完，她滑着滑板走了，身影很飒。乐知时歪着脑袋看了一会儿曲直的背影，然后又看了看南嘉，眨了两下眼："我有一句话不知当讲不当讲。"

南嘉被他逗笑了，抢先道："我也有一句话要讲，你该剪头发了。"

"这样不好看吗？"乐知时抓了抓头发，"他们说我头发一长更像混血了。"

"什么叫像，你本来就是。"南嘉从包里拿出口罩戴上，对乐知时叹了口气，大概是因为生病，平日里活得像女超人的她第一次在乐知时面前显露出疲惫感，"怎么办，我感觉这次比赛也不是很好办，选出来的学生除了你性格好、有能力，其他的要么不积极，要么不对盘，还挺难搞的。"

"不会啊。"乐知时心态超级好，"你知道吗学姐，我觉得我们这个队没准成绩不错呢。"

南嘉笑起来，"为什么？"

"因为就很像啊。"乐知时两手揣进卫衣口袋里，望着不远处的金色落叶。

"一个丧，一个皮，一个看起来弱不禁风的小萝莉，还有一个感觉就很标新立异的酷姐，算上我，这种组合在漫画里简直就是那种前期被所有人瞧不起，后期打所有人脸的黑马队，特别经典的那种。"

他一副非常乐天的表情，拍了拍南嘉的肩膀："没问题的，相信我。"

南嘉看着他的眼睛，盯了一会儿，最后摇摇头，说："我算是知道了。"

"知道什么？"

"为什么大家都喜欢你啊。"南嘉的眼睛笑得像弯月，"那我可就相信你了，没问题吧。"

乐知时笑得一脸阳光："放心吧，赤木晴子小姐。"

手机振了一下，是宋煜的回复。

哥哥：这是你的撒娇方式之一吗？

通常情况下被误解，乐知时都会觉得有些气愤。

但被宋煜误解，他更多生出另一种情绪，一边走路，一边给宋煜发消息解释。南嘉怕他撞上别人，于是揪着他手肘的衣服领着他走。

乐乐：我的嘴唇和舌头都破了，嘴唇结了痂，但是舌尖上的伤口变成溃疡了。

过了两秒，他又发了一句。

乐乐：很痛。

他觉得是自己解释得过于认真了，以至于宋煜没有回复，直接一个电话拨了过来。正在陪同看诊的乐知时从就诊室出来，在人来人往的走廊上接通了宋煜的电话。

一听到宋煜的声音，乐知时就把他对自己的误解忘得一干二净。宋煜问他很疼吗，他说不疼，仿佛刚刚发出去的消息被他吃掉了一样。

"你那边是不是很冷？"乐知时对着墙壁打电话，像在罚站。

"嗯。"

"那你不要生病了，南嘉学姐就生病了。"乐知时把额头抵在墙上，"校医院人超级多。"

"你陪她去医院了？"宋煜的语气有些很明显的变化。

乐知时对着墙壁点了点头。"对，我们刚刚一起开完会，正好我也要拿管口腔溃疡的药。我也不喜欢一个人去医院，和一个人吃火锅一样，感觉很可怜。"

"是吗？"宋煜似乎在电话那头叹了口气，很明显也很突兀，但乐知时灵敏地就像一只小狗一样，一下子就捕捉到了，还没来得及问，宋煜又开口，说了和刚刚的话题不相干的话，"刚刚接待的人说，这边晚上会很冷。"

乐知时皱了皱眉："北方不是有暖气吗？为什么不给你们开？"

"还没有到统一供暖的时候。"宋煜故意又说了一句，"被子最好是厚点的。"这种略带点许愿意味的话从他嘴里说出来格外地违和。

三言两语，乐知时的心就揪起来了，十分紧张地问了一大堆问题，关心来关心去，不知道的还以为宋煜得了什么了不得的大病。

"你可以把热水灌到玻璃瓶里，然后焐在被子里，这样会暖和很多，但是你不要烫到自己。啊不对，玻璃瓶不可以随便灌热水，很容易炸，会伤到人的。矿泉水瓶会变形，要不你买一个……"

宋煜轻笑一声，乐知时忽然就愣住了，他觉得自己很好笑，明明宋煜这么独立，他还像个长辈一样教他怎么取暖。

"你在笑我吗？"乐知时盯着自己的脚尖。

他静了几秒，宋煜那头也很安静，南嘉从就诊室出来，轻轻带上了门。乐知时很快速地说自己要挂电话了，让他记得吃饭，早点睡觉。

可宋煜像是故意牵绊，还继续说话，跟只不愿意让主人打游戏所以故意用爪子扒开他的手捣乱的猫一样。

"睡不着怎么办？"

"睡不着……"乐知时一抬头，对上南嘉的视线，对方似乎在打趣似的笑他，令他有些不好意思地抓了抓发尾。

"睡不着可以给我打电话。"他压低声音。

宋煜的恶作剧这才收敛："嗯，你去吧。"

爪子松开之后的猫咪，又高傲地背过去，慢悠悠地晃起尾巴了。

挂断电话，戴着口罩的南嘉轻飘飘地啧了几声。

乐知时把拉链也唰的一下拉上去，拽着南嘉的胳膊下楼："我们去取药吧学姐。"

比赛的确没有想象中简单。

除了上课和完成课业的时间，乐知时都在恶补服装设计的知识，尽管这只是一次被大多数人认为重在参与的活动，有人甚至觉得这很浪费时间，但乐知时很想做好。

周三中午，他们又聚在一起开了一次会，这一次南嘉把收集到的许多信息告诉了他们，比如这次比赛需要的模特数量是三十到五十个，并且只能是本校生，不可以花钱请专业模特，又比如成衣制作环节是可以借助工厂完成的。

这两个消息对他们来说都不算有利。模特要求本校生，就意味着底子好的人需要抢。允许外援支持，意味着新传学院的徐霖可以近水楼台先得月。

还有一个更坏的消息，邀请的决赛评审里有一位是徐霖母亲的同学，关系非比寻常。

"我觉得我们就是炮灰里的炮灰。"开完会，他们几人一起吃饭，周一端着餐盘在挤挤挨挨的人群里缓慢挪动，"连模特都不知道能不能凑齐。"

陈毕吸了一口刚买的热豆浆。"嘻，要求放低一点咯，人家找一米八的，我们就找一米七五的呗。是吧学姐？"

南嘉胃口不好，只打了一份粥，领着他们找到一个空的长桌。"没事的，模特的事你们不要担心，我可是篮球队经理，手长脚长的人我那儿最多了。"

"哇。"陈毕十分夸张地说，"篮球队经理也太酷了，我小时候看《灌篮高手》，被赤木晴子迷得不行了。学姐，篮球队肯定超多人追你吧。"

乐知时刚往嘴里塞了一块西瓜，鼓着腮帮子插嘴："岂止是篮球队……"

一直没说话的曲直突然开口："所以学姐现在是单身，可以接受追求。"

她不长的灰蓝色头发在脑后简单扎了个小马尾，戴着一顶黑色棒球帽，帽檐的阴影显得眼神很深。

"对啊。"乐知时点头，很单纯地说出一句颇为残忍的话，"她单身到都要我陪着去看病了。"

南嘉侧过头瞪了乐知时一眼。"所以你其实很不想陪我去是吗？"

乐知时差点被西瓜呛到，咳嗽半天。

一直很安静的小琪睁着一双大眼睛盯着乐知时和南嘉，咬着筷子头，忽然小声开口："原来你们不是那种关系啊。"

南嘉扑哧笑了出来："不是，我们亲如姐弟。"

大家边聊边吃，可南嘉的粥始终没有吃太多，乐知时问她要不要吃自己的饭，南嘉说想喝点热的汤，起身准备去买，但坐在对面的曲直比她更快一步站了起来。"我去吧，米粉可以吗？"曲直拿起桌上的饭卡。乐知时观察到她的手指很长，皮肤很白，指甲修剪得很短很干净。

"啊，可以。"南嘉有些不好意思，"要不还是我去吧。"

"生病要多休息。"曲直一步从座椅上跨出去，她眼睛很漂亮，长相英气，说话时没有太多表情，但始终盯着南嘉的脸，"有忌口吗？"

"没有。"南嘉也望着她。

乐知时感觉自己又感应到什么，很玄妙。

曲直前脚刚走，法学院吃饭的几个人就听见不远处传来很夸张的笑声，声音逐渐靠近，乐知时一抬头，竟然是新传的徐霖。

他还是和第一次乐知时见到他时那样，被众星捧月那样簇拥着，不过这次他没有戴那个夸张的橙色眼镜，但穿了一件非常打眼的红色对襟针织衫，发型做得也很讲究。徐霖几乎也是第一时间看到了乐知时，然后带着他的簇拥者们朝这个方向走了过来。

"那不是新传那小子吗？"陈毕眯着眼瞅了瞅，"你们有人认识他吗？"

"打过照面。"乐知时刚说完，徐霖就坐到他们这张长桌上了。

"嘿，混血甜心。"徐霖两手插在口袋里，语气张扬地跟乐知时打招呼，"我特意找了你们学院的决赛名单看，你还真进了啊，不错嘛。"

他的语气不算真诚，但对乐知时这种高阈值的人来说也不算刺耳，所以他很随意地点头："对啊，你呢？"

这一句反问仿佛一下子戳中了徐霖："不是，你是不是哪里不对劲啊，居然问我呢？"

他身后的人也发出了不可置信的嗤笑声。

"这只是礼节性的询问而已。"乐知时露出一个很好看的笑，十分友善地朝徐霖伸出一只手。

徐霖被他这动作弄得有些迷茫，甚至身子往后仰了仰："干吗？"

乐知时觉得他傻乎乎的，就抓起他的手握了握。"这也是礼节。很开心和你成为对手。"

徐霖开始琢磨他说的开心是真开心还是礼节，他觉得这个人超级奇怪，白长了一张漂亮脸蛋和这么好的身材。他清了清嗓子："你最好是真的开心。"

他并不打算留在这里吃饭，所以站了起来，有些傲地从上往下看着乐知时，说："反正你一定会输得很惨。"

同个桌子上的其他人都挺不乐意听他说这样的话，乐知时倒是无所谓，他觉得被踩低是主角的待遇。

"不过你要是反悔，想当模特，来求我也不是不行。"徐霖有些别扭地四处看了看，就是不看乐知时，"你随便一问应该就能要到我的微信。"

乐知时没忍住笑了出来。

"你笑什么？"

"你特别有趣。"乐知时好不容易止住笑，"真的。"

徐霖走得急，一转身差点撞上端着餐盘的曲直，曲直穿着一双马丁靴，几乎比他还要高，气场也很强。

"法学院怎么净找模特做设计，有毛病。"他小声骂了一句，不高兴地跑掉了。

徐霖的表现虽然很奇怪，但坐在这里的每个人都知道他的确是有实力也有资源的强劲对手，可以说是这次比赛的冠军热门，周一照样说了许多丧气话，拉着陈毕共沉沦。

"我的预感不错，后面一定会更顺利的。"乐知时说。

但这次，他的好预感连连出了岔子。

晚上六点宣布进行决赛主题抽签，通知得很突然，和法学院大一的选修课冲突了。他们只能在课间赶过去，去得最晚，只剩下一个签，尽管依旧是随机的，但这种感觉多少还是有些不妙。

展开抽签结果的是曲直，她表情冷静，但没有多开心的样子。

"雨。"她把字条给其他人看。

"雨？"乐知时不知道这算不算是一个好主题，他很主动地跑去和抽签教室里的其他人打听了一下，这种刺探军情的事本来绝不讨喜，但因为是他做，其他人也都相当轻易地给他看了。

他这才知道，原来有的院抽到了"海"，有的院则是"未来"。而他们忌惮的新传学院，非常幸运地抽到了"千禧"这种自带时尚风格且相当吸睛的主题。

得知这一消息的众人，陷入更加低落的情绪中，而且他们抽完签，还要回大阶梯教室上课，一直上到九点半。

洗完澡已经十一点，乐知时坐在桌子前，打开电脑，试图记录一些灵感。得到主题，他至少可以有一个大概的思考方向。

一旦脑海中出现"雨"这个字，他想象到的就都是一些非常具象的场景，而且几乎都和宋煜有关。儿时被他背着走过的雨天，和他一起躲雨的小店，透明雨伞，雷雨时他借自己依靠的后背。

雨天滋生了许多情绪。

好巧不巧，手机亮了亮，是特殊的提示音。乐知时很快速地打开手机，看到宋煜发来的一条消息。

哥哥：今天在外面一整天，冻僵了。

宋煜发来了一张照片，是他冻红的手。

乐知时的心揪了一下，宿舍里的其他人还在组队打游戏，他立刻回了电话。

宋煜的声音还是很平稳，告诉乐知时自己已经在被窝里，但不太睡得着。

"那……"乐知时犹豫了大概有五秒钟，"我给你念书吧。"

宋煜"嗯"了一声，又说："如果是刑法就算了。"

"不念那些。"乐知时扫了一眼桌子上的书，觉得没有合适的，然后忽然想起什么似的，蹲了下来，拉出生日那天从家里收拾了带过来的一箱东西，从里面翻找出一个十分陈旧的本子，封皮上贴满了发黄的动漫贴纸。

他有些心虚地抱着这个小本子离开了宿舍，走到楼道尽头蹲了下来，打开手机手电筒对着日记本。这里人很少，对面没有宿舍，不会打扰到别人。

不知道哪里漏风，乐知时的脚脖子有些冷，但他觉得这比起宋煜吃的苦根本不算什么。

"我的日记。"乐知时翻开了一页，发现那头没有动静，觉得不太开心，"你不激动吗？这可是我应你的要求特地从家里带过来的，三年级的，总算派上用场了。"

宋煜笑了笑："没有，我只是有点意外。"

他怎么会想到乐知时这么当真。

乐知时清了清嗓子，随便找了一个短的念出来："九月十二日，天气雨。今天我吃了一个巧克力味的冰激凌，是同学请我吃的，但哥哥说不可以随便吃别人给的东西，所以我吃的时候很害怕。"

他自己都想笑，但还是忍住了，继续念："我偷偷吃完之后，在哥哥的教室门口等他放学。但他一看到我就不高兴了，问我又偷吃了什么，他怎么会知道呢？后来我回家一照镜子才知道，原来我的脸上都是巧克力啊。"

宋煜在那头也笑了笑，语气很温柔："太笨了。"

"不要用你现在的眼光去说一个三年级的小学生。"乐知时很严肃地为自己辩驳，"三年级什么都不懂好吗？"

他翻到下一页，很短，只有两句话，他下意识念出了开头："九月十三日，天气晴　　。"

戛然而止。宋煜耐心等了几秒，依旧没有等到下文，不禁问："然后呢？"

"然后，"乐知时盯着那一行歪七扭八的字，哽了哽，诚实道："我不想说。"

"你是想让我今晚失眠一整夜吗？"宋煜问。

"好吧。"乐知时不是很乐意地妥协了，带着一点点赌气的语气，和这行字的语境倒是十分相符。

"电视剧里的人怎么都要有女朋友？哥哥不要有女朋友。"

他说完，自暴自弃地把头埋在膝盖"啊"了一声，楼道的灯都亮了。

宋煜在那头轻声笑了，声音低沉，语气却飘着："可以，三年级的预言家。"

比赛主题出来之后，法学院小组开了很多次会议，讨论设计灵感。

他们整理了很多关于雨的图片，还有时尚界类似主题的相关设计和走秀。陈毕是个人精，嘴里虽然说着划水，但私底下去打听了几位可能出席的评审，找到他们以前的作品，好好研究了一番他们的喜好。

"我把我们之前讨论出来的灵感和草稿都整理到这本小册子上了。"小琪弱弱地走过来，给每个人发了一本小册子。

乐知时虽然沉浸在思考当中，但看到小册子的第一时间还是冲她露出一个赞赏的笑容："你真棒。"

尽管小琪的声音还是小小的，但她感觉大受鼓舞，做事更加有了干劲。

"这次的风格我觉得我们还是要偏向柔美的，仙一点的。"周一整理了一下他自己手边的草稿，"嗯，反正我一想到雨就是江南烟雨那种。"

"那种风格太陈旧了。"曲直很直接地发表了自己的观点，"如果是这种风格，会和拿到国风主题的组撞。"

周一很丧地说了声好吧。小琪又很谨慎地举起手："如果从面料入手，不知道可不可行？"

"面料？你说涤纶、尼龙布？"陈毕转着笔问她。

小琪快速地在自己的画纸上画了一些草稿线条，展示给其他人看。画纸上是一个女裙，裙撑用中国古伞里的竹制伞骨代替。"比如油布之类的布料，在裙子上做点缀……"

曲直点点头："也可以用尼龙和透明塑料做成类似雨衣的套装设计，时尚感应该也不错。"

"但是这样的话……"南嘉提出了一个小小的质疑，"主题会不会从雨偏移到了伞？而且我到现在也没有理出一个比较清晰的层次，感觉大家提出的一些灵感，比如伞的布料和结构、雨水的质地和颜色，还有下雨的心情状态，这些都比较偏向于最后我们作品出来的表现形式。"

周一也挠了挠头："总之就是没有主题，很散。"

"对。"南嘉点出一个颇为重要的信息，"如果走秀分三个阶段，主线至少要有三层，否则在展示阶段会很吃亏。"

"咱们这种本来也不像千禧啊国风啊那些主题范围那么明确，很难理出一个主线。"陈毕很大声地叹了口气，越发觉得雨这个主题很棘手，"啊烦死了，毁灭吧。"

乐知时一个人专注地翻看着小册子，在讨论中显得格外沉默。他盯着之前他们画下的一些草图，发现小琪和周一的图都偏向于传统且具有中国韵味的水袖元素、油纸伞裙，还有斗笠。陈毕和曲直的画则带有非常明显的现代甚至未来风格，尼龙布料、透明塑料材质的元素，尤其是曲直，大部分作品都是灰黑色系打底，搭配高明度高对比度的荧光青色红色，风格鲜明。

"你是想设计赛博朋克的美术风格吗？"乐知时拿着曲直的画稿抬头问她。

曲直点了点头。"就是感觉赛博朋克的作品里总是有下不完的雨，而且是那种阴沉沉的细雨。"说完她看了看乐知时跟前的那些设计稿，风格迥异，"是不是挺难融合的，大家的设计感觉差得太远了。"

"要不咱们就干脆一个人一种风格。"陈毕提议，"比如曲直，就搞一组赛博风，那小琪就搞个江南烟雨的那种，和周一一起。我们再凑一个其他的就完了呗。"

"这样太随便了吧。"周一沉着嗓子，声音很小。

"我也觉得，实在融不到一起去，就分开做三个小单元，有点联系就行。"

乐知时趴在桌子上，闭着眼睛听大家左一句右一句，"雨"这个字被反反复复地提起，也反反复复地勾起他的记忆，从三岁到十九岁，从过去到如今。

过去，现在。

"等一下。"乐知时睁开眼，抬起了头，浅色的瞳孔在灯光下显得很是明亮，"我有个想法。"

说着，他直接站了起来，绕开桌子到白板跟前，用吸铁石将大家凌乱的草稿贴在板子上，从周一的水袖蓑衣到小琪的竹制伞裙，再到他和陈毕画的现代风格，最后一张是曲直的未来赛博风。

"这其实是一个连贯的时间线不是吗？"乐知时将脸转向大家，"雨是贯穿古今的，换句话说，无论时代怎么变换和迁移，雨都会落下。"

"雨的时间！"南嘉的脸上流露出几分惊喜，"这个想法我觉得很不错，时间是一个很好的、贯穿这些不同设计风格的线索。"她甚至都已经想好了走秀的背景音乐，"如果按照这个顺序，前面可以是古筝、笛子这类民乐，过渡到最后是偏向未来的电子音乐。"

"很酷。"曲直简略地对她的想法表示了赞同。

乐知时继续说下去："如果我们在第一阶段使用了时间作为过渡的线索，那么第二阶段的走秀，为了给出一个平行的设计理念，我觉得可以用空间。"

小琪小声询问："那个，是国家之间吗？"

"国别范围会不会太局限？"曲直撮了撮圆珠笔的尾部，"如果是空间，应该要更大更广泛。"

乐知时也很快点头。"是，因为我刚刚想到，雨落在不同的地方，那种感觉是不一样的。"他试图向大家形容了一下，"如果是落在湖里，会是点状扩散的涟漪；落在玻璃窗上，会变成透明的线条；落在伞布上，有时候会凝成珠子。"

"云层和湖泊，还有渗透雨水的草地和叶尖，雨都会落在上面，可以运用这些不同的地点制造出雨的空间感，这一部分可以结合一些面料创意再造的点子，利用工艺和面料去模拟那些空间，我觉得在设计上也是加分的。"

乐知时一口气说完，本来不觉得有什么，发现大家都盯着自己，还有些不好意思，抬手抓了抓头发，又恢复成平日里那副好说话的样子，很轻地"啊"了一声："这只是我很不成熟的一些想法。"

刚说完，陈毕就跟海洋馆里的海豹似的拍起了手："牛！"

"这还不成熟吗？那我就是幼儿园级别的想法了。"周一丧丧地说。

其他几人也都笑起来。

"时间和空间，这两个设计点都很棒了。不愧是乐乐，之前初赛你的点子也很特别。"南嘉将这些都记录下来，"秀场设计就交给我，不管是音乐还是灯光，我都会全力去做。"

"还剩下最后一个。"周一开心了没一会儿，又不小心流露出一点丧气，"前两个分主题都这么好了，第三个压力好大。"

小琪也微微点头："而且……而且还得升华主题……好难啊，雨要怎么升华啊。"

这的确是一件很棘手的事。

下午还要上必修课，大家暂时中止了会议，三轮走秀定下两轮的设计方案，已经是非常难得的突破了，至少根据这两个方案，几个人已经可以开始进行初步的图稿设计。

南嘉的病并没有因吃药而好转，甚至开始发烧，只是这次乐知时没了陪同看病的机会，陪同者变成了曲直。

但她没有骑机车，这一点令乐知时非常失望，因为他很想看。

一整天的课加上中午午休时间的设计会议，乐知时感觉自己身体都被掏空了。从教室出来的他很不小心地磕到走廊的消防栓一角，等到走上樱花大道才迟钝地疼起来。

看着这条熟悉的路，他想到之前自己来 W 大看宋煜时的场景，想到不小心被他踩到，现在不知道有没有回到池塘里的那条小锦鲤。

乐知时希望今晚可以下一场大雨，让他淋一场，最好能淋出点别的灵感。但雨一直没有下，而他越来越想宋煜了。

在食堂吃饭的时候，乐知时胃口不佳，吃了半碗白粥便开始给宋煜发消息。

乐乐：我提供了一个很不错的思路，而且被大家欣然采纳了，所以我们敲定了前两轮的设计概念，可以开始下一步的工作了！

发出去的时候他又删掉了"很不错的"和"欣然"，显得没有那么得意。

他觉得自己就像是主人上班之后独守在家的小狗，做什么事都要跟主人炫耀一下。如果小狗会发微信，大概也会摇着尾巴激动地打下一串"我今天叼着小玩具跑了三个来回"之类的话。

宋煜是个好主人，很快回复了乐知时，夸他"很厉害"。

明明只有三个字，乐知时却开心得晕乎乎的。他趁着脸热的劲头发了一个想你的表情，是一只蹲在窗外的可怜小狗。

乐乐：可以给我拍一张你的照片吗？

知道宋煜不喜欢自拍，乐知时特意飞快地加了一句。

乐乐：不拍脸也可以的，随便什么，我就是很想你，想看一看。

乐知时发完，把手机屏幕扣在桌面上，心情一点点变得兴奋起来。他忽然后知后觉地发现不远处的桌子上有个女生好像在看他，于是有些尴尬地低下头，又喝了一口粥。

咽下去的时候，手机振了，乐知时期待地打开，宋煜真的给他发了。

他的确没有自拍，不是乐知时渴望看到的脸，而是他的手。

照片里，宋煜的拇指蹭了些许灰土，不干净，骨节分明的修长手指搭在某个仪器固定脚架的柱子上，青筋微凸，腕骨突出。明明是静态的图片，可乐知时几乎能感觉到，在那层薄薄的手背皮肤之下，筋骨随关节牵动起伏。

和平时不太一样的是，照片里他的手指有些湿，不太干燥，泛着一层润泽黏腻的薄光。乐知时不知怎的，盯着盯着，心里涌起一股奇怪的情绪。

宋煜又发来一条消息，像是在解释出镜的仪器。

哥哥：这是水准仪。

乐知时思索片刻。

乐乐：你手上沾了什么？

哥哥：刚给几个仪器上了精密润滑油。

哥哥：手有点脏。现在撤回来得及吗？

乐知时飞快地打了一句"不要撤回"。

他觉得自己真的很奇怪。意识到这一点的乐知时端着没有吃完的白粥离开了食堂，在此之前他还是保存了这张照片。

校园逐渐陷入夜晚的黑雾中，人和人的思绪可以渐渐地被隐藏起来。乐知时回到宿舍，拿上之前宋煜给他买的两本写生册和画笔，最后又未雨绸缪地往书包里装上那本没念完的日记。

"大晚上你要去哪儿？"蒋宇凡推开宿舍门，正好和要离开的乐知时打了个照面，"又去包夜啊。"

"嗯……可以这么说吧。"

宋煜很早就给了乐知时房卡，告诉他可以随时去那间公寓，但乐知时几乎没有独自去过。每次坐在副驾驶座上，他并不觉得这段路有多长，总是很快就到了，但走着去才发现，其实路途并不短，而且有些绕。乐知时跟着导航走了近二十分钟，终于找到了那个小区，去到公寓所在的大楼。

一个人刷卡上电梯，打开房间大门，乐知时产生了一种轻微的错觉，感觉宋煜会随时出现。

他身上总是有很好闻的味道，像一个温暖的罩了将乐知时包裹住。

所以宋煜不在的时候，乐知时仿佛被剥去了一层外壳，孤零零的，而且很冷。

他把灯打开，上楼洗了个热水澡，穿着浴袍出来换睡衣的时候，桌上的手机忽然振了一下，声音很响，他走过去一看，是宋煜发来的。

原来他早在一小时前就已经发了一条消息，要求乐知时也发一张照片给他看，但乐知时当时忙着收拾东西，没有回复。

于是他刚刚又发了一条。

哥哥：你做事很不公平。

乐知时觉得他较真的样子很可爱，令他想起给橘子和棉花糖喂食的感觉，但凡给棉花糖的食物多一点，橘了都会不高兴，会在倒狗粮的时候用爪子扒他的手腕。

他想了一圈拍什么好，视线最后落在膝盖上。

明明感觉只是磕了一下，也没有特别疼，但他现在才发现，自己的膝盖已经磕出了一小片瘀青，泛着一点不明显的紫色，而洗澡的时候水温太烫，皮肤变成涨满了水的粉色。

他坐在床边，为了让膝盖靠近镜头一点，踮起了那只脚。

发送出去之后，很久没有得到回复。

宋煜不在，乐知时决定偷偷在他的床上画画，反正这个洁癖不会知道。乐知时从包里拿出新写生册和一支铅笔，钻进被子里，趴着画画。

他勾了些服装的线条，并没有多好的灵感，于是开始摸鱼，摸着摸着就翻开了旧写生册，一张一张看，里面满满的都是宋煜。过去从没有认真计算过，如今一看，他真的画了很多宋煜的手，握笔的手，骑单车时的手，还有他趴在书桌上睡着，交叠的手臂下随意垂在桌边的手。

乐知时发现自己真的很像一只小狗，如果宋煜真的朝他伸出手掌，他的第一反应可能是乖巧地搭上自己的。

宋煜像个反应滞后的机器人，此时才发来对膝盖伤口那张照片的回复。

哥哥：怎么弄的？

也就两三秒的时间，宋煜的电话就打了过来。

两个人聊了很久，收拾洗漱的时候乐知时也舍不得挂电话，一直问宋煜很多问题：什么时候回来？他可不可以去接？这次的礼物是什么……直到宋煜也上了床，他才稍稍静下来一些。

"你还想听我给你念日记吗？"乐知时问。

宋煜躺在他很冷的被窝里，"嗯"了一声，有些意外："你还把日记本背过去了？"

"对啊，"乐知时从床头拿来日记本，翻了翻，"因为我怕你睡不着嘛。想着如果你需要，我就可以随时给你念，这样你在外面也可以好好睡觉。"

宋煜对他说了谢谢，听起来挺郑重，反倒让乐知时不好意思起来。

他清了清嗓子，随即翻开一页，念起来。"十月二十八日，天气雨。下雨了好开心，我是不会带伞的，这样我就可以让哥哥给我……"念到一半，乐知时眯着眼瞅了半天，"啊，撑伞的撑字都不会写。"

宋煜有点想笑，问他："你在说你自己吗？"

乐知时反应过来这是自己的日记，有点尴尬，又装作无事发生那样念下去："……这样我就可以让哥哥给我撑伞。哥哥平时不爱牵我，但是打伞的时候会牵着我，因为路上有水坑，他怕我踩上去。虽然他骂我笨蛋，但他还是全宇宙最好最好的哥哥。"

念完之后，乐知时听到宋煜那头似笑非笑的声音，对自己有些无奈："怎么我的日记里都是你啊。"

"谁知道呢，哥哥长哥哥短的。"

乐知时底气不足地翻开另一页："下一篇……又是下雨，这篇不错，很长。"

"十月二十九日，今天也在下雨，我的袜子湿了，不太开心。但是我进教室之后，发现大家的袜子都湿了，我就又开心了起来。我现在很喜欢下雨。因为老师会对考试最后一名的同学说不好听的话……"念到这里，乐知时自己都忍不住吐槽这逻辑，"这写的是什么啊，前后因果逻辑都不顺。"

宋煜对他儿时的大作和他的自我吐槽给出了一样的评价："很可爱。"

突然被夸，乐知时有些害羞，但还是继续念了下去："因为他成绩不好，老师就以为不交作业的是他，其实老师搞错了。考第一名的陈苗苗和最后一名的王晓峰今天都没有带伞，他们就都淋湿了，谁都不比谁淋得少。这么一看，雨比老师公平多了。"

乐知时念完，羞耻地把日记本推开，趴到枕头上。"以后不念这个了吧，我觉得你会笑到睡不着。"

但宋煜的语气很认真："写得不是很好吗？雨确实比老师公平，比很多人都公平。"

乐知时没太当一回事，只觉得是宋煜在安慰他，闷头"嗯"了一声。

但忽然，他脑子里闪过一丝灵光，猛地抬头，拿起日记本仔细看了一遍那一页。

"我知道了。"他有些兴奋地对宋煜说，"我想到第三部分的主题了，就是平等。"

宋煜"嗯"了一声，用很温和、真挚的语气鼓励他："继续说。"

"前两轮我们的主题是时间和空间，雨是连贯时间线索的，也是可以覆盖空间距离的。刚刚那个日记让我想到，雨还是平等的，就像法律一样。无论贫穷还是富有，是男人还是女人，任何年龄任何种族，雨都会落在他们的身上，只要他希望，没有人会被雨排斥，对不对？"

宋煜很想看看此时此刻乐知时的样子。

"对，你的想法很特别，很有灵气。"

乐知时从床上爬了起来，打开了书桌上的台灯。"我现在有很多想法，想先画一下试试。"说完他对宋煜说，"哥哥，你现在困吗？"

"又想抛弃我了？"宋煜故意说，"去吧，反正我已经习惯当工具人了。"

乐知时撒娇一样说没有："我开视频，你看着我画画可以吗？困了你就睡。"

"好。"

他坐在书桌前，左脚踩在椅子上，手臂环住左腿，脸靠在膝盖上用右手随意地画着。

台灯的光给这张介于东西方之间的面孔蒙上浅金色的薄纱，矜贵又漂亮。

宋煜躺在一片黑暗中，静静地望着镜头里的乐知时。一旦沉静下来，他就仿佛真是浮雕和壁画中才会存在的人物。白皙的皮肤没有轻浮的脂粉感，几近透明，漂亮得毫不轻浮，不主动施以引诱，干净，圣洁。

乐知时永远无辜。

"膝盖要涂药。"宋煜低声说。

乐知时温顺地点了点头："你回来给我涂吧。"

"好。"宋煜答应了他。

乐知时设计得太过专注，已经不记得宋煜是什么时候睡着的，只是一抬头，发现他闭上了眼，呼吸很沉。

这个人真的很奇怪，乐知时在心里想。

他想，世界上可能真的没有第二个这样的人了。

在公寓花了一晚上的时间画图，第二天上午，乐知时就在他们的"小燕子穿花衣"设计微信群组发消息，说自己有了新的想法，于是南嘉在中午的时候又借了间教室，组团开临时会议。

"我快一点讲完，大家可以回去休息。"乐知时从包里拿出写着设计概念的几张纸分发给大家，"第三轮走秀我认为我们可以用'雨的平等'作为主题。"

"平等？"陈毕没有领会他的意思，"为什么？"

乐知时解释："因为在雨的面前是不分种族、性别甚至阶级的。只要你希望淋一场雨，那么雨永远公平地为每一个人落下。"

这个主题让在场的人都有一点意外。

"而且，这个主题在穿梭时空之后回归到人文，和我们法学院的精神是契合的。法律面前人人平等，法律就像雨水一样公平地润泽整个社会。"

曲直挑了挑眉："我喜欢这个主题。"

"但是，"南嘉将乐知时说的记在笔记本上，并提出质疑，"我们要怎么表现平等这一点呢？"

"这就是我接下来要说的。"乐知时又把昨晚赶出来的草图给他们看，"目前我想的是这样，我们大家通过设计不同的内搭服饰代表人的不同类型，比如利用破洞和做旧效果制作的'贫穷'，或者是用昂贵面料制作出来的'富有'。"

"我懂了。"周一说，"还有男性、女性、小孩、老人……"

"没错，就是这样，我们的模特也不用非常局限，不一定就是高挑的、美的，因为雨是平等的。"乐知时指着画纸，"雨这一部分我觉得可以用有透明感的一些面料，做一层很薄的外衣，模拟出雨水落在身上的感觉。我查了一些资料，有种面料是很薄很有光泽的，据说配合灯光可以做出那种淡蓝色的水光感，我这两天课下去找一找。"

"如果真的是这样，就有大家一起淋雨的感觉了！"陈毕也有些激动。

"而且也可以真的下雨。"南嘉说，"我和主办方的舞美沟通过，可以有水的机关，只要提前安排。"

乐知时点头："太好了，这样舞台效果搭配起来，应该会很不错的。"

曲直有些佩服他："你脑子里好多奇奇怪怪的点子。"

"是啊……"小琪虽然说话还是很小声，但现在都敢和乐知时开玩笑了，"是什么给了你灵感？昨晚发生了什么事吗？"

"啊……"乐知时一阵脸热，"没有没有，就是突然想到了。"

"真的假的？我感觉不大对劲啊。"南嘉故意逗他。

"真的没有。"乐知时为了自保，抛出一个悬念转移话题，"对了，闭秀我想到了一个大招，绝对惊艳全场。"

"大招？？是什么？"

"保密。"乐知时露出一个狡黠的笑。

第七章
机场愿望

梦果然是反的，被找到的人原来是他。

设计主线一出来，法学院小组的进度就像是开启了加速模式，五个人将三条主线的设计任务分配出来，每一次开会都会碰撞出新的想法。原本以为拿到了非常难搞定的缺乏新意的主题，没想到设计概念也日益丰满起来。

"我从咱们篮球校队里找了一轮，又去院队里找，好不容易找到这几个。"南嘉把选好的模特照片用平板电脑放出来给大家看。

一张张滑过去，陈毕和周一看得最起劲。"哎这个帅！"

"这个也不错，肌肉很发达。"

南嘉忍不住笑起来。

陈毕摸了摸鼻子："嘻，谁都愿意长得帅的穿自己设计的衣服啊，多有面儿。美女也行啊，我们更需要美女。"

"美女会有的，我这次去校队的时候，特意跑了一趟啦啦队和礼仪部。"南嘉又往后翻了好多张，"你们看，都很漂亮吧。"

乐知时看着琳琅满目的模特备选，忍不住感慨道："幸好学姐的人脉广，资源丰富，去哪儿都有熟人可以帮忙。"

南嘉故意做作地把肩上的头发往后面撩了撩："谁让我人见人爱呢。"

一直坐在旁边专心画图的曲直忽然抬起头，转过脸看向南嘉。

"换洗发水了？"

南嘉愣了一秒，对她的细心有些意外："啊……对，这你都发现了。"

"很好闻。"曲直又低下头，继续画她的画。

乐知时特意瞟了一眼曲直的画纸，上面的模特虽然淡去了五官，但发型和整体氛围几乎和南嘉一模一样。

"我们这帅哥美女的含量，加上设计师的颜值，"陈毕大言不惭道，"那就是秒杀全场，请给我们颁发一个最佳养眼奖吧。"

小琪也小声认同："有篮球队的就已经赢了……"

"唉。"南嘉却长叹一口气，"本来我想着还有一个大招的，但是大招太高冷了，拒绝了我。"

乐知时抬头，和南嘉对上视线。南嘉痛心地对他点了点头："你想的没错，就是宋煜。"

"啊。"陈毕一拍大腿，"宋煜学长啊。"

乐知时有些惊讶："你也认识？"

"认识啊。"陈毕转着椅子，指了指周一，"我俩不是大二的吗，去年篮球赛的时候去看了决赛，好家伙，我直呼好家伙，那满场喊的啊，全是宋煜学长的名字，我耳朵都快炸了。"

周一点头，补充道："特别是进球之后，学长掀起球衣擦了一下脸上的汗，我周围的女生同时发出了尖叫。"

乐知时心想，我都不知道还有这种时候。不过宋煜高中参加篮球赛就这样，乐知时也差不多能猜到那种盛况。

"你们还不知道吧，"南嘉对着乐知时眨了眨眼，"我们乐乐和宋煜学长关系匪浅哟。"

圆桌上的人一时间都看向乐知时，弄得他有些不好意思，手里的笔很慌乱地掉在桌子上，又滚到了地上。

"哇哦，什么关系？"

曲直看他捡起了笔，脸都憋红了。

小琪隐藏的八卦属性暴露出来，很小声问："是兄弟吗？我听说宋煜学长为了帮你挡酒，和咱们院的学长打了一架。"

"没打没打。"乐知时赶紧澄清，"只是起了点小冲突。"

"你家的基因是女娲捏出来的吗？"陈毕瘫在椅子上，"人和人怎么能差距这么大？"

乐知时不想继续解释，急于转移话题，于是问南嘉："他是怎么拒绝你的啊？"

南嘉用手撑着下巴，翻出她和宋煜的聊天记录。"我给你看看啊，他有多么冷酷无情。你看，"南嘉把手机给乐知时看，"我发了这么长一段，告诉他这个比赛很重要，很需要能镇场子的模特，而且我还特意把你搬出来，说你这几天为了比赛多么多么辛苦，我们都特别希望他能过来帮个忙，这是锦上添花的好事。"

"结果呢……"南嘉手指往下滑了滑。

宋煜：不想被围观，你找其他人吧。

"是不是特别冷漠！"

乐知时看到宋煜的回复时间，就是在给他发完照片之后。

他有点无法想象，宋煜一边在其他人面前扮演一个冷酷无情的拒绝机器，但与此同时，一边还因为收不到乐知时的回复而发出了"你做事很不公平"的可爱控诉。

这种感觉很奇妙，就像一只在别人面前永远只给出一个高傲背影的小猫，在乐知时面前，它会伸出爪子挠一挠，很生动。

"既然是乐知时的哥哥，"曲直望向他，提议，"你去找找他，应该能说得动吧。"

"我？"乐知时觉得这个点子不太妙，"如果宋煜说不想出风头，我可能也不太好使。"

南嘉摆手："不用不用，我们模特已经招够了，就等着训练一下台步。宋煜估计也挺忙的，就不麻烦他了。"

正说着，小琪的手机忽然响起来，她出去了一会儿，回来的时候表情并不乐观。她的父亲经营着一家手工定制旗袍店，对面料很熟悉，也有一定的货源，于是大家把联系面料厂商和成衣制作工厂的工作交给了她。

"刚刚……刚刚面料厂商给我打电话……"小琪坐下来，用一种很忧虑的眼神看向乐知时，"他们那里没有我们需要的那种特殊面料，我拜托他帮我问问其他商家，他说这个透明丝快要停产了，而且面料也很贵，他知道的还在卖的厂很少了，只有一个，但是……但是应该也不会给我们的。"

乐知时皱起了眉。"你的意思是有一家，可是不会给我们？"他觉得这是可以解决的，"没关系，起码有一家，我们联系看看，说不定能买到。"

小琪摇头："没有那么简单的，我已经托他去帮我问了，那家厂商不零售，所以……所以像我们这种只做几套成衣的购买量，他们是不会搭理我们的……"

周一也跟着叹了口气："最怕遇到这种事了，之前的成衣加工厂也是找了好久才愿意帮我们的。"

陈毕趴在桌子上。"要是新传那小子，肯定能要到面料，有他家的关系什么弄不到啊。"说完他碰了碰乐知时的胳膊，"哎，我看他好像挺喜欢你的，要不你去问问他？"

这主意对乐知时来说简直糟透了。

"这可是比赛，我们是竞争对手，总不能一遇到问题就向竞争对手求助，这样的比赛既不公平也没有意义。"

乐知时虽然平时都是一副乖宝宝的样子，但在某些方面总是有着非常严苛的标准和底线。"何况这件事不是一定成不了，小琪你把那个厂商的联系方式给我，我来试试。如果真的不行，那我们可以试着找找类似的面料，加工一下做替代。"

南嘉点头："我觉得可以。"

会议结束之后，乐知时特意和小琪一起走，向她了解了一下目前的情况。小琪很沮丧地告知他，现在最麻烦的是她没有这个厂商的联系电话。

"我认识的那个叔叔，他和这家厂商关系也不是特别好，所以只有具体地址……"

室外很冷，乐知时穿得不算多，缩起脖子。"没关系，我们可以过去，正好明天周末。"

小琪点头，把地址发到乐知时的手机上。"很远，在广州。"

这是乐知时没有料到的。他看了一眼消息，思考着对策。他和小琪面对面站在银杏树下，有一些人往他们这边看。

"要不我去吧。"小琪有些磕磕巴巴地说，"我周末可以不去上钢琴课，曲直好像去帮学姐做志愿活动了，陈皮和周一周末都要参加党建活动，应该没有时间的。"

乐知时两手往口袋里一揣，冲她笑了笑："没关系，我去就行，怎么能让女生跑那么远呢，很危险的。"

"那我和你一起？"

乐知时摇头，还是拒绝了。一方面他并不想让小琪辛苦跑一趟，觉得自己一个人就足够了；另一方面，如果他们一起出行，无论是住酒店还是坐飞机，都不太方便。学院圈子小，一点小事很容易发酵开来，真的传出什么绯闻，对小琪影响很不好。

身为一个实实在在的行动派，在决定要去广州找面料厂商的当天下午，乐知时就买了机票，买的是次日早上八点的一班。

算起来，这还是乐知时人生中第一次独自外出，但不是旅行，而是肩负使命。买好机票之后他第一时间给宋煜打了个电话，但得到的只有系统提示音。

"……您拨打的电话暂时无法接通，请稍后……"

乐知时猜想宋煜可能在忙，或者信号不好，也没有在意。蒋宇凡跑过来拉他凑人头玩游戏，一玩起游戏，乐知时就忘了给宋煜发消息，直到睡前才想起来，于是给他发了一条微信消息，把自己非常紧急和临时安排的行程报备给他。

第二天一大早，乐知时就爬起来，拿着不大的行李箱打车去机场，路上慌慌张张，天气也不太好，天色阴沉，空气里说不清是雾还是霾，灰蒙蒙罩着一切。司机师傅打开了电台，里面播报着预计会有小雨。

到达机场的时候，乐知时拿出手机付款，这才看到宋煜早上五点发来的消息。

哥哥：手机昨天摔了一下，黑屏了一直开不了机，充了一晚上电才恢复，不知道还会不会黑屏。

哥哥：你现在在在机场吗？我查了一下今天那边的天气不是很好，记得要仔细听机场大厅的语音播报，不要和不认识的人说太多话。

乐知时觉得宋煜有时候很有趣，不知道的看到这条消息还以为他是六岁的小朋友。

他付款下车，给宋煜打了个电话。明明还很早，但听声音宋煜似乎已经没有在睡了。乐知时一边取票，一边和宋煜说自己遇到的麻烦，又问他什么时候回来。

"后天吧。"宋煜又补充道，"原计划是这样。"

"好吧。"乐知时低头看着手里的机票，又望了望机场大厅玻璃墙外铅灰色的天空。一向对任何事容忍度都很高的他，很难在宋煜面前掩饰无法早点见面的遗憾。他坐在发凉的座椅上，伸长了腿，很温顺地对宋煜说："那我会早点回来见你的。"

宋煜在电话那头说好，或许是介质不同，又或许是编码和解码的问题，乐知时总觉得，和他打电话的宋煜更加温柔。

没说太久，大厅里就开始播报航班信息，正好就是乐知时所坐的航班。他低头看了一眼宋煜送他的腕表，确认了一下时间，起身准备登机。

"那我挂了，我要登机了。"

"等一下。"宋煜很难得地阻止了他的行动，乐知时的脚步顿了两秒，听见电话那头传来宋煜温和、沉稳的声音，"我还没有来得及夸你。"

"你现在已经成长为可以独当一面的大人了，很厉害。"

乐知时从他的话语里可以轻而易举地获得鼓励，并且有一点点小小的得意。"我们很快就会见面的，路上小心。"

挂断电话的嘟声就像是一个奇妙的切换键，把乐知时从极其依赖哥哥的小孩变成一个独立离开这座城市的大人。一切都比想象中顺利，他的座位挨着舷窗，靠在座椅靠背上，乐知时望着窗外飘下来的细雨，在心里默默祈祷能顺利抵达。

乐知时身边坐了个四十岁左右的男人，风尘仆仆但很想找人说话，他先是好奇乐知时的长相，问他是不是外国人，得知他是混血之后又好奇他的家庭，进而向他抱怨，说自己从洛杉矶飞过来，在江城转机，已经飞了一个长途。

乐知时虽然有些困，但还是很礼貌地回应他。

"这天气真的太差了。"男人看向窗外，"不过既然航班没有延误，应该问题不大吧。"

乐知时点点头，窗外的雨下大了，天暗得不像是早上，更像是临近黑夜的傍晚。他不自觉伸手抚摸手腕上的表。"希望是这样。"

"我还有一个很重要的客户要见，千万不要出岔子。"男人调整了座椅靠背，似乎准备结束话题。乐知时松了一口气，头歪靠在舷窗边，闭上了眼。

昨天晚上没有睡够，乐知时很快就睡着了，但他在飞机上一向睡不太安稳，昏昏沉沉的，感觉飞机颠簸不停。他做了个很真实的梦，梦见自己在雷雨天去找宋煜，外面的雷很大，夜空中闪过白色闪电，他忍着害怕湿漉漉地找了很久，最后在一个陈旧的木头柜子里找到了宋煜。

打开门，里面很黑，很潮湿，宋煜抱着膝盖孤独地坐着，一句话也不说，仿佛已经坐了很久很久，早已习惯了。

他本来想带宋煜走，但最后钻了进去，与他一起躲在里面。

他隐约听到飞机播报的声音，梦里的柜子动荡不停，感觉有人拽他，拍他，乐知时猛然惊醒，看见空姐在走道上忙碌，身旁的大叔催促他："你终于醒了，要备降了，快点准备一下。"

"备降？"乐知时茫然地皱起眉，"为什么要备降？"

"好像是因为台风，广州现在在下特别大的暴雨，不能飞了，所以要备降长沙。"

乐知时发觉自己的运气真的不怎么样，第一次"出差"就遇上这种情况。他不了解备降，也不知道现在的状况到底如何。坐在前面的小孩不停哭闹，他的妈妈似乎也很没有耐心，大声责备他。乐知时整理桌板和自己的东西，有些恐慌。

他想起之前和宋煜一起看过的一部十分惊险的电影，在飞机失事之前，乘务人员让每个人都准备了遗书，可以留给自己的家人。

乐知时看起来很冷静，很快收拾好东西，遵循工作人员的安排，但他的心里一直想着电影里的场景。

不过直到飞机降落在备降机场，乐知时也没有等到遗书环节。

周围的人都很急躁，因无法按时到达广州而恼火，大家一窝蜂跑去服务台找航空公司的麻烦，对方给出安抚信息，告诉他们新的航班不会等太久。

乐知时推着行李箱，找了很久才在一个角落找到了一个位置坐下，机场里有些冷，乐知时身上穿着一件驼色羊绒大衣，还觉得不够。大厅里满是匆匆忙忙的旅客，有人在开心地拥抱，拥抱时掉了眼泪。

仿佛只有自己是一个人。

乐知时拿出手机，开了机，怕打扰宋煜工作，他很少直接打电话，通常都是发微信消息。

乐乐：我现在并没有到广州，那边好像来台风了，我们一飞机的人都备降到了长沙。听说要等几个小时，那边的雨势应该会小一点。我的运气真的很不好，出来的第一天就遇到这么麻烦的事，恐怕不是好预兆。

发出去之后，乐知时想了好一会儿，生怕好的不灵坏的灵，又忙给自己打了个补丁。

乐乐：也有可能把最倒霉的事放在了开头，后面应该会顺利很多的，对吧？

没有在第一时间得到宋煜的回复，乐知时猜想他现在一定是在忙，也没有很在意。他拿出平板电脑，看了几集新出的动漫，又把背包里蒋宇凡塞给他的糯米糍拿出来吃掉，填了填肚子。

飞机上睡姿不好，又坐在冷硬的座椅上等待了几个小时，乐知时只觉得度秒如年，他有点后悔没有让小琪一起来，至少有个人说说话。

等了太久，他有些饿，拉着行李箱在大厅里绕了绕，最后停在一个卖甜品的小店门口，这里飘出来的香气太浓了，乐知时几乎走不动路。

店面不大，但确实是机场唯一卖蛋糕的店，里面还有一棵很大的圣诞树，大约是提前预订的，上面没有装点任何东西，看起来有点寒酸。

他想这里面或许会有自己可以吃的东西，于是走进去，在一长排橱柜前寻找目标。

哪怕有一个冰激凌或者慕斯呢。

握着的手机忽然振动起来，乐知时看见是宋煜的电话，立刻点了接通，视线还停留在蛋糕上。

宋煜的语速比之前快了许多，仿佛刚忙完什么事："你现在在哪儿？"

"我？"乐知时以为他没看到消息，"机场啊。我现在有点饿，这里有一家小蛋糕店，闻着好香啊，我就进来了。"

他怕宋煜担心，提前对他说："你放心，我不会乱吃东西的。"

"我知道了。"电话那头似乎有另一个人在说着什么，宋煜回了他几句，店里太吵，乐知时有些听不清。他想出去，但迎面撞上一个搬运工，那人扛着两大袋了面粉。两人一撞，他肩上的面粉袋猛地震动。

"哎哎哎，小心！"

两个店员赶上去扶住："吓死了，还好没砸到人。"

可面粉袋上有大量的面粉，一下子飞到空气中，被乐知时吸了进去。他扶住玻璃橱柜，弯腰剧烈地咳嗽起来。

"乐知时，你怎么了？"电话里，宋煜的语气变了，"出什么事了……"

他也很想回答，但意志力被稀薄的空气压缩，不知怎的就不小心挂断了电话，也听不到宋煜的声音了。

一开始店员还以为他是被呛到了，立刻跑去给他倒水，可乐知时越咳越没有气力，呼吸声变得很大、很急，背靠住橱柜似乎要往下滑。

"没事吧？"

"你是哮喘病人吗？"

他呼吸困难，没有办法给出任何回应，努力地去够行李箱上放着的背包，艰难地从里面拿出一个小包，把里面的东西一股脑倒在地上，慌忙地从里面翻找出救命的喷雾，大口地吸药。

快一点，他不想让宋煜担心。他要赶快回电话。

周围聚了一些人，都看着他，但乐知时眼神有些涣散，感觉自己不断地出冷汗。好在有药，他的症状逐渐好转，至少有力气抬手把自己脖子上的围巾取下来。

围巾被搁到腿上，乐知时无力地靠在橱柜前，店员为他端来一杯水，问他需不需要叫救护车。

乐知时摇头，感激地接过了水，但他没有力气喝，只能暂时放在地上。

突发的哮喘令他缺氧，头脑昏沉，他不断地深呼吸，心里反反复复地回想飞机上的梦，消极的情绪像是雨后的积水，一点点漫延。

他坐在冰凉的地板上，拿出手机拨给宋煜，抬头对那个不正式的圣诞树许了一个不太可能的愿望，但很快就在脑海里一闪即逝。

"您拨打的电话正在通话中，请稍后再拨……"

乐知时猜到宋煜正在给他打，于是挂断，稍稍等了一会儿，但他们的默契在这种时候实在捣乱。

"您拨打的电话正在……"

再挂断，乐知时沮丧地低头，选择默默等待，他鼻尖有些酸，还是不断地调整着自己的呼吸，试图在电话接通的时候听起来状况好一些。

大概两三秒，暗下来的手机屏幕忽然亮起。

乐知时的心里点亮一盏小灯，正要接通，忽然听到自己渴望的那个熟悉的声音。

"乐知时。"

宋煜赶到这家蛋糕店门口的时候，第一眼就看到坐在地上的乐知时。他朝宋煜转过脸，冷色调的灯光把他的面孔照得苍白，额角的薄汗闪着很细碎的光，嘴唇也是白的，像是干枯脱色的玫瑰。

乐知时的眼神很迷惘，他以为自己是幻听，甚至是发病过后神志不清的幻视。直到那个眼神慌乱到不真实的宋煜跑过来，直到嗅到他身上很好闻的味道，他才相信眼前发生的事实。

"你还好吗？"宋煜额头出了汗，好像跑了很久，手掌很热，他摸了摸乐知时的脸，又确认他的心率，"刚刚是不是哮喘发作了？吸了药对吗？"

乐知时有些懵懂地点头，他不知道明明说过后天才会返校的宋煜此刻为什么会出现在这里，望着他的脸，有些出神。

梦果然是反的，被找到的人原来是他。

"宋煜，"乐知时很轻很轻地喊他的名字，像做梦一般，"你怎么来了？"这棵圣诞树虽然寒酸到一盏星星灯都没有，但很慷慨地实现了他的愿望。

乐知时觉得自己可能因为发病不清醒。

他的喘息没有完全平息，人还很虚弱，所以模样显得有些可怜，还很慌，又咳嗽了几声，仿佛很希望在场的其他人都没有看到他做的这件傻事，希望宋煜不要因为他的举动而困扰。

但宋煜用手安抚性地摸了摸他的后颈和后脑勺。"没事了。"他伸手拿起地上的水杯，抱着乐知时，扶住他站了起来，然后对愣在一旁的店员说："抱歉，他哮喘发作，影响到你们工作了，我想点一杯热水，麻烦加一点砂糖。"

店员先是怔了怔，然后立刻点头："可以的，你们先坐。"

宋煜把乐知时扶到沙发卡座，又摸了摸他的额头。"等我一下。"

他赶到刚刚的橱柜前，半蹲着将乐知时散了一地的零碎物品一一整理好，检查了一下他带的药，直接从铝箔片里取出该吃的颗数，收拾好背包，和行李箱一起推过去。

乐知时趴在桌子上，在宋煜看来很可怜，很无助。他走过去，坐到了乐知时的身边，摸着他的后背。

"还什么都没吃，是怎么过敏的？"宋煜轻声问他。

乐知时感觉宋煜的大衣有些湿。"我很倒霉，不小心撞到搬运面粉的大哥，其实也只飞了一点点出来，正好吸进去了。"他说话还是有些虚弱的气声，宋煜仿佛很在意，力气都很轻。

"幸好你很听话，随身带着药。"宋煜揉了揉他的头发，把手心里的药片给他，"还有没有其他的症状？"

"暂时没有。"乐知时摇头。

宋煜穿着一身黑色的大衣，乐知时发现他大衣的呢子面料上沾着很多很细小的水珠，像是淋了一场细雨。这提醒了他，宋煜此时此刻不应该出现在这里。

"你不是在西北吗？明明说后天才回去。"

"我也说了那是原计划，本来实验室的人想在那边玩几天，当作集体出游。但我想还是早点回来，后来你说要去广州，把航班号给我看，我就决定去广州了。"宋煜的手轻轻拍着他的后背，"不过我买不到最早一班去广州的机票，早上又看到推送的台风消息，怕出事，所以打电话给航空公司，知道你们会备降。"

"还好飞长沙的机票很好买，我就直接飞过来了。"

他用特别平静甚至平淡的语气把几经周折的事情说了出来，全程对提前回来和跑来长沙的目的避而不谈，看起来就像是出了个差，比那些延误行程的旅客都要冷静。

"怪不得你的电话一直打不通。"乐知时想，原来他在飞机上，他闷声问宋煜："万一我走了呢？你白跑一趟。"

"不会，你暂时去不了广州，飞机延误你大概率会留在机场等待，而不是选择其他交通工具，也没有紧急到那种程度。"

他仿佛是做着预测任务的机器："航空公司给出延误信息之后，你应该就会留在机场，看几集动漫，然后吃点东西继续等。"

全都被说中了。

乐知时吸了吸鼻子，有点固执地对宋煜说："所以你宁愿冒着白跑一次的风险，也不愿意直接告诉我你过来了。"

宋煜静了两秒，露出一种很少见的、似乎无法理解眼前发生的事的表情。刚刚那名店员端着热的糖水过来，还赠送了一杯热美式。

乐知时对她表示了感谢，说自己给店里添麻烦了，她很惶恐："没有，真的不好意思，因为机场这边店面整修，后门不能打开，而且今天凌晨送货的人少送了两袋，这才不小心碰上，太惊险了。"

"没关系的。"乐知时对她笑了笑。

"你没事就太好了，刚刚真的吓死我了。"她说着，又看向宋煜，忍不住夸奖道，"你朋友真的好可靠的感觉。"

"啊……"乐知时不知应该说什么，"……谢谢。"

她表现出很小女生的一面，用托盘遮了一半的脸。"不打扰你们啦，有需要再叫我。"

"好的。"乐知时看着她离开，还沉浸在被人夸奖宋煜可靠的愉悦感中，小心端起水杯，就着水把过敏药都吞进去，还没来得及咽，就听见宋煜后知后觉地问："你更喜欢提前通知吗？"

"嗯？"乐知时喝了一大口水，鼓着嘴，睁大眼睛迷茫地对他眨了眨眼。

"我突然出现，你觉得不好吗？"宋煜又问。

乐知时慌忙吞下药片，又摇起头，着急说："没有，我只是奇怪为什么你不告诉我，万一跑空怎么办……"他说到一半，忽然愣了愣。

"哥哥，你是想给我惊喜吗？"乐知时歪了下头。

宋煜突然咳嗽了一声，偏过头端起热美式喝了一口，放下杯子，也不看乐知时。"我就是不想说。"

乐知时盯了他几秒，忽然很开心地说："谢谢你。"

"我本来觉得我一个人去广州是完全没有问题的，如果你不来也没关系，只是有点不顺利，有很多小麻烦。"他抬头用很纯真的眼神看宋煜，"但是你一来，连小麻烦都变得很顺眼了。"

原本以为自己会在发病后尴尬地收拾残局，离开这家小店，然后继续等待登机，一个人去往不熟悉的城市。

但是宋煜没有让这一切发生。

虽然他很别扭，连一句惊喜都没办法直接承认，但没有第二个人像他这样，永远在第一时间来到乐知时身边。

宋煜的身体终于松弛些许。

给乐知时拨电话的时候他刚下飞机，以为很快就要见面，心里涌动着愉悦的情绪，还没有走出几步，就听到电话那头的咳嗽声。

他都忘记自己是怎么狂奔过来，怎么在机场里疯狂地寻找乐知时口中那个蛋糕店的，那副样子一定很狼狈，很不像他。

"不要有麻烦，我不喜欢。"宋煜低头，摸了摸他的发顶。

稍做休息，两人离开了机场。天气对飞行的影响很大，宋煜怕不安全，买了稍晚一点的从长沙到广州的高铁，在车站附近的医院临时挂号给乐知时打了一针，来不及吃饭，宋煜忙去给他买了份肉汤泡饭和糖油粑粑，在医院的注射室陪着他吃完。

"这个好吃，糯糯的，很甜。"他试图喂给宋煜，被宋煜躲开。

"太甜了。"宋煜让他自己全部吃掉。

过敏的红疹消退很多，但过敏药的副作用令他头脑昏沉，还有些畏冷。乐知时并没有因为生病而难过，在这个陌生的地方，他可以一直依赖着宋煜。

高铁上人很多，宋煜临时买的票，因而两人的座位并不是挨在一起的。乐知时没有说什么，一向很讨厌麻烦的宋煜拿着两人的行李走在前面，并且主动找到乐知时旁边座位的乘客——一个年轻女孩，很平和地向她提出换位子的请求。

女生看到宋煜的脸，有些惶恐和害羞："你要坐我这儿吗？"

"是。"宋煜稍稍侧了侧身，让她看乐知时，"我们没有买到一起的票。"

"啊，这样。"女生看到乐知时的瞬间，眼睛亮了亮，很快起身，"那你的位子在？"

"12A，靠窗那个。"

位子其实就在同一排，女孩很快答应过去，宋煜对她表示了感谢，她一直摆手说不用客气。

宋煜让乐知时靠窗坐下，自己放好行李，脱下大衣把它披在乐知时身上。

"我一直很好奇，为什么高铁没有E座呢？"车厢里的灯光把乐知时的头发照得很柔软，泛起淡淡的金色微光。

"好像是为了和飞机的靠窗编号一致。"宋煜也坐下来，二等座空间不太够，他的腿不太伸得开，很不习惯。

乐知时点点头，用日语说了句"原来如此"，挡在大衣下面的手偷偷地移动，把自己的扶手抬上去，又去找宋煜的座椅扶手，把他的座椅扶手也抬上去。

车开动起来，乐知时和宋煜有一搭没一搭地小声说话。

乐知时在意宋煜的情绪高过一切。

这场注定要驶向狂风骤雨之中的逃离，不太适合忐忑的心。

车窗外又一次出现雨线，黑暗的夜里，落到玻璃上的雨丝最光明。乐知时昏昏沉沉，告诉宋煜早上坐飞机的时候也是这样，下着雨，有很多人。

"飞机颠簸得很厉害，我很怕。"

宋煜帮他把掉下去的大衣往上拉了拉。

"我想到我们一起看的那部空难片了。"

"没那么严重。"宋煜说,"备降是很常见的。"

乐知时回忆起当时的感觉,心里还残留着当时的恐慌,他知道宋煜会觉得他很孩子气,很幼稚,但乐知时对灾难有着天然的畏惧。

"我以为她们会让我准备一份遗书,我都已经想好内容了。"

准确来说,他已经在备忘录里起草了一份。

宋煜觉得他很可爱,但一细想,就觉得害怕,甚至有些难受,但他不想表现得太过患得患失,所以假装出相对轻松的语气:"想写什么?"

"嗯……"乐知时在心里把那份本来就很简单的遗书内容挑挑拣拣,选了一些看起来没那么要紧的,告诉宋煜,"我手机和银行卡里一共有一万三千多块的存款,但是花呗还欠了两千块,麻烦你用我的钱帮我还掉,不然我会死不瞑目。剩下的钱平均分成三份,给你、蓉姨还有宋叔叔。"

"你送给我的写生册有两本,可不可以都烧给我?虽然我知道这样很迷信,但是其他的东西都可以不要,这两个我想要。"乐知时说完,又想了想,"不知道这种说法可不可信,如果烧了之后我收不到,那就血亏了。"

在某些时候,乐知时会表现出一种既天真又残忍的姿态。宋煜并不是很想听下去,所以一句话也没有说。

或许他应该问问乐知时,在想象自己可能死亡的时候,有没有想过他。

除了钱之外,有没有想过给他留下什么。

很有默契的是,乐知时也不说了,他伸出一只手在窗户玻璃上写宋煜的"煜"字,然后用手指抹掉,跳转到明天吃什么的话题,告诉他在来之前自己看了很多广州的美食攻略,最后说着说着累了,靠在宋煜身上睡了。

时间从他睡着之后就流逝得很缓慢,宋煜坐在乐知时身边没有再动,仿佛这样就能安心一点。

没有人会把这种事当真,但宋煜会,他以为自己已经习惯随时随地都可能失去乐知时这件事了,然而并没有。

还有一站就要到广州了。乐知时的手机忽然振动起来,把他吵得有点难受,又不愿醒过来,宋煜只好去找他的手机,最后从他的外套口袋里找出来。屏幕亮着,是乐知时定的闹钟。

他很喜欢把闹钟当提醒事项来用,宋煜替他关掉。可过了半分钟,又有新的闹钟响起。

他很喜欢设置很多个连续的闹钟。

因为被吵到，乐知时歪到了窗户那边。宋煜没有办法，输入密码解锁，把他手机里的五个连续闹钟全关了。

滑动返回的时候，他不小心进到后台的其他页面，正好是乐知时编辑过的备忘录。他知道不该窥探隐私，但他还是看了。

整体不长，只有几行字，但标题就是"遗书"两个字，完全是乐知时的风格。

宋煜一眼就看到了最后一段话。

"我知道现在都要火葬，如果可以留下一小罐骨灰，请交给宋煜先生，他的手机号我写在最上面了，你们可以联系他。

"我不清楚接收规则，但我没有直系亲属，他是我最重要的人。"

第八章
藏玉于心

"我要把它藏起来。"

　　他们坐的是当天最后一班高铁,抵达广州的时候已经临近深夜十二点。

　　乐知时下车的时候刚睡醒,整个人都很迷糊,被宋煜带着出站。

　　他想到要给蒋宇凡发消息,伸手摸了摸他的手机,觉得有些奇怪,之前好像是在左手口袋里。

　　通道里都是匆匆忙忙的人,睡眼惺忪的乐知时抬头,发现前面一个男人的包没有拉好,里面一个黑色的小袋子摇摇欲坠,他跟宋煜说了一声,几步快跑过去,正好接住那个小袋子。

　　"大哥,"乐知时拍了拍他的肩,等到那人回头便把手里的袋子递给他,"你东西掉了。"

　　对方先是千恩万谢,抬头后表情惊讶地说:"你不是飞机上那个混血小帅哥吗?"

　　乐知时这才发现,这是飞机上邻座那个男人。他露出一个笑:"好巧啊,我们竟然坐的同一班高铁。"

　　"是啊,太感谢你了,这里面都是我的证件,丢了可就麻烦了。"男人把袋子放回包里,拉好了拉链,"小帅哥你来这边有人接吗?我送你吧。"

乐知时下意识回头，看到宋煜推着行李箱走过来。"不用不用，您先去忙吧。"

"那你有什么要帮忙的记得找我啊。"男人从口袋里摸出一张名片递给他，又风尘仆仆地离开了。

"他是谁？"宋煜语气淡淡的，但直接伸手从乐知时手里拿走了那张名片，垂眼打量，"……明裳有限公司周成伟，还是个副总。"

"坐飞机的时候他就坐在我旁边。"乐知时抓住宋煜的胳膊，语气很软，"哥哥，我好困啊。"

宋煜把名片收到乐知时的背包外层，带着他离开车站。

外面下了很大的雨，但并不冷，雨声嘈杂，出站的人潮也很混乱，宋煜身在其中，因过分冷静有序而显得格格不入。

他撑开一把黑色的伞，将乐知时笼在伞下，上了提前叫好的出租车，前往他在高铁上预订好的酒店。

雨很大，几乎像是倾倒在车窗上，窗外的都市霓虹灯都被模糊成柔软的光圈，乐知时望着窗外。

司机在车上用很不标准的普通话和他们聊天，问他们是不是来广州玩的，乐知时有一搭没一搭地和司机说话，一转脸，瞥见宋煜大衣的肩膀处洇开深色的水渍。

热心的本地司机告诉他们哪里的烧鹅好吃，哪里骗游客，还夸他们订的酒店很不错。

等到乐知时下车，看到一百多层的国际金融中心大厦，跟着宋煜坐电梯去到高层金碧辉煌的酒店大堂，他才知道司机为什么说很不错。

"为什么订这么贵的酒店？"乐知时提着自己的箱子往台阶上走，但只上了两级台阶，就被宋煜接过去。"你应该问问你自己到外地怎么都不订酒店？"

"我觉得来了再找也来得及。"乐知时原本想落地之后去吃当地很有名的餐厅，然后再考虑入住的事，没想到计划全部被打乱。

宋煜没再说话，他推着两人的行李到前台。

午夜的酒店大堂几乎没有其他客人，宋煜拿出他和乐知时的证件让值班的女工作人员办理入住，乐知时则坐在行李箱上，先是观察了一下大衣上沾到的小水珠，然后又抬头四处打量，伸手碰了碰前台的一株碧绿的小盆栽。

没过一会儿，旋转门又打开，进来了两个客人，好像都喝了酒，歪歪斜斜地挨着进来。乐知时坐在行李箱上转了转，面向他们，觉得他们很像是因为有静电而被吸住的纸屑，摇摇晃晃，但是分不开。

不知道为什么，宋煜订的房间在系统里没有找到，女工作人员说稍等一下，便起身去叫经理，另一个男工作人员则为新来的两位客人办理入住。

男工作人员收取了证件，很快为他们办理了手续，把房卡双手递过去。

帮宋煜他们处理问题的女工作人员回来，向他们道歉："不好意思，系统刚刚出了问题，我们可以免费为你们升级房间。"

宋煜手放在大理石台面上，冷淡地拒绝："不用，之前的就可以。"

"好的。这是房卡，有什么需要请随时吩咐，行李我们会为您送上去。"

一直到上了电梯，乐知时都没有说话，宋煜从玻璃的反光看他，忍不住开口问："你在发什么呆？"

乐知时这时候才朝他伸出手，像一个不小心做错了事对着大人承认的小孩，摊开的手掌里躺着一片叶子。

"我以为是假的，不小心揪下来了。"他捧着那片柔软的叶子，很小声对宋煜说。

宋煜忍不住笑了出来。

"你不要笑我了。"乐知时问他，"你觉得这个盆栽贵吗？应该不是很贵吧。"

电梯门发出很轻的一声"叮"，缓缓向两侧打开。

宋煜似笑非笑地走出去，故意逗他："好像很名贵，用你的存款去还债吧。"

乐知时跟在他后头，语气很委屈："不行，那是我存了好久的，去年的压岁钱我一分钱都没有花……"

沿着走廊走到尽头，宋煜用房卡刷开门，脱了大衣外套挂在门口的架子上。

就在乐知时踏入房门的时候，整个套间的灯一瞬间全点亮，房间主色调是米色和焦糖色，被暖黄的灯光一照，呈现出一种温馨的色调。

房间很宽敞，有七十多平方米，有一整面玻璃落地窗。窗上蒙了层透明的雨水，窗外的珠江夜景和广州塔朦胧而璀璨，每一滴水都泛着迷幻的微光。

"好漂亮。"乐知时脱下大衣，穿着一件白色衬衫在温暖的套房里转了转，发现浴室里有一个超大的浴缸，而且也是落地窗，"我一个人肯定不会住这种级别的酒店。"

宋煜朝他走过去，靠在宽大浴室的洗手台边，两腿放松，用不带嘲讽的语气说了一句很嘲讽的话："以你的存款可以住五天。"

看到乐知时转头惊讶地睁大眼睛的样子，宋煜觉得很可爱。

"太贵了。不需要住这么好的，以前我们去旅游时住的那种家庭套房也很好的。"乐知时念念叨叨，"你订了几天，明天我来付可以吗？"

宋煜从他身上嗅到一种水果糖的甜蜜气味。

"不要随便挪用留给我的遗产。"

乐知时被他一本正经的笑话逗笑了。"都给你行了吧，就这么一点。"说完，他又垂了垂眼，睫毛投下一片阴影，"本来也是存来给你买礼物的。"

宋煜不太理解，问他为什么要买礼物。

"你快过生日了啊。"乐知时觉得他简直是个没有生活情趣的学术机器，连自己的生日都忘得一干二净。"十一月一号。"说完他就有点后悔，"我是不是应该不告诉你比较好，这样就会有惊喜。"

"无所谓。"宋煜对生日惊喜没有表现出太大的兴趣，只是低着头说，"我们也可以提前过。"

"你好喜欢提前过生日。"

宋煜笑了笑没说话，又听见乐知时说："我前几天看星星，看到蝎子尾巴了。"

他很确定地告诉宋煜："应该没有看错，我还拍下来连成线了，就是天蝎座。"

"蒋宇凡说天蝎座的人都很冷酷无情，但我觉得你不是。"乐知时为此还专门花了一个小时在网上检索，"我后来查了一下，天蝎座的性格描述都很……"

听他说话有些卡壳，宋煜抬眼看他："很什么？"

"神秘、腹黑、支配欲强，占有欲也很强，很有责任感，精力充沛，善妒，还有……"乐知时眼睛往上看了看，忽然想起来，对上宋煜的视线，有些不好意思地说出最后一个。

"你觉得准吗？"宋煜低声问他。

"挺准的……"

宋煜若无其事地询问："哪一点最准？"

"都很准。"

"乐知时，我知道你对灾难有恐惧，但发生意外是小概率事件，你没那么容易离开这个世界，所以不要总是考虑自己的骨灰该怎么转交。"

乐知时愣了愣。

他是怎么知道的……

"与其想那些，倒不如多考虑考虑自己。"

乐知时的心都快跳出来了，他忽然意识到，自己根本不想只留下一捧无用的灰土。谁也不知道明天会发生什么，但他不想要任何的悲情结尾。

这座城市陷入被雨埋伏的黑夜之中，每一处草木都得不到喘息，被暴烈的雨肆意地拍打，从海上席卷而来的飓风抱着吞噬一切的野心，将黑暗中的都市烟火吞没。

乐知时喜欢暴雨，喜欢空气中翻搅出来的泥土的气息，那似乎暗示着大自然的生命在搏动，在雨的暴力里被拆解，而后重获新生。

雨声令他几乎陷入一种幻听式的回响。

窗外的雨仿佛再也不会停了，但宋煜的身边温暖而安全，是他唯一想去的栖息地，他一点也不害怕。

天快亮的时候，乐知时有些迷糊地醒过来，含混地说要喝水。宋煜给他倒了杯温水，回到他身边，扶着他的脖子喂下去。

乐知时一觉睡到了中午，发现自己浑身酸痛，像是过敏的后遗症。他用手背检查了一下自己的体温，并没有太高。

酒店的送餐服务还算不错，宋煜点了一些清淡的粥品和乐知时能吃的点心，还有一大份水果拼盘。

乐知时体力匮乏，非常饿，一大碗热粥喝下去，浑身都舒服不少。

但真的很清淡，太清淡了。

他指着窗外的雨，音色和平时不同，略带一点沙哑，但说出来的话还是很孩子气："这种天气就应该吃火锅才对。"

宋煜叉了一块切成小兔子形状的苹果，堵住了他的嘴。

下午一点半，雨稍稍小了点，但风很大，宋煜以防止乐知时喉咙受凉引发哮喘的名义，把自己的高领羊毛衫套在他身上，为他整理好衣领。

从酒店出来，提前叫好的车停在金融中心旋转门前，宋煜撑着伞带他上车。

面料商铺的所在地不远，司机是个年轻男人，说那里是他们这里最大最国际化的面料批发市场。

他说国际化的时候，还特意从后视镜瞟了几眼乐知时的脸。乐知时和宋煜分着戴了一副蓝牙耳机，他挨着宋煜低头看手机。雨刷在风挡玻璃上扫来扫去，宋煜有些烦躁。

"小帅哥，你是混血儿还是老外啊？"他最后还是问了出来。

乐知时抬起头，没太听清对方的话，正要摘下耳机，但被宋煜摁住了手，见他一脸冷漠道："中英混血。"

对方连连点头，趁乐知时抬头又多看了一眼："哦，怪不得长得这么好看，睫毛比女生的还……"

"绿灯了。"宋煜打断他的话，冷淡得像个语音播报的机器人，"下雨天交通事故频发，麻烦专心开车。"

乐知时一无所知地低头，继续看漫画连载。

"你也不怕把眼睛看坏了。"尽管带着责备的意思，但宋煜对他说话的时候声音温柔了太多。

乐知时头都不抬，点到下一页。"不会的，这是月更连载，一个月才能看一次。"

完全不是一个脑回路。宋煜看向窗外，少了司机的搭讪，车里安静很多。没过多久他们就抵达了批发市场，乐知时关车门前很礼貌地说了谢谢，然后躲到宋煜的伞下。

这里由许多栋建筑组成，面积很大，里面有许多面料商铺。宋煜拿着乐知时给的地址信息，很快带着他找到了那家面料商铺。

这家面料商铺的面积在同楼层的商铺中是最大的，空间宽敞，里面设置了许多排架子，满满当当地放着各式各样的面料，总体而言是按照颜色分类的，每一个格子下都贴有写了面料名称、生产地和价格的标签，品类繁多又不失规律。

"你是不是感觉自己来到了天堂？"乐知时企图采访宋煜这种强迫症患者，但宋煜对此并没有太大兴趣，直接朝看起来最像管理人员的店员走去。

"你好，我想买一款面料。"宋煜开门见山，脸上没太多表情。

对方是个中年女人，稍稍打量了一下宋煜，见他穿了件复古麻灰色切斯特菲尔德大衣，大衣很长，里面是黑色高领羊绒衫，都是质感很好的料子，一整套下来价格不菲。这些混迹面料制作和加工领域的人最会看人下菜碟，扫一扫你的着装，心里就有了底。

她笑脸相迎道："您好您好，我是这边的主管，我姓陈，请问您想要哪种？我家可是这儿最大的供应商，很多大老板专门坐飞机过来跟我们谈面料定制。"她转脸指了指这些看不完的架子，"这只是一小部分，仓库还有好多呢。"

宋煜回头看了一眼乐知时，乐知时立刻开心地报上了面料的名称。"陈主管好，之前我们打电话联系过，说这款停产了，您这儿有存货吗？"

陈主管用平板电脑查询了一下，发现这款面料显示的是有少量库存，但又无法调取。"稍等，我联系一下仓库，门店里没有这一款。"

　　宋煜略点了点头，两手放在大衣口袋里，淡然站在原地，乐知时看了看附近的布料，用手摸了摸，又拿手机记录下来，然后跑回来拉一拉宋煜的袖子。"那个青灰色的绸缎也很好，可以做小琪他们设计的裙子。"

　　宋煜睨了他一眼，淡淡道："你也不缺钱，不需要跟我报备。"

　　乐知时一下子鼓起嘴，皱了皱鼻子。"我没有钱。"

　　宋煜反问道："是吗？"

　　这个人果然干什么都是这样，比猫还会钓鱼。

　　"我很穷。"乐知时小声说。

　　这时，另一个店员走上前来，是个年轻女孩，刚刚她就在不远处站着，也知道乐知时他们要找的面料，她拿了一些差不多的面料过来，礼貌地对他们打招呼，请他们看看这些可不可以做替代品。

　　乐知时把面料放在灯光下认真观察，又拍了照片发到群里，也接过年轻店员递来的放大镜观察织线纹理。

　　和群里大家讨论的结果一样，乐知时也觉得这几款不能作为替代品，它们缺乏波光粼粼的质感，没有掺太多有质感的银丝。

　　"谢谢你。"乐知时把东西递回去，然后站回到宋煜身边。

　　店员说不用谢，抱着面料打量了一下他们，眼神落在宋煜身上，犹豫片刻，不禁问道："您是特意来看面料的吗？"

　　乐知时忽然觉得不对，感觉他们好像把宋煜误认为是什么制造商的代表了，他看了一眼，觉得宋煜穿得很商务，除了脸过于年轻，看起来是很容易被误解。

　　宋煜没有回答，店员也没有太尴尬，又转向乐知时，笑着问他："你是助理还是秘书？我感觉你看起来好小，可能比我还小。"

　　"啊……我，我其实……"被误会后，乐知时想解释，但宋煜忽然笑了一声，引起了他的注意。

　　宋煜仿佛对年轻总经理和小秘书的说法表现出不小的兴趣。

　　"我们不是这种关系。"乐知时试图解释，但宋煜从容地截了他的话头："他是挺小的。"

　　店员一副了然的表情。乐知时正好抓住她咨询其他的面料，又挑选了一些，决定直接从他们这里采购。

"一般来说我们是不接受五百米以内的订单的。"店员看了看宋煜，"如果您觉得样品拿回去效果不错，还希望能多照顾照顾我们的生意。"

他怕是照顾不了，乐知时心想，他长了个资本家的脸，实际上是个捡石头的。

七七八八买了一大堆，乐知时感觉自己带来的公款已经不够挥霍了，带着点撒娇的语气向店员要优惠，但被宋煜制止了。

"多的我补。"

薅的是自家的羊毛，乐知时并没有非常开心，但他的注意力被店员手里的一个板子吸引了，上面展示了一些丝绒的布料，都裁成三指宽、一米长的缎带，颜色各异。

"这个是？"

"哦，这个是我们的新产品，一种手感非常好的丝绒缎，很多名牌女装的高端线都来找我们定这款。"店员抽出一条黑色的递给乐知时，"你摸摸看，手感是非常好的，而且不会泛白。"

"真的，软软的，很舒服。"

宋煜见乐知时将那条黑色的缎带搭在他白皙的手腕上，色彩对比强烈。

"这条送你吧。"店员脸上浮现出小女生的笑，"我感觉你的头发再长一些，长到肩膀，用这个扎起来应该会很好看。"

乐知时也笑了，唇边又一次出现那个小小的凹陷阴影，很可爱地抓了下还不够长的头发。"是吗？那谢谢你。"

等到店员帮他把选购的其他面料都打了包好，陈主管才回来，她脸上的表情就让乐知时猜到结果不妙。

"不好意思。"陈主管说，"本来我们有一批五百米的样品，是最后一批了。因为这款面料造价高，需求又比较少，后来就不做了，这最后一点是留给一个制作商的，据说他很喜欢搜集一些停产的面料，面料刚被拿走了。"

"是这样吗？"乐知时有些遗憾，难怪在电话里这家面料商的老板也一直说不能卖，原来早就被人定下了。

见乐知时表情有些失落，一直不太说话的宋煜开口道："方便说一下制作商的联系方式吗？"

原本陈主管是很犹豫的，但是眼前这个年轻人给人一种强烈的压迫感，这种形容很奇怪，但的确如此，她最后还是说明了："你们应该联系不到，这位是有点麻烦的，斤斤计较得很，是明裳的周总。"

"明裳……"乐知时记忆有些模糊，倒是宋煜一下子就反应过来，"很巧，我们有他的联系方式。"

乐知时拽了一下他的袖子，很小声地问："我们有吗……"

"有，名片在你包里。"宋煜向陈主管告别，带着乐知时离开这里。乘坐电梯时，乐知时拿着那张一下子就被宋煜找出的名片，盯着上面的字问："你怎么记得？"

"你应该问自己怎么昨天发生的事就忘得一干二净？"

乐知时果然被他唬住了，默默掏出手机打电话，雨还在下，他站在一楼的玻璃门前，拨了两次之后对方才终于接通。

"周成伟先生吗？不知道您还记不记得我，我是在飞机和高铁上都碰到过您的那个……对，对，混血，啊太好了，您还记得我。"

宋煜站在一旁，看见乐知时一边很开心地打电话，一边用手在凝了雾气的玻璃门上写写画画，和小时候几乎没差别。

五六岁的乐知时也很喜欢在玻璃上写字，尤其爱写"煜"字，但这个字对小时候的他来说有些难，所以每次他把他们俩的名字并排写在一起，那个"煜"字总是格外大。乐知时很会为自己辩解，他说最重要的字才会写得最大，所以小煜哥哥是他最重要的人。

记忆里，那个满口甜言蜜语的小家伙和眼前这个大男孩的身影渐渐重合，宋煜轻笑了一声，垂了垂眼。

不知道用这种连哄带骗的话术蒙蔽了多少人。

比想象中更快，乐知时打完了电话，跑回到宋煜身边，握着手机很是兴奋："他同意了！"

"你怎么哄的？"宋煜挑了挑眉。

乐知时没察觉出宋煜的语气，摇了摇头："没有啊，我就跟他说了我们的情况，他答应给我们寄一半的面料，不过提了一个小要求，希望我可以送他一套用这个面料制作的成衣。"

宋煜散漫地点了点头："问题现在都解决了。"

"对，我好累，而且好饿。"乐知时声音放软了很多，"哥哥，你带我去吃好吃的吧，我想吃烧鹅和椰汁糕。"

想到他刚刚也是用这样的语气跟别人撒娇讲价，宋煜瞥了他一眼，故意说："你买单吧。"

"我能不能免费吃啊？"

"不可以。"宋煜一脸冷酷地推开他，"拒绝'白嫖'。"

乐知时"哦"了一声："那我要赚很多钱，我要当大律师。"

这个当大律师的理由你真的能说得出口吗？

宋煜觉得又好气又好笑，垂下眼，忽然瞟见那条赠送的缎带，半条搭在口袋外面，被开门后涌入的冷风吹动。他伸手抽出带子，仔细观察一番，又想到方才发生的一系列令他不快的小事。

"这个是很适合你。"

不等乐知时说话，宋煜直接牵起乐知时的手腕，解了他的腕表，然后将那条质感不错的黑色缎带绑在他的手腕上。

绒质的布料稍稍勒住乐知时白而薄的皮肤，仿佛能阻挡那些蓝紫色血管里流淌的血液。

外头的雨暂时停了一会儿，空气中弥散着湿润的水汽，他们上了一辆停在路边的黑色轿车。

宋煜将乐知时拉近一些，然后看着他的头发，从发顶到微卷的发梢，像那个店员说的，这还不够长。

"你该剪头发了。"

乐知时一直到下车都晕乎乎的。

餐厅里人很多，门口就有两三个等车的年轻男女，看到乐知时，还多看了几眼。

餐厅很大，里面是中式装潢，甚至还有一点岭南园林的风格，进入包间里坐下来，乐知时才感觉有些熟悉，他仔细回想了一下，发现这家好像是自己在点评网站上做功课的时候看到过的黑珍珠餐厅。

"你怎么知道这里？"乐知时问。

宋煜熟练地点好菜，合上菜单递给服务生，又低声和她沟通了过敏忌口和其他的什么，等到服务生离开，他才抬头去看乐知时："你记性真的不怎么样。"

"我说过吗？"乐知时皱了皱眉，回忆不起来。

"高铁上。"宋煜说。

乐知时隐约回忆起一点点，大概是他随口提到的，毕竟自己闲聊的时候大多没什么逻辑。

但宋煜就像一个可以随时随地存储记忆的机器，一些乐知时觉得无足轻重、根本不会记得的琐事，宋煜永远可以清晰地指出，甚至是时间和地点。

他认为这只是因为宋煜聪明，天赋异禀。

服务生推门进来，手里除了白瓷茶壶，还有一个方形的软垫，宋煜侧头看向她，向她指了指乐知时，服务生立刻会意，走过去请乐知时先起身，然后在椅子上放下软垫。"您请坐。"

等到服务生离开，带上门，乐知时把餐桌礼仪什么的都抛到一边，搬着椅子到宋煜身边坐下。

或许是宋家的家教比较随性温馨，大家吃饭的时候一定要围坐在一起，即便房子很大，但他们都喜欢坐在小圆餐桌上。

乐知时习惯了挨着宋煜坐，刚去上小学的时候，有一段时间必须在学校吃饭和午休，六岁的乐知时跟着同学们一起排队，让食堂的阿姨把饭菜装到他的保温碗里，然后和同学们一起坐到长方形的桌子上吃饭。

但乐知时不知道不同年级是要分开的，他总是不让别的小朋友坐在他旁边，用手掌按住那个凳子，然后张望宋煜的身影。

后来他看到宋煜出现在另外的队伍中，端着饭和别人一起，走到距离他两个走廊那么远的位子坐下，这期间无论乐知时怎么招手喊他，宋煜都没有过来。

乐知时不是容易气馁的小孩，他试图把自己的凳子搬走，但拔了半天，发现这个凳子是固定在地上的，他根本弄不走，于是最后只端着自己的保温碗，穿过人群跑到宋煜的面前，"啪嗒"一下把自己的保温碗放到宋煜所在的桌子上。

那时候的宋煜和桌上的其他同学一样，都很莫名其妙地抬头看他。

"你来这儿干什么？快回去你们班。"

乐知时摇头："我要和你一起吃。"

他是个很奇怪的小孩子，宁愿站在宋煜的身边也不愿意回去，就这么站着拿勺子吃饭，一口口乖乖塞进嘴里。

宋煜眼睛看着巡管的老师，催促他好几遍，但都无果。

"你站着不累吗？"

"累。"乐知时说话含糊，借坡下驴似的和宋煜挤到一个椅子上，但屁股只坐一点点，抱着自己的保温碗继续吃。

其他的同学会笑宋煜，甚至说："哎呀，你抱着你弟弟吃吧。"

"就是，这么可爱。"

乐知时还会很礼貌地对夸他可爱的人说谢谢。不过在宋煜犹豫半天，考虑是不是要抱他的时候，巡管老师出现，把乐知时拽回到一年级的位置。

和往常一样，乐知时会哭，但是不会大哭吵到别人，就很安静地掉眼泪，保温碗不放在桌子上，要抱着，这样他就可以侧身望向宋煜的方向，边哭边吃，还要倔强地盯着哥哥。

乐知时每天中午都哭，本来就挑食的宋煜总是不太吃得下饭，再怎么假装，宋煜也看得到。所幸后来学校取消了集体午餐的规定，他们一起回家吃饭，这样悲惨的午餐体验才结束。

小学时期的宋煜实在是经历了太多寻常小孩经历不到的事，他想这大概就是自己的记忆为什么可以这么深刻。

看到乐知时把椅子挪到自己身边，宋煜什么也没说，给他倒了杯热的花茶，把杯碟递到他面前。

"喝一点。"

尽管是命令式的话，但宋煜的语气很温柔。乐知时听话地端起来，喝了一大口，放回到桌子上，用杯壁捂手。

"你觉得我长头发不好看吗？他们都说我长头发会很好看。"

"好看。"宋煜听罢，放下了自己手里的茶杯，"那就不剪了，想留就留。"

乐知时觉得宋煜真的很奇怪。有时候强硬到没有任何人可以阻碍和左右他的决定，下达指令的时候像个毫无感情的机器人，但是有时候又超级容易妥协，仿佛有一个可以随时切换状态的开关。

但当他回忆宋煜和他人相处的画面时，这个开关似乎又隐形了。

他很多时候很安静，不太愿意说话，但有时候会因为一些小事不断地在乐知时面前说些重复的话题，带着气，但又不直说，让乐知时觉得他其实很可爱。

如果可以的话，乐知时希望这样的宋煜永远不要被任何人发现，他们最好只能看到宋煜生人勿近的表象，找不到宋煜隐藏起来的开关。

乐知时待人慷慨，乐于分享，除了宋煜。

菜陆续上来，无论是烧腊还是点心都非常合乐知时的口味，宋煜夹什么他吃什么，蟹粥喝下去一大碗，浑身都发了汗。

包间里的窗户不大，能看到外面青灰色的天空和潮湿的水雾，雨又下起来，雨势很大，坐在房间里也能清晰地听到雨声。

乐知时脱了牛角扣大衣外套，只穿着一件羊毛衫，又挽起袖子，露出一小截奶白色的胳膊。

"身上还难受吗？"

听到宋煜的询问，刚夹了一块椰汁糕的乐知时停住动作，像是仔细地感受了一下。"不太难受了，但是很酸。"他轻轻拍了拍自己的腿，"出差可太累了，就像长跑之后第二天的感觉，不过比我想象中好一点。"

"第一次一个人因公出差，不害怕吗？"宋煜说。

看到宋煜微笑着问，乐知时也放松很多，又道："我从小到大，第一次学会用中文叫人、第一次去上学、第一次游泳……太多了，几乎所有的第一次都是和你一起，因为你永远在我身边。所以……"

他脸上的笑容诚恳又漂亮："谢谢你陪我长大。"

宋煜的情绪有些波动，他不想被发现，先是别过脸给乐知时夹了很多菜，过了一段时间，又故意伸出手指去碰他的下巴，捏他的脸，试图用这样的方式转移情绪。

"全都被我吃了。"乐知时吃掉最后一块肠粉，瘫倒在椅子上，"好撑。你都不吃，光顾着给我夹菜。"

宋煜伸手过去摸了摸他的肚子，自言自语一样说了句好软。

"对啊，为什么我没有腹肌。"乐知时掀开羊毛衫看了一下，有很浅的两条长长的肌肉形状，往下延伸，不是宋煜那种块状的，"这算吗？"

宋煜把他的衣服拽下来。"你就想各种办法生病吧。"

上了车，计程车在下着雨的街道上行驶，看起来漫无目的，他们仿佛遗失在这座风眼中心的岭南城市之中，在陌生又相似的街道里循环。

而乐知时希望自己永远出不去。

车子最后停在老城区，因为乐知时之前说过想看看老城区的建筑，宋煜撑了把沉闷宽大的黑伞，雨又小了一点，但伞面永远是倾斜的，不让乐知时淋到雨。

这并非适合约会的天气，甚至有点太糟糕。风大雨小，天色灰暗，路上几乎没有人，有人也是行色匆匆。生活在内陆城市的乐知时在行走时不断思考台风究竟抵达没有，是进行时，还是过去时。

　　乐知时腿有点酸，走一小段路就想停一停，第一次宋煜问他怎么停下了，他解释过后，宋煜每次都主动站定，像是安装了精密测定路程的仪器。

　　"对了，"乐知时向他伸出一只手，表情很可爱，"你这次给我带的礼物呢？"他想起宋煜在饭桌上开的玩笑，"不会真的是楠木吧。"

　　"那是骗秦彦的，西北没有楠木。"

　　"那这次有礼物吗？"

　　"有。"宋煜点头，觉得休息够了，又走了几步，"回去给你。"

　　有所期待，乐知时很快就开心起来。他们一边走一边说话，乐知时把南嘉训练模特的经过描述给宋煜听，还告诉他自己下周会有一个模拟法庭，告诉了宋煜时间地点，但没有明确邀请他去旁观。问到宋煜转研究方向的事，感觉他有什么话想说，但宋煜没来得及组织好语言，口袋里的手机忽地振动起来。

　　宋煜盯着手机屏幕，乐知时盯着他，感觉他原本一直微微扬着的嘴角沉下来，变得平而直，然后他接通了电话，把屏幕靠近耳边。

　　"喂，爸。"

　　宋煜另一只手还撑着伞，声音很低地回复了几句。乐知时原以为他要说谎，他已经在心里帮宋煜想好了借口，在回复林蓉昨天的消息时，乐知时也完全没有提到宋煜。

　　但面对父亲，宋煜比自己想象中诚实。

　　"我来广州找乐知时了，嗯，他一个人不太安全。"宋煜说话时看向了别的方向，侧脸的轮廓在雨天里显得更冷。

　　"已经解决了，后天就回去……嗯，我知道，你出差小心。"

　　挂断电话之后，宋煜感觉心脏很沉闷地跳动，仿佛幻听一样，父亲关心的声音在耳边不断回响。

　　父亲不知道的是，乐知时并非心智尚浅的遗孤，而是一个随时准备好接受意外与死亡，愿意在遗书中许诺将骨灰留给宋煜的勇敢的男孩。

　　走到街角，两人都没怎么看伞外的风景，只是慢慢走着，乐知时感觉自己的话突然说完了，但他不想这么沉默，于是努力思考，还没来得及想到一个合适的话题，他们便被一个年轻的男生拦住。

　　"你们好，不好意思打扰了。"男孩脸上露出抱歉的笑，"可以帮我和我女朋友拍张照吗？在那边，需要你们跟我走一段路。"

宋煜没有说话，乐知时很快点头同意："可以啊。"他从男孩手里接过相机。

"太好了，今天人不多，我们找了好久才看到人，麻烦你们了。"男孩自嘲不会选时间，天气这么差还出来玩。

乐知时很善良地安慰他，说天气差不会挤也很好。

他们跟着男生走了一会儿，才发现原来老城区里藏着一个很漂亮的双尖塔哥特式教堂，因为下雨，这里没有人，教堂黄色的花岗岩壁被灰暗的天色衬托得更加肃穆庄严，甚至有几分悲凉。

不远处一个女孩撑着把透明雨伞，穿着红色针织长裙，是这里唯一一抹亮色。她笑得很开心，朝男孩挥手。

"按这里就好，谢谢啦。"男孩教完，迅速奔向女朋友身边，揽住她的肩膀对着镜头笑。

为了把人拍得漂亮点，也为了装下后面的背景，乐知时蹲下来仰拍："好了！再来一张吧。"

男孩大声说好，然后抱住女朋友，问她要不要在这么有意义的地方亲一下，看到她羞涩点头，男生才低头，与她在教堂的玫瑰花窗下拥吻。

得到了满意的照片，小情侣十分感谢地离开了。教堂前忽然只剩下他们两个人，冷冷清清。乐知时把头伸出去一些，仰望着这栋建筑，对宋煜说："听说这是世界四大教堂之一。"

他以为宋煜不知道，没想到宋煜却为他补充："是四座全石结构的哥特式教堂之一。"

"对。"乐知时点点头，"没想到回去之前还能来这里转转。"

他仰头望了一会儿，不说话了。乐知时的想象永远来得很快，看到漂亮恢宏的教堂就想到白纱、鲜花、被所有人祝福的恩爱的伴侣和说着冗长誓词的牧师。

牧师宣布他们可以亲吻了，于是刚刚的那对情侣，在乐知时的幻想里成为交换戒指后相吻的新人，他们笑得很开心。

但他只是一个旁观者，站在教堂门外。

"还好我不在英国长大。"乐知时仰望着教堂顶上的十字架，还有十字架后浮着的乌云。

"为什么？"宋煜只看向他。

乐知时还是仰望着，缓慢地眨了眨眼："在那边长大是要信教的吧。"

"都说上帝爱世人。"乐知时迷惘地望着十字架，"上帝会平等地爱世人吗？还是会在一些人死后，惩罚他们的灵魂呢？"

后知后觉地意识到自己又一次说了关于死亡的话题，乐知时低下头，很轻声地说了抱歉，也不知道宋煜能不能理解他道歉的点，他思考着是不是要解释一下。

可他没有想到的是，宋煜将伞面倾斜，眼前的世界被一分为二，他们来时的路被压抑的黑伞掩蔽，但眼前的教堂却完整矗立，见证一切。

这里没有鲜花，没有祝福的人群，连天色都阴沉压抑，甚至落着冷雨，仿佛千万根银针从空中降落，扎在他们身上。

乐知时发觉自己变了，他享受这场雨。

至少这场雨不会回避他们。

在酒店的第二晚，乐知时在那个拥有漂亮落地窗的浴缸里泡了很久的澡。

窗外狂风骤雨，却又拥有很闪亮的霓虹灯，乐知时凝视窗外，感觉在凝视一个精致的圣诞玻璃球，里面的景象很不真切。

但他又觉得，不真切的是自己。

他们才是被困在玻璃球里的人。

晚上睡觉前，宋煜说想听乐知时念日记，本来只是说说而已，乐知时竟然真的拿出了日记本，而且不止一本。

"你跑这么远为什么还要带这些？"宋煜从摊开的好几个本子里随意拿了一本，翻开来看。

乐知时一副理所当然的表情："我以为你还在外面工作嘛，万一你又睡不着呢，如果你打电话给我，我就可以给你念。"

宋煜看似随意地问："如果我不打电话呢？"

"那……"乐知时抿了抿嘴唇，假装轻松地翻开一页，"那就背回去呗，又不重。"

没过两秒，乐知时又自顾自说："但是你应该会给我打电话的，我觉得。"他用一种不知道是说服自己还是说服宋煜的语气强调，"宋煜，你睡眠质量真的很差。"

他没想到这种事实也会遭到宋煜的反驳。

"我不是睡眠质量差。"

"那你天天让我念日记。"

或许还有不知道如何面对未来的迷惘和煎熬，毕竟对宋煜这种恨不得能将计划按时按刻定好，按部就班完成的人来说，确定是最重要的。

挑了一篇看起来傻傻的日记，乐知时念给宋煜听。

"我今天在小卖部遇到了小煜哥哥的同学，其实我是没有钱的，我好穷，是同学要我陪他去买辣条，然后小煜哥哥的同学说我可爱，并且送给我一小包旺仔牛奶糖，我的同学也送了我半包辣条。"

宋煜一边听，一边翻看手里的另一本日记，和乐知时念的不太一样，这一本日记似乎是他初一写的，字都变好看了很多，不再歪歪扭扭，看得到成长的痕迹。

"今天开学了，班上的同学都很好，放学后他们还约我去喝奶茶，但是我没有很开心。"

乐知时继续念："虽然我没有钱，但是幸好我有哥哥，所以我可以免费得到一包牛奶糖。"

宋煜低头看下去。

"为什么不让我叫哥哥呢？我不明白，还不让别人知道我们的关系，难道他这么不希望做我的哥哥吗？

"放学后我和蒋宇凡在奶茶店门口，看到哥哥在书店里买教辅，明明他也看到我了，但还是直接走了。我感觉自己的心破了一个洞，明明我喝了很多甜的奶茶，但是我感觉不到甜，可能全都从洞里流出来了吧。

"一点也不甜，我觉得又痛又苦。

"想回去上小学。"

"好好笑啊，我怎么从小就喜欢'白嫖'。"乐知时翻开另一页，思绪还在这一页上面，"我记得我小时候去公园总有人想给我吃的，但是大部分我都不能吃，我太可怜了，老天爷给了我一张很好骗吃骗喝的脸，但是收走了我可以随意开吃的技能。"

感觉宋煜一直没有反应，乐知时侧过脸，抬头看他："你在听吗？"

宋煜"嗯"了一声，合上了手里的那本日记。

"那还要念吗？还是直接睡觉？"

宋煜摸了摸他的脸："睡吧。你嗓子还有点哑，不念了。"

乐知时说好，然后躺下来，催促宋煜关灯。外面风声很大，大得有些夸张，仿佛这栋华美的高楼也有可能瞬间被风卷走，或是倾塌，一切都岌岌可危。

一晚上宋煜都在做重复的梦，梦见一望无际的黑色的海，他和乐知时两人蜷缩在一艘破旧的小船上。他喜欢一眼就看得到的未来，但被困在没有方向的海上。

后来有一阵子，乐知时忽然站起来，走到了船边，很期待地望着船外的世界，梦里的宋煜有些慌，但他发现自己动不了，只能眼睁睁看着乐知时站在船边。

好在最后乐知时没有跳下去，他回到了宋煜身边。

船没有驶向任何一座岛屿，天亮了，宋煜也醒了。他发现乐知时说得也没有错，自己的睡眠质量的确不怎么样。

乐知时的呼吸均匀绵长，蜷缩的姿势和他梦到的很像。

台风和他们一起离开了广州，然后分道扬镳。

在广州的这几天像梦一样，很好但是不真实。回到熟悉的学校，乐知时又想，好像并不只是在广州。

生日后的每一天都像做梦。

在高铁上乐知时又睡着了，醒来之后发现自己的手里攥着一块东西。宋煜假装什么都不知道，任由乐知时问好多问题，比如"这是你给我的外出礼物吗""什么时候塞到我手里的"之类的。直到宋煜觉得他有点吵到别人，扭头捂住他的嘴，然后承认。

"这其实不是捡的，是我从一个当地人那里买的矿石。"宋煜非常诚实。

"那也没有关系，我觉得你也捡不到那么多名贵的石头。"乐知时摸着手里的矿石，切割面露出非常莹润的墨绿色，"这是什么石头？"

"藏玉。"

"藏？"乐知时抬眼看他，"西藏的藏？"

"嗯。"

乐知时想到第一个字的其他发音，然后忽然开心起来。

"我喜欢这个名字。"乐知时很珍惜地用双手握着，然后贴上胸口。

"我要把它藏起来。"

第九章
透明雨衣

我们如此不同，但我们都在雨中。

在广州的时候乐知时买了许多特产，想带回去给林蓉，但一回去就发现自己没有时间回家看她。他忙着赶课程作业和接踵而至的模拟法庭，并且把几乎所有的课余时间都留给了艺术节。

他们拿到了面料，托小琪的福也找到了愿意和他们这帮学生合作的成衣加工厂，然后一次一次地开会，修改设计，打版，再修改。南嘉把时间都花在了训练模特上，乐知时偶尔改稿改到心力交瘁，就会跑去看他们走台步，放松一下。

"我觉得你自己上就很合适，比篮球队的这些傻大个合适多了。"南嘉逗他，"小脸蛋不用白不用。"

乐知时伸了个懒腰，盘腿坐在一整面大镜子前，看大长腿看得很舒心："那不行，我要靠才华吃饭。而且我要赚大钱。"

"怎么突然就想赚大钱了？"南嘉觉得他可爱。

"啊……"乐知时觉得理由不太能说出口，抓了抓头发，"就是突然感受到钱的重要性了。"

南嘉长长地"哦"了一声，看见一个人的台步有问题，又连忙起身指导。

乐知时看过去，眼神在其他几个练习台步的人身上打转，最后看到一个给他熟悉感的身影，他甚至差一点看错。

但不是。

"南嘉姐，这个男生，"他指给南嘉看，"他的联系方式可以给我吗？我想让他试试我闭秀的衣服。"

从练习的舞蹈教室出来，乐知时又一头扎进作业里，在一间自习教室熬到很晚，出来的时候走廊很冷，忽然就很想宋煜。回来的一周时间里，他们都忙到只能一起吃饭，或者在篮球场见见面。这种突然拉远的社交距离让乐知时经常发呆，时常想到在广州的那几天。

脚步停在一台咖啡自动贩卖机前，乐知时犹疑地点击屏幕，想着是要拿铁还是要玛奇朵，最后他好不容易下定决心选了一个，低头准备拿出手机的时候，身边多出一个身影。

抬起头，乐知时看到宋煜伸手，将屏幕上已经选好的选项取消了。

他把一个玻璃瓶装的热牛奶放到乐知时手上："现在喝咖啡，是不打算睡觉了吗？"

很真实的热度传导到皮肤上，乐知时迟钝了好几秒才问他："你怎么过来了？"

宋煜并没有直接回答他的问题，而是把脖子上的围巾取了下来，然后一圈圈绕上乐知时空荡荡的脖颈。"听南嘉说你还在自习教室，从实验室出来，顺道过来了。"

从他的实验室到这间自习教室要走将近二十分钟的路，哪里算顺道。

乐知时的心里升起一股逐渐浓郁的欣喜，他带着微笑对宋煜说："你来得好巧，我刚刚正在想你。"

宋煜觉得自己可能一辈子也习惯不了乐知时直白的表达，他像只被摸了尾巴的猫。尽管他讨厌失去表面的冷静，但如果是在这件事上，他认为是不错的。

他希望乐知时一辈子都能对他如此直率。

深夜，校园无人的黑暗小路，乐知时的手被牛奶焐得很暖。

在宋煜把他送回宿舍之前，乐知时带着宋煜走到一片小树林里，这里离乐知时的宿舍不算远，他上课不着急的时候偶尔会多望几眼，因为这里种着的不知名的树，在秋天的时候会变得很漂亮，一片金黄，像蝴蝶一样的枯叶会很缓慢地落下来。

晚上的时候，这里一片漆黑，没有那么漂亮的风景，连落下的叶子都像一片走上错误路线的乌云。

满地的枯叶踩起来有窸窣的声音，乐知时带着宋煜来到一棵大树下，绕着树去踩，因为这样，一旦有经过的人听见，他们会猜想这里到底是谁。

但他们看不见，不会发现是他和宋煜。黑暗是他们的保护伞。

"好玩吗？"宋煜低声问他。

还没来得及回答，还没来得及抬脚再踩一步，乐知时忽然听见另一个方向传来了枯叶破碎的声音。

"有人来了。"

树林不小，脚步声错落有致，是两个人发出的，和乐知时预想的不太一样，他们好像在距离不远的地方停了下来。

宋煜用只有两个人能听见的气声告诫他："后退会被发现。"

踩碎的枯叶藏不住秘密。

几天后一起吃饭时，秦彦把话头甩到乐知时身上："乐乐，听说你闭秀的模特找的是我们篮球队的新球员啊？"

"啊？嗯……"乐知时咽下嘴里的食物，点了点头，"对，大二的一个学长，我觉得还蛮合适的。"

"我那天听南嘉说，特意跑去看了一眼，就想看看是我们队里哪个帅哥，结果我一去，好家伙，差点认错。"说着秦彦拍了拍宋煜，"跟你背影有点像，个子也差不多，就是正面差得有点远。"

宋煜完全不知道这个故事，在听到的第一时间微微挑眉："是吗？"

他看向乐知时："有多像？"

乐知时连忙解释："也没有很像吧，就是个子和身材比较相似。我没有特意找他，只是刚好在南嘉姐选的模特里看到了，觉得他的身材比例比较合适……"

"怎么，关心这么多？难不成你要自己去啊。"秦彦笑了，"当初南嘉怎么请都不去，现在可轮不着你了。"

宋煜仿佛觉得他说的话无聊，冷笑了一下："我是不会去的。"

"那比赛总要看吧？"乐知时听罢，露出可怜巴巴的眼神。

"求我。"宋煜当着秦彦的面说。

为了让宋煜去，乐知时几乎天天去缠他，给他买各种各样的小零食，甚至一口气买十几杯奶茶送去给宋煜实验室的学长学姐，故意说"照顾哥哥辛苦了"这样的话，大家也因此都认识了他。

因为这副漂亮又特殊的长相和好相处的性格，大家都戏称这是宋煜家里的小天使。

第一次去的时候，宋煜还故意装不认识他，站在门口看着正在给隔壁工位的学姐分雪花酥的乐知时，冷着一张脸说："你是谁？"

乐知时抬头看向宋煜，从他手里接下雪花酥的学姐也尴尬地盯着宋煜，飞快思考这究竟是怎么一回事。

说好的弟弟呢？不会是假的吧……

"我哥有毛病。"乐知时不为所动地转过头，又给学姐一颗糖，"他从小就喜欢逗我。"

"啊……这样子。"学姐看一眼平时冷冰冰的师弟，也没有反驳。

她暗暗想，没想到宋煜背地里竟然是这样的人。

后来的好几天，乐知时都给宋煜送上咖啡服务，还说他的工位很宽敞，也比自习室暖和，死活要赖在他工位上做课程作业，中午还趴在他工位上午休。

宋煜虽然嘴上嫌他占地方，但还是会把舒服的转椅给他坐，自己坐冷冰冰的木椅。

每天乐知时离开的时候都会向他发出看比赛的邀请，然后无一例外被拒绝。

嘴硬的宋煜最后终于松了口，同意乐知时的邀约，但语气还是很阴阳怪气。

"行啊，去看看我的替身穿什么好衣服。"

乐知时拿出职业素养对"替身"这个词做出了非常有理有据的反驳，宋煜安静听完，然后再一次强调。

"就是我的替身。"

人是不可以和猫咪讲道理的，乐知时说服自己。

时间越来越紧张，"小燕子穿花衣"小分队几乎忙到没时间睡觉，通宵赶工做配饰，对成衣做最后的调整。开场很重要，对整场比赛来说是抓住人眼球的第一个机会。

第一套出场的服装是小琪和周一合作设计的，为了能够体现出主题"雨"，他们做的是古代诗歌中的"绿蓑衣"，蓑衣下穿的是盛唐华服，头饰和装扮都是唐风，模特也是由南嘉亲自担当。

　　但在最后彩排的灯光下，披着蓑衣出场的效果不够好。看视频回放，南嘉始终认为绿蓑衣过于朴素，更适合陈毕设计的后几套侠者风格的服饰，达不到一眼就抓住眼球的效果。

　　大家都一筹莫展，认为现在已经补救不了了，小琪也只能给出用鲜花装饰的建议。

　　南嘉最后对着一直沉默的乐知时挑了挑眉："你说呢？你这个小智多星，快想想怎么装饰蓑衣会比较好。"

　　乐知时趴在桌子上，转了转笔："放弃吧。"

　　"啊？"南嘉不可置信，"你居然也会放弃吗？"

　　"我说的是开场放弃蓑衣。"乐知时坐直，很认真地说，"我其实有个想法，但是不知道来不来得及实现。之前我查资料的时候看了很多古籍，《隋书》里就写隋炀帝'尝观猎遇雨，左右进油衣'。这个油衣其实就是古代有钱人穿的雨衣。"

　　"虽然沿着 T 台走到头，最后定点脱掉蓑衣那个创意不错，但实际上模特里面的衣服那么华丽，从身份上来说是不应该穿绿蓑衣的。"

　　周一皱了皱眉："可是……油衣要怎么做啊，不会很黏吗？"

　　乐知时转了转笔："其实不难，我看书里写的是用桐油浸泡绢帛，制作好之后用泥土和水混合糊在衣服上，在通风的地方阴干，刮下来，这样油衣就不会黏，还可以防水，不会被舞台上的水淋透。我们可以试试复现。"他低头看了看表，"还有时间。"

　　"这个不错。"南嘉赞同，"我们还有很多丝绸面料，做出来效果如果好的话，会比蓑衣华丽很多。"

　　因为小组里有乐知时、南嘉和曲直这样充满行动力的人，所以他们在确认其他流程都没有漏误的情况下，在距离比赛走秀只有二十个小时的时候，开始了开场的 B 计划，利用之前废弃的金丝帛，将其浸上金色的桐油，制造油衣。

　　这个过程比他们想象中艰难很多，小琪用缝纫机手工缝制好油衣披风，又觉得和斗笠不配，在乐知时的设计下，他们决定在最初的斗笠上缀上一圈浅金色面纱，以搭配桐油金丝帛披风。

刷了三层桐油之后，陈毕和周一运来了后山现挖的泥，用水和好，铺在固定板上用吹风机和大电扇风干，等了好几个小时，等到南嘉都重新确认了一遍全场的 BGM（背景音乐）和走秀时间卡点，泥壳才风干。

小琪一点点剥下泥壳，将完整的披风飘飘悠悠地披到南嘉身上的时候，大家在清晨六点的准备室里不约而同地欢呼了起来。

乐知时觉得自己的鸡皮疙瘩都起来了，团体创作的火花令他振奋不已。

收拾好东西都已经早上七点半了，他们忙着将所有的成衣和配饰搭配成套，方便模特换装，一共三十套，每个子主题十套，工作量不小。

"中午有一场彩排，我们要带着模特去舞台那边走两遍，然后还要化装，估计到比赛开始都没有太多休息的时间了。"南嘉看了看表，还想说话，最后忍不住打了个哈欠。

曲直拍了拍自己的肩膀："靠一会儿？"

南嘉瞥了她一眼，正要往上靠，但到一半又起来，坐正了拍了拍自己的脸。"不可以，我会睡得很香的。"

乐知时不禁笑了笑："为了防止我们美丽的开秀模特在台上精神不济掉下来，我，'小燕子穿花衣'组精神组长，允许你睡一小会儿。"

"对，我也允许！"

"睡吧南嘉姐。"

让三个女生都在准备室的椅子上睡觉，剩下的三个男生忙着完成搭配，最后总算是赶在上午十点半的时候全部做完。乐知时感觉自己几乎被抽了筋，动都不想动一下了，但他们还要带模特去彩排。

"你爸妈来吗？"

"来啊，我的高光时刻他们必须来见证！"陈毕很嘚瑟，拿胳膊拐了拐乐知时，"乐乐你呢？"

"啊？"乐知时点点头，"要来的，好早好早以前他们就要我给他们弄票了，可能还要全程录像。"

"哇，你妈也太爱你了。"

"是啊……"虽然不是亲妈。

他最后还是忍不住给宋煜发了消息，虽然他知道宋煜今天要开一上午的组会。

乐乐：我快被玩废了。

彩排现场的人非常多，乐知时本来就靠咖啡续命，跟着他们一过去，听到舞台音响的鼓点，感觉自己的心跳都不太正常，浑身冒虚汗，出现了类似心悸的反应。

本来站在南嘉旁边帮忙一个一个确认模特，但乐知时实在心跳快得厉害，想找个远离音响也能靠着的地方。

"欸？闭秀的男生呢……"

乐知时没听见南嘉的自言自语，一个人往门口走了走，看见检票的长桌，想靠一下，没想到遇到新传学院的人。

打头的徐霖一眼就看到了乐知时，隔很远就十分傲娇地问他："混血甜心，你怎么落单了啊，你那些虾兵蟹将呢？"

乐知时心悸未平，勉强看了他一眼，没说话。

见他脸色苍白，徐霖也觉得怪怪的。"你怎么了？没吃饭啊。"他靠近一点，拿手指头碰了碰乐知时的胳膊，"没事吧，你脸好白啊，是天生这么白还是生病了？"

乐知时觉得徐霖脑子不太正常，但他不想说出来："我没事。"

"真的假的？比赛第二，身体第一啊。我送你去医院吧。"

他身后新传学院的人还纳闷他居然说出比赛第二的鬼话。"徐霖，一会儿该咱们彩排了，你不盯着啊。"

"我能盯出花啊。"徐霖握住乐知时的胳膊，拽着他往外走了两步，"你走不走？我跟你说很少有人能搭我顺风车的。"

"真不用，我没事，我就是咖啡因摄入太多了。"乐知时挣开他的手，脚下一软，但被另一个人接住，一抬头，他看到了宋煜的脸，还觉得是自己看错了。

"你怎么来了？"乐知时声音很轻，"不是说组会要开到十二点半吗？"

"中途走了。"宋煜回答得很简洁，手下意识地先去探乐知时的额头，确认他没有发烧的症状，这才看了一眼站在他们面前的徐霖，面无表情地问，"你是谁？"

"啊？我……"徐霖有些尴尬地收回手，"我是他的对手，会把他按在地上狠狠摩擦的那种。"

宋煜皱了皱眉，觉得这孩子脑子有问题，所以直接选择了无视，把乐知时拉走："走吧，先去吃点东西。"

"可我还没跟南嘉姐说……"

"我说了，你现在需要休息。"

被无视的徐霖留在原地，看着两人的背影，气得像个烧开的水壶。

乐知时的脸色很苍白，还出了很多虚汗。宋煜稍稍走快一点，乐知时都要小声说："慢一点，我头晕。"

"谁让你早上空腹喝咖啡的。"宋煜带着一点责备的意思，语气不轻。

乐知时虽然被凶了，但还是乖乖地点头。"我知道了，下次肯定不喝了。"说完，他又抓起宋煜的手贴上自己胸口，语气甚至有些俏皮，"是不是心跳很快？"

宋煜本来要继续说教，但最终什么都没说。

最后他把乐知时带去了离礼堂最近的食堂，买了份热的皮蛋瘦肉粥和红豆糯米糕坐下来吃。

乐知时怕在外面耽误太久，吃得很快，但是粥太烫了，他喝第一口就没办法咽下去，和以往一样张着嘴拿手扇风。

"你是把每顿饭都当成最后一顿吃吗？"

嘴上虽然很毒，但宋煜还是把他的粥碗拿到跟前，用勺子一边搅一边吹，让温度尽快降下来。

乐知时咽下粥，又塞了一块三角形的红豆糯米糕进口，腮帮子鼓鼓的。"你不吃吗？"

"我不饿。"

"你一会儿会饿的。"乐知时拿筷子插了一块红豆糯米糕递到他嘴边，"你要陪我很久。"

宋煜抬头看他，问："我说过吗？"

乐知时有些得意地笑起来："你来就是这个意思了，快吃。"他一下子塞到宋煜嘴里，但宋煜最后只咬了一口，乐知时很自然地吃掉了剩下的。

他很擅长用非常快的速度吃光食物，加上确实也饿了，所以毫不费力地达成了宋煜给他定下的指标，也因为摄入了碳水，身体渐渐恢复过来，不像一开始那么虚弱。

"我好困，做完这个我要睡一天，正好明天是周末。"

礼堂里面的人比乐知时刚离开的时候还要多，台上是新传学院的模特在彩排，刚刚那个奇奇怪怪的徐霖，现在倒是有模有样地在进行指导。乐知时拽着宋煜到后台，里面很乱，也很吵，整套整套的服装用黑色的防尘袋套着，挂在一排排带滑轮的衣物架上，以学院为单位分成一块一块的独立区域。

来到法学院的区域，乐知时见南嘉他们正在和妆发造型师沟通，他喊了一声，远远地南嘉就扭头看向他："你回来了，还好吗？"

"没事。"乐知时拿出从食堂小超市买的酸奶和饼干分给大家，回头看了一眼宋煜，又望向小分队，"我带了一个外院的进来，你们不介意吧？"

"不介意不介意！"陈毕笑得像是见到了偶像，"宋煜学长！你好你好。"

宋煜点头致意，但他并不是很会应付不太熟悉的人，几乎不说话，只默默站在乐知时身后。

"新传之后是不是就是咱们了？"乐知时问。

"刚刚我们已经彩排过了。"南嘉说，"新传那边有好几个模特刚刚被学院里面的事拖住了，所以跟我们换了一下顺序。你放心，正式比赛还是按照之前抽签的顺序，我们在新传之后上场，是第四个。"

在造型师的安排下，南嘉坐到化妆镜前，一个人帮她盘发，一个人开始为她化妆。

周一最后确认了一遍所有的服饰，拆开乐知时给的饼干。"刚刚陈宇差点迟到，不过幸好他是闭秀的，赶上了。"

乐知时皱了皱眉，一大批模特拥进来，空间变得愈发狭小，人挤人。

宋煜听到"闭秀"两个字，一直毫无波澜的脸上多了点表情。"陈宇……"宋煜侧过脸看向乐知时，和他对视的时候做出"替身"两个字的口型。

乐知时两只手对他比出了一个大大的叉，然后推着他走出后台。"你先去吃午饭，再过一会儿叔叔和蓉姨就来了。"他从口袋里拿出三张门票塞到宋煜手里，"这是你们的票，要拿好啊。"

"我觉得你们很缺人。"宋煜主动提出帮忙的打算。

"不用了。"乐知时想到他一上午都在开会，到现在还没吃饭，并不想让他在这里忙碌，实在是太辛苦，"我们人手够的，你不熟悉这些工作，上手也需要时间。"

看到宋煜不太乐意离开的表情，乐知时又摸了摸他的手臂，说话间带了点撒娇的语气："真的。哥哥，你走吧。"

"有事要联系我。"宋煜握住他手臂，"手机要保持通信。"

"不会有什么事的，你快去休息，我现在状态很好！"

"乐知时，"宋煜盯着他，伸出手，"加油吧。"说完，他便抱住了乐知时。

在两人距离最近的时候，宋煜在他耳边说："哥哥就是要用的，知不知道？"

"知……知道了。"

走秀期间，前台和后台需要实时地相互协调，以免在展示过程中出现什么意外。按照之前的任务分配，乐知时和曲直是负责盯前台的，但他没有参加彩排，于是在送走宋煜之后，他便立刻找到曲直，和她讨论刚刚彩排期间出现的问题和整体流程。

"刚刚有一个模特走快了，导致我们第二个子主题最后空了一段，背景音乐还没结束，但是人已经走完了。"曲直把彩排录像给乐知时看，"等会儿我们都要掐时间，要随时跟后台的陈毕他们沟通，时间太长就要慢一点放模特出来。"

"好，明白。"乐知时又问，"我们到时候是在前台观众席侧面吗？"

"对，站的位置我踩过点了，视野还行，也算隐蔽。"

周一为他们拿来通信耳麦，调试好之后，里面传来了组内成员的声音，陈毕忙中作乐，在里面来了段单口相声。

三轮走秀都是前半部分女模，后半部分男模，每个子主题中间会有近三十秒的空当。如果模特发挥正常，一般不会出太大的问题，最严重是摔倒在舞台上，关于这一点，南嘉已经对每个模特都做了无数次应急训练。

时间在紧张的备战下过得格外快，后台满是化妆变装的模特、忙碌大喊的设计和策划，还有手忙脚乱的学院助理。

在领取赛牌的时候，乐知时看到新传学院又运来一部分服装，防尘袋里露出一些裙摆，制作相当精良。

"乐乐！快，我们要准备去前台合照了，选手赛前合影。"

"好。"乐知时不再去看新传学院，准备从模特等候区的通道穿到前台，这里不知怎的堆了一堆近三米高的箱子，上面用马克笔写了"器械"两个字。

他望了一眼，心中隐隐觉得不妥，于是抓住一个经过的带着胸牌的工作人员。"你好，请问这些箱子可以挪走吗？这条通道一会儿会有很多模特聚集，我怕这些箱子放在这里不太好。"

对方也检查了一下，说："这些是这个舞台以前用过的一些道具。我也不知道能不能挪，我先去问问我们的负责人。"

耳机里，陈毕还在催乐知时去合影，乐知时也只能一再拜托，跑向了前台，各个学院所有的参赛选手都集中到一起，人数不少。乐知时出来后才发现时间真的不多了，观众已经开始陆陆续续进场。

"乐乐！"

"来了。"乐知时跑到南嘉身后，平复了一下气息，对着镜头比出了一个很老气但被他做得很可爱的剪刀手。

合照结束，乐知时准备离开前台，忽然听到台下有人大声叫他的名字，好像是蒋宇凡，循声望去，乐知时看到一大群人，最前面的是宋叔叔和蓉姨，后面跟着就是蒋宇凡、沈密、秦彦和宋煜。

"我过去跟我家里人打个招呼。"

乐知时说完，沿着长长的 T 台跑到了最前面，林蓉和宋谨也走了过来。

"你们来得好早啊。"乐知时蹲了下来，林蓉伸手摸了摸他的头，宋谨也走上前，说来说去也就是"不要紧张，千万不要紧张"这两句，令乐知时笑个不停。

林蓉穿了一套米粉色小香风粗花呢套装，妆容温柔，头发低低地盘起，显得气质出众。

"蓉姨今天真好看。"乐知时握住她的手，左右摇了摇，"超级贵妇。"

林蓉十分受用。"那必须的，我得给我家乖乖撑场子。"说着她还秀了一下自己手里的限量款手提包，"我连包包都是背的最贵的。哎对了乐乐，你饿不饿，我来之前给你烤了酸奶溶豆，吃一点吧。"

"那是小宝宝吃的吧。"蒋宇凡忍不住笑起来。

她拉开包，从里面掏出一大堆，被宋煜冷淡地吐槽："背最贵的包，装最低龄的零食。"

"你再讽刺我，我就把你逐出家门了宋煜！"

乐知时还想陪陪他们，但后台已经开始催 T 台清场，他只好接过林蓉递来的一小包溶豆，匆匆跟他们告别。

起身的瞬间，他的目光越过这些可爱的人，与站在最后的宋煜短暂地相接。宋煜的眼睛里有光，嘴角微微扬起，在一片手忙脚乱之中，给乐知时最温柔最平和的力量。

半小时后，开场仪式开始。

乐知时给的票都是第一排的，宋煜的左边是宋谨和林蓉，右边则是秦彦。

除了之前的辩论赛，这还是宋煜第一次来参加艺术节。观众席人潮涌动，有许多人拍照，还有许多镜头并没有对准舞台，而是对准了宋煜。

"火日立，你太打眼了。"秦彦连连摇头。

宋煜冷着一张脸，和坐在这里的雕塑没区别。秦彦对宋煜再清楚不过，他知道这家伙不喜欢嘈杂的环境，尤其是震耳欲聋的音响，但他意外地发现，今天宋煜竟然没有表现出对环境的反感，虽然并没有在认真看秀。

"我感觉前两组设计都没有很亮眼。"秦彦凑到宋煜耳边说，"明明主题还挺新的，赛博朋克什么的，但做出来的东西感觉就是照搬了一些电影里的美术设计。"

宋煜对其他院系的设计没太大兴趣，所以也只是附和着点头，然后问秦彦这是第几组。

"这快结束了。"秦彦看了看手机里的顺序表，"下一个是新传学院，哦，就是冠军种子选手。这一次比赛有个小孩，妈妈本身就是大设计师，跩得很，他之前就好几次挑衅你弟弟来着。"

"哦，"宋煜很快想到什么，给出一个总结性的形容，"那个脑子不太正常的小孩。"

"你见过？"

宋煜"嗯"了一声："中午看到的，看着很不正经。"

"是吗……"秦彦觉得"不正经"这个词从宋煜这个正红人嘴里说出来，好像带着非常大的贬义，但他在心里对应了一下徐霖，觉得不至于。

主持人的声音将他的思绪拉回："下面由新闻与传播学院带来服装展示！"

舞台的灯光一下子暗下来，大屏幕也一瞬间全黑下来。

忽然，黑暗的屏幕变成蓝屏，上面提示着报错信息。

"这不是 Windows XP 系统的报错吗？"

"不会吧，学校的机器这么老吗？"

下个瞬间，蓝屏就瓦解成一个个扩散开来的光点，有规律地律动，有种低保真的科幻感。背景音乐出现，电子失真的甜美女声芭比感十足，是非常复古的千禧年泡泡糖舞曲，在世纪之初红极一时。

开秀的模特五官立体漂亮，顺直的粉色高马尾，身穿银色激光漆皮紧身衣，戴浅蓝色墨镜，肩上扛着一把玩具枪。

模特的台步十分专业，每一步都稳稳地踩在节奏上，五颜六色的灯光打下来，搭配女性行走时流动的曲线，把激光面料的偏光展现得淋漓尽致。

模特定点的动作是朝着天空开枪，但从枪口冒出来的都是闪亮的银色碎片。

"可以啊。"秦彦一下子坐直了，"突然高级了。"

宋煜也抬头去看，的确，新传学院的展示在开始就制造出足够的噱头吸引了关注，开场表演也找了很有表现力的模特，一连几个人走下来，风格都是有高度一致性的，紧扣千禧的主题，比之前的两个学院表现得专业太多。

"背景音乐选得也太好了。"

蒋宇凡坐在第二排，本来也在专心看表演，突然看到了前台台下角落里的乐知时："哎？乐乐在那儿呢。"

宋煜也望过去，看到乐知时站在模特出场的位置，但是在舞台下面。

"他们也要开始准备了吧。"

远远望过去，乐知时穿着米白色的毛衣，将一边的头发撩到耳后，在糖果色调的舞台灯光下显得格外清纯，格格不入，他很出神地望着对手的作品，脸上的表情就像进入科技馆的小朋友，眼睛亮亮的，时不时露出惊喜的神情，还碰了碰站在一旁的曲直，指给她看。

自从发现乐知时站在舞台下面，后面走秀的模特、服装款式，宋煜就一概不知了。所有人的目光都在舞台上，唯独宋煜，始终专注地望着舞台一侧那个黑暗的小角落。

"闭秀太酷了，"秦彦看得入迷，拍了拍宋煜的手臂，"你看。"

宋煜的视线落回到舞台上，闭秀的设计的确和先前的很不一样，模特在巨大的半透明塑胶圆球里，每走一步圆球便会在地上滚动一点，完整的球体制作出了闪亮的反光，很像千禧年迪厅里闪闪发光的迪斯科球。

到定点的时候，模特从内划破球，走了出来，展示了她身上充满科技感的透明胶质连体衣。

"这个绝了，大制作啊，不愧是可以拿到专业资源的。"秦彦和许多人一起鼓掌，在最后一个模特走完之后，所有的模特都走上前，新传设计团队的学生们也走上台和模特一起致谢。

乐知时站在台下，看着他们制作的服装，几乎忘了这是对手的作品。好几个女孩走上舞台给徐霖送花，乐知时都觉得这很应当，他们的确把千禧年代的复古未来主义美学展现得淋漓尽致。

"抽到一个好主题也太棒了。"周一在耳机那头叹了口气。

穿了一身黑的曲直用手扶了扶耳麦，看起来像一个干练的女特工："舞台清场了。马上到我们，准备开场。南嘉。"

"嗯，准备好了。"

舞台暗下来。乐知时扶着耳麦对南嘉进行位置调整的指示。"好，音乐和屏幕，倒计时。"

"三，二，一。"

屏幕上展开了一幅簪花仕女图的画卷，但用特效做出了被雨滴一点点淋湿的效果，背景音乐由一阵琵琶扫弦而起，一束金色的顶灯打在开秀的南嘉身上。

长长的 T 台上开始降落雨水，南嘉款款踱步，黑发梳髻，上面插着步摇和簪花，斗笠上的金色面纱半掩面容，身穿一身牡丹花纹红色对襟齐胸襦裙，外披金丝帛油衣。

"好，还有五秒，可以定点。"乐知时的视线在南嘉和手里的秒表两边来回转换。

南嘉走到最前面，侧过面孔，面纱下一段修长的脖颈，极美。

转身时，她牵起长裙一甩，华贵的裙摆飞扬出漂亮的弧度。

"慢镜头播放一定很美。"曲直看着她，轻声说。

"好，"乐知时开始喊下一个模特，"准备上场了。"

恍然，他听见舞台后传来轰然倒塌声，立刻询问在模特等候区值守的陈毕："怎么了？出什么事了？"

"有东西砸下来了。"

看着秒表，第二个模特此刻还没有站到舞台口，乐知时立刻对南嘉说："走到底再多加一个定点！"

南嘉沉着地张开双臂，稳稳当当走到底，然后再一次转身，摘下原计划不会取下来的金纱斗笠，露出完完整整的面孔，微微抬起下巴，露出微笑。

陈毕的声音不断地传来，乐知时一再询问是不是有事。

"等等，有人受伤了，我现在在看。"

"该死的，是谁把装钢柱的箱子放这么高的！"

"你们把我们的模特砸了！"

"先别吵。"乐知时有点慌，背过身子在那个黑暗的角落里来回走了走，镇定地询问，"是谁受伤了？几个人？重不重？"

"你闭秀的男模受伤了！砸到脚了。"

乐知时的心像是狠狠地往下坠了一下，他甚至都没有反应过来自己蹲下了，深呼吸了两次，他站了起来，飞快跑去了后台，在看到陈宇的脚已经完全动不了的时候，他还算镇定。

"先把衣服换下来，去医院。"

"那闭秀怎么办？"

乐知时的声音也变大了："那也没有模特的安全重要！"

他有些应激性紧张，为了防止手抖，握紧拳头来回走了两步，嘈杂的环境令他呼吸加快。

忽然，周围传来议论声，乐知时一回头，就看到一个高大的身影逆着光出现在后台，大步朝他走过来，顺手脱掉了身上的大衣，扔在一边，像一个准备随时赶往前线的战士。

"宋煜？"

乐知时以为自己看错了。

宋煜像个可靠的哥哥那样摸了摸乐知时的头，说着大家都可以听的表面话："不要着急。"

他镇定得像个早就已经熟稔流程的模特："我替他上，简单做个造型，要快。"

乐知时还有些迟钝："你怎么……"

宋煜望了他一眼，给了他非常安定的力量。

"本来就是给我设计的衣服，不是吗？"

"乐知时，其他人是靠不住的。"宋煜笑了一下，凑近对他说，"谁都没有我可靠。"

法学院开场表演一出来，全场都被神仙造型和颜值镇住，开场表演俨然一幅古代仕女雨中行的绝美画卷。

"不愧是院花，南嘉这也太漂亮了。"在第二次定点，南嘉取下斗笠的瞬间，秦彦都看傻了，结果一扭头发现宋煜根本就没有认真看秀，头都是偏的。

他扯了扯宋煜的胳膊："我发现你真的不是颜控[1]啊，我们南嘉这么漂亮的你都看不上？"

宋煜没有撑回来，低声道了一句"出事了吗"，像是自言自语。

"你说什么？"

没等秦彦搞明白，宋煜就站了起来，直接离席了。

"哎！"正沉迷于摄影工作的林蓉发现儿子突然起身，保持贵妇姿态压低声音喊他，"小煜，你干什么？快回来，弟弟设计的衣服要出来了！"

但宋煜头也不回地走了。

秦彦觉得宋煜有时候很奇怪，但转念一想，可能他真的觉得很无聊吧。

怎么会有这么无趣的人，对满舞台的漂亮脸蛋和美好身材一点都不感兴趣。

在他暗自吐槽宋煜的冷淡时，宋煜已经出现在了后台。看到后台一片混乱，他抓住一个人询问发生了什么，最后才知道闭秀的模特出事了。

乐知时镇定地在原地指挥。"曲直你先撑一下，一定要稳住走秀的频率。陈皮你找志愿者和助理把这里的箱子和道具清走。"他有些自责，"我刚刚应该盯着他们把这里清出来的。"

陈毕还是很气："这不是你的错，都怪那帮不管事的，都说了还不清走。比赛结束了一定要申诉，要让他们给陈宇赔偿！"

现在顾不上之后的事，乐知时拉住周一的胳膊："周一，要麻烦你扶陈宇去换衣服了。"

"我去吧。"小琪此刻一改以往的柔弱，站出来扶住了陈宇的手臂，"周一还要在后台负责调动模特，让我去吧。"

一开始，大家为了照顾小琪，怕她胆子小不敢说话，所以把她分配在造型组，现在造型都完成了，嘈杂的后台的确更需要一个男生。

第一个子主题的走秀已经过半，曲直的声音很沉稳地在前台给出走秀反馈，留给他们的时间不多了。

"你能行吗？"陈毕有些怀疑，毕竟陈宇是个一米八几的高个子，别提扶伤员了，小琪和他站一起简直是"最萌身高差"。

"可以的。"小琪态度很坚定，"我已经打电话让我们班的两个男生来帮

---

1. 颜控：网络用语，这里指对高颜值没有抵抗力的人。

我了。"

情况紧急，大家也就任由小琪扶着陈宇去换衣服了，事后陈毕一回想，觉得不太对劲。

"小琪这种十级社恐少女居然会为了陈宇向别人打电话求助？还去医院那么多人的地方？"

周一也觉得奇怪："前段时间我就看陈宇一直往小琪跟前凑，小琪还有点怕他，该不会现在……"

"可以啊，受伤赢得萝莉心，这波不亏！"

拿到衣服的乐知时顾不上组内绯闻，连忙赶去造型室找宋煜。

宋煜脸上几乎没怎么化妆，头发梳起，完整地露出优越的五官，为了配合最后闭秀服装的彩蛋，造型师给宋煜戴上了一对蓝灰色的仿真虹膜美瞳。

"衣服拿到了？"宋煜看向乐知时，一双深邃的蓝色眼睛愈发凸显出他身上冷淡从容的气质。

"嗯。"乐知时将衣服取出来，因为这些服装都是固定搭配，但宋煜是救场的，并不清楚怎么穿，所以作为设计师的乐知时需要辅助他换装。

造型室只有他们两个人，乐知时一边把衣服分开，给出指导，一边对着耳麦和队友沟通。

"收到。"他低头扫了眼手表，"三分钟够了。"

宋煜脱下身上的羊毛衫，上半身裸露，乐知时递衣服的时候不小心和他对上眼，又不好意思地低头："那个，这个穿在里面，然后半透明的衬衫式长雨衣穿在外面。"

宋煜正想调侃他，谁知造型室的门忽然被打开了。乐知时条件反射地把理应穿在外层的衬衫式长雨衣拉开遮住宋煜，飞快扭头对误闯进来的别院模特说："有人在换衣服。"

对方连忙道歉，关上了门。乐知时松了口气，谁知宋煜却笑了起来。

"有必要吗？"宋煜指了指他手里的衣服，吐槽他的慌手慌脚，"这件衣服是半透明的。"

乐知时把衣服塞到他手里，背过去磕磕巴巴地催促："快点换好。"

宋煜套上里层的蓝色衬衫，忽然发现衬衫上有点暗红色痕迹，像是刻意而为的装饰，但更像是血迹。

"你怎么会过来救场？"乐知时吸了吸鼻子，背对着宋煜小声说，"我以为你不喜欢出风头。"

"是不喜欢。但我这个人的态度是有针对性的，你没有邀请我。"

乐知时下意识转过来，面对他辩解："南嘉姐不是找过你吗？"

宋煜已经换好了衣服，把乐知时手里捏着的西部牛仔帽按照他之前的要求，挂在了胯边，然后冲他微微挑眉，重复了一遍之前的话："你没有邀请我。"

乐知时先是皱了皱眉，那双大眼睛眨了两下，最后瘪了瘪嘴。

"怎么会有你这么别扭的人啊，我还以为你……"

"怎么会有你这么傻的人。"宋煜打断了他，"等了这么久，结果等来一个跟我很像的人，你把我气死算了。"

乐知时正要辩解，耳机里传来曲直的声音，他没再多停留，带着宋煜跑到模特等候区。

在拥挤混乱的通道里，宋煜陪着乐知时一起朝着那个明亮的舞台奔跑，而原以为不会穿到宋煜身上的衣服，最后也光明正大地由他展现给所有人。

"现在是第二个子主题的最后一套。"曲直站在台下指挥，"有点快了，定点多几秒。"

乐知时带着宋煜出现在模特等候区，这里的箱子已经被清走。陈毕看到宋煜，眼睛都睁大了点，由衷感叹："帅哥就是帅哥……乐乐，下辈子我也能投胎到你们家吗？"

"别皮了。"乐知时盯着监视屏，曲直给第二个子主题设计的那套发光连体衣已经展示完毕，模特正在往回走。

他对所有准备上场的最后一组模特嘱咐，"大家把伞打开，记得一定撑着伞出去。"

面对这么紧张复杂的比赛，那个一度只能跟在他身后打转的小孩现在已然能独当一面，宋煜心里有些别样的情绪，很想摸一摸乐知时的头发。

陈毕开始了倒计时，乐知时心跳得飞快，最后一组是他们对"雨"主题的升华，基本上是由乐知时独立完成的概念设计，其他组员细化和填充内容。

如果宋煜此刻不站在他身边，乐知时再紧张也不会表现出来，最多用力地攥住自己的手，来回走几步。但宋煜现在就在乐知时伸手就可以摸到的地方。

这时时刻刻提醒他，自己有可以依赖的人。

乐知时喊了一声哥哥，说话语速很快："你随时听耳麦里的声音，如果有特殊情况我们会直接沟通，哦对了，还有定点，你还记得我说的吧？步子你就自然点走，还有什么……让我想想。"

宋煜见他实在紧张，为了转移他的注意力，故意问："我帮你这么大一个忙，你给我什么奖励？"

乐知时听罢一下子仰起头，那双褐色的眼睛睁大了些，但很快就接受了宋煜的剥削："那你说吧，想要什么都给你。"

"真的？"

"真的，都给你。"乐知时真诚得像一个把所有玩具拿出来的小孩。

宋煜的嘴角轻微地扬了扬，最后揉了一把乐知时的头发。

第二组秀的灯光是赛博风的高饱和青红色，因此在中场转换时，舞台上的灯光都暗了下来。

"三，二，一。"陈毕指挥着第三组开场模特，"上！"

一束束银白色顶光从上而下打下来，照亮了长而窄的 T 台，舞台顶部装置落下的雨比之前的两组更大了些。

第一个出场的模特个子非常高，戴着黑色贝雷帽和黑色口罩，撑着一把黑色胶质的大伞，伞柄上缠绕着银白色的锁链，一直蜿蜒到握伞的手上。

"这套也是你设计的？"宋煜盯着模特的步子，感觉他走的好像是女步。

"嗯，这一组有一半是我设计的。"

模特的外套是并不合身的宽大的黑色西服，西服上贴着许多白色的封条，仿佛将他整个人封起来一样。待到模特一步步走到 T 台一半的位置，乐知时摁住耳麦，在内部通信里对模特吩咐："可以了，动作要快。"

话音刚落，模特抬起左手，将自己身上的西服撕下来，露出里面鲜红如火的修身连衣裙，将不合身的西服扔到台下，在观众的惊呼声中，他取下帽子，一头乌黑的长直发瀑布般淌下，在定点的瞬间他摘下口罩，露出女性化的妩媚眼妆和红唇。

台下已经有人发现："这是跨性别者吗？"

"是吧，怪不得找了个男模特，应该是这个寓意！"

"好酷！"

第三组秀的开场就已经将观众的情绪点燃，模特一路撑着黑伞离开，留下一个不那么符合世俗规则，但非常美丽的背影。

紧接着，模特一个接一个上场，一个模特穿着运用了多种面料再造工艺制作出来的"褴褛"服饰，定点时他解开衣扣，里面的内搭上是一颗金色的心。

另一个模特身穿宽大的黑色风衣，上面印满了诸如"你很差""你太丑了"等贬低的话，他脸上带着一个微笑表情的口罩，定点时取下来，口罩下面还是口罩，只是上头印着的是嘴角向下的悲伤表情。

除此之外，还有穿着白色雨点图案连衣裙的女孩，正面美好，背面却被撕毁，脏污不堪，布料摇摇欲坠；衣着富贵，上面印满钞票印花却没有笑容的"人上人"；画着特效老年妆的"老太太"身着年轻女孩才会穿的碎花裙……这些装扮迥异的模特在雨中朝观众走来，他们服饰上所有的印花字样乍一看是不同的图案，事实上都是由"雨"字的各种形态组成，从甲骨文到楷书，用演变的字形印纹组成不同的话语。

相同点在于，每个人的手上都撑着一把黑伞，一把用锁链缠绕住的伞。

"快到你了。"乐知时的心跳得飞快，他确认着屏幕上字幕的变化。

比起新传学院那种吸引眼球的设计，法学院的舞台背景非常简单，在最后一个子主题时只剩下动态的雨幕，是一扇落雨的玻璃窗，蒙着淡淡的雾气，上面有两行很像是用手指写出来的句子。

第一行是始终不变的——Rain is a gift of nature.（雨水是大自然的恩赐。）

但第二行会在每个模特上场时进行切换，对应其展示的主题元素。

最后闭秀的那一行字幕是一句经典宣传语：Love is a force of nature.

爱是天性使然。

当看到属于他的背景文字时，宋煜发现自己从换衣服以来的猜想得到了验证。

因此，在上台前的最后几秒，站在舞台口的宋煜在压制一切的音乐声中凑近乐知时，对他说了一句话。

也是一句电影里的台词。

"I wish I knew how to quit you."（我想知道该如何戒掉你。）

听到这句台词，乐知时那双澄透的浅色瞳孔里满是始料未及的惊喜。

他过于讶异，没能再说上一句，宋煜就已经上台了。

万众瞩目之下，宋煜穿着一件蓝色的、染血的衬衫，明明也像其他模特那样撑着一把伞，但在那件衬衫外穿了一件同样是衬衫式的雨衣，是半透明的长款，一直到小腿。和之前的许多套衣服相比，这套没有印花，显得格外纯粹。

两重色彩交叠，两件衬衫嵌套，冲击力和叠加的设计都很出色。他的胯边挂着一个看似混搭的西部牛仔帽，却是整套服饰最大的暗示。

而他那双忧郁的蓝眼睛，也和电影里的一位男主角如出一辙。

大雨倾盆而下，宋煜撑伞走到 T 台尽头，站定。

台下已经有观众因屏幕上的台词和服装设计猜出了电影的名字。

"贴在一起的带血衬衣，还有牛仔帽和蓝眼睛，这是致敬《断背山》吗？"

"好像真是和电影有关的，感觉好特别。"

定点的瞬间，宋煜撑伞的右手垂下来。和之前的所有模特不同的是，他放弃了掩蔽，坦然地接受了这场雨。

而这场倾盆大雨也接受了他，雨水淋湿了他身上最外层的衬衫式雨衣，原本半透明的面料在淋过水之后，忽然显现出不同的色彩。

他的雨衣上逐渐出现一道彩虹。

"原来你的大招是这个！"陈毕猛地拍了一下乐知时的胳膊，"太强了，怎么做到的？"

"我在雨衣的面料上做了特殊处理，用遇水变色的染料在外层加了一层彩虹图案，在干燥的情况下是不太能看清的，几乎就是透明的。为了这个我试验了好多次，染料还是我在广州买到的。"

"广州这趟去得太值了，不光搞到了前两个子主题的面料，还搞到特殊染料了。这个彩虹太美了。"

"嗯。"乐知时看着监视屏里的宋煜，露出笑容。

"雨过天晴之后就应该有彩虹的，不是吗？"

在宋煜转身后，所有的模特再一次走上 T 台，只是这次他们手里的伞不再是黑色，而是彩虹色。

每一个模特都是一种鲜明的符号，代表了不同的人。他们站在大雨降落的舞台上，原本富有节奏感的背景音乐也变成了经典的《雨中曲》插曲。

当唱出"I'm singing in the rain（我在雨中唱歌）"时，全体模特都像闭秀的宋煜那样，放下了遮蔽着也束缚着他们的伞，沿着长长的舞台并肩站立，这里没有灯柱供他们起舞，所以每个模特都面向观众，在为每一个人平等降下的大雨中仰起头颅，如同《肖申克的救赎》里的安迪，向天空与暴雨张开自己的双臂，酣畅淋漓地享受被赐予的公平与自由。

屏幕上的字也随之变成一行漂亮的手写字：我们如此不同，但我们都在雨中。

音乐减弱，屏幕中那扇迷茫的、蒙着薄雾的玻璃窗变了，一切变得明晰，阳光代替阴霾，雨水留下最后的礼物—— 一道美丽的彩虹。

台上的雨也停止了，舞台灯光变得格外明亮，设计团队的成员们也都一一上台，和模特相聚。

现场掌声雷动，甚至有许多学生站起来为他们鼓掌，这仿佛已经不只是一场服饰展，更像是一次有力的、漂亮的发声。

在万众瞩目之下，乐知时站到了宋煜的身边，他的颧骨上贴了一块小小的彩虹贴纸，头发柔软，穿着白色上衣，像一个天使。

和这个舞台上的所有人一样，他在灯光下坦然地牵起了宋煜的手，弯下腰，向观众深深地鞠躬致谢。

起身的瞬间，他偏过头，与宋煜相视一笑。

小琪在最后赶了回来，脖子上围着陈宇的围巾。曲直和南嘉拥抱在一起，一直当开心果的陈毕红了眼圈，总是很丧很没信心的周一，此刻也终于开心自信地笑了出来。

"感谢法学院为我们带来的精彩服饰秀，那么我们有请下一个参赛学院登场！"

一场幻梦落下帷幕，众人纷纷退场，在涌动的人流中，宋煜走在乐知时的身后，将他与拥挤的人潮隔开。

他们靠得很近，乐知时的后背几乎靠上宋煜的胸膛，但宋煜的雨衣外套上还有水，他不想让乐知时沾湿衣服，所以还是保持了一点点距离。

想到什么，宋煜不禁低头，凑近问："为什么把外面这层衬衫做成雨衣？"

两件衬衫叠穿的设计致敬了电影的结局。杰克衣柜里套起来的衬衣和一张明信片成了整部电影最痛的伏笔，也是失散于人海中的两人最后所拥有的一切。

离开逼仄的通道，进入相对宽敞的后台，乐知时后退一些，来到宋煜的身边。

"当时设计这一组衣服的时候，我想了很多。想到你上大学之后，我第一次来学校找你，撑了一把什么都遮不住的透明雨伞。对你而言，我永远是透明的。"

"你知道吗？"他试图用一种相对轻松的语气来讲述，"在我烧昏了头之前，那段迷茫期里，我记得有一天下了很大的雨。我睡不着，就自己躲着看了这部电影，也看完了小说。小说里是这样写的：'我把你的衬衫放进我的衬衫里，以为这样就可以保护你了。'

"这两件衬衫就代表了他们彼此，哪怕最后什么都留不住，也像分不开的两层皮肤，长在一起。"

宋煜沉默地听着，想到了被自己一层层套起来的地球仪。保留衬衫的剧情不太符合乐知时的性格，但很像是他自己会做的傻事。

"当时宿舍外面的雨声好大啊，大到我都开始胡思乱想了。想象如果是我，一定不能只当一件套在外面的棉质衬衫，尤其是在这样的雨天。"

他望向宋煜深邃的双眼，脸上是纯真的笑。

"我想做一件透明雨衣，这样雨就不会淋到你。"

听完乐知时的话，宋煜有那么一瞬间觉得自己是世界上最幸运的人。

世界上最好的小孩就在他身边，没有什么事可遗憾了。

"你觉得这个点子怎么样？"乐知时摸了摸后颈，说完一大串之后不太敢看宋煜的脸。"我忍了很久才忍住没告诉你的。啊对了，"他抓住宋煜的袖子，把里面衬衫的袖口内圈拉出来给他看，"这是我缝的。"

那是一串数字，看起来像是一串冷冰冰的二进制字符。

11011010

他露出一个很可爱的笑，小声对宋煜做口型："我们的生日。"

"这也算是生日礼物之一吧，所有的衣服里，只有这件衬衫是我亲手做的。"他对宋煜说，"我跟小琪学的，做了很久，送给你。"

"那你还准备让别人穿。"宋煜故意刁难他，"这件衬衫的第一次都不是留给我的。"

"不是你想的那样。"乐知时抓住他的手臂，"陈宇穿的不是这件……"

"还有一件，上面没有生日数字。那个不是我手工缝的，就在更衣室的箱子里，他换下来之后我就放进去了。这件是我从包里拿出来的，本来就是给你的。"

看他这么乖地解释，宋煜抬手揉了揉他的头发。

他很清楚，十九岁的乐知时已经很成熟，遇到问题可以镇定地处理，即使今天自己没有出现，他也不是不能完成这场走秀，他会有很多很多的办法。

但想到他努力忍住惊喜的样子，看到这些隐藏在深处的小心思，宋煜想，直率地表达想法这一点，乐知时和三岁时一样，和六岁时也一样，他永远都是一个单纯的不计回报的小孩。

宋煜一边往更衣室走，一边低头观察袖口，上面的数字针脚细密，还能看得出手写的痕迹。他意外发现数字旁边还有一个深蓝色刺绣图案，好像是一架天秤，左边的秤盘里放着一只蝎子，右边是一颗爱心。

过去的宋煜总是陷在一种与自身很不相符的悲观预想中，但他现在才发现，归根结底是自己太傲慢、太自大了。

乐知时是一个天生的浪漫主义者。

"你喜欢吗？"乐知时希望能得到一句表扬，于是有些夸张地告诉他这件衬衫做了多久，缝纫机多难用。

"我失败了好多次，不过还好我比较聪明，绣字的时候没刺到手。

"你快去换衣服吧，头发都湿了。"

他低头催促宋煜的样子很可爱，柔软的白毛衣被他瘦削的蝴蝶骨微微撑起。

在等待宋煜的过程中，乐知时给受伤的陈宇打了个电话，问他受伤的情况，原以为他的状况应该不太好，没想到电话那头的他几乎要升天，他兴奋地告诉乐知时自己要脱单了。

真好，结束通话后，乐知时很开心地伸了个懒腰。一低头，就看见徐霖朝他走过来，还是老样子，一开口就是混血甜心。

"你别这么叫我了。"

"怎么了？"徐霖手臂环胸，"我就是觉得你长得不错。"

乐知时迷惑地皱了皱眉："你这个叫法……"

就在乐知时犹豫该怎么表达的时候，徐霖向他伸出了一只手。

"听说闭秀的设计是你做的，很强，我服气了。"

乐知时大概是有看到一只手伸出来就想握上去的习惯，当他握上徐霖的手之后才觉得不对劲。"不对，你今天怎么像变了个人？你不应该说：'你们太弱了，我会把你们按在地上摩擦'吗？"

见乐知时学他，徐霖表情变了变，别扭又不好意思地把手飞快收回去。"那你想怎么样，难不成让我给你磕头道歉，说我当时不应该说法学院没几个能行的？"

乐知时笑了出来，脑子里浮现出第一次见他的场景，然后又主动牵起他的手，用力地握了握："谢谢。"

徐霖愣了一下："你这个人好奇怪……为什么还要谢我？"

"因为你也是很有实力的人，能被你认可我很开心。"

结束握手仪式的徐霖有些不知道应该把自己的手往哪儿放，疯狂想要插到口袋里，结果发现上衣根本就没有口袋。

在对付所有猫和类似猫的生物上，乐知时都很有办法。

宋煜从更衣室出来，正好看到徐霖和乐知时交换微信号，于是抱胸站在一旁看着。

徐霖也看到了他，对他心有余悸，于是说："混血甜心，我走了。"

"我有名字啊……"乐知时望着他的背影，很是无奈。

刚刚像打仗一样，法学院的都留在后台清理，再出去的时候展示秀已经结束。他们按照主办方志愿者的指引来到了参赛组等候席，法学院的席位在第一排的最右边，靠近离开的通道，所以多分配了一个位子，乐知时央求宋煜陪他一起过去。

原本好不容易平复下来的心又一次悬起来，尽管大家经常把结果不重要的话挂在嘴边安慰彼此，但当这一刻到来的时候，没有人真的不在意。

"下面有请我们的评委张云青女士为我们公布这次艺术节服装设计比赛的获奖情况。"

陈毕凑到乐知时耳边："这就是徐霖他妈的同学，也是个设计师。"

"听说徐霖他妈早早地就给自己儿子订了个庆祝蛋糕。"

蛋糕……

乐知时扯了一下宋煜的袖子，在昏暗的光线里看向他："我也想吃蛋糕。"

"给你做。"宋煜碰了碰他的手背。

心一下子就定下来，乐知时自认看得开，谁的认可都比不上宋煜的。

台上那位气质出众的张女士接过信封，说了开场的话。主办方的人叫走了法学院的设计团队，和其他所有参赛队伍一起，登上舞台，站在大屏幕前等待颁奖。

张云青拆开信封，看了一眼，面带微笑，对着立麦话筒宣布了三等奖的获得者。

前两名呼之欲出，观众为了各自支持的学院呼喊着，法学院和新传学院的呼声尤其大。

"当黑马的感觉真不错。"曲直嚼着口香糖，并不太在乎结局。

"是我的错觉吗？我感觉喊我们学院名字的人好像更多一点？"周一说话还是有些没底气。

曲直摇头道："不是你的错觉。"

"希望评委能听到群众的呼声……"陈毕叹了口气，"不过人家是真的关系很硬，我们这种没有门路的还是别把期待值放太高。"

乐知时并不认同："不一定吧，徐霖绝对不是靠关系的人。虽然他妈妈可以帮他请到最好的服装版师，联系到成衣制作工厂，但是他骨子里是很有尊严、很骄傲的，不会滥用家庭背景操控比赛。"

张云青没有第一时间宣布名次："我想说几句，在我们评选一等奖和二等奖的过程中，评审内部也有一些小纠结，因为这届比赛真的非常精彩。相对而言，有的学院在服饰制作上非常精良，很时尚，很多衣服的成品给人一种专业感，如果拿出去给别人看，可能很多人都不会相信这是一个学生团队的作品。"

这里说的应该是新传学院，乐知时也承认，新传学院的千禧主题每一套成衣的制作都很精良，一看就是很有经验的版师做出来的。

"不过，"张云青笑了笑，"今天另一个团队让我们看到了设计的价值，不是在于大家有没有足够专业的背景，有多少擅长制作成衣的老师傅，而是有没有创造力。因为创造力是设计永恒的源泉，是源源不断的动力来源。今天这场年轻人的交锋让我们看到了非常强大的灵感火花，很惊喜。

"在这里我要说一下，这个比赛的主题分配其实是很不公平的，有的主题本身就有一套成熟的美学体系，有的则完全与时尚无关。我们所有评审都没有想到，一个这么普通、这么不够时尚的大自然主题竟然可以发挥到这种程度，或许这个主题给我来做，我也不一定能做出这样的设计，想必这就是设计比赛的意义。"

她笑了笑："尤其是雨后彩虹出现的那一刻，所有的人迎接大雨……"

还没等她说完，观众席就开始欢呼，如同雨中大秀时那样呼喊着法学院的名字，铺天盖地，几乎是压倒式的。

"所以……"

她看向等待在角落里并不起眼的几个人："恭喜法学院，获得本次艺术节服装设计比赛的一等奖！"

全场爆发出实至名归的欢呼声。

乐知时开心地和宋煜拥抱，又和身边的陈毕抱了抱，然后和并肩作战这么多天的队友们一起上前领奖。

"同时也恭喜新闻与传播学院，获得本次艺术节服装设计比赛的二等奖！"张云青又道，"还有两个特别奖项——最佳制作奖和最佳创意奖，在这里也分别颁发给新传学院和法学院的团队，恭喜你们！"

像做梦一样，站在领奖台上的那一刻，乐知时望向的却是宋煜的方向。宋煜平和地坐在下面鼓掌，沉黑的瞳孔里好像映着一片温柔的湖。这是他的灵感源泉，也是心之所向。

得知法学院拿奖之后，最开心的反而是林蓉，在乐知时下台之后飞快地抱住他，蹬着一双酒杯底的小高跟鞋兴奋地蹦了好多下。

"我们家乖乖太厉害了。"林蓉亲了两下乐知时的脸颊，他都习惯了，没想到被周围的一众人调侃。

"还有我们家小煜，太帅了，是谁生的儿子这么……"

宋煜见大事不妙，一个侧身躲过了母亲的"亲吻攻击"，绕到乐知时的右边，对林蓉说："林女士，冷静一下。"

乐知时被他们逗笑了，宋谨走到他身后，也对他连连称赞："最后那一段走秀的立意很不错，虽然我们这个年纪的人看最后一段时受到的冲击会比年轻人大，某种意义上也是一种观念上的突破吧。"

南嘉跟宋谨开玩笑："叔叔说的冲击大是指跨性别者的那个吗？"

"啊，原来这是学名。"宋谨点头，"不错不错，又对这个世界多了解了一点。"

林蓉觉得这是个可喜可贺的日子，于是邀请包括设计小组和看秀的小朋友在内的众人一起去吃大餐。大包间坐得满满当当，大家聊得不亦乐乎。

晚饭过后，林蓉和宋谨准备回家，临走前他们嘱咐两人下周回家，要给哥哥庆生，一大群人远远地送这对可爱的父母离开，然后返回学校。

大家说说闹闹，看着朋友圈，看到很多人发艺术节服装设计比赛的视频。

"只怕以后宋煜学长的追求者越来越多了。"陈毕啧啧几声，又好奇地问宋煜，"学长，你喜欢什么样的啊？"

乐知时本来困得厉害，一听到这句话就立刻精神了，但他站在蒋宇凡旁边，也没回头看哥哥。

秦彦倒是话多："他啊，他谁都瞧不上，一辈子打光棍得了。"

南嘉开玩笑道："那不一定，说不定宋煜是个痴恋多年求而不得的苦情人设呢。"

大家都笑了起来。

宋煜没有回答，似笑非笑。

把女孩们都送回了宿舍，秦彦见宋煜不打算往信息学部走："火日立，你要回公寓啊？"

"嗯。"

"那乐乐呢？"秦彦一把揽住乐知时的肩，"要不要去秦彦哥哥的公寓转转啊，我买了好多游戏，我们一起玩？"

宋煜扒开秦彦的手，面无表情地扭头对乐知时说："他家不怎么样，没有落地窗。"

"哎！你这人怎么回事？"

宋煜又看向秦彦，没有感情地发问："他去了睡哪儿，你和你女朋友中间？"

秦彦被他问得语塞，激动地指着宋煜半天，最后泄了气转向乐知时："那个，乐乐啊，下回啊，等我老婆不在的时候就是咱哥俩的狂欢夜。"

"你跟谁哥俩？"宋煜冷冷吐槽。

"我俩是哥俩，你俩是哥俩，换算一下我跟乐乐就也是哥俩。这都算不明白，还大学霸呢。"秦彦"喊"了一声，见乐知时一路跟着他俩出了校门，"你去你哥那儿住啊？"

乐知时点点头："嗯。"

"不错，虽然你哥没啥好脾气一张死人脸根本不懂温柔体贴，但是——"秦彦喘了口气，"毕竟他今天救了场，还算兄弟情深，回去之后给你哥按个摩，免得他小肚鸡肠一直拿这事要挟你。"

乐知时正要反驳他哥是最温柔体贴很会照顾人的那种，但宋煜直接简单粗暴地回应了秦彦。

"闭嘴吧你。"

第十章
乱点鸳鸯

"如果我爸爸早一点把你的照片发给我，说不定我们会更早见面。"

艺术节造成的深度缺觉让乐知时彻彻底底睡死过去。

乐知时这一觉睡了太久，中途不知道几点的时候醒了一次，眼皮肿得厉害。他吃力地睁了睁眼，看到宋煜正在用投影静音看电影。

他想让宋煜理一下他，但他太累了，直接闭上了眼。

不过宋煜在没有他提醒和要求的情况下还是摸了摸他的头，所以乐知时非常心满意足地再次睡去。

再次醒过来是因为饿和渴，他眼睛睁不开，手伸直了到处摸，坐在床上写论文的宋煜直接把手伸过来握住他的那只手掌。

"睡够了？"

乐知时伸手给宋煜摆好被自己蹭歪了的笔记本。

宋煜轻笑出声："知道屄了，看来是真的醒了。"

宋煜把乐知时拉起来，告诉他现在已经是下午三点了。但乐知时听不进去，闭着眼说不想起，但一开口，把他自己都吓到咳嗽。

"喝水。"宋煜拿起杯子递到他嘴边。

乐知时捧着杯子大口喝了很多水，然后抱着空杯子发呆。

肚子叫了一声，乐知时被唤醒，他用手摸摸自己饿到空瘪的肚子，用肢体语言代替言语。

　　宋煜给乐知时做了一桌子好吃的端到床上，有放了白果和蛋饺的黄澄澄的鸡汤，香得几乎入口即化的米粉蒸肉，还有豆角炒肉和蓬松的银鱼炒鸡蛋。

　　乐知时觉得自己现在真的很有出息，居然可以在床上吃饭了。

　　怕乐知时咽不下去，宋煜用鸡汤把饭泡得软软的，才推过去给他。

　　咽下去确实很费力，喉咙像是被砂纸磨过。

　　宋煜的手机响了，屏幕上面显示着"张教授"。

　　"我接个电话。"他拿着手机离开房间，也带上了门。乐知时对宋煜的情绪变化一向很敏感，感觉他看到来电之后心情好像忽然变得不太好了，所以他也有点吃不下，很慢地喝了几口汤，等到宋煜回到他对面，坐到床边，他就伸脚去踹他。

　　"别乱动，小心桌子翻了。"宋煜语气温和。

　　乐知时乖乖不动了。

　　"你还想吃蛋糕吗？"宋煜抬眼问他，"你睡觉的时候我烤了个芝士蛋糕。"

　　乐知时飞快点头，喝完了碗里的汤，准备迎接他的蛋糕。

　　因为喉咙痛，乐知时几乎躺了一天，感觉也不太好受。他看完一集动漫，给宋煜发消息说想回宿舍去拿他的作业，周一直接从公寓去上课。宋煜就在他旁边整理数据，戴着眼镜看起来很斯文，转过脸就一本正经地对他说：

　　"别上课了，请假休息吧。"

　　乐知时生平第一次拿起枕头向宋煜砸了过去，并且觉得很爽。

　　他们在宿舍楼下遇到了准备出去吃饭的蒋宇凡，蒋宇凡先是认出了宋煜，然后才看到冲他挥手的乐知时。

　　"乐乐啊。"蒋宇凡两手插在兜里，"我大老远看还以为看错了呢，你怎么了？"

　　乐知时抿嘴不说话。

　　"你不会是生病了吧？"蒋宇凡看看他，再看看宋煜，"学长，他怎么不说话？"

　　"他劳累过度，嗓子发炎……"

　　这一周，乐知时几乎都在宋煜的公寓里住。生病的借口很好用，蒋宇凡还总是给他发信息，关心他的喉咙。

宋煜生日那天正好是周五，他们被林蓉叫回阳和启蛰吃饭。宋谨这次破天荒地比宋煜他们回去得早，他在餐厅的厨房转悠了一圈，觉得插不上手，又和不多的几个客人聊聊天，最后回到他们的家人特供包间，无事可做，给宋煜数出了二十二支细细长长的蜡烛，放到桌子上。

乐知时拿了一束焦糖色的多头玫瑰进店，几个眼熟的客人跟他打招呼。

"乐乐回来啦？哥哥呢？"

"在后面。"乐知时进去喊了声"蓉姨"，然后钻进厨房，用手抓了一颗小番茄塞进嘴里。

"洗手啊乖乖。"林蓉把洗手液挤到他手上，拉着他的手去冲水，"你哥呢？"

"在后面。"小番茄的汁太多，乐知时说话差点呛着，咳嗽了几下。

"哎呀，你慢点吃，多得很。"

乐知时洗完手就跑，一出去正好撞到宋煜，后退了两步，被宋煜拽了一把。林蓉听见动静走到厨房门口，笑着说："小心点。"

林蓉招呼宋煜："小煜来洗手，顺便尝尝我新开发的汤，绝对好喝。"

乐知时趁机溜到包间，在宋谨的帮助下插好了自己买的玫瑰。

"早知道你买花，我也该买一束玫瑰花的。"宋谨有些懊恼，"你应该早点跟我通通气，不然小蓉一会儿要骂我。"

乐知时早有预料，他从自己的大书包里拿出一枝红玫瑰："叔叔，这是我给你带的，蓉姨不知道。"

宋谨十分开心，当即给乐知时发了个两百块的红包，让乐知时含泪血赚一百九十块。

收到花的林蓉开心极了，吃饭的时候就一直嘚瑟，宋煜忍不住又开嘲讽，举起杯子淡淡道："让我们庆祝林蓉女士二十二岁生日快乐。"

"小煜，你怎么总是这样！"

乐知时笑着往宋谨那儿倒，被宋谨揽着像个父亲那样拍了拍肩。

"对了小煜，"宋谨忽然开口，"今天你们张教授找我聊了聊，请我喝了杯咖啡。"

乐知时望着宋煜，很敏感地感觉到他不开心了，他坐直了身子，默不作声地给宋煜夹了一块鱼片。

"是吗？"宋煜看起来并不在意，低头用筷子碰了碰鱼片，没有夹起来。

"也是很巧。"宋谨随和地笑了笑，"公司最近和你们院有一个合作项目，正好是张教授负责交接，一开始我还不知道他是你导师，后来他请我吃饭，聊了聊才发现我们有这层缘分。"

宋煜没说话，林蓉倒是好奇："你们聊了什么？"

"他跟我说了说小煜最近的情况，然后聊了点生活上的事。"说完，宋谨看向宋煜，"听张教授说，你准备换方向？"

"嗯。"宋煜点头，"我早就想好了研究生的方向，谈不上换，只是提前跟他报备了一下我读研不跟他的事。"

"但张教授现在做的东西和北斗卫星导航系统相关，前景很不错。他跟我说，现在他的一个学生在国防，很缺人。"宋谨为人传统正派，对国防事业很是上心，认为这是非常好的前途，很希望宋煜也可以通过自己的专业知识为国家做出点贡献。

宋煜又不说话了，林蓉这时候出来打圆场："你让孩子自己选吧，从一开始就让他自己选了，这会儿又操什么心。"

乐知时看了看宋煜，又看看宋谨，也想转移一下话题："叔叔，刚刚你说生活上的事，什么事啊？"

宋谨"哦"了一声，喝了口茶："其实也没什么要紧事。我们聊着聊着，说到儿女，张教授就跟我提了一嘴，说他女儿后天从美国回来，他抽不开身，其他人去他又不放心，想让宋煜去帮忙接一下机。"

乐知时后悔自己开这个口了。

听了个开头，他就知道后面是什么意思。

宋谨又道："听张教授说，他女儿在佛罗里达念地质学，现在准备回来研究军事遥感，和你的专业也相关。你们年纪也差不多大，应该会有很多共同语言。张教授都开了这个口，这个忙你就顺手帮一帮，也可以带着张小姐在 W 大里转一转，熟悉一下环境。"

宋煜有些油盐不进地吃饭，等到父亲说完了，才冷不丁说："我是学生，不是专职司机。"

"小煜。"林蓉伸手按在他的手臂上，冲他使了个眼色，又看向宋谨，满心向着儿子，"我觉得这个主意不好，多尴尬啊，两个人都不认识的，突然就要去给女孩接机，小煜又不喜欢说话，到时候冷场算怎么回事？要不让我们家司机去吧。"

"张教授请宋煜去接机,最后我们家推给司机算怎么回事?人情世故还是要懂的。"宋谨放下筷子,"我本来也觉得这件事欠妥,但是张教授都开口了,我也没办法直接拒绝,毕竟是孩子的导师,这样太不给面子了。"

说完他又看向宋煜:"话说回来,宋煜,你也该多交点朋友,每天独来独往的,现在还是学生,以后总有离开学校的时候,你这样子,爸爸总担心你吃亏。"

"哥哥有很多朋友的。"乐知时忍不住替宋煜辩驳,"篮球队的人都和哥哥关系很好,还有辩论队,他们实验室的人也很喜欢哥哥,我去看过,都是很好的人。上次他帮我救场,我们法学院的同学也很崇拜哥哥。叔叔,他很好的。"

宋谨叹了口气:"也就是你,一天天护着你哥。你也不能一辈子这么捧着他啊。"

乐知时心想,我当然可以啊,我就是想一辈子捧着他。

"不是的,我说的都是真的。"乐知时表情认真,"哥哥朋友真的很多,我们吃饭都是大包间才能坐得下。"

"这样吧。"林蓉见当事人宋煜全程拒绝沟通,试图找一个折中的方法,"乐乐和哥哥一起去吧,这样也不用担心没话说,乐乐在的话可以缓和气氛,反正人接到任务就完成了。"

"我不去。"宋煜态度坚决,甚至有吃完撤退的意思。乐知时心里不好受,这明明是宋煜的生日,他不想让宋煜不高兴。

"我去接。"乐知时提出一个新的想法,"我就说哥哥生病了,我替他去接可以吧,反正我也是 W 大的学生,也可以带着姐姐逛啊。"

宋煜本来全程都没太多表情变化,听到这番话直接皱眉转过脸瞪了一眼乐知时。乐知时也没领会到他的意思,觉得自己帮他解决了麻烦,应该很值得表扬才对,所以对他眨了眨眼。

宋煜微不可闻地叹了口气。

"我跟乐知时一起去。"

"但只有这一次,之后我不会跟这位张小姐有什么进一步的交往。"

生日蛋糕宋煜也没吃几口,坐在满是落叶的庭院里喝茶发呆,后来宋谨也端了杯茶过去,坐在了宋煜的旁边,院子里有一棵不大的枫树,红叶很美。

"小煜,最近怎么样?"

"挺好的，每天都很开心。"宋煜望着枫叶如实回答。

宋谨静了静，态度温和地对他说："刚刚的事，是爸爸不对。今天是你的生日，我不该这么扫兴。"

"没有。"宋煜看向父亲，"我知道你是为我好。"

宋谨笑了笑，脸上的表情成熟而从容："其实你从小就很有主意，喜欢自己做主，有时候会故意透露一点信息给我，让我知道你在做什么，但又不明说。我那个时候就觉得，这孩子真别扭，怎么不大大方方跟爸爸商量呢。"

"但你现在越长越大，我就发现，你几乎不会再找爸爸了。"宋谨抬起头望着那棵枫树，"对孩子自身来说，独立一定是一件好事，但对一个父亲而言，多少还是有点难过，总想着，我是不是还可以为你做点什么。"

宋煜完全明白父亲的心意，听到这样的话，他甚至有些失落。自从青春期开始，宋煜就学会了把自己藏起来，不被任何人发现，渐渐地养成了习惯，就几乎无法向别人展露出真实的自己了。

"爸，你已经做得非常好了，也希望你觉得我真的是一个好儿子。"

宋煜的语气听起来有些伤感，宋谨不禁笑了："你当然是，你是我和你妈妈这辈子最大的骄傲。"

宋煜低下头，觉得自己应该笑笑，但他笑不出来。

宋谨想到什么，问："你是因为张教授想介绍自己的女儿给你，才想换方向的？"

他的确一而再，再而三地暗示或明示宋煜，甚至给宋煜看他女儿的照片，仿佛笃定宋煜见过她以后一定会产生兴趣，会改变主意，从而乖乖做他的女婿。

不过这些宋煜都没有和父亲说。"不是，在我决定学测绘地质相关的时候就定好研究方向了，只是跟他做毕设，那个方向的教授不带本科生毕设。"

宋谨靠在摇椅上，望了望天："那就好，其实张教授也是觉得你优秀，不然怎么会把自己的宝贝女儿介绍给你。对这件事呢，我的态度是，我们作为男人，基本的风度还是要有的。没有缘分，做个朋友也可以，未来工作说不定也会碰面。

"不过爸爸很好奇，你能不能透露一下，你想做什么方向的研究？"

父子俩聊着天，林蓉和乐知时就坐在玻璃窗前喝牛奶，一人手里拿着一盒，吸管吸得咕噜咕噜响。

"乐乐，你说哥哥是不是有喜欢的人啊？"

乐知时突然被奶呛到，猛地咳嗽起来。

"哎呀你怎么回事，怎么老是呛着？喝东西要慢一点……"林蓉拍着他的后背，又回到刚刚的话题，"我天天在店里，听了好多八卦，比哥哥条件差的男生女朋友都换了好几茬了，哥哥一点动静都没有，导师都相中他当女婿，这小子愣是连去都不想去，一定有问题。"

"那如果哥哥真的有喜欢的人，怎么办啊？"

"什么怎么办？"林蓉把空牛奶盒往桌上一放，"有喜欢的人就太好了，就怕他是单恋。"

林蓉有些哀愁地脑补了一出偶像剧："你哥哥这样的，放电视剧里就是属于观众的男二号，多让人心疼啊。"

"那……"乐知时又试探性地开口，"如果那个人也喜欢哥哥呢？"

"结婚吧。"林蓉说，"我连婚礼蛋糕的配方都想好了！"

"蓉姨，万一你不满意哥哥喜欢的人呢？"

"会满意的吧？"林蓉两手托着脸，望着窗外庭院里的老公和儿子，洋溢着幸福的笑，"能让哥哥喜欢的人一定是很好很好的。"

乐知时看着庭院，觉得秋天也快过去了。

接机的当天降温了，乐知时本来穿了件羊绒大衣，一下楼就觉得冷，又被宋煜勒令回去换了件更厚的白色棉服。

"会迟到的。"乐知时不想换。

"迟到就不去了。"宋煜很无所谓地说。

乐知时换好衣服，一坐进车里就像是陷入蓬松的棉花糖里一样。宋煜把广播打开，一路安静地听广播。

乐知时盯着宋煜的手指，不知怎的产生了一些幻想，想象他的手指戴上一枚戒指，应该很好看。

"你的生日礼物，我还没有买好。"乐知时忽然开口，"我想换主意了。"

宋煜最知道他的选择焦虑症："衬衣就很好了。你那点钱省着点花吧。"

虽然被嫌穷，但乐知时还是很坚持："不行，我已经想好买什么了。"

宋煜打方向盘，上了机场高速，淡淡道："那你把之前欠的钱结一下。"

乐知时一脸迷惑地看向宋煜。可宋煜却一本正经地说："你忘了？"

"……"

乐知时有时候真的觉得宋煜很奇怪，非常奇怪。

他深吸一口气，忍耐又忍耐："我没忘，等我赚……"

"那就等赚钱了再还。"宋煜打断他，并且露出一个没有感情的微笑。

乐知时涨红一张脸，被他逗得彻底不说话了。

他在心里用很弱的措辞偷偷骂宋煜：你可能有妄想症，需要去看看大脑。

机场人很多，乐知时的气根本维持不了一分钟，一下车就忘了刚刚被开玩笑的事，乖乖地跟着哥哥，在接机的地方也听话地站在宋煜身边，像电视剧里那样拿了一张 A4 纸，上面打印了张小姐的名字——张斯耘。

这是他昨晚打印的，因为害怕最后接不到人。

站了一小会儿，乐知时觉得有点困。大概是他穿得软软白白，又很乖，宋煜觉得他很像小时候的棉花糖。

就在这时，那位被接的张小姐推着行李朝他们走近。

"你好，请问你是宋煜吗？"

听到一个很好听的女声，乐知时发现来人盯着他手里的纸，又看着他，便立刻摇头："我不是。"

张小姐比他想象中还要漂亮，只是和南嘉不太一样，是那种有些典型的美籍华裔风格，和书卷气的名字不一样，她长着一张热情美艳的脸，小麦色皮肤，黑色长卷发，颧骨上淡紫色偏光的高光闪闪发亮。

"我猜你也不是，你长得太可爱了。是混血对吗？"她说话语调婉转，偶尔会下意识掺杂一些英文单词，十分诚恳地夸赞，"你是我见过的亚欧混血里最好看的，很高兴认识你。"

乐知时谦虚地摇头，自我介绍后也说了同样的话。

张斯耘将脸转向宋煜："所以你才是。"

她伸出一只手，大方对宋煜说："你好，你可以叫我 Monica（莫妮卡）。"

宋煜与她对视一眼，并没有伸手去握。"你好，张小姐，你的行李只有这些吗？"

张斯耘不动声色地收回手，笑了笑说："对，我是个极简主义者。"

宋煜点头："那我们可以走了。"

张斯耘很健谈，一再对他们表示感谢，也小小地抱怨了一下过分宠溺自己的父亲，不过她并没有让宋煜帮忙拿行李，一直是自己推，甚至连宋煜打开后备厢，她都准备自己搬，不过宋煜还是替她搬了，尽管在学校从不和女生接触，但他也不想显得如此不绅士。

并且他想，如果自己站着不动，下一秒动手的很可能是乐知时。

开门的时候乐知时下意识拉开副驾驶的门，但忽然顿了顿，看向张斯耘，犹豫了一会儿。"你想坐前面还是后面？"

张斯耘笑着拨了拨头发："坐后面会不会显得我太把你们当司机了？我可不想这样。"

乐知时觉得自己明白了她的意思，迟疑地准备后退。但宋煜的副驾驶只有他坐过，乐知时平白有些难受，又觉得是自己小气了些。

"乐知时，"宋煜看着站在车门外的乐知时，"上来。"他又对张斯耘说："没什么，我本来也只是兼职当个司机。"

"那谢啦。"张小姐大大方方坐到了后面。

乐知时有些走神，忘了系安全带，宋煜很自然地帮他把安全带拉过来扣上。

回去的路上有点堵，张斯耘主动发起聊天，很直白地谈起她有些封建和操心的父亲。

"你知道的，像他这种老学者，在外很有话语权，在内也希望什么事都可以掌控。所以哪怕很疼我，他也想赶紧给我找个门当户对的人，结婚生子。"她无意识地撇嘴，又耸耸肩，"这可能是典型的父权式家庭吧。"

乐知时忽然觉得她也有点可怜，想象一些被父亲催婚的场景，忍不住问她："张教授会逼你相亲吗？"

"那倒不会，毕竟我当时人在国外。"张斯耘笑笑，"不过他会有意无意地提到一些他认为不错的男性，这里面提得最频繁的就是宋煜。"

被点出名字的宋煜置若罔闻，心无旁骛地开车，一句话也不说。仿佛有乐知时搭话，他就可以肆无忌惮地像往常一样做一个自由漂浮且坚硬冷酷的冰山。

"是吗……"乐知时静了静，"他很看重宋煜的，明明还在做毕设，就安排他进实验室了。"

"对，不过我爸爸的形容很……"张斯耘顿了顿，"……贫乏。他对宋煜只有学术上的称赞，说起来没完，以至于在我脑补出的画面里，这位未来的学术之星是一个十足的 nerd，书呆子。"

她说着，笑了起来，看向后视镜内宋煜深邃的眉眼。"今天见面的确给我很多惊喜，毕竟没人不喜欢英俊的脸，如果我爸爸早一点把你的照片发给我，说不定我们会更早见面。"

她对宋煜的好感表达得很直白，令乐知时感觉自己处在一个很尴尬的位置，就像一场相亲或约会晚餐时，连上菜都显得多余的服务生，战战兢兢地捏着打发他离开的小费。

乐知时觉得他太高估自己的能力了，自以为可以缓和气氛。可这才刚开始，他就不想说话了。

宋煜听着张小姐的话，想到张教授的各种暗示和施压，心情开始变差，他也不知道应该如何回应对方口中的"英俊"和"更早见面"，留意到乐知时的沉默，所以询问他："冷不冷，要不要开空调？"

乐知时懵懂地抬了抬头，先是摇头，而后又觉得自己过于自作主张，于是转过脸问张斯耘："你呢？"

张斯耘笑着摇头："我穿得很厚，谢谢。不过这里的天气比我想象中干燥一点，我印象里江城的雨总是下个没完没了，不太喜欢，很低气压。"

乐知时在心里默默反对，他很喜欢雨，因为从小他就知道，下雨的时候可以亲近宋煜，打雷就更好了。

"不过 W 大现在应该很漂亮，银杏和枫树都很美，我记得我还是初中生的时候常去，后来在国外待了太久，都不知道现在有什么新建筑了。"张斯耘十分自然地提出邀请，但眼睛看向的是后视镜里宋煜的脸，"不知道你们有没有时间带我去转转？我也好拿找落灰的单反拍拍风景，不算浪费。"

宋煜不说话，乐知时则说："如果你需要人陪的话，我可以……"

"其实 W 大的风景比较适合一个人欣赏。"

宋煜打断了乐知时的话，冷静而有礼地对她建议："沿着环山路上珞珈山，想看什么都能看到。那里也有很多摄影爱好者，说不定会有你的同好。"

乐知时看了看张斯耘，又瞄了一眼宋煜，笑了笑，对她说："嗯，我就很喜欢一个人走在有落叶的路上，走一走心情会很好。"

虽然被拒绝，但张斯耘很大度地微笑："我也很喜欢落叶，一个人爬爬山也是个不错的主意。"

路上太堵，乐知时开始晕车，他开了点窗透气，但风太大，很快刺激到他的嗓子，于是又咳嗽起来。

张斯耘礼貌地倾身前去关心，但宋煜反应更快，递给乐知时一个拧了盖子的保温杯，并且关上了窗。

"喝一点水，很快就回家了。"

他的声音低而轻，大概是只说给乐知时一个人听的，但张斯耘还是听到了。

她靠回座椅上，凝视着宋煜变得柔软的侧脸，心里生出一些说不清的情绪。

这仿佛和刚刚那个建议独自出行的他是完全不同的两个人。

喝够了水，乐知时歪在车窗上吸了吸鼻子。"我睡觉会不会好一点。"

宋煜点头，把车载音乐关了。"盖上毯子。"

乐知时有些尴尬地想起来，他一直盖的小毛毯好像放在后座。

"是这个毯子？"张斯耘主动拿起来，递给乐知时，涂着玫瑰色甲油的手指修长，食指戴着一枚漂亮的玫瑰金戒指。

乐知时想说谢谢，但他恍了恍神，所以比张斯耘慢了一步开口。

"对了，我刚刚一直忘了问，"她笑得甜美动人，"你们是什么关系啊？"

这个问题让乐知时没有了睡意。

他猜想宋煜不会回答，所以自己思考了答案。

"我从小住在他家。"

乐知时的说辞过于简略，张斯耘不免好奇："欸？为什么啊？"

"因为我父母不在了，嗯……我爸爸生前和宋煜的爸爸是好朋友。"

"天。抱歉，我不是有意的。"

看到张斯耘脸上的难过和一丝不太明显的同情，乐知时心情复杂。

"没事的，没什么。他们在我很小的时候就过世了，我已经不太记得了。"

为了减轻他人的负罪感，他说着违心的话，努力地维持自己脸上的笑。"不过我是寄住，没有法律关系，我们……我们只是从小一起长大。"

他的"只是"针对的是前面一句，因为他有私心。但在宋煜听来，这一连串的回答，仿佛是在澄清什么不好的事。

宋煜望着前方，大风把叶子吹到了天上，飘飘荡荡，怎么都落不了地。

他不知道自己是希望它们落地，还是希望它们一直飘荡。

"这样啊，怪不得他这么照顾你。感觉你们感情特别好，可能比很多亲兄弟还亲。"说完，张斯耘笑了笑，看向宋煜，"这里实在是太堵了，一会儿到了可能都中午了。我请你们吃饭吧，当作谢礼。"

"不用了。"宋煜婉拒，"小事而已。"

张斯耘没有坚持邀请，而是很有策略地放了放。"那一会儿再说吧。"

"哦对了，我爸爸跟我聊过你的毕业论文，听说你已经基本完成了，托我爸爸的福，我看了一些你写的东西，你的选题我也很感兴趣……"

她说起专业话题的样子看起来更有魅力，聊的大多是乐知时不太了解的东西。

以往乐知时遇到听不懂的东西就会很想睡觉，但今天坐在这里，他完全睡不着。

面对学术问题，宋煜就不会像对待私人问题那样沉默，基本都会回答，而张斯耘是个很会抛出问题的人。

一来二去，他们似乎也没有一开始那么尴尬。宋煜没有再把对张教授的怨气延续给张斯耘，礼貌但保持距离，和她像两个讨论学术的同门一样交谈。

乐知时默默听着，想说点什么却插不上话，术业有专攻，他也只能跟着夸宋煜两句，然后看向前方拥挤的车流，盯着前面那辆车的车牌号。

"这个是很有价值的。"张斯耘毫不吝啬地夸赞宋煜的创新。

"之前已经有人做过了。"宋煜淡淡道，"我只是跟着走。"

"如果你跟着我爸一起完成后面的研究，成果一定会很多。"张斯耘靠在后座上，语气可爱地感叹道，"啊，果然，聪明的男人最性感。"

乐知时觉得有些冷，好像隐隐有哪里漏风一样，但他又确信只有自己这么觉得，于是只好往棉服里缩了缩，安静了一会儿，最后还是睁开眼，语气很弱地问宋煜："我可以看一会儿动漫吗？"

"不是说没有更新？"宋煜看了看他，"而且在车上看手机容易晕车。"

"没事，我想再看一遍。"他拿出耳机自己戴上，又对张斯耘说，"我看一会儿视频，你们先聊。"

看到张斯耘笑笑，乐知时便转了回来，独自看视频，把声音调得很大。

其实这一集他已经看过四遍，实在没有什么可看的了，一共只有二十分钟，连对白都能背下来。明明是很好笑很热闹的剧情，大概看太多次，乐知时也没什么感觉了。

他戴着耳机，模模糊糊能听到张斯耘在笑，很开心的样子，他也很想听一听他们聊了什么会这么开心，但另一个自己却制止了这种想法。

一集放完，他又点到上一集，假装还没结束，但已经到了，宋煜停下了车。

乐知时摘下耳机，也解开安全带，听见张斯耘建议："都到这儿了，你们看，那边有一家不错的西餐厅，开了很多年，我请你们吃吧。"

张斯耘笑着指了指自己腕间的表。"现在有点晚了，你饿着可以，也让弟弟一起饿着吗？"

乐知时在走神，有些蒙，听到他们说自己，就恍惚地点头。"我都行的。"

宋煜看了看他，并不想去，最后还是拒绝了。

张斯耘没有强求，接过宋煜手里的行李箱。"你现在让我欠你一顿饭，我下次就必须想办法还上了。"

走之前她提出互换联系方式，但很聪明地先加了乐知时的，然后对他说："你哥哥的微信你就直接推给我吧，手好冷，我就不扫码啦。"

她离开之后，乐知时犹豫了很久，还是沉默地把宋煜的微信推过去，然后关闭了手机。

乐知时想，张斯耘的确是一个落落大方又很会追人的人，不死缠烂打，很懂循序渐进，那种与生俱来的自信也很吸引人，仿佛从来没有在任何人面前失利过，所以才会这样有底气，哪怕遇到宋煜这种冷淡的性格，也可以充满信心地一步步来。

"饿了吗？前面有个商城，里面应该有不少餐厅。"

乐知时说不饿，又说好，就去那里吃。

他们进了一家泰国菜馆，宋煜照常点菜，但这次乐知时吃得很少，甜点和饮料都几乎没动。

"你今天胃口不好。"

乐知时笑了一下："我早上吃得太多了吧。"他开始数自己的早餐包含的种类。

宋煜静静听完，抬眼看他："不开心吗？"

乐知时低头吃了一口布丁。"没有啊，我只是晕车。"

宋煜顿了顿，仿佛很认真地在思考该说什么话。"我和她不会有进一步的可能，这完全是他们自作主张的事。"

"我没觉得会有啊。"乐知时的声音很轻，像是飘着。

他不想让宋煜觉得自己是什么眼里容不下沙子的人。

他本来也不是，喜欢宋煜的人从小到大不计其数，他从中学时期就不断地听着宋煜的八卦，替他收情书，甚至传达表白，早就已经习惯了。

哪怕今天张斯耘请他帮忙追求宋煜，乐知时也很难拒绝。

见他不再继续说话，宋煜静了几秒，想到乐知时在车上说他们只是一起长大，还是语气温和地对乐知时说："你其实不必向她解释那么多。"

乐知时低着头，像是发呆，过了好一会儿，他才用很轻的声音反问："那我怎么办呢？请她不要再对你示好了，也请她的父亲不要插手了？"

"乐乐……"

他的不开心持续得并不长久，听到宋煜叫他，乐知时忽然觉得自己很过分，刚刚的话一定让宋煜不舒服了，所以他很快就把自己的情绪收起来。

"对不起，哥哥。"乐知时笑了一下，"我不是那个意思。"

手机振动了一下，乐知时看了一眼，是张斯耘的消息。

Monica：小帅哥，我刚刚加上宋煜啦，谢谢你今天陪他接我。姐姐明天去学校，给你带好吃的！

乐知时低头回消息。

乐知时：不用啦，我没做什么。

Monica：要的要的，顺便问一下，宋煜喜欢什么口味的蛋糕啊？我看他最近刚过生日，想着给他补个蛋糕，也算应景吧。

"你在和谁聊天？"宋煜问，"张斯耘？"

"别跟她说话了。"宋煜又说。

"加上了总要说两句的。"乐知时照旧低着头，给张斯耘很中肯的建议。

乐知时：他不吃甜品，咖啡或许比较合适。

结束用餐之后，乐知时说要回去了，下午有课。

宋煜结了账，带着乐知时回到地下停车场，上车后就接到了父亲的电话。

他说话的时候眉头一直皱着："送到家了，没有……"

车里很安静，乐知时感觉自己的听觉仿佛被放大了一样，隐约又敏感地听到一些字眼，拼凑起来，大概是问张斯耘的性格如何。

"性格这种事不是一见面就能清楚的……我觉得不合适。"宋煜对着电话那头解释，"我们只聊了学术问题。"

"嗯，我知道了，我在开车，不说了。"

到学校门口，宋煜没有开车门，像是把自己和乐知时锁在了车上一样，过了很久才开口："乐乐，你不要难过。"

他说这句话的语气，让乐知时想到宋煜之前说的，"只要你不生病，想怎么发脾气都可以"。

但他觉得他不可以，更何况他实在没什么脾气。

"我不难过，真的。"乐知时觉得自己现在的情绪根本称不上难过。

他注意到宋煜的手机屏幕又亮了，上面显示的是张教授，但他没有说话，反而有点心疼宋煜。感觉所有人都在对宋煜步步紧逼，包括自己。

他设身处地地站在宋煜的角度想，此时自己的情绪大概也是一种压力。

和宋煜的不开心一比，乐知时之前心里的那点别扭好像越来越小，最后几乎消失，只剩下微小的碎末。

宋煜冷静了一下，手机振动也停止了，他最后还是放乐知时去上课了。

张斯耘第二天就来了学校，给乐知时发了一张她拍的风景照，然后说自己给他买了蛋糕。乐知时不好说自己过敏的事，还是到约定的地点取了蛋糕，很认真地对她表示感谢。

张斯耘笑着摆手，让他别客气，见他穿着毛绒居家服下来，就提出送他回宿舍，两人继续走了一段路，聊了一些关于宋煜的话题。

"你哥哥一直都是这种不苟言笑的性格吗？"

"算是吧。"乐知时又轻声说，"他不是我哥。"

"哦对，我有点叫顺口了。"张斯耘笑起来，"我觉得我和他还蛮有共同语言的，可能是因为专业相近，还算比较聊得来吧，只是如果拿你做参照物，我就觉得交往任务还很远大。"

乐知时想到他们在车上的交谈，认为的确如此。他的思绪好像钝了，过了好几秒，才讷讷地问："斯耘姐，你喜欢宋煜吗？"

"我是不是太明显了？"张斯耘眼睛睁大了些，语气都变得轻快了，笑起来很可爱，"你知道吗？他真的是我喜欢的 type（类型）。虽然性格有点冷，但不妨事，我想他应该是那种交往之后会很温柔的人，看他对你的态度就很 nice（好），应该内心很柔软吧。"

乐知时甚至想说"是，你想得没错"，但他没有。

到了楼下，乐知时和张斯耘告别，独自上了楼，把收到的看起来很贵的蛋糕和室友分享。

他用手指蘸了一点奶油，尝了尝，是很好吃，不可否认。

冬天越来越近，风落到脸上，像软刀子的刃在刮蹭，这几天又下了一场雨，温度降得更快，乐知时很努力地保暖，但还是有点鼻塞，他很怕生病，但他发现怕什么就来什么。

除此之外，他还有另一个很玄妙的发现——人一旦注意到什么，将一件事放在眼里，就一定会不断地遇到。

比如在校内某个冷清的咖啡厅里偶遇张斯耘和宋煜。他刚一进去就看到宋煜的背影，两个人坐在同一张桌前，面对面说着什么，但看起来还是很般配，张斯耘漂亮直率，交往法则也无可指摘。

乐知时站在门口，没有再继续迈步，他借口这里不暖和，拉着蒋宇凡和沈密离开去往另一个自习点。

后来他看到宋煜实验室学姐的朋友圈，是之前送雪花酥的时候加的。

"感觉实验室的高岭之花冰山师弟有望被热情融化。"

再后来是林蓉的电话，她不知从哪儿看到了张斯耘的演讲视频，分享给了乐知时，很难得地夸了夸，说她比自己想象中优秀。

"大教授的女儿还是不一样的，对吧乐乐？"

乐知时说是啊，有些自暴自弃地说着对方的优点："性格也很好，很漂亮，而且能力也很强，和哥哥在专业方面聊得来。"

"那还是有机会的。你多劝劝哥哥，和女孩子交往不要太冷淡了，很容易让女生委屈的。"

乐知时很能理解林蓉的话，毕竟他亲身经历过，但他还是很不甘心地问："如果哥哥不喜欢她呢？"

林蓉以为宋煜告诉他了。"真的吗，是哥哥说的？唉，我觉得这个女孩子已经很好了，不过这也不是我能左右的，说不定过一阵子你哥哥又变心看上人家了呢。"

乐知时没再说话。他的生活没有因为突然多出来的一个女孩子而中止。

乐知时和宋煜每天照常发消息，照常聊天，也一起吃饭自习，但宋煜能感觉到乐知时的变化。

乐知时变得比之前还要懂事和听话，不询问任何关于张斯耘的事，不会表现出不开心的一面，主动给宋煜分享笑话和身边的趣事，像是在进献自己为数不多的能量。

周一的组会上，张教授当着所有人的面，称呼宋煜为"自家人"，令他很不适地起身，借口去洗手间直接离开会议。

想吐。

这一切都让宋煜透不过气，像一张巨大的网将他罩在里面，而乐知时失魂落魄地流落在网外。如果乐知时任性一些，向他抱怨或发脾气，宋煜都不会觉得难过。

事实上，张斯耘第二次来学校，宋煜就礼貌但明确地表明自己不打算谈恋爱。

第一次是她去实验室，宋煜拦不了，毕竟那是她父亲的实验室。

但他也无法忍受这种被迫的相见和安排。

有些话宋煜想当面说清楚，但张斯耘觉得应该找合适的地点谈话，比如校内咖啡厅。

"你说话很绝对，好像恋爱在你这儿是一种职业规划一样。"张斯耘听到这种话，并没有感到多么失落，而是直接笑了出来，手指捏着银匙轻轻搅着面前的咖啡，眼睛却望着坐在对面的宋煜。

"你猜得没错，我是很喜欢你的，所以你大可以更加直接地拒绝我，你看起来也不像是说话委婉的人。"

"那我就直接一点，我不是单身。"宋煜冷静地向她表明，语气坚定，"这就是我说话这么绝对的原因。"

第十一章
寸草春晖

只有被温柔地豢养过一次，再失去，才是真正的流浪。

之后的几天，宋煜先后提交了三次更换毕业选题的申请，最后都被驳回了，他每天疲于提交各种资料，在不同的办公室奔来走去，依旧无果。

刚确定保研名额时，宋煜就已经找过自己心仪的研究方向的何教授，但对方太忙，宋煜连续好几天在办公室外等他出现，最后一次才碰巧撞上，何教授很讶异。

"我知道你。"何教授推了推眼镜，"你很有名，怎么想来我们这儿？"

宋煜和他聊了很多，最后何教授总算同意，拍了拍他的肩："小伙子，我们这儿做的可是最累最苦的活儿，还很危险，完完全全为人民服务。"

"我知道。"

"行，我看你也挺有决心。毕业了就过来吧。"

想到何教授说的话，宋煜最终拿着被驳回的申请书，敲开了张教授办公室的门。

张教授一副从容的样子，请宋煜坐着聊，但宋煜拒绝了。

"宋煜，我之前说过，你硕士期间想换方向，可以，等你上了硕士再聊，不着急。"张教授倒了杯茶推到宋煜面前，"怎么现在连本科毕业的选题都要换？这就不合规矩了，你看谁这么做过？"

宋煜看着他的眼睛，冷漠道："张教授，我说过我不想被人逼着走。最初我选您的课题，您就希望我能跟着您读研，但我当时就告诉过您我选定的未来研究方向是另一个，您说可以，没问题。但您后来的所作所为不是这样。人和人应该有边界感，您做的太多了，干涉的也太多了。"

"我是这么说的没错，但宋煜，你自己也清楚，你跟着我前途是最好的。包括你的父亲，我和他谈了很久，他也很满意我为你设置的未来规划……"

"张教授，"宋煜打断了他，"我父亲和您不一样，他可能会被您一时说服，但他会尊重我的兴趣。还有……

"我和您的女儿没有可能，请您尊重我，也尊重她。"

"这都是后话，宋煜。"张教授两手交叠，"你现在毕业论文初稿都快完成了，成果也都是现成的，哪怕我给你开了这个先例，你确定你能顺利毕业吗？之前的东西你都不要了吗？现实一点，孩子。你的路还很长。"

宋煜听罢，笑了出来。"张教授，我不要了。您愿意让我换，我感谢您；不愿意，我可以申请延期。"

"保研都下来了你跟我说延期？宋煜，你是不是哪里有问题？"

"我可以再考，凭我的能力不会考不上，就像您说的，我的路还很长。"宋煜脸上的表情坦荡而冷漠，"所以我不可能被人控制，我只走自己选的路。"

说完他便转身离开办公室，撕掉了被驳回的申请书，扔进了垃圾桶。

下楼的时候收到母亲的微信消息，发了很多。

林女士：小煜，你房间里的电脑借妈妈用一下！我着急改一个菜单，但我笔记本 PS 用不了了。

宋煜边走边发送了密码。

小煜：记得帮我关机。

为了避免再次见到张斯耘，宋煜从实验室搬了出来，但很幸运的是，搬东西的当天，同楼层的何教授看到他，让抱着箱子的宋煜跟着自己走了。

"你可以坐这儿。"他开了实验室的门，指了个空位，"你学长实习去了，毕业前都回不来。"他拍拍宋煜的肩膀，"年轻人，好好加油，没有什么挺不过去的。"

何教授走了之后，宋煜将箱子放在桌上，隔壁的学长转着转椅面向他："师弟，你要来我们组啊。"

"希望可以。"宋煜简略地说。

手机又响了一下，还是林蓉发来的。

林女士：好奇怪啊，你的 PS 保存路径我怎么找不到？

林女士：天哪，我的东西不会白做了吧？

看见她发来的各种哭脸，宋煜无奈地回了一句。

小煜：到处找一找就找到了，电脑里就那么些文件夹。

"你跟老张闹翻的事我们都知道了，他那人真的不行，拿自己的权力压学生算怎么回事啊。"学长摇头，"闹得老何都知道了，怪尴尬的。"

另一个学姐笑着说："老何有什么好尴尬的，那天他还在办公室笑着说，早知道这么抢手的学生这么喜欢他，他当初就应该去带本科生毕设的，太忙了，错过一个宝贝。"

"老何就是老顽童性格，不怕老张的。"学长按了按手里的圆珠笔，"师弟加油啊。"

宋煜想，如果真的延毕，能考过来也不错，早一年晚一年没分别。

离开教学楼，宋煜想给乐知时打个电话，没想到南嘉的电话先打进来了。他犹豫了一下，还是接通了。

"有事吗？"

"有。"南嘉在电话那头问，"我长话短说，你和乐乐是不是闹矛盾了？为什么我看他一个人在校医院看病？我也不知道发生了什么，也有可能他就是不想让你担心。我刚刚去拿药在一层缴费处看见他了，我想去陪他，但后来想了想，他现在应该比较需要你。"

"谢谢。"

"不用客气。你快去吧。"

宋煜不知道自己是怎么开车到校医院的，感觉脑子里一片混沌。最近压在他身上的稻草太多太多，他几乎数不清也分辨不明。

但他怎么也想不到，乐知时会偷偷一个人去看病，而不是选择依靠他。

校医院的人总是很多，很混乱，惨白的灯光打在许多张哀愁的脸上，消毒水将所有复杂的气味粗暴地揉到一起，直冲进鼻腔，令人不适。宋煜努力维持着表面的冷静，找过一间间满满当当的注射室，最后在走廊的尽头看到了乐知时。

乐知时穿着厚厚的黑色棉服坐在走廊的长椅上，围着宋煜的灰色格子围巾，戴着黑色毛线帽，整张苍白的脸都陷了进去，眼睛睁得大大的，盯着手里横放的手机。

他的旁边架着一个输液架，吊瓶里还剩一点点药，似乎很快就要打完了。垂着的手背上青筋突出，针扎在上面，但乐知时面无表情，看起来很乖，不哭不闹的。

宋煜一时间情绪翻涌，眼睛有些酸。他朝乐知时走过去，最后半蹲在他的面前。

乐知时稍稍愣了愣，那双浅色的大眼睛有些呆呆地望着宋煜，深棕色的睫毛动了动，最后他松开拿着手机的手，抬起来碰了碰宋煜的额头。

然后他才说："你怎么来了？"

面对乐知时，宋煜说不出一句重话。

"生病为什么不告诉我？"宋煜望着他，语气很柔和，"发烧了吗？"

"低烧，三十八摄氏度。"乐知时对宋煜笑了笑，不想让他蹲着，把他拉了起来，"你好忙啊，我自己完全可以的。"

"生病是不可以一个人来看病的。"

乐知时听到宋煜这一句笃定的话，有点想笑："哪有这样的规矩。"

"我们家就是这样的规矩。"

"好像打完了。"乐知时拍拍宋煜，伸手就准备自己拔针，但被宋煜制止了。"不能自己拔，你傻了吗？都没有止血棉签。"不过他很快语气放缓，"乖，我去叫护士。"

看到宋煜的背影，乐知时还是觉得不太真实，他碰了碰针头，是有点疼。

他想到自己昏昏沉沉地从自习室出来，到校医院排队缴费，还把取药的单据弄错，白白招了取药医生一顿骂。注射室里都是人，他只能在走廊打针，走廊风大，还有人偷偷抽烟。

乐知时挨了两个小时，好不容易觉得自己的受难要终止了，是人生的一大进步。但最后的最后，宋煜还是出现了。

乐知时很想知道宋煜为什么会掌握随时随地都能找到自己的技能，这样或许有一天，在宋煜最辛苦的时候，他就不会表现得那么迟钝。

护士在他发呆的时候拔掉了针，还很温柔地对他说"明天也要来哟"，乐知时表示了感谢，宋煜替他摁棉签，然后开车带他回公寓。

路上他向乐知时说了何教授主动让他进实验室的好消息，乐知时很开心。

其他的宋煜都没说。

回到公寓，宋煜开了空调调高温度，催促乐知时吃药和休息。乐知时乖乖脱下棉服躺上床，忽然想到什么，从棉服里摸出一颗巧克力酥心糖，放到床头柜上。

"再量一次体温。"宋煜拿着体温计坐到床边，递给乐知时，同时也看到了那颗糖。

"给你吃，反正我吃不了，里面好像有面粉。"

"哪里来的？"宋煜拿起糖看了一眼，放回去，"又是别人给的？"

乐知时点点头。"我输液时坐的长椅上本来还有一个四岁的小男生，他送给我的。"他的表情变得有些可爱，眼睛亮亮的，向宋煜形容，"他有点像你，头发很黑，眼珠子也很黑，长得很好看。而且特别别扭。"

宋煜露出迷惑的表情，但乐知时模仿起小男孩的样子。"他说：'你长得好奇怪啊，为什么你的眼睛是这样的？'他妈妈教训他，说他没礼貌，他就很别扭地说对不起，然后从口袋里找出一颗糖塞给我，跟我说：'这个糖不好吃，我不喜欢，给你吧。'"

乐知时笑起来："他妈妈告诉我，这是他最喜欢的糖果，从来不给别人的。"

说完，他看向宋煜："是不是很像你？"

宋煜一副不愿承认的表情。

"我当时就想，你四岁的时候是不是也这么可爱。"乐知时脸上的笑容渐渐地就淡了，眼睛有些失神，"哥哥，你很喜欢小孩吧？"

宋煜皱了皱眉："为什么这么问？"

卧室的灯很暖，照在乐知时白皙的脸上，连细小的绒毛都软软的。

有些事永远实现不了，就像有些糖乐知时永远不可以吃。

宋煜的心好像被狠狠往下扯了一下。

他很温柔地跟乐知时说睡一觉醒来就会好很多，会比现在更轻松，更自由。

感冒药的药效逐渐发挥作用，乐知时昏昏沉沉，在充满安全感的环境里睡去。

不知睡了多久，睡梦中的乐知时忽然心绞痛，睁开双眼，他很不安地叫着宋煜的名字，只看到床头柜上放着的药和他可以吃的奶糖，下面压了一张字条，写着"我很快回来，会给你带好吃的，等我回家"。

他盯着字条，又看了看墙上的钟，已经是晚上十一点，心里的不安拉扯着。不知怎的，他想到了许多画面，好像隐约得到许多线索。

乐知时拿起手机，给宋煜打电话，并没有人接，他冷静了一下，打给林蓉。同样无人接听。

想法得到印证，乐知时跑下楼，找不到宋煜的车，于是直接打车回到了宋家。

他跑着上电梯，焦急地等待电梯门开启，按按钮的时候他连手都在抖。乐知时低头才发现自己穿的是棉拖鞋，头上还贴着没有取下来的退烧贴，他看起来很不清醒，也很狼狈。

冷静了两秒，他拉开门，听到了宋谨的声音，从三岁来到宋煜家里，乐知时几乎是第一次听到宋谨发这么大的脾气。虽然没有歇斯底里，但也失去了以往的温和。

"宋煜，我自认作为一个父亲，从没有对你有过什么要求，你要学的东西，我没有阻拦过你，包括你说你要转方向，去研究自然灾难应急测绘，我心里很不愿意，但我说了你一句没有？你有没有想过这么多年，我每次打开新闻看到在那种灾难里丧命的人，我晚上都会做噩梦，会想到你乐叔叔。"

他的声音在颤抖："你说你要去做这种危险的工作，是因为应急测绘救助可以让世界上少一点像乐乐这样的小孩。你都这么说了，我哪怕心里再有阴影再不愿意，我也同意了。"

听到这里，乐知时僵住了。

宋煜从没有告诉过他这些。

"可你呢？你又在做什么？爸爸把乐叔叔唯一的骨肉接回来，希望他好好长大，不是让他受苦！你让我几十年后走了要怎么下去见你乐叔叔？"

"宋谨，小煜他主动回来跟我们说，说明他都考虑过的……"

乐知时听到林蓉的声音，带着不明显的哭腔，心忽然很痛。

乐知时迈着步子，从玄关走到客厅，短短的几米，每一步都很艰难。

他终于要剥下黑暗这层保护壳，在光明下露出真实的自己。

林蓉的声音仿佛就在耳边："小煜，你没想过回头，那反过来呢？"

"反过来……"宋煜惨淡地笑了笑，"乐知时随时可以回头，我愿意放他走。但只要他不想离开，我是绝对不会松手的。"

"我不想离开。"

乐知时从玄关走出来，客厅的光打在他身上。

争吵中的父母看向他，但乐知时的视线却落到地上那张打印出来的纸上，他弯下腰，捡起来。

给未来会出现的某个人：

我不太想说你好，甚至不太希望你出现。不过我知道会有这么一天，为了让你能更好地照顾乐知时，不至于在交往之初出现危险，我未雨绸缪，写下这份"与乐知时交往手册"，请你仔细阅读。

首先，乐知时患有很严重的小麦过敏症。显然，所有与小麦有关的东西都与他无缘，希望你不要因为他要求就允许他吃蛋糕（他很会撒娇），哪怕一点点都可能要了他的命。他的过敏症状非常危险，轻则出疹腹泻，严重时会引发哮喘。

这是我要提醒你的第二点，你一定要随身携带他的药，最好能掌握哮喘急救的方法，不难，如果你需要，我可以给你发我之前学习的视频教程，很有用，请你务必在他需要的时候出现在他身边。

他父母很早就离开人世，希望你不要太频繁地提及这件事，虽然他不说，但心里是在意的；也不要带他看太多亲情相关的电影，他哭多了会头疼。

还有，他很害怕打雷，从他第一次来我家就是这样。看到这里请你不要笑，不要瞧不起他，因为他是真的很怕，你要尊重他的恐惧。其实克服的方法很简单，你只要帮他捂住耳朵，晚上陪他睡觉，哪怕不抱他都可以（当然，你可以抱他亲他）。

乐知时很爱甜食和小动物，早餐喜欢吃汤包（你需要吃掉皮）和米粉。他沉迷于看漫画，请不要质疑他的喜好。他很擅长画画和做手工，请你务必珍惜他的作品，不要乱丢乱放，他看到会难过。如果他给你可以做任何事的小贴纸，我真诚地希望你不要滥用。

虽然上述描述可能会让你退却，但你很幸运，因为乐知时是世界上最善良最温柔的孩子，他不会要求你做太多事，也没有脾气，甚至很难拒绝别人，希望你可以教他学会拒绝，也希望你能够包容他的饮食禁忌，谅解他生病时的小脾气（他闹起来其实也很可爱）。

删删减减写了很多，如果想到新的，我会加进来。你可能会觉得我越俎代庖，没有立场。但如果在见到他之前，六岁的我可以收到这样的一封信，我会很庆幸。

请你对乐知时好一点，不要让他哭，他很喜欢哭的。如果你觉得烦了，请把他送回来，或者第一时间通知我去接他回家。请不要留他一个人。

乐知时的哥哥宋煜

他看不到的是，原始的文件名是"1010（第十一稿）"，保存于四年前的夏天。

决定好的那一刻，宋煜比自己想象中还要平静和轻松。

他通知了宋谨和林蓉，告诉他们自己有重要的事要谈，问他们晚上是否在家，答案是肯定的。

驱车回到家里，是林蓉开的门。她的眼睛是红的，很湿润，像是刚刚哭过。宋煜心里有了不太好的预想，但林蓉什么都没说。

"小煜，回来了。"

宋谨坐在沙发上，没有看宋煜，只问他这么晚回来有什么事。

宋煜先是条理清晰地向他表明了自己换选题的规划，遭到宋谨的质疑："就算张教授同意你换选题，这学期都快结束了，你确定还有老师愿意接收你？"

"所以我也可以延毕。张教授用私生活对我施压，卡我毕业，我受够了，就算继续留在他的课题组，我不同意他的决定，他也不会让我顺利毕业的，不如早走。"

宋谨沉默了很久，才低声开口："你如果真的对张小姐不感兴趣，我们是不会逼你的。"

"我不仅对张小姐不感兴趣，对以后可能出现的李小姐王小姐，任何一个在大家眼里看起来般配的女孩子，我可能都没有交往意愿。"宋煜站得笔挺，"爸，妈，虽然你们总是说我没有让你们失望过，但我其实并不符合你们对一个儿子的期待，只是我一直没办法说出口。"

宋煜坦荡道："我不会和任何一位女性组成家庭，我不能骗自己，也不能欺骗和伤害别人。我知道你们劝我恋爱，并非真的想让我为宋家传宗接代，只是觉得我太孤单了，但你们能想象一位女性嫁给我这样的人，这辈子会有多么痛苦吗？

"我不会做出这种事，所以也请你们放弃这种念头，哪怕未来我一个人生活，也可以活得很好。"

听到这番话，林蓉终于忍不住，哭着反问他："真的吗？你真的这样觉得？"

宋谨从沙发上拿起一张纸，扔到宋煜面前。那张薄如刀刃的纸飘飘摇摇，切割着凝重的空气，最终落在了宋煜的脚边。

他垂眼，看了一眼开头，心下了然。

宋谨的声音在抖，但他自己也分不清是因为愤怒还是因为悲戚。

当他看到父亲颤抖着站起来，拧着眉看向他，又气又无力地对他说："宋煜，你清醒一点。"

宋煜平静的表象终于有了一丝裂痕。

"爸，这么多年了，我还不够清醒吗？"

"你们以为这封信我改了多少次？"宋煜坦然道，"十一稿。"

他努力地克制着自己的情绪，让自己尽量镇定一点，反正已经过去了。

他苍白的脸上挂着凄然的笑，看向自己的父母。

"你们应该全部找到，打出来，从一稿看到十一稿，多壮观。看完你们就会觉得，我真高尚。"

那张写着种种注意事项的纸静静地躺在冰冷的地板上，苍白地承载着五年前那个修改自己措辞的宋煜。他改掉那些令年少的他心痛流泪的字句，删掉对乐知时未来伴侣的嘱托，让自己学会平静地接受她的出现。

在许多个失眠的夜里，他学会在信的开头说"你好，很高兴见到你"，学会在结尾送上"愿你们幸福长久"的祝福。

然后在一次次的修改里，越来越接受最后的署名。

打印出来的字句和宋煜本人看起来一样，工整、冷静、缺乏感情，给当年那个青春懵懂的他套上了一个大人应有的体面而成熟的壳子。但多年前的许多个宋煜，此刻好像也站在这里，陪着如今的他经历着这场爆发。

而存在于每一稿，但却从没有被列入阅读名单里的乐知时，此时也怔在原地。方才那些令他驻足的争吵和矛盾像是重拳捶在胸口，但这些字才是真正的尖刀，刺进去的瞬间，太锋利了所以不痛，等到反应过来，才会锥心刺骨。

大滴大滴的泪落在上面，几乎要将那些冷漠的印刷体洇开，剥离出纸里藏着的脆弱灵魂，让他解脱。

"乐乐，你怎么了？"林蓉胡乱抹了眼泪站起来看向他，"怎么这样就过来了？生病了吗？"

听到这些话，乐知时觉得更痛。

他努力让自己不要抖，镇定一些，垂下握住那张纸的手，也擦掉脸上的眼泪，望向他们。

"宋叔叔，蓉姨，对不起。"

乐知时想，自己此时下跪可能像是一种要挟，所以很深很正式地鞠了一躬。

看着那个永远笑着的小儿子，宋谨和林蓉谁也无法开口。

"其实我想过的，"乐知时勉强露出一个笑，用相对轻松的语气对他们说出自己曾经的计划，"一开始我想等到……我就离开这个家。到一个没人认识我的地方，努力赚钱，然后偷偷打钱到家里的卡上。"

乐知时有些狼狈地低头摸出手机，翻找着，说话开始乱了："我……我记过账的，就……我从小到大花的钱，但是……但是我初三才开始记，之前那些年的支出只能在网上找个大概，但后面的我都有记录。我……我想着把这些钱再多乘个好几倍，然后……然后等我赚钱了，除开够我吃饭和租房的那一点，剩下的钱我都会寄回来。当然了，这些根本还不清你们的付出，也弥补不了你们情感上的损失，但有总比没有好。"

听到这里，宋谨失魂落魄地坐回到沙发上，无声地摇头。

但乐知时没有停止，他把手机里的计划表找出来，举给他们看，仿佛正在讨论一场幸福的家庭旅行。"我看了很多适合定居的地方呢，国内国外的都有，他们的房价啊，消费水平啊，还有房租，这些我全都做了计划。

"你们看，我其实还是很有规划的，对吧？像云南就很好，云南好漂亮，又离这里很远，感觉很适合藏起来。我到时候可以租一个小房子，养一只小猫。或者一个地方待一段时间，像那种特工一样到处换，很酷，但那样可能赚的钱会少一点，不够还……"

行走在街头的小狗可能并非在流浪，天大地大，四海为家。

只有被温柔地豢养过一次，再失去，才是真正的流浪。

乐知时说出来的话，每一字每一句都扎在父母二人的心上，没人想到这个和和美美的家里，两个孩子都生活在随时可能崩塌的负累之下。

更令他们无法想象的是，乐知时每一天都计算着自己对这个家庭造成的负担，希望有生之年可以还清。

林蓉终于听不下去，泪流满面地打断了他："乐乐！你……你怎么能想这些呢？"

乐知时一忍再忍，他想笑一个，但最后好像笑着哭了出来。

乐知时倔强地忍着，生怕眼泪继续流出来，显得他不够真诚和坚定。"你们知道吗？他有时候一个人连觉都睡不着，吃好多药片，像生病了一样。我好怕啊。"

他喃喃念着"真的好怕"，又不断重复着"对不起"三个字。

"叔叔、蓉姨，我知道自己犯了很大的错，我真的知道了。但如果他看到我会开心一点的话，别的我根本不在乎，我甚至也不怕自己被抛弃，这种信任在你们看来肯定很盲目，但我唯一害怕的就是宋煜过得不好，不健康，不快乐。"

乐知时的嘴唇和手指都在发抖，他低下头，有些懊恼无法管理好自己的情绪，表现得这么不堪一击。

"真是的，这个世界上明明有这么多好的城市，但是我根本无处可去。

"我只想留在宋煜身边。"

儿时的乐知时看过一则新闻，是一个被报道出来的灾后孤儿的事迹，新闻里不断地提到"社会各界的好心人""善举""献爱心"等词语。

那时候的他乖巧地坐在电视机前，想的却是"我和他好像啊"。

新闻报道里的字眼像是刻在了他的心里，每当看到类似的消息时，乐知时都会拿来和自己比较，然后在心里悄悄地感叹他的幸运。

后来他不由自主地把每一个对他好的人都视为"好心人"，把大家对他的关心和爱护视作"善举"，然后尽全力回收他人的爱心。这些行为已经刻在他的骨子里，成为不可分割的一部分。

但在这么多善良的人之中，乐知时最想报答却最无以为报的就是宋家父母。

他一面希望自己能永远为他们奉献快乐和温暖，一面自私地对他们造成不可逆转的伤害。两个互相违背的意愿矛盾地拉扯，几乎要将他撕碎。

站在客厅里，乐知时懊恼地想，他这次可能真的表现得很差，生病和恐慌令他思路混乱，甚至连他自己都不知道他在说什么。

明明可以再坚定一点，明明可以不哭的。

这个客厅对他们而言太过熟悉，仿佛每一个角落里都残存着幸福的幻影。

小时候的乐知时和宋煜坐在父母膝前搭乐高积木，四个人一起坐在电视机前抢着看不同频道，冬天依偎在同一条加大号毛毯之下，一起吃过数不清多少次的夜宵。

如今他们分散在同一个空间里，很紧密的心被冰冷的空气隔开，每一个人都沉痛而静默，度秒如年。

不知道过了多久，仿佛幻听一样，乐知时听到了宋谨的声音，苦涩而沙哑。

"都是我的错。"

才只听到一个开头，林蓉就已经泣不成声。

"不是的。"乐知时心口一痛，"宋叔叔……"

宋谨坐在沙发上，那个背影好像老了十岁。"我每天都忙着挣钱，想让你们过富足一点的生活，没有负担，我回到家里，就想着要好好和你们聊聊天，当个像样的家长，因为我们的肩上承载的其实是两个家庭的期待。没想到，这么多年过去了，我一点也不了解自己养大的两个孩子。有时候我看着你们，觉得真不错，我人生一点遗憾都没有，这俩小孩都这么优秀，这么好，我特别为自己骄傲，甚至觉得以后可以……可以在去见乐奕的时候，腰板挺得硬一点。"

他的声音有点抖，眼神放空地望着黑屏的电视，仿佛乐奕此刻就在眼前，他伸手就可以揽住乐奕的肩膀，像过去一样。"我可以跟他说，看我把你儿子养得好吧，没准比你自己养得都好。"

宋谨摇摇头："幸好只是做做梦，真被他知道，可能会觉得我特别可笑。"

他的笑渐渐地收住。"我……到后来我越来越觉得不对，宋煜怎么老不回家啊，怎么总是孤零零一个人，明明也不是找不到人陪的条件，愣是一次恋爱也不谈，性格冷淡，这也没什么好说的。乐乐怎么上了大学，也开始不回家了，我就想不通。"

林蓉听着，用手捂住了自己的脸。

"你们知道吗？我和小蓉，我们每周末都盼着你俩回来，她一到周末就做一大桌子菜，然后都是我们两个人面对面吃，怎么都吃不完。我们就想，是不是我们哪里做得不够好，不够关心你们，就想着看能不能多上上心，多为你们的未来打算打算。"

宋煜垂下了头，手也攥紧了。

"但你们偶尔回来一次，好像又挺开心的，所以我怎么想都想不通，只能说服自己是你们长大了，有自己的想法了，这都正常，是吧。"他自嘲地笑了笑，"结果竟然是这样的，谁能想到呢，电视剧都不敢这么演。"

他自顾自地点了点头，喃喃自语一般："挺好的，早点知道比较好，免得一直被蒙在鼓里，还操碎了心替你们谋划，我看以后也不必了，省得耽误别人。"

"如果我现在说，我能接受，那是假话。没人能接受。"

这些话并不好听，但都是宋谨掏心窝子的话。

"我一张老脸，无所谓，他们要说我们家乱，说这些都是我和小蓉教出来的，那没有办法，只能受着。可你们的日子还长得很……"说完这句，他再一次陷入久久的沉默，仿佛失去了气力一般。

"别说了宋谨。"林蓉几乎有些听不下去，坐到他身边，半依靠在他身上，抱住了他。

"我要说。"宋谨深深地吸了口气，语气中带着决绝，"你得让他们清楚自己在做什么，我说的跟以后他们要面对的一比，都是小巫见大巫。别以后遇上了，后悔了，觉得挨不住，那这个家到时候就真的散了。"

"我已经是一个失败的父亲了，我不希望你们以后也过得失败。"宋谨从沙发上起来，背影看来很是疲累。那个曾经可以一只手抱起小乐知时另一只手抱住幼年宋煜的男人，如今年过不惑，却悲哀地倾诉着自己对两个孩子的种种困惑，以及对他们未来的不安。

宋煜想，他让自己的父亲一夜之间老了十岁。

"我看你们也已经想要一条路走到黑了，算了，你们的人生总归是你们自己的，我们哪怕再想帮你们，再怎么想牵着你们往康庄大道上走，都是白费功夫。就这样吧。"

言毕，宋谨绕过沙发，没有看宋煜，也没有看乐知时，朝家门口走。

林蓉转过来，焦急地叫住他："宋谨，你要去哪儿？"

他穿上外套，打开了门，冷风迎面扑进来。

"我去买包烟，心里慌，抽完再回来。你们想回学校就回吧，随你们。"

他迈出一步，又顿住。

"乐乐。"

乐知时看向他的方向。

"你……"他叹口气，"你想走的时候，怎么不想想我和你蓉姨。我们养你这么大，最后你就用骨肉分离来回报我们是吗？"

骨肉分离四个字狠狠地戳在乐知时心上。

"算了，算了。"

门关上了，声音却很轻。

乐知时想起蓉姨曾经说过的话，她说起初宋叔叔因为创业压力大，抽烟抽得很凶。后来他接来家里，知道孩子有哮喘，硬是忍着瘾把烟戒了，一戒就是十六年。

无论乐知时是不是在家，他一次都没有碰过。

房子里只剩下他们三个人，宋煜背对着乐知时，看不清表情。林蓉哭个不停，乐知时最舍不得她哭，脚步像是不受控制一样，朝着林蓉去了。

站在林蓉面前，看她掩面流涕，乐知时难过地喊她蓉姨，哀求她不要再哭了。

"再哭……明天眼睛就肿了。"

林蓉掩面摇头，很无力，过了片刻，她抬头望向乐知时："乐乐，真的没有别的办法了吗？"

看着她的眼神，乐知时很想给她一个答案。

但他仿佛失声一般，说不出一个字。

最终放弃的还是林蓉。

她低着头，哭声很轻，反复说着"为什么会变成这样"的话，或许问的是乐知时和宋煜，又或许是她自己。等到她相信这一切真的已经发生时，她才终于停止了流泪。

"不早了，现在回学校宿舍也进不去了。"她吸了吸鼻子，扶着沙发扶手站了起来，向楼梯走去，又停住脚步，对两个孩子说，"去洗把脸，早点休息吧。"

林蓉上楼的每一个脚步声，都像是踩在乐知时的心上。

房间里只剩下他和宋煜两个人。从乐知时回到家，站在玄关口，就只听到宋煜说了两句话。他一直沉默地接受着一切，像一个沉默地等待最终审判的罪犯。

乐知时朝他走去，站到他的面前。他们站在这个家里，像是被钉在两座十字架上的人，同样负罪，却无法触摸彼此。

"宋煜……"

宋煜抬起手，撕掉他额头上的退热贴，摸了摸。

"你出来怎么不多穿一点？"他只是这样说。

乐知时想到自己梦中的刺痛，觉得自己大概真的和眼前这个人长在了一起。

哪怕他们并非一母同胞，却像盘根错节的两棵树，生生砍掉一棵，还可以活在对方的叶脉和根须里。

"去洗漱吧。"宋煜摸了摸他的头，"要早点睡觉，病才能好得快。"

乐知时哪怕再不情愿，最后还是听从了宋煜的决定，独自上了楼，进了他的房间。黑暗的房间里，乐知时静默地靠在门板上，低烧让他有些眩晕，在迷离的思绪里，他祈祷宋谨抽完今晚的烟可以不再心慌，祈祷林蓉可以不要再为他们流眼泪，也祈祷宋煜可以真的卸下心里的重担。

夜晚总是格外难熬，像胶片电影里一个漫无目的晃动着的长镜头，看得人心很乱，想叫停，可他没有这个能力。

躺在床上的乐知时忽然想，这会不会是自己的一场噩梦。

他用了许多办法验证这一刻的真实，但重感冒让他感知力下降，难以分辨。

突然，他听到了敲门声，还以为是错觉。但下一秒，林蓉进来了。

"蓉姨……"

她将手里端着的温水搁到床头柜上，也把手心里的感冒药片放下。

"吃了药再睡。"她垂着眼，没有看乐知时，说话的声音也很轻很轻。

乐知时心头一热，鼻尖也酸涩不已，他努力点头，拿起水杯和药，没有多说什么，很乖顺地吞下了感冒药。

林蓉坐在床边，手不自觉地攥住了被子，却隐忍不发，直到乐知时忍不住抱住她，她才终于无法忍耐下去。

"你这个小白眼狼，养不熟，我这么疼你，你居然想着离开我？"她明明说着狠话，可是又哭了出来，眼泪都落到乐知时肩上，她很轻地打了他一下，像个小女孩一样抱怨他的无情，"我要你的钱有什么用？你人都不在我身边，你怎么不想想，万一蓉姨自己在家生病了怎么办？谁陪我去医院，谁在我忙不过来的时候去帮我看店？"

"我想过的，我……"乐知时紧紧地抱着她，也流下了眼泪，"我以前想过，想偷偷去看你，去阳和启蛰门口看一眼……"

"没良心，真是没良心。我把你当我的宝贝……"林蓉哭得说不下去，只能在乐知时的肩上摇头，任乐知时哄她，哄到她真的不能再哭了。她摸了摸乐知时肩头浸湿的那一处，深深地呼吸，久久地看着乐知时的脸，仿佛他真的会在某一天消失。

等她看够了准备离开，拿起杯子的时候，看到乐知时床头他们一家郊游的合影，摸了一下，然后她终于站了起来，独自走到门口。

她打开门，又忍不住回头，哽咽着对乐知时说："你去陪哥哥吧，我怕他今晚睡不着。"

听到林蓉的话，乐知时坐在床上愣了好久，等到回过神来，眼泪已经淌了满脸。

乐知时做过许多无人知晓的噩梦，林蓉和宋谨极度愤怒，歇斯底里。梦里光怪陆离的画面都是破碎和猩红的，充满了碰撞、击打和尖锐刺耳的嗡鸣，像某种无法终止的警告。

人们说得没错，现实和梦是相反的。

现实中的这对父母，痛苦多于愤怒，恐慌大过不解，因为太爱他们了，甚至找不到伤害的施力点。

乐知时想他真的很残忍，但从小到大他都是一个只懂交换法则的小孩，收获了一点点就感激不尽，立刻掏出自己的一部分去和人换。

"谢谢你，你要吗？这是我的，给你，我可以给你很多很多。"

他无法心安理得地接受任何人的爱。

如果他愿意，他的确可以享受宋家一辈子的照拂，像一名真正属于这里的家庭成员，但他不敢。

嘴上从不曾提过，但乐知时永远记得在医院里无意间听到的对话，"外人"的字眼永远钉在他心上。

因为不知道明天会发生什么，不确信这份爱和关心什么时候消散，所以会不由自主地计划未来的人生，计划失去这些美好之后，他要怎么办，以免真的到了那天，自己走投无路。

没人愿意一个人生活，他也不想离开这个家庭。

但他需要做这样的准备。

深夜两点，夜晚静得令人难安，乐知时走到宋煜房间门口，试着推了推。和以往一样，宋煜没有锁门。他的房间终于不再那么黑，不是窗帘紧闭。冷冷的月光映进来，在地毯上分割出一小片光亮区域。被子隆起一部分，一动不动，在昏暗的月色下如同一座寒冷的山脉。

踩在柔软的地毯上，乐知时脚步很轻，他不合时宜地想到过去的自己，总是想尽各种方法，希望可以留在宋煜的房间，现在他才知道，原来那个时候宋煜也很渴望自己能留下。

那时候的他们隔着一层无法断绝的隔膜，看起来好像很靠近彼此，但无法相贴。

"蓉姨让我来陪你。"乐知时很轻地开口。

他知道宋煜没有睡着，哪怕是呼吸声都很容易分辨。

乐知时的手轻轻地摸着宋煜的手臂，像是在哄他睡觉。宋煜侧卧在月光下，眼角无声地滑下一滴眼泪，隐匿在枕头柔软的纤维里，仿佛从没有存在过。

过了片刻，宋煜翻了身，他的手贴在乐知时额上："还在烧吗？身上疼不疼？"

乐知时鼻子是酸的，眼睛涨痛，他摇头，一句话也不说。

宋煜像是叹息一样，问出口的话仿佛很快就能消散在夜色里："怎么突然就醒了呢？不来多好。"

乐知时愣了一秒，才明白过来宋煜说的是自己。在宋煜的预想里，他应该躺在公寓温暖的床上，一觉睡到天亮，在他沉浸在梦中的时候，宋煜会主动向父母摊牌，一力承担所有。

他几乎不敢想象这种可能，因为宋煜一定会把他包装成一个完美的受害者。

"我要来的。"月光越过宋煜的肩线，落到他浅色的瞳孔里。

"宋煜，我不会留你一个人面对这些。"

乐知时的手心很热，有着真实的暖意。

过去的宋煜总是温柔的，有用之不竭的安全感可以贩卖给乐知时。

但今晚的他仿佛回到了四年前，五年前，或者更早的时候。

"我们真的很坏吧？"乐知时的声音很低，在字与字之间艰难地呼吸着。晚上的种种都浮现在眼前，像坏了的投影仪投射在脑海的影像，关不掉。

得不到宋煜的回应，他又忍不住问："早一点料到今天的场面，你还会……"

宋煜在未雨绸缪的信里写着"请不要留他一个人"，可乐知时却未雨绸缪地计划好了一个人生活的全部可能。

早一点，彼此痛苦隐藏的秘密就可以消解。

宋煜大概是世界上唯一一个察觉出乐知时性格缺陷的人，他甚至不敢写在信里，还要强调他没有什么缺陷。

其实他有，他很怕分开，而且热衷于讨好。为了能让宋煜开心和满足，他可以做任何事。

对其他人也是一样，程度或深或浅。

"乐乐，"宋煜捧着他的脸，和他视线相对，深邃的目光几乎能望穿乐知时的表象，直接看透他的内心，"除了我以外，爸、妈，你的朋友们，你的爱慕者，很多人都爱你，而且是不求回报地爱你。"

乐知时定定地望着宋煜，眼睛里蓄起一层湿润的光亮，但他很倔强，连眼睛都不眨一下。

宋煜温柔地说："爱是不需要还的，是你应得的。"

"你不是没有家的孩子，你的家就在这里。如果你真的走了，他们可能会在这里花一辈子的时间守着，等你回来，就像爸说的，他们会做很多你喜欢的菜，等着你回家来吃。"

乐知时依旧这样望着宋煜，只是睫毛在微微颤动。他的胃很难受，喉咙也是，很多情绪在翻涌。

乐知时皱了皱眉，忍不住问："那你呢？"

宋煜苍白地笑了一下，手掌贴着他的侧脸，指腹摩挲着他的眉骨。

"我去找你。全世界所有好的城市，都要找一遍。"

"那你会找得很辛苦。"乐知时抿起了嘴唇，垂了垂眼。

宋煜的眼神很温柔。"你忘记小时候我们玩的捉迷藏了吗？"

只要宋煜挨个房间搜索，等到来到乐知时的藏身之处，喊一喊乐知时的名字，小小的乐知时就迫不及待地跑出来，求他抱，还对他说："哥哥，你怎么这么厉害，一下子就找到我了。"

"你舍不得我的话，会出来的吧。"

乐知时拧着眉，像是努力隐忍着情绪，最后还是忍不住点点头。

流浪的小狗计划好要好好活下去，过马路的时候会很小心，下雨的时候要找到可以躲雨的地方，还要努力给自己找食物，因为已经没有了庇护和投喂。

它或许也会不断地回到曾经被带着去过的公园，找到曾经奔跑过的草坪，偷偷地闻一闻熟悉的青草香气。

独自生活有什么难的？

怕只怕一旦曾经的主人又出现，它还是会忘乎所以地奔去他怀里。

乐知时一晚上都没睡好，迷迷糊糊梦到宋煜走了，又惊醒，反复好几次，到天蒙蒙亮的时候，他终于再也睡不着。乐知时嗓子难受，很想咳嗽，于是起床去了洗手间。

镜子里的他看起来很是单薄和憔悴，一张脸白得像纸，嘴唇却烧得发红。洗漱之后喉咙还是不舒服，感觉呼吸困难，但内心难安，他只想去看一眼宋谨和林蓉睡得如何。

但他们好像醒得更早，乐知时下楼，还没有走到客厅，就听到电视机放着很低音量的新闻声，还有他们说话的声音。

乐知时躲在楼梯侧后方，静静地伫立着，林蓉模糊的声音一点点清晰，如同清晨的天光。

"你还看不出来吗？"

"但是万一哪天……"

林蓉的声音又带了哭腔："你别说万一了……我昨晚好难受，睡不着，就悄悄去小煜房间想看看他们有没有睡。你知道吗？他们真的很没有安全感，就像那种特别害怕分开的小婴儿一样。为了不知道什么时候才会来的以后，那我两个儿子都没了。"

她小声啜泣："我也不在乎别人怎么样，我就想他们好好生活，每天开开心心的……小煜他……他这么多年什么都憋在心里，还不是因为这件事？我的儿子每天睡不着觉，我这个当妈妈的都不知道。"

乐知时深深地呼吸，却感觉有些使不上力，过于情绪化的一晚给了他身体太多负荷。他有些无力，听着他们的声音，背靠在楼梯的侧面。

他听到宋谨懊悔地说："可我总是觉得很对不起乐奕，好像是我没有把孩子教好，没有引导好，才让他们……"

"如果乐奕还活着，他也一定希望乐乐开心一点，我们当年不都是这样吗？我爸爸不让我们在一起，非逼着我和别人结婚，你当时多难过，你忘了吗？"

见宋谨眉头紧锁，不再言语。林蓉叹了口气："我想了一晚上，乐乐为什么想走，可能从小就觉得自己没有家，虽然我们对他好，但毕竟不是亲生的，后来又……所以他觉得对不起我们，害怕被我们赶出去，才总想着自己先走……"

"一定是这样的。"她难过地重复，"就是这样我的乐乐才会想走。"

她越想越难过。"你别管他们了，就这样不好吗？孩子们又没有做什么十恶不赦的事。别人要说让他们说去好了，人活一辈子，又不是为了别人的嘴活的。"

沉默了几秒，宋谨无奈地叹息："那就这样吧。"

他又说："一开始可能不习惯，我们也不要表现出来，不要让孩子伤心。"

"你干吗要抢我的话。"林蓉埋怨他，又用纸巾擦了擦眼泪，"真是的，快点把没抽完的烟丢掉，不要再抽了，乐乐闻到要咳嗽了。"

刚说完，她就感觉不太对，感觉听到了过度呼吸的声音，条件反射一样从沙发上起来，循着声音在旋转楼梯的后面找到了倒在地上的乐知时。

"乐乐！"林蓉半抱住泪流满面、哮喘发作的乐知时，急得直喊宋谨，"快把药拿来！"

吸药的时候，宋煜也下了楼，看到乐知时倒在地板上，直接快步下来到他身边。

高热和情绪过激引发了哮喘，吸药后的乐知时依旧虚弱，被全家人送去了医院。病床上的乐知时沉静地睡着，输液瓶里冰冷的药水沿着塑胶细管，淌进他的静脉里。

林蓉坐在他身边，两只手包着乐知时的手，又像小时候他生病那样在病床前悼眼泪。

宋谨将宋煜叫了出去，领着他到了医院走廊尽头的窗前。他和昨晚那个殚精竭虑几乎要一夜苍老的父亲又不那么一样，情绪稳定，穿着体面的西服，稍稍恢复了往日的儒雅温和。

宋煜抬眼看向他："爸，我长到这么大，表现应该不算差，不过从来没有向你承诺过什么。"

他的眼神很坚定。"但我可以向你保证，这个世界上，没有任何一个人能够像我一样去保护乐知时，不会有的。"

宋谨别开了脸，他无法驳斥宋煜的话。

"对不起。"宋煜用了平时几乎不会出现的示弱的口吻，"我不奢求你们能原谅我或者接受我，只希望你们别怪他。他真的非常在乎你们的感受。"

宋谨面对着窗户，冷风吹过医院的草坪，吹落了摇摇欲坠的树叶，还有一对相依的鸟。

他陷入长久的沉默，摇摇头，最终也只是对宋煜说："好好照顾他，别对不起你乐叔叔。"

片刻后，宋煜郑重地点头，又听见他说：

"上次我在阳和启蛰的院子里问你最近怎么样，你说挺好的，每天都很开心。这话我一直记着，因为我感觉这不像你说的话，觉得你是真的遇到了不错的事，很开心。现在想想，也明白为什么了。"

"既然如此，以后就高兴点吧。"他看向宋煜，"我们做父母的，只希望你们幸福。"

说完，他又说外面冷，叫宋煜回去，给乐知时请个假，自己则下楼去买水果。

宋煜请完假回到病房，看到林蓉正把食指和拇指圈成圈给乐知时量手腕，看着他细细的手腕愁眉不展。看到宋煜进来，她叹了口气，紧紧抿住的嘴唇有些抖。

宋煜走过去，拿了把椅子坐在她身边，将她揽入怀中。

他们这对母子奇怪得很，宋煜可以想出一百种和林蓉斗嘴的方案，却无法对她说出自己藏在心里的话。好像隔得很远似的，可只要抱一下，林蓉坚持的冷面就会瓦解。

她推揉着儿子的拥抱，又伸手去打他，却不敢打得太重，也不敢哭出来吵到乐知时，最后不断地摇头，像是认输。

听到宋煜对她认错，心里的不舍又翻涌上来。

有什么错？又没有真的做错什么。

她吸吸鼻子，不想开口，只好拿出手机编辑。

没过一会儿，宋煜的手机振了振。

林女士：你以后不许胡思乱想了，给我好好休息，多回家吃饭，不然我就带着乐乐一起走。

看着这条消息，宋煜竟然笑了。

静谧的病房里，他们的声音都转换成文字，但语气和情感却可以准确无误地传递到彼此心里。

小煜：也带上我和爸爸吧，给你拎包。

对话框上的提示变了又变，一会儿正在输入中，一会儿又消失，不知道反复了多久，宋煜才等到妈妈的回答。

　　林女士：都给你一个人拎。

　　林女士：全家的。

第十二章
润物无声

但他最想救的，还是乐知时。

乐知时的情况不太好，医生诊断后认为除了发烧，抑郁情绪和焦虑也是引起病情发作的主要诱因。

"情绪起伏不能这么大，小孩病龄这么久了，你们应该知道的。"医生手写着病历，对宋谨和林蓉说，"过来的时候指甲发绀，重度了。你们当爸爸妈妈的，多关心关心孩子的心理，哮喘这种病，心理养护有时候比身体还重要。"

两人都不住点头，听到"抑郁情绪"这几个字，林蓉心里都拧着疼，怎么也想象不到这种词和乐知时可以联系在一起。

乐知时在医院住着，这期间林蓉没开店，每天都去守着，晚上几乎都不回家，就在病房里的小弹簧床上睡。宋煜来了要跟她换，也被她催着回学校忙毕业的事。

像是回到了小时候，这种感觉对乐知时而言格外熟悉。林蓉会一边跟他说话，一边把水果都不紧不慢地削出来，苹果和梨切成小兔子的形状，凤梨切成小扇子，红心柚子也剥好，不知不觉就弄出一份果盘，然后放上小叉子搁到乐知时跟前。

因为有林蓉陪，他小时候是不讨厌住院的，只是不喜欢医院的气味。

以前林蓉会陪乐知时一起在病房里看动漫，但是乐知时喜欢的动漫都是少年漫，林蓉总是挑里面的感情线，时不时就问他，这个男生和那个女生是一对吗？他们俩是不是互相喜欢啊？

小时候乐知时总是很郑重地说，他们没时间谈恋爱的，他们要变得很强才行。

如今的乐知时更多是陪林蓉看电视剧，看到激动的时候她会跟小女孩一样发出很赞叹的声音，然后对乐知时说："你宋叔叔就不会弄这些花里胡哨的，不过他还是很温柔的。"

住院的这几天，病房的电视机正好在播一部偶像剧，他们俩常常一边吃零食一边看。

看到主角送礼物制造惊喜的时候，林蓉咬断了一根红薯条，手里捏着剩下的半截，盯着电视机对乐知时说：

"哥哥肯定就想不到要送人礼物。"

她说这句话的语气和埋怨宋谨时一样自然。

乐知时仿佛受到了一点点鼓舞似的，搜寻出可以说服林蓉的证据："哥哥每次外出作业都会给我带小礼物。"

"是吗？"林蓉点头，"不愧是我的儿子。给你带什么礼物？"

"石头。"乐知时又补充了一句，"很贵的石头。"

林蓉扑哧一下笑出声，见乐知时一脸蒙，愈发觉得好笑："乖乖，也就是你了。换一个人都不会觉得石头是礼物的。"

乐知时很快地眨了几下眼，努力地辩驳："蓉姨，他送的石头真的很漂亮，是他自己捡到的，我下次带回来给你看。他还送过我向日葵，每次我需要他的时候他都会在我身边。"

"我看他不是捡石头，他是捡了个宝贝。"林蓉把剩下的半截红薯条也吃掉，"哦，准确说是他爸替他捡的。"

电视机里开始播放广告，林蓉准备换台，又听到乐知时说："而且不会再有人像哥哥那样，写那种信……"

林蓉握着遥控器的手顿了顿，心里涌起一股细密的疼。她静了几秒，微笑了一下。"是啊，只有很爱你的人才会这么做。尤其像哥哥这种从小什么都不缺的人，很难有很想要的东西。一旦有了，应该是很难放手的。他很努力压抑自己了，我明白的……"

她转过脸，摸了摸乐知时的头发。"之前我在你面前说了很多让你难过的话吧？"

乐知时下意识摇了摇头，但骗不了林蓉。

"我也不是真的想怎么样，就是觉得哥哥好孤单。"林蓉笑笑，"现在我就放心了。"

林蓉大大咧咧地说："当年我和你爸，不是……"她说顺了嘴，又连忙改掉，"我和你宋叔叔，我们俩是私奔跑出来的，你爸开车带我俩去了一个小花园，结婚的时候就我们仨，你爸是证婚人，掏出一张皱皱巴巴的纸念了一堆不着四六的话，当时连戒指都是借你爸的钱买的。"

说着，林蓉低头笑了："真逗，那时候我也是天不怕地不怕的，就一心跟着宋谨走了。想领证没户口本啊，乐奕就手写了一张，后来过了很久才真的领上那个证，也没觉得多新鲜，还不如你爸写的呢。"

听林蓉说着，乐知时被逗笑了，他好像能看到那个画面，有点想见见那时候的父亲。

"不过等以后，生活稳定了……"林蓉摸摸他的手臂，"可以领养小朋友。这个世界上可怜的小孩子太多了，领养一个就可以救一个。"

乐知时低垂着眉眼，心绪难平。过去的他想象过很多种可能，期望都不会太高，他怎么也想不到，自己会坐在这里，听着林蓉说这些。

他把果盘放到一边，凑过去很乖顺地靠在了林蓉的肩上，抱住她，动作中充满了依赖。林蓉也抱住他，用她身上暖调又柔和的香水味裹住乐知时，很珍重地对他说："我们也很爱你，所以不要再想着离开了，好吗？"

乐知时点点头，说："好。"过了很久，他艰难地说："蓉姨，我也离不开你。我也很爱你和叔叔。"

家人之间总是很难说爱。

一方面觉得沉重，一方面又觉得矫情。好像生活就应该俗气一点，像不断前进的步伐一样，踏踏实实落在地上。但一日三餐，一年四季，流逝的每一寸光阴都刻着爱的痕迹。

傍晚，宋煜来了，正好林蓉要回去带棉花糖和橘子做体检，两人换班。

单人病房里没有其他人，宋煜捧了束花进来，很轻地带上了门，看见乐知时戴着耳机靠坐在病床上，用笔记本电脑写课程作业。房间里空调开得很暖，很宽松的病号服套在他身上，露出来的修长脖颈肤色苍白，他长到下颌线的棕色头发被拢起一半扎到脑后，只有一缕弧度柔软的碎发还落在脸庞上。

他敲键盘的力气很轻，专注的时候抿着嘴唇，十分可爱。

宋煜抽出一枝白色的雪山玫瑰，抬手投到病床上，不偏不倚落到乐知时怀里。他有些疑惑地看着突然出现的一枝花，拿起来，迷茫地看向前方，才看到站在眼前的宋煜，他穿着一身格纹大衣，没戴眼镜，单手拿了一大束白色的捧花，嘴角轻微地上扬。

乐知时半仰着脸对他微笑："你看起来像是要去参加婚礼一样。"

宋煜走到床边，把花递给乐知时，像是在解释什么："花店里就这束好看，随便买的。"

可这看起来一点也不随便。浅色纱纸里是雪白的玫瑰、米白色的花毛茛、小苍兰和满天星，很像婚礼捧花，和纯白色的病房也很搭。乐知时很喜欢。

宋煜低头看着乐知时手背上青紫色的针孔，用指腹很轻地蹭了蹭。

"好消息和更好的消息，想听哪一个？"

"好的。"乐知时毫不犹豫，"更好的要放到最后。"

宋煜牵着他的手。"我不需要延毕了。张教授承诺不会因为私事卡我毕业，正常走流程，而且以后我也不用在他组里工作。我已经正式进何教授的组了。"

乐知时高兴地说："太好了，我一直担心你毕业的事，现在好了，也不需要换题。"他又有些疑问，"为什么张教授突然回心转意了？"

"张斯耘做的。她知道老张拿毕业卡我，觉得他很卑鄙，就用回美国威胁他，顺便拿回了她自由恋爱和自由婚姻的主动权。"

乐知时佩服地小声"哇"了一声："不愧是她。"

"而且她光速有了一个约会对象，"宋煜简单形容，"是个西班牙的留学生。"

乐知时又"哇"了一声，眼睛都亮了一下，很快就被宋煜不客气地敲打："你兴奋什么？"

"我没兴奋啊。"

"你眼睛亮了。"宋煜抬了抬眉。

乐知时带着一点感冒的鼻音小声对他解释："我只是好奇他长什么样……"

"没你好看，别想了。"宋煜把花拿到桌子上，给他往上拉了拉被子。

"还有一个好消息呢？"乐知时还没有忘，抓住宋煜的袖子，"更好的那个。"

宋煜把他的手也放回被子里。初冬时节的暮色透过玻璃窗将乐知时的皮肤照得透明，脸上细微的小绒毛隐约可见，还有他那一双浅棕色瞳孔，像琥珀一样剔透。

"昨天爸带我去给乐叔叔扫墓了。"

说是墓，事实上只是一个衣冠冢，宋谨将乐奕和他妻子的墓碑安排在了乐家早逝的二老旁边。怕乐知时难过，他们很少带乐知时去，但宋家夫妇每年至少去两次，发生了好事也会去说一说，那里就像是没有回信的树洞。

乐知时很轻声地"嗯"了一声。宋煜继续说："他告诉叔叔和阿姨了。"

作为一名父亲，宋谨代表自己的儿子，向两位已故的好友表示了歉意，也做出了承诺，说会监督宋煜，会让他好好地保护乐知时。

"他当时说，"宋煜学着宋谨的语气说，"以前 Olivia（奥利维娅）怀孕之后，你还开玩笑说要是个女儿，直接就定娃娃亲好了，有小煜这种女婿绝对是占便宜的大好事。可能有些事和我们预料的不太一样，但现在的小煜比小时候更优秀了，虽然这样说有些自卖自夸，但我相信他会保护好乐乐的，也希望你能放心。"

乐知时听得有些眼热，又有点想笑："你居然可以面无表情地说这些话，还夸自己，都不会不好意思的。"

"转述而已，没有任何加工。"

"大言不惭"这四个字简直太适合宋煜了，乐知时想。

"我开始怀疑你把这个说成是更好的消息，完全是为了自夸和夸大其词。"

宋煜摇摇头。"不是。爸肯带我去，说明他接受了，也希望叔叔阿姨能够接受。他说，虽然外人的眼光无法控制，但至少要有父母们的视福。

宋煜说着，脸上的表情也有些难过："他还说，因为上次去看你的设计比赛，那天晚上回去之后，他和我妈一起看了《断背山》。他们都很难过，总是想到电影最后的情节。"

出院的那天天气特别好，蒋宇凡带了热的红豆奶茶来接他。

"欸？沈密不是说要来？"乐知时插好吸管，喝了一大口。

"嗐，他现在被新传那家伙缠上了。"蒋宇凡冷得打了个哆嗦，"就是跟你们比赛那个，细皮嫩肉个子不高的那个。"

乐知时眼睛一下子睁大了："徐霖？跟沈密？？"

"对啊，好像是他看了一场篮球赛，正好那场沈密表现得特别好，然后他就开始每天跑去找沈密。找就找吧，还特傲娇，特能找借口，一会儿打印一大堆新闻问卷调查去找他填，一会儿又请他当什么传媒志愿者，每天都不消停。"

乐知时眼前都有画面了，不由得笑了出来。

蒋宇凡的语气很轻松，就像第一次听到乐知时给他讲自己最后一套服装设计的构想时，他也只是下意识地鼓掌，说好厉害，并没有其他的疑问。

乐知时忽然发现，他身边的人都特别宽容。

这或许是上天夺走他人见人爱的父亲，又拼命通过其他方法弥补他。

尽管缺憾和馈赠无法抵消，但也各有各的美好。

回到学校，乐知时的生活和以前几乎没有太大分别，每天忙于学业，公共课的时候还时不时碰到缠着沈密的徐霖，依旧是一口一个混血甜心。

但和过去不一样的是，他和宋煜每周末都会回家吃饭，时间和想念疗愈一切，那点别扭也渐渐地磨平，几人甚至更加亲密。林蓉认为自己掌握了应对宋煜讽刺的制胜法宝——拉乐知时出马。

"比宋谨管用多了。"林蓉十分得意地搂住乐知时。

但乐知时心里却有点打鼓，真论起来，他还是很怕宋煜的。

圣诞节快到了，他们今年订了一棵很大的圣诞树，还有许多装饰物，但树还没到，和孩子们一起装饰的计划只能暂放。

节前还有一场很重要的球赛，宋谨十分想看，于是他采取迂回战术："小蓉啊，你不是说你下午找相册了吗？我们一起看看吧，好多年没看了。"

林蓉一听，立刻站起来。"对，我找到了另一本。"她跑到储藏间拿出一本很厚很大的旧相册，挨着宋煜和乐知时坐到短绒地毯上。宋煜正打游戏，没怎么看，但乐知时的注意力被吸引，本来靠在宋煜身边看他玩，林蓉一坐下，他就跟着转了过去。

"哇，我小时候也太搞笑了，头发居然这么卷。"

宋煜瞥了一眼，嘴角不自觉带了笑意。

"你小时候超级可爱，带出去可拉风了。"林蓉光顾着给乐知时看照片，果然不看电视了，宋谨于是心满意足地打开球赛直播，偶尔也瞟几眼相册，跟着点评几句。

"这个！"乐知时像是找到宝贝一样，端起相册到宋煜面前，拍着他的肩膀给他看，"哥哥你看，你小时候！"

听到林蓉笑个不停，宋煜就没有什么好的预感，好奇地瞥了一眼，忍住没翻白眼。

"无聊。"

"什么无聊？多可爱啊，这可是我最喜欢的一支口红。"林蓉十分感慨，"还是小时候的哥哥比较可爱，是吧乐乐，还可以给他化妆。"

乐知时看着照片里涂着口红、画了蓝色眼影的小宋煜，越看越可爱。

"你就别笑我了。"宋煜盯着手机屏幕，游戏里的他趴在高处用倍镜找寻着敌人，不咸不淡道，"你小时候不知道被她逼着穿了多少裙子。"

"裙子？"乐知时受到了冲击。

宋煜迅速地狙倒一个敌人，淡定地"嗯"了一声："把你扮成公主，迪士尼看了都要发律师函的那种。"

这是什么形容，乐知时在心里吐槽。

林蓉重点不太对："什么叫逼着？乐乐不知道多配合，穿裙子超开心，戴假发的时候也不哭不闹，而且最喜欢亮晶晶的唇蜜。"

乐知时满脸写着复杂："是吗……"

"对啊。"林蓉学他小时候的腔调，"你还问我'蓉蓉阿姨，我漂亮吗？'"

宋煜挑了挑眉。

乐知时不敢相信，他翻了翻相册。"没有啊，是不是你们记错了？"

林蓉觉得不对。"家里的相册少了一本。我之前找就没找到，不知道去哪儿了，照理来说应该就在家里啊。"

宋煜游戏的圈缩到最小，进入赛点。

"小煜，你看到没有，还有一本相册，里面有乐乐穿公主裙的照片。"

"在我那儿。"宋煜打得正激烈，脱口而出。

"你那儿？你是什么时候拿走的，我怎么不知道？"

游戏结束了。宋煜把吃鸡的庆祝页面展示给乐知时，棉花糖叼着一个小玩具坐到了宋煜怀里，他还有些蒙："什么？"

"乐乐的相册怎么在你那儿？"

宋煜沉默了。棉花糖不停地往他脸上蹿，要舔他，所以宋煜捂住了棉花糖的嘴。

乐知时完全不知道这回事，小声问："是真的吗？"宋煜也不说话，表情有些别扭。

"好球——"宋谨对着电视激动地喊了一句，忽然发现气氛格外安静，有些心虚地瞄了一眼，然后不太安心地继续看。

"哦我知道了，"林蓉故意逗他，"肯定是哥哥想家，所以偷偷带走的。"

宋煜并不想承认，故意说："我用来压泡面。"

"是吗？"林蓉露出一个微笑，在空中用手臂比画了一下，"那个相册有这——么大呢，你的行李箱都是刚好装下，你用它压满汉全席也不能够吧。"

乐知时笑得几乎歪倒在林蓉肩上，但又被宋煜一把给拽了起来。

看着乐知时漂亮的笑眼，宋煜有些报复性地捏住他的脸蛋，晃了晃，声音里带着点威胁的意味。

"这么好笑啊，小公主？"

乐知时胆子变大了一些，他觉得宋煜也不敢在林蓉面前怎么样，所以从宋煜罪恶的大手中挣脱出来，歪到林蓉的怀里撒娇。

"蓉姨，他欺负我。"

"不许欺负乐乐！"

乐知时见宋煜不说什么，就更加嚣张地和林蓉一唱一和。

看着被捏红了脸的乐知时开始找靠山了，宋煜对他挑挑眉："乐知时，你很行啊。"

猫咪是很记仇的。

一晚上宋煜都没有和乐知时说话，故意晾着他，后来干脆回了房间，开着投影仪放着纪录片玩游戏。乐知时没过多久就找借口上去，但门紧紧锁着，给宋煜发消息他也不回，小声叫他也没人应，后来乐知时把耳朵贴到门上，只能隐约听到纪录片里一些关于"北极圈""冰川"的字眼。

真是的。

乐知时觉得宋煜气很大，在心里给他贴上北极圈的标签。

半夜，已经入睡的乐知时忽然听到开门的声音，迷迷糊糊地醒了过来，还以为是自己没有关好门让棉花糖钻了空子。他往被子里缩了缩，困顿地睁开眼，借着月光看到宋煜近在咫尺的脸。

"你怎么进来的……"

乐知时穿着黑色的棉质睡衣，睡觉睡得浑身软绵绵的，又很暖和。

"你四年级的时候就把门锁的密码给我了，居然到现在都没有换。"

密码锁是乐知时四年级的时候设置的，他把自己的生日 1010 和宋煜的生日1101融合到一起，而且是一个人的数字夹到另一个人的数字之间，变成11011001，觉得这样才能显示出他们的亲密无间。他自认为很天才，所以在想好的第一时间就分享给了宋煜。

"我都忘了……你是不是偷偷进来过好多次？"

"我又不是变态。"

乐知时的声音半含着气："一次都没有吗？"

"有一次。"宋煜的声音低哑，"你初一有一回生病，高烧，我晚上失眠，深夜两点来看过你。当时只摸了一下你额头看你还有没有发烧。"

"我下周要跟着何教授外出。"宋煜突然说，"圣诞节那天会回来。"

乐知时很乖地点了点头。

"哥哥，你以后真的要研究应急测绘吗？"

宋煜知道他在想什么，很温柔地对他解释："乐乐，现在都是遥感技术，需要人工测量的部分没有很多。而且这个研究方向是很有用的，遥感测绘应用到灾区，可以第一时间技术模拟灾区状况，在最短时间内最精准地评估检测灾情，而且也可以监测次生灾难，对救援的意义很大。对救灾工作来说，没有什么比地图和GPS（全球定位系统）更重要了。"

"我知道很有用，而且我也知道，万一发生灾难，很多小朋友就会像我小时候一样。"他抿了抿嘴唇，"我就是担心你。"

"不用害怕。我会保护好自己的。"

乐知时轻轻地"嗯"了一声，又听见宋煜说："我很早就想做这样的工作了。"

静谧的夜里，乐知时抬头看他。"什么时候？"

宋煜的眼神变得柔软了许多，像是陷入了回忆，他说："很早。"又更详细地说："六岁那年，你刚来的第二天，我们还在医院，我就问爸爸，为什么你没有家了，乐叔叔去哪儿了？"

那时候的他还不太懂父亲说的话，只记得乐奕对他特别好，带着他去了许多地方，去了英国也会给他写信，圣诞节会送他礼物和明信片。

他完全无法接受乐奕的离开，就像无法接受自己差一点害死乐知时一样。

双重恐惧压在一个六岁孩子的身上。

"那个时候的我对电视里报道的灾难新闻很敏感，爸妈他们会有意地换台避开，但我很想看，甚至跑到楼上的房间自己看。"宋煜的眉头不自觉皱起来，"有时候会在新闻里看到救援队的队员，抬着担架，担架上是他们救出来的人。

我有时候就会想，那要是乐叔叔该多好。但我知道不是，不过也替被救出来的人感到庆幸，觉得救援队真的很伟大。"

他静了几秒，看向乐知时，怕他难过，就拿额头碰了碰他的额头："其实这是我小时候的第一个梦想。"

乐知时反而怕宋煜难过，凑上去真诚地问他："当救援队的队员吗？"

"嗯。"宋煜闭了闭眼，"不过后来我上了初中，地理老师谈到过去的一次大地震时说救援很困难，因为那里地形复杂，又没有精确的地图和 GPS，很多人都被埋在根本找不到的地方，没被救出来。"

宋煜垂着眼："'没被救出来'这几个字，又让我想到你爸妈。"

乐知时心里也很难过，但是不希望宋煜难过。"然后呢？"

"而且你那天回到家还很可怜地跟我说，有同学说你没有爸爸妈妈，你很不开心，想让我给你买冰激凌。"说到这里，宋煜笑了一下，"乐知时，你真的很会撒娇。"

"这明明是卖惨。"乐知时辩驳，虽然他已经完全不记得这件事了。

"我一边等着你把冰激凌吃完，一边坐在便利店里想上课时老师说的话。"宋煜的眼神放远了，"我想一个救援队员的力量是很渺小的，如果我可以画出地图，可以做出很精准的 GPS，是不是可以救出更多的人。"

从小到大，宋煜都是那个跑在前面的人，对乐知时而言，他就像是自己人生中一个永远屹立在前方的标杆。他从没有听到过宋煜与他谈心事，谈梦想。

那时的乐知时也不会失落，因为他明白自己和宋煜之间的年龄差、思想的成熟程度怎么都不会填平，他在宋煜面前是个小孩。没有人会把自己最深层的念头拿出来和一个小孩分享。

但现在的他们，是平等的。

"你是不是觉得我小时候好可怜，所以希望这个世界上少一点我这样的小孩？"

他用一双纯真的眼睛看着宋煜，但说着连宋煜自己都不敢说的话。

乐知时不笑的时候，睫毛很浓很长，瞳色浅，有种不浓郁的忧郁，但因为大部分的时候他都是笑着的，所以这种感觉很不常见。

只有每时每刻都把乐知时放在心里的人，才能捕捉到。

见宋煜不说话了，乐知时想那就不问了。但宋煜忽然叫了他的名字，很轻很温柔。

"你应该不知道，你刚到培雅上初中的时候，我经常去看你。"宋煜摩挲着他的后颈，"有时候看到你一个人在学校里走路，一个人去取自行车，我心里特别难过。"

"我很怕看到你一个人，希望你快点找到好朋友，可以一起走。"

这些乐知时一无所知，他皱了皱眉："为什么？"

"不知道。"宋煜也认为自己很荒谬，"就觉得你好小一个，又那么瘦，很可怜。有时候课间睡着，会忽然梦到你哮喘犯了，然后突然惊醒，就会从教室窗户向对面看你，有时候看得到，有时候看不到。"

乐知时低垂着眼睛："那你还不让我叫你哥哥，让我离你远一点……"

宋煜自嘲地轻笑一声："我那时候太抗拒这个称呼了。不想让别人误会我们是亲兄弟，又不想向他们解释你爸妈的事。干脆假装没有关系吧。当时就是这样想的。"

看到乐知时的每个瞬间，宋煜的保护欲都在涌动，要如何去压抑呢，年少的宋煜弄不懂，他想索性就不要见了。

"你那个时候应该很难过吧，被我推开。"

"嗯，但我还是很努力。"

"多努力？"

"做课间操的时候，体转运动，我都比别人慢几拍。"乐知时笑得很甜，"这样你转过来的时候，我就能看到你的脸了，然后我就可以高兴一上午。"

他喜欢过去那个什么都不说的宋煜，是很天真地崇拜。

"你每次看地理的纪录片，我都觉得你好厉害，和别人不一样。但我没想过，原来你对这个感兴趣是和我有关。"

也不敢这样想。

"你愿意跟我分享你以前藏着不说的话，还有你的梦想，我就更开心了。我是第一个知道你小时候第一个梦想的人吧。"

"是。"宋煜很快又说，"也是唯一一个。因为那个想法很快就夭折了。"

"没有夭折。"乐知时仰着脸对宋煜笑，"其实说到底，你的两个梦想本质上没有区别啊。"

"是吗？"

乐知时十分肯定地点了点头："嗯。"

夜色里，乐知时的眼睛很亮，望着曾经那么迷茫和痛苦的人，那个最优秀最骄矜的少年，一度在他的人生缺憾中，寻找自己未来人生的范式。

"不管是想救出更多受难者的救援人员，还是应急测绘的学者，都是一样的。"

宋煜想救很多很多的人，很多很多的家庭。

"都是有可能拯救我的英雄。"

但他最想救的，还是乐知时。

宋煜跟着何教授第一次外出的前一晚，乐知时在公寓里收拾了好久的行李。

"带一件羽绒服吧，那边会不会很冷？我们这边都好冷。"乐知时站在衣柜前犹豫，左手拿着一件黑色羽绒服，右手拿着一件电光蓝的，"这两个哪个和刚刚那件灰色毛衣比较搭？"

宋煜觉得他很好笑，于是站到他的身后，把下巴抵在他的头顶。"我是去出任务，不是参加时装周。"

"对噢。"乐知时笑了一下，扭头看他，"不能打扮得太好看。"他把蓝色那件挂回去，取下黑色羽绒服在宋煜身上比了比，"嗯，这件比较普通。"

宋煜挑了挑眉，乐知时立刻改口："就是不能完全发挥你的帅气值。"

乐知时把羽绒服叠好，塞进宋煜的行李箱里，又在缝隙里塞进一个卷成卷的围巾："这个要戴啊，围住脸就会暖和一点。我再给你放个毛线帽吧，我有好多毛线帽……"

"乐知时，"宋煜走过去坐到椅子上，抬眼看他，"你这样真的很像一个……"

还没等他说完，乐知时就猜到了，赶紧打断："什么啊！我就是怕你去了会很冷，像上次去西北那样，而且明天一早就要走，我想着帮你收拾一下东西好了，你都坐着不动的。"

"不想收拾。"宋煜抬头盯着乐知时，脸上没有太多表情，很平淡地说，"没什么好带的。"

他在乐知时眼里总是很有序而自律，很少会有拖延症，这看起来一点也不像他。

没来由地，宋煜心头涌起一些不算美妙的回忆，是小时候的事，他忍不住自嘲地笑了一下。

他经常如此，看着乐知时就会想到一些回忆，五年前甚至是十年前，都很清晰。

但他的表情变化被乐知时很敏锐地捕捉到，紧接着就是各种威逼利诱，想知道他想到了什么，笑什么。宋煜一副不打算说的样子，乐知时就每隔十五分钟问一次，直到他整理完行李，准备睡觉了，还是很执着地发问。

最后宋煜终于受不了，有些自暴自弃地告诉乐知时："你小学的时候，就有女生追到家门口要跟你做好朋友。"

"真的？我怎么一点都不记得呢？"

"因为我把她赶走了。"宋煜的脸上毫无愧疚感，甚至有一丝非常不明显的得意。

"你怎么赶走的？几年级啊？"乐知时对此毫无记忆。

"我初一，你四年级。"宋煜略过了自己当时很不怎么样的态度，因为他默认乐知时是很清楚他对他人一贯的处事作风的，所以只是很简单地说，"周末上午，她来家里找你，准备邀请你吃麦当劳，我问她有没有约好，她摇头，我就赶她走了。"

"宋煜，你好可怕。"乐知时啧了几声，"你怎么可以欺负小女生？"

"准确来说我没有欺负她。"宋煜颇为冷静地为自己辩解，"我只是对她说，你在睡觉，被吵醒之后脾气不会太好，希望她下次提前邀请你。"

"她肯定哭了。"

宋煜一本正经地评估对方当时的状态："没哭，眼睛红了一点。"

乐知时看他一本正经的样子，憋不住笑了出来。

"好笑吗？"

乐知时清了清嗓子："不好笑，睡觉睡觉，明天还要早起。"

过去的宋煜总是冷冰冰的，乐知时甚至都已经习惯了他那种万年不变的表情和语气。但宋煜卸下身上的防备后，乐知时发现，自己可以发掘出很多宋煜细微的变化和情绪，有时候他可以明显感知到宋煜的开心和难过，即便宋煜真的没有太外露的表情。

这一点令乐知时格外引以为傲。

当然，他得不到任何人的认同。

"宋煜？可爱？"南嘉吃了一口乐知时买来的冰激凌，冻得太阳穴疼，又连连摇头，趁宋煜外出不在疯狂吐槽，"他是我见过的最高贵冷艳的男性。我永远都记得第一次跟他见面的冰封时刻，比我现在吃的冰激凌还冷。"

乐知时觉得根本不是。"可能是，但是只要你试着观察他，你就会发现他其实有很多变化。"他想到一个类比，"南嘉姐你养过猫吗？猫就是的，你只要观察它们就会发现它们是有小表情的。"

"我好惨，我没有猫。"南嘉又抿了一口冰激凌，"而且我一度观察过宋煜很久，你懂的，但是我发现他对我没有任何表情变化，究其本质——"

她拍了拍乐知时的肩膀，语重心长地说："乐乐，他是你哥。我和你不一样，我不配。"

乐知时眨了眨眼，心里为其他人看不到宋煜的好而可惜，但想到南嘉的话，不免起了些不一样的情绪。

南嘉就像他的姐姐一样，乐知时遇到什么麻烦都可以请她帮忙，她几乎是他关系最好的女性朋友。

南嘉吃了一半，看见乐知时鞋带开了，于是提醒了一下。乐知时回过神，"哦"了一声，立刻蹲下去系鞋带。

站着等他的片刻工夫，曲直的语音电话进来，南嘉戴上蓝牙耳机点了接通，听见曲直在那头很单刀直入地问她在哪儿。

没过一会儿，乐知时就看到一个熟悉的身影朝他们走来，是拎着摩托车头盔的曲直。

他热情地朝曲直招了招手。南嘉也转过去，有些惊讶，转回来的时候乐知时冲她很阳光地笑了笑："那我走咯，你们看起来好像要出去玩。"

乐知时扭头跟曲直告别，回到宿舍发现一个人都没有，他有些失落。

第十三章
圣诞烟火

他绽放光芒与温暖的时刻只属于乐知时。

圣诞节前，蒋宇凡得到了一双限量版 AJ 球鞋，开心得忘乎所以，他拉着乐知时在操场上聊了一晚上，没喝酒，一人一瓶黄桃酸奶。

乐知时被他揽着傻笑，一边上楼，一边听他描述这次的 AJ 是多好看多酷的配色、涨了多少钱。

节日气氛一天浓过一天，校园里的小店都开始摆起礼盒装的苹果、樱花和圣诞树的立体贺卡、圣诞帽和红色袜子，甜品店亮着暖黄灯光的玻璃橱窗里放着漂亮精致的姜饼屋和红绿配色的花环曲奇。

小广场有卡车驶过，运来一棵三米高的圣诞树。不知是哪个社团的学生搭着梯子，拿着铃铛、礼物盒和丝带给这棵圣诞树做装饰。

一颗银色的球掉了下来，在地面滚了好多圈，最后停在了乐知时的足尖前。他蹲下来，捡起那颗球，起身朝圣诞树走过去。

"你们的球。"乐知时伸长了手臂，把手里银色的球递给站在梯子上的女生。

女生低头，有些惊喜："哇，谢谢！"

起了阵风，乐知时往下拉了拉他的白色毛线帽，脸往围巾里缩了缩，看见树下放着一块海报板，上面写着 Merry Christmas（圣诞节快乐）和 Kiss now

（现在接吻），他好奇地多看了几眼，另一个站在树下缠彩带的女生热情地问："同学，你有女朋友吗？"

乐知时下意识摇了摇头，看向对方。

女生捂嘴笑起来："没有也没关系，可以看看这个活动哟。明天平安夜嘛，如果在这棵树下接吻并且留下一张拍立得，可以兑换小礼物哟。"她指了指旁边的一个大箱子，"超多礼物，而且拍立得我们之后会放到公众号上，点赞数最高的会有大奖。"

另一个女生补充："很贵的奖品！"

乐知时又轻又缓地"哇"了一声，女生又鼓励道："朋友也可以的，如果敢亲的话，哈哈哈。"

看着海报上的"精美周边奖品"和"最佳情侣"等字样，乐知时有些心动，但他觉得奖品是与自己无缘的。

"要来参加啊，你长得这么好看，不可能没有女朋友吧！"

乐知时笑了一下。

女生从树上取下一个金色的小铃铛递给乐知时。"我提前送你一个礼物吧，谁让你长得帅呢。"

"谢谢。"乐知时双手接过，摇了摇，很珍惜地收进口袋，"谢谢你。"

"不客气！"

乐知时走出好远都有些晕乎乎的，他慢吞吞地走在路上，给宋煜发了条消息。

乐乐：你吃饭了吗？

只隔了一秒，他又发送了一条。

乐乐：什么时候回来呢？

宋煜很少会秒回消息，他在外地的时候总是很忙。乐知时退出聊天页面，看了一下朋友圈，发现秦彦发了一张他女朋友吃饭的照片，大概是他坐在对面拍的，下面有很多共同好友的点赞和评论。

乐知时有点羡慕，手机振动了一下，他切换回聊天页面。

北极圈：没有。明天。

乐知时给他发了个狗狗飞奔的表情。

乐乐：那我去门口接你吧。

宋煜现在开始不拒绝他的迎接。

北极圈：多穿一点。

第二天的温度又低了一些，下午上课的时候有人惊呼下雪了，乐知时侧过脸望向窗外，天空灰白，很难分辨。

"好像是雨夹雪。"蒋宇凡看着手机页面的天气预报，"但是感觉只有雨没有雪啊。"

"可能到了晚上就会下。"

平安夜下雪多好呀。

怀着这样期待的心情，乐知时很专注地上课和自习，等到晚上十点半，忍不住给宋煜发了条消息。

乐乐：我现在可以去大门口等你了吗？是不是快到了？

北极圈：飞机晚点了。外面冷，别等我。

到了晚上十一点四十五分，乐知时很失望地从自习教室出来，天气预报和宋煜的飞机航班一样不可靠，雨夹雪根本没有来，但很冷，风几乎要把他的围巾吹开，空气里湿润的细小水珠恐怕都凝成了冰冷的半固态，附着在人的皮肤上。

他独自一人在校园里转悠，最后又不知不觉地转到了昨天布置好的巨大圣诞树下。这次圣诞树看起来更加漂亮，挂满礼物盒与装饰品的树上缠了许多星星灯，在夜色中晕开淡淡的金色光辉，很温暖。

"快来参加活动呀，平安夜限定哟！过了十二点就没有啦！最后五分钟！"

树下站着很多情侣，相拥着亲吻，有的很害羞，只是轻轻地吻一下面颊，有的则是搂着脖子亲密拥吻。

举办活动的学生拿着拍立得对着他们大喊"Kiss now"，然后按下幸福的按钮。

来来往往的情侣大笑、相拥、亲吻，把拍得很漂亮的宝丽来相纸夹在树枝上，乐知时站在十米开外星星灯照不到的地方，怀着对奖品的好奇望着这些可爱的人，像一个身无分文却守在商品橱窗外的固执小孩。

也不知道站在这儿看了几分钟，听到他们说要结束了，乐知时后知后觉地掏出手机拍下一张照片，画面里有漂亮的圣诞树和两对情侣的侧影。他发给了宋煜。

乐乐：看，学校的平安夜活动。

文字编辑得很平淡，一点也看不出来羡慕。

"哎，帮我们捡球的小帅哥！"

昨天的女孩认出了他。"你换了红色羽绒服，我一下子没看到。"她抓了一把彩色玻璃纸包装的糖果，跑过来塞到乐知时手上，"我们这边马上收工了，这些糖送给你。"

乐知时捧着糖果问："你们需要我帮忙拆吗？"

"不用啦，很快的。你不能参加活动，还给我们当苦工就太惨啦。"

乐知时说着没关系，然后把糖收进口袋，又摸出一颗粉色的，撕开包装吃掉，是荔枝味的。

他看着树一点点脱下装饰，金色的灯熄灭，看起来就像是魔法消失了一样。夜空里飘下一点不明显的小雪粒，来得很不合时宜，很迟，树已经被搬起来，马上就要放到卡车的后面。

手机忽然响起来，乐知时恍惚地找了半天，摸出手机的时候好几颗糖掉落在地上。他接通电话，听到宋煜的声音。

"穿红衣服的小朋友，你这么小就有女朋友了？"

乐知时有点蒙，一句话也没说，左右看了看。

忽然，一只手覆在他头顶的白色帽子上，揉了揉。他贴在耳边的手机一瞬间被抽走。

乐知时转过头，看到宋煜的时候眼睛睁得很大，一片很微小的雪花落到他长而柔软的睫毛上。

宋煜看了一眼驶向远处的卡车和离开的社团成员，视线落回到手里乐知时的手机上："光顾着收别人的糖，给你发消息也不回。"

黑掉的屏幕亮起来，屏幕上显示着宋煜发过来的两条微信消息。

北极圈：原地等我。

北极圈：回头。

他的脸上露出些许疑惑，举着手机给乐知时看："什么时候改的备注？为什么改成这个？"

乐知时踮脚把手机拿回来。"上次在家的时候，你自己赌气跑到楼上看纪录片，我知道你看的是北极圈的。"他把手机塞回口袋，"而且这个词很符合你的脾气，大家公认。"

宋煜不承认，但也没有因为乐知时用冷冰冰的北极圈称呼他而生气。乐知时很快转了话题，问他怎么突然来了。

"这是惊喜。"

"明明是你骗我。"乐知时抓住了重点，但没有继续说下去。

乐知时看见一片小雪花落到宋煜的鼻梁上，忽然被吸引了注意力，雪花快速地融化了。

他忽然想到时间问题："啊，转钟了。"

乐知时仰着脸对宋煜笑："圣诞节快乐！那棵圣诞树很漂亮很漂亮，是照片拍不出来的好看，可惜你没亲眼看到。"

宋煜温和地回赠他相同的祝语，然后很委婉地对他表示遗憾："我应该跟司机说再开快一点。"

乐知时想到了什么，拉着宋煜四处找，最后在某一栋楼的后面找到一排柏树，他挑了形状最好看的一棵，牵着宋煜过去。

"我可以把它变成一棵圣诞树。"乐知时走过去，脚踩在树枝上发出很清脆的声音。他从书包的侧面掏出一个小东西，忙活了一分钟，然后转过来，手掌做出介绍的可爱动作："看！"

他指着的地方，挂着一个金色的小铃铛，在冷风里摇晃着。

宋煜被他逗笑了，朝他走过去，不客气地点评："好寒酸的圣诞树。"

乐知时没生气，反而回头看一眼，但笑容消失了一半："好像是有点。"

宋煜的声音很轻："你怎么这么乖？说什么就是什么，都不反驳。"

黑暗中，柏树枝散发的香气、僵冷的泥土气息在空气里混合出冬天的味道，稀释了宋煜身上好闻的气味。

宋煜从不用香水。这一点乐知时很清楚，但他所不知道的是，禁用香水的缘由是自己的哮喘。

很多东西宋煜可以说放弃就放弃，说隐藏就隐藏。

乐知时仰着脸看他，眉目漂亮，很快又为自己刚刚的不反驳做解释："是有点寒酸。要是有一个星星灯都能好一点，至少可以看清你的脸。"

宋煜的手在口袋里摸索。"刚好我有。"

他抽出一根细细的什么，又拿出一个打火机，啪嗒一声，火苗蹿起来，持续了三秒。

忽然，他的手中绽开璀璨的流光。乐知时这才知道，原来宋煜藏了一根线香烟火。

在细碎的燃烧声与不明显的硝烟气味里，烟火迸溅着金色的光，宋煜的手里凝聚着一颗愿意为他停留的流星。花一样散开的光落在乐知时的脸上，把他照得格外漂亮。

"现在的圣诞树就很豪华了。"

"这样就够了？"宋煜对他用豪华这个词表示质疑，并把手里的线香烟火举得稍高一些。

乐知时点头，十分满足地说："有你的烟火和我的铃铛，比那棵树更好。"

摘下铃铛，烟火熄灭，那棵特别的圣诞树就变回冬天里一棵冷硬的柏树，和宋煜一样，他绽放光芒与温暖的时刻只属于乐知时。

期末考试周太难熬，乐知时在图书馆通宵好几天，考完最后一门人都累得半死，回家的路上睡了一路，宋煜叫都叫不醒，最后说要丢下他自己走，乐知时才忽然惊醒，然后惊魂未定又可怜巴巴地看着宋煜。

放假的第一天，蒋宇凡在电影院当经理的舅舅送了他很多电影票，他转赠给身边的朋友们，约上大家一起去看电影。

去了之后才知道赠送的电影没的挑，放映的是一部口碑很好、主打亲情的灾难片，讲述了一家五口遭遇一场海啸，各自求生又久别重逢的故事。

画面很真实，拍得也很好。但看到那对一直分散在灾区的母子重逢的瞬间，乐知时借口上厕所离开了影厅。

他高估了自己的应激反应。

宋煜是紧跟着他出来的，在黑暗的放映室里，他觉得自己比乐知时更加坐立难安。但出来之后，他什么都没有说，只是在铺着地毯的影院长廊里陪着乐知时。

乐知时忍着酸楚想，自己在某方面可能会永远胆小。过了一分钟，他很诚实地把这个想法告诉了宋煜。

宋煜告诉他："你不要太勇敢，给我留一点发挥空间。"

缓过劲之后，乐知时决定回到影厅。没有人知道他其实还是对灾难有天然的恐惧，他也不想表现出来。但宋煜给蒋宇凡发了消息。

"我们去吃点蛋糕好了。"宋煜浑身散发着暖意，"刚刚进来的时候看到一家新开的蛋糕店，有你喜欢的浆果芝士蛋糕。"

蛋糕店产品繁多，适合乐知时的选项却很少，好在他容易满足，看到宋煜皱着眉，按他的要求吃掉一口很甜的蛋糕，乐知时的心情就好起来了。

这座城市的冬天又湿又冷，像块泡在冷水里的旧海绵。自从放假，乐知时就离不开取暖器，连午休都盖着被子睡在地毯上，橘子在他肚子那儿团着，棉花糖也钻进他怀里。

这个画面当然也被宋煜拍了下来，存进了相册里。

不过即便是放假了，宋煜依旧没有清闲过，一直在家里忙着处理遥感影像。偶尔秦彦来家里串门，想抓宋煜出去玩，但也只能蹭顿饭。

"你这也太辛苦了，才大四就把你当牲口使了。哎，你哪儿来的时间陪我们乐乐？时间管理大师啊。"秦彦走到他的桌子跟前，猫着腰瞅了一眼他桌子上的月计划表，格子规整，上面画满了表示"已完成"的叉。

看到下一周有一个标红，秦彦眯起眼："我去，你们组又要外出了啊。"

"刚通知的，之前和何教授合作过的地震局分局这次请他去川西做地面沉降检测，顺便把一些山区的空间观测数据填补一下。"

秦彦听得脑袋疼，只觉得宋煜又要辛苦扛仪器了。他像个老父亲那样拍了拍宋煜的肩膀："行吧，你加油。早点回来过小年夜，我妈到时候包饺子给你家送过来。"

和许多同龄人相比，跑在同样人生赛道上的宋煜仿佛永远都是领先的那一个。在别人为升学考挣扎时，宋煜就已经做好自己的职业规划了。在大学里的大多数人还把自己框定在学生的状态时，宋煜已经开始实现成果上的产出，逐渐地往自己儿时设定的人生目标靠近。

他总是能很快找到目标，先人一步地做好计划，飞快地成长和成熟，就连感情也是一样，是一条很早就划定的、单一的射线。他的人生轨迹完全是线性增长的，速率稳定，从不下落。

但即便如此，在等待乐知时长大这一点上，宋煜有绝对的耐心。

送走秦彦，宋煜回到楼上，经过乐知时房间的时候听到他正在打电话。

"是吗？那还要一周吗？好吧，我看看最近有什么节日……啊好像没什么节，哦小年夜……啊希望能快点做出来，麻烦你们快一点……"

乐知时正披着小被子对着取暖器打电话，忽然感觉身边的橘子和棉花糖都跑了，不免有些疑惑，一回头，看到宋煜站在身后。

"睡醒了？"

乐知时愣愣地点了下头，然后很快对电话那头说："我之后再打给您。"

宋煜没有过问他鬼鬼祟祟的行动，这一点让乐知时觉得侥幸，不过再仔细一想，宋煜的确几乎不会过问自己任何事，就连当时他和沈密那么不对付，也没有说过"你不能和他做朋友"之类的话。

"我又要外出了。"宋煜坐下来，还戴着工作时会戴的银丝眼镜。

"什么时候呢？"乐知时抱走在一旁捣乱的橘子。

"下周，小年夜前应该可以回来。"宋煜轻微地挑了一下眉，"就是你电话里商量好的时间。"

"你果然听到了。这次可以带我吗？"

"恐怕不行。"宋煜向他解释，"虽然那里风景不错，但是是川西高原，不适合你去。"

"我可以的。"

"高原反应会影响呼吸道。"宋煜按住他的肩膀，"等我回来，我们去北海道。"

他像个谈判高手，熟练掌握可以让乐知时短时间被说服的技巧，并且有一个屡试不爽的撒手锏。

宋煜走的那天下了一点雨。冬天下雨简直冷得刺骨，乐知时怕他冷，在机场把自己围出门的一条浅灰色羊绒围巾取下来强行绕在宋煜脖子上。

乐知时凝视他的背影、他黑色的登山包，很希望自己能缩小再缩小，变成一个不占空间且没有重量的小挂件，拴在宋煜登山包的拉链上，摇摇晃晃，陪他去地球的每一个角落。

在宋煜离开之后的第四天，深夜一点，林蓉忽然接到了保姆的电话，说她的母亲脑出血进了急诊。宋谨人在国外，林蓉和乐知时两人赶去了医院。

消毒水的气味令人难以心安。乐知时对待死亡态度复杂，他总认为自己什么时候离开这个世界都是很正常的，意外总会发生，但他很难接受身边人徘徊在生与死的边缘。

他穿得不多，在医院走廊里不安地坐着，在心里祈祷外婆能渡过难关。好在一夜过去，医院给出的回复是她暂时脱离生命危险，他们这才松了口气。

林蓉为自己的母亲奔来走去，乐知时也忙着帮她办理各种手续。第二天下午，宋谨才从国外转机回来，他来到病房的那一刻，林蓉绷着的神经才终于松懈下来，抱着他哭了好久。林蓉情绪平复下来后，抱了抱乐知时："乖乖，你一晚上没合眼，快回去休息吧。"

乐知时并不想走，很依赖地抱着林蓉，不愿和她分开，但这里留不下这么多人，乐知时只能独自离开。

路上他给宋煜打了电话，对面关机了。他给宋煜发了许多微信，问他冷不冷，吃得怎么样，睡眠好不好。

乐知时一觉睡到晚上十点半，醒来收到了宋煜的消息，像个人工智能一样对他的问题一一做出了回答，说不太冷，吃得不错，因为很累所以睡觉睡得很熟。只是在最后超额给出了一个回复。

北极圈：一切都好，只是很想你们。

他最后给乐知时附赠了一张自己在外出地拍下的风景，有冰封的湖泊和遥远的雪山。

乐知时用语音发了一句"我们也想你"。

这几天唯一的好消息是他提前收到了自己预订的东西，没有想象中那么慢。

林蓉一晚上没有回家，乐知时下午睡得太久，晚上睡不着，一个人坐在客厅看了一晚上的动漫，早上六点就买了早点和水果去医院。外婆似乎是睡着了，林蓉用温水浸湿毛巾，给她擦拭手臂，心情好像放松很多。

乐知时坐下来，给她和宋谨一人削了个苹果，很小声地和他们聊宋煜给出的北海道旅游计划。

陪着林蓉说话的时候，蒋宇凡给乐知时打了个电话，说他找到一家卖周边的店，乐知时很想要的一个周边和限量纪念单行本中午十二点发售。乐知时有些犹豫，林蓉听到了些许片段，猜到是什么。

"你和小蒋去吧，外婆已经没事了，只需要住院观察，这边有我们就够啦。"

乐知时和蒋宇凡在地铁站碰了头，蒋宇凡还给他买了杯黑糖奶茶，两人边说话边往周边店走去。门口乌泱乌泱的人排着队，都是提前来的，乐知时第一次感受到有这么多人和自己有一样的爱好。

蒋宇凡在家闲着没事，又补了不少番，轮着给乐知时讲剧情，乐知时认真听着，也不觉得排队很无聊了，只希望周边的数量多一点，希望可以买到，这样他又可以集满一层小架子。

他们前面是两个穿着洛丽塔的衣服喝着奶茶聊天的女孩。其中一个低头刷着手机，忽然开口："天哪，又地震了。"

"什么？多少级啊？"

"6.9级……天哪，感觉好可怕，希望不要有人员伤亡。"

乐知时忽然有种很不好的预感，他在心里说服自己冷静，然后拿出手机打开了微博。

蒋宇凡并没有在意前面女生的谈话，他踮脚往店门口的玻璃橱窗里瞅："好像还有，还好还好……乐乐，我们一会儿买完去吃烤肉吧，好久没吃烤肉了。"

他没有得到回应，转头去看乐知时，发现乐知时脸色苍白。

"怎么了？"

"地震了……"乐知时喃喃自语，仓促又恍惚地向蒋宇凡告别，但他都不知道自己说了什么，只是脚步不稳地脱离了队伍，兀自跑向街边。

他在冷风中拦了一辆出租车，匆忙拉开车门。

"去机场。"

第十四章
奔赴深渊

但他陷入一种漫无边际的空荡荡的情绪中，意识好像缓慢流动的冰水，一点点浸透身体，最后传达到心里。

　　一路上乐知时都在给宋煜打电话，可是宋煜电话关机，于是他又发了很多很多微信。

　　他下车付款的时候手都在抖。

　　机场大厅里惨白的灯光打在地板上反射出令人目眩的反光。人群一小团一小团地簇拥着，仿佛只有他是独自一人。乐知时不记得自己是怎么找到柜台，又是如何向柜台解释自己的情况的。事后他想自己的状态一定很差，因为服务人员不断地对他重复"您别急，我帮您看看"。

　　他脑子很乱，只记得自己说想去西城，想要最快那一班。

　　对方查询之后，很礼貌地给了他一个不好的消息。

　　没有直达的飞机。

　　他没有办法直接在最短的时间内找到宋煜。

　　乐知时的手摁在柜台冰冷的台面上，按压得很用力。身边的一个人着急买票，拽着的行李箱甩过来的时候磕到了乐知时的膝盖和小腿，于是他晃了一下，在柜台前蹲了下来。

　　他听见那个人不断地对他道歉，问他有没有事。乐知时只能摇头，他一下子站不起来。

过了一分钟，买票的人走了，乐知时才终于又有了点气力，扶着柜台深呼吸，缓慢地站起来，询问中转的航线。

经过一番周折，他买到了一张即将起飞去省会的机票。

乐知时很庆幸自己为了买周边带上了钱包，钱包里有很齐全的证件。

外面下了雨，天空是冷寂的灰白色，登机口玻璃通道外满是水雾。起飞之前他还在不断地给宋煜打电话，但怎么都打不通。他生气又害怕，却也没有别的办法。

他再一次孤身一人坐上了飞机。

三万英尺[1]的高空阴沉灰白，乐知时的心还停留在雨里。

短短两个小时的飞行，乐知时度秒如年。他很难不去思考最坏的结果，甚至会忍不住把坏的运气归结到自己的身上。

很拉扯。他一半的身体里充斥着臆想出来的惨痛和悲哀，真实的废墟和残骸，鬼魅般萦绕的苍白呼救；另一半却充满了为了宋煜强撑出来的许多许多勇敢，令他试着努力平复，让理智有驱散恐慌的可能。

宋煜。

宋煜。宋煜。

他在心里反复地默念他的名字，把这当作一种应激的疗愈方式。

手机的电量并不多，乐知时关了机，准备落地后再打开。空乘小姐经过，他慌忙叫住了她。

"您好，请问有什么需要的吗？"

"一杯温水，谢谢你。"他很快又补充，"还想要纸和笔……随便什么样的都可以。"

空乘很快为他取来了水，还有一支签字笔和一张白纸。乐知时胸口闷痛，胸腔如同一个逐渐抽空的气囊，而心脏凝缩成一个沉重的铅球，狠狠地往下坠。胃里很难受，乐知时喝掉全部的水，一只手摁着自己的腹部，另一只手在纸上艰难地写字。

他深知自己头脑发热、很不清醒地坐上了飞机，没有通知家人，甚至连就在当场的蒋宇凡都被他完全忽视，不冷静到完全不像他。

---

1. 英尺：英美制长度单位，1英尺合0.3848米。

现在他要做的是冷静下来，要在落地之前思考出一个真正行之有效的计划去见宋煜。

乐知时努力回忆在地面柜台时那位服务人员给出的建议。中转的飞机要等一整夜，转坐大巴车会更快。

他将车站写上去，又在旁边写下了自己下飞机之后务必要准备的东西，很多药、必要的衣物、充电器、水、足够多的现金……无论想到什么，乐知时都第一时间写上去，他怕自己一下飞机就将这些慌乱到抛诸脑后。

然后他不得去想坏的情况，如果依旧和宋煜失联他应该如何。乐知时脑子混乱，明明他已经尽最大的努力去冷静，但眼前却是眩晕而模糊的，气短胸闷，他想这是他想象灾难发生后的心理反应，所以拿出了口袋里的哮喘药，以备不时之需。

宋煜，宋煜……

乐知时默念着，情绪平复许多。他闭上眼，在黑暗中搜寻线索。他无比后悔自己没有去宋煜新的实验室看看，没有任何同组人的联系方式。但他忽然想到自己认识宋煜前一个实验室的学姐，于是写下了她的名字，在名字的旁边写上"下飞机后打语音电话"。

很快，他又想到了何教授，尽管没有电话号码，但他想学校的网站上必然会有邮箱，无论如何，在这种时候找到一个邮箱也是好的。很多念头和方法在一瞬间涌入乐知时的脑海。

一定可以找到宋煜的。

有了这样一个念头，乐知时的焦虑渐渐地退去。

最后，他拿着这张写满了计划的纸下了飞机。明明才下午两点半，这里却像是阴冷的傍晚，天色晦暗。乐知时孤零零一人，甚至连一件行李都没有。

他一落地就开了机，收到很多条来自蒋宇凡的消息和电话，他很难分心，简短回复了一句，让他不要担心，随即给宋煜打电话。

依旧是关机。

他从没有这么讨厌过宋煜。讨厌他的失踪和不回应，但一秒钟过后，他的眼睛就蒙上了水汽。他心软得太快，根本无法怪罪宋煜一分一秒，只希望他能快一点接自己的电话。

如果真的见了面，乐知时想，他还是要狠狠地发一次脾气，要骂他打他，质问他为什么不接电话，为什么不联系自己。

他就抱着这样坚定的念头走到接机口，外面好多人，大家的脸上都是重逢的喜悦，看到自己要接的人便挥动手掌，喊出对方的名字。

但乐知时的耳边只有无法接通的电子语音。

他垂下眼，挂断电话匆匆出去，攥着那张写满了计划的纸上了一辆出租车，司机是个热心人，听说他赶时间坐车，开得很快。

"你一个人玩吗？怎么连行李都没有啊？"

乐知时心情极差，但不回应似乎很没礼貌，于是简单说："我想找人，要去西城。"

对方也看出点什么，见他紧皱着眉，于是"哦"了一声，沉默着开了一段路，又忍不住说："别着急啊小帅哥。"

乐知时忽然鼻子一酸，但他还是忍住了。

"嗯。"

司机载他去到一家大型超市，乐知时道了谢之后下车。

通常他可以漫无目的闲逛一整天，但在这种时候，乐知时忽然变成了一个高效、成熟的大人，拿着自己提前计划好的清单，一件件把自己需要的东西通通买好，结完账之后直接去了洗手间，把厚厚的冲锋羽绒服和保暖衣都换上，他不希望自己在找到宋煜之前生病，这样太没用。

大巴车站比他想象中更乱，或许是因为乐知时神经敏感，任何人说话的声音在他耳边都放大了无数倍，很吵、很乱，他背着很重的包，找到售票口。

售票员听到他说的目的地，表情不太好。

"那里地震了，你不知道吗？"售票员的声音透过话筒，变得有些刺耳。

乐知时有些迟钝地点头，又怕自己的意思被误解，于是连忙说："我知道。"

对方似乎是觉得他不太对劲，又重复了一遍："我说西城那边地震了，你还要过去啊？很多人都在办退票。"

"我知道地震了。"乐知时皱着眉，还想再说一句，但他忽然哑口，匆匆瞟了一眼其他的方向，最后还是没能绷住情绪。

在第一时间得知消息的时候他没有哭，一个人坐飞机也没有哭，甚至在与宋煜失联的这么长时间里他都没有掉一滴眼泪。

但就在这个距离地震发生地三百多公里的陌生售票厅里，再一次听到地震的消息时，乐知时一直紧紧绷着的那根弦好像突然断了。

他皱着眉，那双倔强睁着的眼睛里蓄满了泪水，承受不住地往下落。

但他不能崩溃，还不是时候。

乐知时用袖子擦掉眼泪，红着一双眼睛重复说："我要去的，多少钱？"

售票员的声音变轻了一些，说了一个数字。乐知时手忙脚乱地拿出钱包，找身份证，但他忘记自己究竟放在了哪一个隔层，慌乱找出来的时候，也扯出一张折叠的纸片。

是宋煜之前在他教辅材料上写下的一个回应。

乐知时心里的某一处像是塌陷下去，又涌出很多酸楚的汁液。但他来不及伤感，只能将纸片塞回钱包，收下了售票员递来的车票与证件。

"这是最后一班，后面的都停运了。"

他晕车严重，所以平时从不坐大巴车。这一次的车程是七个小时，对过去的乐知时来说几乎是无法忍受的漫长，更何况这一次他的目的地是自己最害怕、最恐慌的灾难地。

但他想着七个小时后有可能见到宋煜，这个过程似乎也就没有那么煎熬了。

他可以为了宋煜抓住每一个渺茫的机会，可以放弃后半生美满的生活换一段时间，也可以为他努力修复自己无法坦然被爱的缺陷。

他没那么勇敢，但假如宋煜被困在他最恐惧的深渊里，他会毫不犹豫地跳进去。

厚外套和书包在空间不大的座位上挤压着乐知时的身体，车厢里充斥着一种令人头晕的气味，干燥的空气里仿佛游荡着无数的尘埃颗粒。

他戴着耳机，始终插着充电宝的手机保持着拨打电话的状态，直到对面的提示音"嘟"的一声断掉，他才会再次拨打。

听着提示音的间隙，乐知时有些吃力地拧开一瓶水，翻找出抗高原反应的药，倒在手心好多粒，一股脑吃下去。有一粒似乎很大，卡在了咽喉处。

电话依旧没有接通。

乐知时又灌了几口水，咳嗽了一会儿，重新展开那张几乎被自己攥皱的纸，读了一遍上面的事项，用笔画掉已完成的部分，然后开始试着联系宋煜的学姐，过了十二分钟她给出回复，她所知不多，不过很热心地提出帮乐知时问问其他同学。

他又开始搜索网页，找寻何教授的联系方式，最后只得到一个办公室电话和邮箱。乐知时试着拨打办公室电话，果然无人接听。他花了十分钟编辑了一封邮件，用校园邮箱发给了何教授。

但他对回信所报的期望并不大，因为他知道，在这样的状况下，没人有时间查看邮件。

希望又一次渺茫起来。

乐知时看着窗外灰色的天，又一次拿出钱包里那张纸，上面写满了宋煜的名字，而宋煜最后回了一个字。

他很希望宋煜可以像当时一样回应他，一个字也好。

汽车摇晃着前行，乐知时的头很晕，很想吐。他不知道是抗高原反应的药起了作用，还是他真的太累太累，迷蒙间他合上了眼，靠在车窗上一摇一晃地睡着了，也做了一个梦。梦里他又一次坐上出租车，来到机场，独自一个人安检，登机。仿佛把他混乱的一天走马观花地又过了一遍。

但最后他梦到自己所坐的汽车撞上一辆卡车，于是在尖锐的刹车声和碰撞声中惊醒。

车窗被雾气凝住，外面白茫茫一片。从睡梦中醒来的乐知时有些迷茫地伸手，擦去玻璃上的一小块雾气。

身边的乘客开口，用乐知时能够听懂一部分的方言说："下了好大的雪啊，这怎么办，那边现在还受灾……我还要赶回去看我妈啊，她一个人在老家。"

乐知时的心一点点下沉，他打开手机，才发现自己睡得太死，林蓉给他打电话他也没有听到。

她似乎忙着照顾老人，都不知道地震的消息，还发短信问他晚上回不回家吃饭。

乐知时思考了一会儿，对她说自己晚上不回家。他不想告诉林蓉这件事，她最近太辛苦，如果知道宋煜外出地出事肯定很难接受，说不定会崩溃。

一分钟后，他收到林蓉的回复。

蓉姨：那你好好吃饭，要小心，照顾好自己。

窗外的雪真的很大，大到汽车的速度很明显地降下来，令乐知时心慌。

有人问汽车会不会晚点，司机给不出一个很明确的回复，于是像是陷入一个恶性循环，越得不到明确的回答，人们的情绪就越不可控。

紧邻的前座有小孩哭起来，哭声很大，让整个车厢变得更加嘈杂，乐知时低头从包里拿出一包糖，是他害怕自己来不及吃饭低血糖头晕才买的。他拆开来，抓了几颗，通过前面两个座位之间的空隙伸出手，递给正在哄小朋友的年轻母亲。

对方很是意外，反应过来后不断表示感谢。小孩不哭了，抓着乐知时给他的红色糖果，在妈妈的教导下带着哭腔说"谢谢哥哥"。

乐知时摇头，剥了一颗糖塞进嘴里。然后继续给宋煜发微信，发完之后看到通话的选项，又忍不住，给他打了视频电话。

明知道是没有人接的。

他忽然发现自己没有那么恐慌了，手也不再无法克制地发抖。

但他陷入一种漫无边际的空荡荡的情绪中，意识好像缓慢流动的冰水，一点点浸透身体，最后传达到心里。

所有的念头、思绪，他曾努力写下的计划，在慢速流淌的意识里都被抛弃，最后顺流而下落到心里的，只有宋煜的名字。

大巴顺利抵达了目的地，这是乐知时在这漫长的一天里觉得幸运的第二件事，尽管比预想中花费的时间多了三个小时。

深夜的车站人很少，特别冷。乐知时戴上羽绒服的帽子下了车，抗高原反应的药作用好像并不大，乐知时呼吸有些困难，头很痛，这些都与他检索到的高原反应很符合，所以乐知时并没有十分担心。

他用网上建议的呼吸方法试图减缓症状，小口小口地呼气和吸气，暂时没有太大效果。

外面有许多身穿消防制服的人，他们似乎正在对每一个乘客进行检查，并且部分性地限制通行。

深夜值班的还有穿着黑色厚羽绒服的志愿者，他们详细过问了所有出站乘客此行的目的，并且登记了姓名和联系方式，不断地强调之后可能还会有余震。

大雪纷飞，车站很快就要暂时关闭，乐知时很庆幸自己赶上了最后的机会。

一个戴着红色袖章的志愿者采集他的身份信息，另一个人则发放给他一个急救包和应急指南。在被询问到此行目的的时候，乐知时很快速地回答："我找我家人。"

那名年轻的女志愿者又多问了一些："那你的家人现在在哪儿？是不是本地人？现在能联系上吗？"

乐知时摇头。"不是本地人，失联了，他是来这里做测绘任务的，现在……"

她将乐知时拉到一边。"没事，你慢慢说，测绘任务是？"

乐知时想她或许能帮上忙，于是连忙解释宋煜的工作，又强调："他如果没有出事，应该也会参与到应急救援工作中的，但是我现在怎么都联系不上他。"

　　乐知时想到什么："你有当地地震救援指挥中心的电话吗？"

　　"好像有。"女志愿者皱起眉，从自己的身上翻出一个旧笔记本，翻了翻，找到一个类似的电话，但拨过去却一直占线。她又给正在震中指挥中心做志愿者的朋友打电话，对方暂时也没有接通。

　　"现在这种情况，指挥中心的电话很难打通的。"另一个志愿者靠近他们，"现在忙翻天了。"

　　"受灾很严重吗？"乐知时问。

　　"咱们这儿不是震中，车再往西边开就不行了，那边好些房子塌了。"他指着停在路边的一辆亮着灯的大巴车，"你看到那个了吗？刚从省会来的救援医疗队，这会儿就要过去了。我劝你这会儿别去了，乱得很，那边什么都顾不上，饭都吃不了。"

　　他抽出一根烟，摸了半天也没找到打火机，又放回去。"算了小伙子，你就在附近的旅馆等一晚上，明天白天再看看怎么样。"

　　乐知时的注意力却完全被那辆大巴车吸引，他往那个方向走了两步，被女志愿者拉住。"哎，你要去哪儿？那辆车不载外人的。"

　　"我家人在那儿。"乐知时开了口，声音很轻很弱，他怕对方听不见，又稍大声地重复了一句，"他可能在做应急救援，他们的工作很重要，可以救很多人。

　　"他很年轻，才二十二岁，刚开始做应急测绘，这是他转方向之后第二次外出作业……我给他打了好多个电话，还有微信……"

　　乐知时脸上没什么血色，说话很慢，没有逻辑，背上的包看起来能将他压垮，但他又很倔，明明一副连呼吸都很困难的样子，却不断地开口，试图说服他们："他就在那边，我只想去找一找他，求求你，帮我一下可以吗？"

　　"你们……你们不是也要统计失踪人口吗？"乐知时在冷风里站着，右手握着左手的手臂，"如果确认他失踪了，你们……也可以……"

　　他没办法再说下去，他努力过了。

　　"唉，真是。"刚刚那个烟都没有抽成的男人掏出车钥匙，"我一会儿要去。"

　　乐知时终于抓住一线希望："真的吗？谢谢您……麻烦您了。"

"别谢我，我就怕是害你。"大哥开了车门，"好多都是来找亲人的，你来得晚了，很多人都被接走了。"

但他已经尽力了。

那位女志愿者也上了车，车里空间不大，后备厢和座位上都堆满了折叠帐篷和一箱箱的水。大哥腾出一点空给乐知时，嘱咐他千万系好安全带。

雪停了，但路上积雪很多，很难走。开出去一公里，乐知时忍不住往窗外看，天太黑了，他趴在车窗边，也只能隐隐约约看到些许残破的建筑和倒塌的房屋，并不真切，但他的心里依旧起了细密的痛感，呼吸艰涩。那感觉不断扩散，最后蔓延到全身。

乐知时弯下腰，蜷缩腹部，小口小口呼吸。高原反应、对灾难的应激，还有对宋煜的想念，复杂而多重地折磨着他。

他很害怕自己犯病，一只手握着手机，另一只手攥着哮喘药。

女志愿者关切地往后看，问他是不是"高反"，是不是没吃饭，要不要吃点东西。乐知时说不出太多话，就摇头，然后从自己的包里翻找出能吃的东西，塞进嘴里，机械地咀嚼，然后就着车上没喝完的水咽下去。

因为原本的路有轻微地裂，他们换了一条路，时间要更长一些。乐知时又一次试着给宋煜拨电话时，安静的车厢里却响起另外一个铃声。

"我朋友打回来了。"女志愿者的声音高了一些，很快接通，"喂？对，我这边遇到一个男孩子，他要找一个正在震中做应急测绘的男生，二十二岁，据说是跟一个教授带的团队来的，嗯……说是家人……总之你帮我联系联系，好，麻烦了……"

她报了自己的详细地址和即将去的安置处，才挂断了电话。从副驾驶转过身来，女志愿者安慰乐知时："我已经让我朋友去找了，你先别急。"

乐知时对她说了好多声感谢，声音虚弱。

"没关系，我本来就是负责登记人口，找人也是职责所在。"

坐在驾驶座上的大哥不断地从后视镜看他："小伙子，你高反有点严重啊。"

他觉得自己和自己的身体都要分离了，也很习惯呼吸不畅的感觉，被说很严重，也只是露出迷茫的表情。

"快到了快到了。"

女志愿者也看他很不对劲，从自己的登山包里翻找出一个便携式氧气瓶，在摇晃的车厢里递给乐知时。"你拿上，我教你怎么用。"

他不太想接，不想浪费别人的氧气瓶。

"快拿上，我还有呢，而且我是本地的，高反不严重。"她取下防尘盖，把透明的吸氧面罩插到出氧喷头上，塞到乐知时的手里。"对着面罩，按泵头吸氧。"

车子在黑暗中停下，车门被拉开，女志愿者劝他不要盲目去找人，也不放他走，说这里现在随时有可能发生余震。

"你就待在这里，我朋友已经在帮你找了。"

乐知时点头，吸着氧下了车。他脚步虚浮，稍稍稳了稳，检查了一下手机，发现自己的手机关机了。他急忙开机，但怎么都打不开。

"这里太冷了，零下十几二十摄氏度的，很容易冻关机。"女志愿者提醒他，"你别冻着手，都没有戴手套。"

乐知时看着厚厚的积雪，最后把手机收回口袋里，又把另一只手上的氧气瓶插到包的侧面，开始帮志愿者大哥搬运物资。

"哎，你别动！"大哥拦住他的胳膊，只听到乐知时低声说："反正没消息，我也想帮一点忙。"

"好吧……"大哥叹了口气，"你小心点，这个很重。"

乐知时甚至不敢仔细地去观察灾区，不敢看倒塌的房屋和废墟，眼前只有白茫茫一片大雪。他盲目地跟着志愿者大哥搬运，然后期盼他们的朋友能有一点消息。

他要多做一些事，多积累一点好运气，他的运气实在是太坏了。

恍惚间他又想，这样是不是不够虔诚。但他真的希望这一次能有好运。

在安置处搬运完所有的水，和别人支起第四个帐篷的时候，乐知时有些扛不住，胸口闷痛，他很快蹲在地上吸了几分钟氧，缓解高原反应。远远地，他好像听到有人在哭，很大声地痛哭，心里升起一股莫大的悲痛。

乐知时强撑着起身，又拿出一个新的折叠帐篷。这一次他熟练了很多，终于可以一下找到安插骨架的缝隙，这样可以很快速地支撑起一个点。

独自一人搭好了一个帐篷，乐知时心里涌起一点点成就感。但存在的时间不长，很快，乐知时的情绪又一次麻痹，不言不语地拿出一个新的帐篷。

还以为这次也可以顺利撑开，打开后才发现，这个帐篷的一侧开了线，风从外面灌进来，刀子一样刮在他脸上。乐知时一个人站在大雪里，脚上的运动鞋几乎被雪覆盖，有一些雪融化成水渗透到鞋里，他的双腿都冻麻了。

蓝色大帐篷挡住了他的全部视线，只有一条裂缝透着光。他转过脸，对身后正在忙碌的志愿者说话，但他声音太虚，对方根本没有听到。

　　"那我收起来吧。"乐知时茫然地自言自语，将骨架抽出来，不小心弄伤了手，但他手指冻得发青，已经没有了感觉。

　　骨架一抽走，帐篷就缓慢地塌下来。他手掌撑着冰冷的雪地，很艰难地站起身，黑夜和白雪重新回到他的视野之中。

　　除此之外，还有一个高大的身影。他穿着那件乐知时夸过好看的蓝色羽绒服，左手拿着一个旧的老式手机，另一只袖子飘着。他身上挂了一个白色工作牌，似乎还挂着别的什么，脖子上绕着白色带子，身后是鼻吸式的氧气罐，吸氧软管搭过耳朵，与一个志愿者四处奔走搜寻。

　　在某一刻，他慌乱的眼与迷茫的乐知时对上视线。

　　乐知时感觉有一瞬间，自己好像死过去了，意识都离开了这具僵冷的身体。直到宋煜真的向他跑过来，出现在他的面前。

　　他想确认一下是不是自己的幻觉，但下一刻，面前的宋煜就伸出左手，将他揽入怀里，低头喊着他的名字。

　　"乐知时，乐知时……"

　　很罕见地，宋煜的声音很抖，说："你怎么过来了，谁让你来的？"

　　乐知时呼吸很困难，脑子也很钝，像是没有听到他的话似的。

　　"宋煜……"他的声音很微弱，像很快就要消融在他怀里的一片雪。喊了好几声名字，得到好多个回应，但乐知时没有回答宋煜的问题，他有一瞬间忘了来这里的目的，甚至也忘了自己早就想好的见面要说的那些话。

　　他只是低着头，忍住哭腔，抽噎着抬手抹掉脸上的眼泪。

　　"宋煜，我现在会搭帐篷了，这些都是我搭的……"

第十五章
不冻之地

"我想把我的玉藏起来。"

地震发生的时候，宋煜正挂着氧气袋在测控车内操控无人机。

当时震感很强烈，明明车是防震的，但还是不停摇晃。为了保住专门为高寒地带做高精度测绘的特供机，宋煜仍在操控台操控，直到右边固定的大重量仪器砸了下来。

仪器砸伤了他的手，也砸碎了操作台上正在播放传送影像的手机。

仪器被挪开的时候，宋煜的手臂一瞬间传来很沉重的闷痛，半边身子的力气几乎都被抽走。车内响起的警报声、身边同组人的尖叫，还有通信仪忽然中断的声音，很混乱。

宋煜还算冷静，第一时间将机器数据保存，在学长的帮助下离开测控车，下车的当下他就发现自己的手机还在车上，还想上去拿，但被另一个学长制止，强行带他先到空旷地等待。

应急测绘小组的每个人在入组时都做过应急训练，大家安全地找到躲避处，整个团队只有宋煜受了伤，还有两个承担地面单兵工作的学长，离组在外，令人担心。

这里地处高原，背靠雪山，地理位置相对偏远，不多的信号基站遭到震动破坏，信号几近中断。

"打不通电话，没有信号。"

"我也不行。"

小组加上何教授一共十个人，两人离队外出，剩下的只有五个人有手机在身，充电宝只有一个，没有人能顺利拨出电话。氧气瓶不够，宋煜负伤，他们现在甚至得不到医疗救援。

与何教授同行的是当地地震局办公室主任，发生地震之后，他当即向何教授的团队请求了支援。

省测绘专家团队来到当地需要时间，而现在时间和灾情测控对他们的抢救工作来说就是最重要的，何教授的团队就是他们现在最好的选择。

在万分危急之下，何教授没有当机立断地答应，而是对自己带的这些年轻人说："你们现在要抓紧时间回去，否则后面会发生什么，谁都预料不到。"

"特别是你。"何教授看了一眼受伤的宋煜，心里觉得唏嘘，这是他觉得做这一行绝好的苗子，他不希望因为这件事让宋煜对应急测绘工作产生恐慌情绪。

"我可以让他们派车送你们出去，现在就准备一下。"

没有一个人要走。

"我不回去。"第一个开口的是一个学姐，"我们干的就是应急测绘工作，现在一出事就跑，算什么？"她从包里拿出纸和笔，自己写了一份协议，在最下面签了名，递给何教授。

"老师，你不走我是不会走的。"她虽然这么说，但手都在发抖。

这场灾难完全在预料之外，他们是突然背负使命的，这本不是他们应该做的事。

没人真的不害怕。

何教授没有来得及接，这张纸就被其他学生夺走，他们在摇晃的临时避难处一个接着一个签字，最后是刚入组的宋煜。

他一句话也没有说，忍着疼用左手写下自己的名字，是最潦草的一次。

他们甚至连自我打气的时间都没有，就在慌乱间穿上防震救援服奔赴战场。跟随主任到指挥中心安排的临时集中地集合的时候，应急测绘小组才终于找到了可以为宋煜诊断和包扎手臂的医护人员。

"小臂骨折了，我给你固定住，千万要小心。"

宋煜全程微微皱眉，不断地问："有信号了吗？"

"不行，还是没有信号。晓月手机都关机了，他们说下午报的有大雪。"那人忧心忡忡，"我们必须在下雪前收集到足够多的灾情影像，否则到时候什么都拍不到了。"

另一个学姐正在用笔记本电脑对之前的影像进行建模处理，没有抬头。"卫星电话也行啊，总得给咱们一个吧。"

"现在卫星电话是最紧缺的，指挥中心和医疗队都不够用。说是明天中午之前帮我们争取到一个。"

"我好想给我妈妈打个电话……"

"他们一会儿会发对讲机的。"

"那个对讲机是和指挥中心沟通的内部无线电，工作频率不支持外部通话，也没有接驳器。"

处理数据的学姐忽然发现一个程序报错。"这个有点问题，你们谁会编程？"

"我。那个遥感程序是我写的。"宋煜刚吊起手臂，就投入到应急任务中，只用左手调试程序，在动荡中重新操控住特供机。

特供机的内置底层代码也是宋煜写的，没有他在场，真的出了什么问题，没人能在短时间内解决。

一个由研究生和博士组成的不足十人的团队在灾情发生后，第一时间撑起了一线应急测绘任务，遥感的无人机在动荡的大地上空盘旋，让指挥中心的救援得到了最精确的指导，很顺利地救出了许多困在震中区域的人。

"外出的小罗和晨晨回来了！"

这是他们这一天得到的第一个好消息，尽管两个人多少都受了点伤，但他们也带回了非常珍贵的地面数据，供给数据处理分队的两个学姐与何教授一起进行灾情地图建模。

在震感渐平之后，他们回到了移动测控车，短时间内组建好应急移动监测平台。他们每一个人都承担着多重任务，分身乏术。从事发到下午这六个小时，宋煜在两台笔记本电脑和一个无人机操控台前用一只手操作着，连一口水都来不及喝。

但只要有喘一口气的机会，他就会重复问："有没有信号？"

大雪下下来，气温骤降，很多人的手机都冻得关了机，宋煜的手机屏幕都被砸坏了，也来不及去检查究竟是手机坏了还是关机了。再后来志愿者来送水，监测中的宋煜听他们说，似乎用老式手机可以打出去。他很快站起来，吊着胳膊麻烦别人把手机借他用一用。

"你试试吧，时好时坏的。"

他一直以来都冷静得过分，无论是自己的手被砸到骨折，还是超负荷进行多任务处理，他都表现得训练有素，不像个普通学生，倒像是个真正的应急测绘员。

但拿到有可能与外界联系的老式手机，单手在很小的按键上输入一串他几乎倒背如流的数字时，宋煜的手指忽然发抖，他的眉头紧紧皱着，手握着电话贴紧耳侧。

依旧打不出去。

"你发短信试试，他们是发短信出去的，但也不一定能发出去，有时候运气好可以。"志愿者也没有把握，"我也是听说的……"

宋煜向他道谢，很快速地给乐知时编辑了一条短信。

"我是宋煜，我很安全，手机暂时没办法联系你，不要担心我，好好在家等我。"

看着打转的图标，还有这条消息，宋煜忍不住，又多编辑了两条。

"你记得我以前说的吗？你方向感太差了，别来找我，原地等着我就好。"

"乖，别来。"

这二十多年，除了偶尔希望乐知时也能懂他，宋煜第二次产生这么强烈的希望，只是想让这微弱的信号能够好这么一小会儿，让乐知时能看到他的消息，不要过来。

阳和启蛰的一次对话仿佛成了他们之间的某种预兆。

宋煜不断地在乐知时需要的时候前去找他。但他唯一需要乐知时做的就是原地等待，尤其是在灾难面前，他怕乐知时承受不了。

但他不明白，原地等待是乐知时最不会做的事。

乐知时永远会来找他。

他不知道这三条在繁重任务间隙发出的信息有没有传送到乐知时眼前，他只能不断地对这位志愿者重复，如果有消息，请麻烦联系他。

雪越下越大，指挥中心不断地反馈救出的人数，每多一个他们应急小组都会多松一口气，靠他们苦苦支撑的应急移动监测也开始逐渐显示出劣势。

大雪覆盖了大部分的地景，无人机航拍传送回来的有效影像在不断减少。

好在天黑之后，省会数十人的应急测绘组终于来到震中，带来了更多的移动测控车，也终于组建起更大面积的地面单兵系统。受伤的宋煜没有办法像其他人那样去地面执行拍摄任务，组内的学姐学长在指挥下一个个离开，最后一个人离开的时候，宋煜伸出左手抓住了他。

他把自己开不了机的手机递给他："学长，如果你们能找到可以充电或者修理手机的，麻烦帮我一下。"

"你放心，我肯定会替你想办法开机的。"

宋煜与省会的两个应急测绘员，还有一个消防员一同在移动监控平台工作，吊起的右手固定得不够稳，晃起来很疼，指挥中心不断地在对讲机里确认位置，他不能停下，于是请求身边的测绘员用绷带帮他再缠紧一些，另一只手继续完成定位传送。

"救出来了救出来了！"

"这里有一个！"

对讲机里救援队的声音很模糊，但至少是一种慰藉。

"这次幸好有你们在，真的是救星。"消防员开着测控车对宋煜说，"你们至少抢回了十二小时的救援时间，到目前为止死亡人数只有一个，是万幸了。"

宋煜不觉得这是好事，他甚至不太想听到"死亡人数"这四个字，但偏偏他才是那个每隔十秒就会确认死亡人数的人。很不合时宜地，他想到了在电影院没能看完电影的乐知时。

总说乐知时对灾难有应激，宋煜想他应该也是。

幼年时就经历了乐叔叔的离开，不断地看那些受灾救灾的新闻，反复刺激，都是自己心理应激的表现。直到做出参与救援的人生规划，宋煜才觉得自己找到了一条自我疗愈的路。

他想喝水，但单手打不开水瓶，只好作罢。

"希望这个数字不要再增加了。"

多增加一个，就会多一个破碎的家庭。

但灾难是无情的，他明白自己的希望也只能是希望。

"希望吧。太难了。"消防员也很年轻，可能也才二十出头，穿着亮橘色的消防服，肤色很黑，他叹了口气，"妈的……干这行，我女朋友都跟我分手了。"

没过多久，他又自嘲地笑了一下："幸好分手了……"

测绘员也很感慨："你们在一线，是最危险的。"

"什么不危险？那些年轻的小护士，个子小小的，缺人了要抬担架还不是得上。我看她们在现场抢救，有好些一边掉眼泪一边救人。"他摇摇头，车子继续往前开，"都是人，谁不怕啊。我十九岁第一次真正参加救援时，手都在抖。

"这种时候，总得有人上啊，不然怎么办，也不能看着所有人一起等死。"

宋煜沉默地听着，忽然觉得自己的焦虑缓和了些许，也不再反复确认死亡人数。身处其中，做了一份可以救人的工作，宋煜才终于对灾难没有那么强烈的抵触。

因为他掌握了主动权，是随时可以上的那拨人。

半夜，到了单兵点接上一个持有拍摄仪器的测绘员，对方一上来，就问这里是不是有一个叫宋煜的人。

沉浸在数据采集里的宋煜没有抬头，被拍了一下肩膀才转身。

"有统计失踪人口的志愿者在找你。"那个测绘员放下仪器朝下面喊了一声，他们又接上来一个志愿者。

"你是宋煜吗？"志愿者慌张地在自己的失踪记录里画去宋煜的名字，万分庆幸，"太好了太好了，又少了一个……"他给消防员报了个地点，正好是他们要去测控安全度的灾民集中地。

志愿者把自己手里拿着的另一部老式手机递给他："有个男孩子在找你，好像是你的家人。你看现在能不能给他回个电话。"

那一刻宋煜的心很猛烈地抽痛了一下，像是被尖锐之物狠狠地刺中。缓了好几秒，他才能开口。

"他安全吗？"

"安全，和我朋友在一起。"

但他的电话没有打通，乐知时关机了。

宋煜从没有如此忐忑过，短短的两公里路程变得格外漫长。终于抵达的时候，他在志愿者的帮助下穿上羽绒服外套，拿着老式手机冲下去找乐知时。

天太黑了，到处都是蓝色的大帐篷，遮蔽着他的视线。

他的视线慌乱地搜索，心里默念着乐知时的名字。

直到某个帐篷被拆开，硬挣的防水布料缓缓落下，一个不真实的身影出现在他面前。宋煜有一瞬间几乎脱了力。

乐知时被厚厚的冲锋羽绒服裹着，背着看起来会把他压垮的大包，一只手拿着便携氧气瓶，另一只手则握着帐篷架，看起来就像一个真正的志愿者。

他没想到重逢会是这样的画面。一路上赶来的他以为乐知时会崩溃，会因为情绪过激而犯病，或者在路上迷失，甚至因为没有做好足够的准备而受冻。

但乐知时比他想象中还要勇敢和理智，他甚至在人手最紧缺的时候为别人提供了非常重要的帮助。

"宋煜……"乐知时抱住他，忽然发现不对，隔着羽绒服摸他的手臂，声音都有些发抖，"你手怎么了？"

"没事，一点小伤，被仪器砸到了。"宋煜赶紧将乐知时带上车，让他坐下，"你有没有不舒服？"

乐知时摇头，也没有再哭了。"我吃了抗高反的药，还有维生素，现在感觉适应一些了。"他又忍不住强调，"宋煜，我没有发病，我控制得很好。路上我买了很多有用的东西，还给你带了水和吃的。你是不是没有吃饭？你们的学长学姐呢？我给他们也买了……"

看见乐知时向他展示自己的背包，宋煜忽然说不出话了。他没想到乐知时会这么理智，在这么短的时间内做了这么多，一时间心绪复杂。

乐知时发现了宋煜的沉默，也把背包放到一边。

"你一定不想让我来。"

乐知时垂着眼，声音很弱："可能觉得我来只会添麻烦，但是我真的受不了什么都不做等着你……我等不了。"

宋煜终于忍不住，伸出左手握住乐知时的手，声音很低地说："对不起，让你担心了。"

他有些慌乱地解释："我的手机一开始就被砸碎了，现在也不在我手上。我中途给你发了消息，但是可能没发出去……"

乐知时安慰地摸他的肩膀和后背。"没事的，哥哥。"

"看到你我就不怕了。"

他们和灾难中许许多多的人一样，如同弱小的困兽彼此安慰，幸运的话可以拥抱，不幸的话或许只有废墟下极力贴近的指尖。

但爱赋予求生的力量。

解决了特供机物理层代码的问题，带伤连续工作十几个小时的宋煜被换下来，他反复检查乐知时的高反状况，发现比自己想象中好一点。

乐知时把自己买的许多种抗高反的药分给了宋煜和车上的其他人，又给他们饼干和面包。志愿者之前发放食物时没轮到他们，只有水，消防员一晚上没吃东西，边开车边塞了几个小面包，这才抵了点饿。

"得亏有你，不然我开车都头晕眼花的，太危险了。"

乐知时一直摇头："给你们添麻烦了。"

"多个人多份力量啊。"另一个测绘员笑着说。

他们短暂地在车里靠着休息了几小时，天色蒙蒙亮的时候乐知时头疼醒了，又吃了点药，然后扶着累到没有知觉的宋煜，让他靠在自己的腿上睡。他弯着腰，轻轻地护着宋煜的头和肩。

余震来得比他们想象中晚，而且都有了预警警报。一次是早上 8 点 10 分，预警时间 16 秒，预估 3.2 级。另一次时隔仅一个半小时，预警时间 18 秒，预估 3.0 级，震感稍弱。

两次都有预警，大家保持警惕，伤亡人数远远小于第一次高级别地震。

正午，他们开车到集中帐篷区领取午饭。宋煜受着伤，乐知时替他排队，忽然听到有人在志愿者人群和灾民区拿喇叭喊："有没有会外语的？大学生也可以的。还有懂法律的吗？这边很缺人手！"

乐知时站在队伍前端，望着那个方向，见拿着喇叭的人一无所获。

前面排队的工作人员叹了口气："这里这么偏，除了来旅游的，哪有什么大学生什么律师的……"

另一个人则说："听说是有外国旅客受伤，还有一些本地受灾的灾户，现在正在向他们讨要赔偿。每年地震都是这样，前面救人都来不及，后头又有人闹，根本忙不过来，能提供法律咨询的志愿者太少了。"

两个人离开，只剩下乐知时，他接过递来的饭，离开了队伍。

直面灾难现场对他来说，真的很难。

求助的志愿者大哥再一次拿着喇叭大喊："有没有懂外语的？有可以提供法律帮助的志愿者吗？不需要律师，只要了解流程就可以！如果有请联系志愿者总部！我们就在……"

才说到一半，一个面容苍白的年轻男孩走到他面前。

"您好，我应该可以帮一点忙。"

乐知时也不知道自己是怎么了，就这样走过去参加了志愿者工作。

明明他连看到电影里的灾区都觉得可怕。

对方对他的出现表现出极大的惊喜和感谢。乐知时点头跟他走时，才忽然发现自己手里还拿着宋煜的午饭。

"您稍等我一下，我送个午饭很快就来找您。"

很显然，宋煜是不同意他做志愿者的。

"你没有受过专业的应急训练，一旦发生余震你都不知道怎么避难，很危险。"宋煜拧着眉，顿了两秒，"你就留在车上。"

乐知时并没有因为他的拒绝而产生什么情绪，他知道宋煜是担心他。

"没关系的。"他摸了摸宋煜的手臂，"我问过了，地点就在灾民集中安置处里面，有很多人，如果真的发生余震，大家会集中避难。他们说了，等专业的团队来了，我们就可以替下来了。"

他低垂着眼，说话的声音很缓："我也想像你一样，为他们做一点事。"

"你不怕吗？"宋煜问。

"我怕啊。"乐知时很诚实地说，"但他们找不到人，我明明可以，为什么不去呢？"

他沉默了几秒之后抬眼，看向宋煜："而且只要和你在一起，我就没那么慌了。"

宋煜最终还是没有拦他。

他用一只手臂抱住乐知时，给了他一个安定的、平静的拥抱。

"千万要小心，不要受伤，好吗？"宋煜用一种很温柔的请求的语气同他说话，"我来接你，好不好？"

乐知时点点头："好，我打饭的时候听说卫星电话送过来了，你给妈妈打个电话。"

他长大后，第一次用了这样的称呼，让宋煜有些没来由地难过。

"好。"

这也是宋煜第一次，看着乐知时独自离开的背影。

他终于也要真的去做自己想做的事了。

暂别宋煜，乐知时跟着之前招募志愿者的大哥往另一个方向走，这里人来人往，有很多受难的灾民，大家都挤在帐篷里吃饭，好在大多伤势不重。

"你外语水平怎么样？可以和外国人沟通吗？"

乐知时点头："可以的。"

"那就好，现在这边有四个自由行的外国游客，要去雪山的，结果地震来了都受了伤，有一个腿压坏了。我们这边比较偏，有能说英语的，但是沟通起来还是困难。现在信息登记什么的都很麻烦。"

"我尽量试试。"

"你是学法律的？"大哥又问。

"嗯。但是我刚学，其实还是个大一学生。"乐知时有些紧张，"可能帮不上太多忙。"

"没事，我们也不是让你现在去打官司。你先去平复一下他们的情绪，他们现在太着急了，我们都不懂，他们就不信我们的话。专业的律师救助团队在路上，下午可能就到了。"

"其实这也只是一部分人，很多人都是能救出来就很开心很满足了。而且人活一辈子，突然发生这种事，家也没了，以后可能会居无定所，谁能受得了。"

"是啊……"跟着他走的时候，乐知时看到一个后背受伤的灾民躺在担架上，忽然有点胸闷，呼吸不畅，他没敢再看，脚步飞快地走开。

那四个外国游客都是从澳洲来的。乐知时到的时候，他们其中的两个正在和几个志愿者争执，双方似乎都领会不了对方的意思。

"你看看，真的焦头烂额。"

乐知时被带过去，尝试与他们沟通，他从小最擅长的学科就是英语，口语很流利。对方听到熟悉的语言，立刻变了表情，慌张地向乐知时求助。

"没事的，我先登记一下你们的信息，然后我们会尽快联系你们的大使馆……"

他花了一个多小时的时间和这四个外国游客沟通，安抚他们的情绪，对方不希望他离开，希望乐知时可以留在他们身边提供帮助，但乐知时不能不走。

"我还要去法律咨询处那边帮忙，你们如果需要任何帮助，可以让他们找我。"

那个大哥也说："下午的时候信号应该能抢修好，我留你一个电话吧。"

乐知时同意了。

临时成立的法律咨询处非常简陋，只有一个很不起眼的帐篷，里面有一张桌子。很多人围在那儿，大多是本地的灾民，他们说话口音浓重，冲突似乎也不小。

"问你们这也不知道那也不知道，我的房子怎么办？"一个约莫五十岁的中年妇女趴在桌子上大哭，"我家里什么都没了啊……"

"还有我的保险，我保险怎么赔偿啊？现在都没人管我们……"

当下只有一个志愿者负责，她并不了解这些，只能重复说："你们先冷静一下，现在搜救工作还在进行中，到时候会有人来负责大家的……"

"什么时候来？我很重要的东西都在民宿里，我的笔记本电脑里全是我最重要的商务资源！"

"我也是，我现在能回去拿吗……这些东西后面有没有人赔偿啊。"

乐知时有些怕看到这样的场面，但他还是努力克服内心的惶恐，朝这些经受过灾难的人走了过去。

事实上，对他一个刚刚系统学习法学的大学生而言，这种经历几乎是完全空白的。乐知时一开始也只能向他们介绍自己所学的专业，试图安抚他们的情绪。一开始他们并不能接受，认为乐知时太年轻，这张脸看起来更像是上电视的那种人，并不可靠。

但乐知时耐心地为他们科普了《中华人民共和国物权法》，告诉他们持有房产证可以主张哪些权利，现在需要准备些什么……每一个人提出的问题，他都努力确切地作答，态度诚恳。相比含混不清的回应，相对专业的答案给了这些人少许安慰，大家也愿意相信他们是真的能帮忙，也愿意帮忙的。

回答问题的时候，乐知时都会记下对方的信息、受损情况和联系方式，方便后面专业的法律团队可以比较顺利地接手工作。

每隔一段时间，乐知时就要吸一些氧。

之前那个哭喊着的中年阿姨，也有点心疼他："小伙子，你喝不喝水啊？"

乐知时摆了摆手，取下吸氧面罩。"没事的阿姨，我就是正常的高原反应。"她一定要把自己手里很宝贵的水给乐知时，最后乐知时只好拧开仰头倒了一小口，然后立刻还给她。

乐知时说谢谢，可阿姨却一直摇头，很淳朴地对他笑，对他道谢。

她说："谢谢你来帮我们。"

乐知时忽然有些鼻酸，他觉得自己也没做什么，甚至有点后悔没有再努力学习一些。

从中午忙到傍晚，晚上他们送来了泡面，但乐知时不能吃，他吃了点中午没吃完的米饭，填了填肚子，又跑到外国游客那边去帮忙。

那个志愿者大哥终于带来了新的人，都是很年轻的大学生，从附近城市主动过来支援的。

"我是学外语的！"

"我学法，但是学得不好，哈哈哈。"

"我是体育生，有的是力气。"

"太好了。"乐知时的声音很轻，过了两秒，又重复了一遍。

"真的太好了。"

因为第二次大雪，法律团队在路上困了一段时间，晚上八点才抵达。他们没有想到会有一个整理得非常完善的档案，很是惊讶。

"我也不知道给他们的建议是不是对的，"乐知时有些不好意思，"我还是学生，没有真的处理过这些事，但这些资料里写了他们的基本情况，还有他们期望的赔偿，应该有帮助的。"

"太有帮助了。"领头的年轻律师拍了拍他的肩，"谢谢啦。"

乐知时摇摇头，看着这个年轻的团队，心里暗暗想，他真的要好好努力，成为一个律师。

这样就可以像他们一样，来进行法律咨询的义务支援。

隔壁来了个临时义诊的队伍，有一些年纪大的医生，还有很多年轻的女孩。

乐知时帮他们搬运药物，遇到一个挂着护士证的姐姐，犹豫了很久，忍不住开口，向她询问骨折之后应该怎么救治，如果固定得不好，想重新固定应该怎么做，三角巾怎么摆。

他学了很久，又站在旁边看她给受伤的灾民包扎。

本来乐知时最怕看到受灾的场景，尤其看到受伤的人，他的心脏突突地跳得很快很快，还会呼吸困难，但想到宋煜的手臂，他这些不良反应又克制下来，心率也渐渐平复，努力地学习护士的手法。

"这样，明白了吧？"

那个被包扎好只能吊起手臂的少数民族男孩站起来，很淳朴地朝护士姐姐笑，说了好多好多感谢的话，最后还问站在一边学习的乐知时："哎，你学会了吗？"

乐知时有些腼腆地笑，小声说："我也不知道……"

来这一趟，他看到了太多太多，寻找孩子的母亲、倒塌的房屋、因为流离失所而哭泣的灾民，这些都勾起了乐知时心里最深层的恐惧。但有更多的人，他们比乐知时想象中还要坚强和乐观，在临时的帐篷里甚至可以彼此调侃，还反过来安慰他，让他不要怕，没什么好怕的。

乐知时不由得想，这些人好像是不会被打倒的。

真正地亲临现场，为他们提供了一点点的援助，仿佛就拥有了能直面灾难的勇气。

心里仿佛有一个声音在说，我不怕你。

人类虽然渺小，但凝聚起来的力量又很伟大。

休息不足的乐知时交班后拖着沉重的步子来到和宋煜约定的地方，他站在那里等了几分钟，听到有小孩在哭，好像是很小的孩子。

循着声音找了一会儿，最后在一个集中帐篷的背后找到一个小男孩，也就五六岁，穿着红色的棉袄。

"你怎么了？"乐知时蹲下来，手轻轻地摸了一下他的脸。

小男孩抽噎着，哭着对乐知时喊爸爸妈妈，要爸爸妈妈。

乐知时的心一下子感到刺痛，腹部很难受。但他抱住了小男孩，摸着他的后背："没事的，你告诉我，地震之后你见到爸爸妈妈了吗？他们叫什么名字？"

乐知时抱起了小男孩，从他抽泣间隙的寥寥数语得知，他是在街上和妈妈分开的，现在都没有见到过父母。

小男孩就在耳边哭，乐知时心里涌起一股海浪般的悲痛，几乎要淹没他整个人，但他怀里是一个沉甸甸的生命，他根本脆弱不起来。

"我会带你找到他们的。"

宋煜还没有来，他请求约定点的一个志愿者帮他传递消息，然后找到了今天招募志愿者的大哥。他有大喇叭，还有相对更广的人脉。

但找人真的很难，这里实在是太冷太乱，人人都躲在帐篷里，就算同在一个集中区，可能也会错过。他很庆幸自己是半夜来的，那时候没多少人，宋煜才能找到他。

花了一整晚，乐知时筋疲力尽，但小男孩一哭起来，乐知时就会抱住他。有那么一瞬间，乐知时甚至麻痹地想，如果真的找不到，他很想领养这个小男孩。

起码和自己一样，有人照顾他。

但他的想法没有实现，也很幸运没有真的实现。

那个小男孩的爸爸得到消息之后赶来找他了，他似乎扭伤了脚，走路姿势很不顺，但又像是忘记自己受了伤，很快地跑过来，蹲下来紧紧地抱住小男孩。听到小男孩很伤心地喊着爸爸，乐知时终于忍不住转过身，背对他们哭了。

直到这一刻，他才终于敢想自己的爸爸。

那个听起来似乎完美的男人，好像只存活在别人的口中，乐知时不了解，也不想去了解，在每一次听到有关他的故事时，乐知时都是沉默的。

他没有享受过多少父母的爱，很害怕去想念，因为无论他多么想念，都是徒劳的。

干脆不要想。

在电影院里，看到冲击力最强的灾难场面，乐知时觉得尚可忍受，即便是很血腥很残酷的镜头，他也不至于离席。

真正让他无法接受的，是电影里的孩子和母亲见面的那一刻。

当时他极其痛苦地想：为什么我们不能见面了？

为什么没有活着回来……

此时此刻，看到地震中走失的孩子在自己的帮助下回到父亲身边，乐知时才敢真正地去想象。

如果当年父亲没有死，自己会不会也像这个孩子那样，抱住赶来的父亲。

乐奕应该也会紧紧地拥抱他，像眼前这个父亲一样对他说："没事了乐乐，爸爸回来了。"

就在乐知时捏着小男孩送他的一颗塑料小珠子站在冷风里，看着他们离开的时候，宋煜喊着他的名字，朝他走来了。

乐知时对他露出一个很淡的笑。

"你今天怎么样，手臂疼吗？"

"还好。"宋煜给他戴上羽绒服的帽子，"我下午借到卫星电话，给妈打电话了。她把我骂了一顿。"

说着，宋煜笑了笑："我只能对她说，我也不想发生这种事。"

"她是不是也骂我了？"乐知时垂下眼睛。

"嗯，她被你气死了。"宋煜吓唬完乐知时，又说，"但她也说你肯定是担心她，才不敢告诉她。外婆的事……你们不也没有告诉我吗？"

"她不让我跟你说。"

家人就是报喜不报忧的，乐知时想。

但也是因为爱彼此，才不敢说。

乐知时也没有告诉宋煜刚刚那个小男孩的事，只是和宋煜一起回到测控车上。尽管乐知时因为太累，没有对他说下午的志愿活动，但宋煜还是给了他鼓励，一遍一遍对他说："你长大了，你很棒，很勇敢。"

尽管第一次地震的级数很高，但因为当时救援指挥非常及时，持续高效地进行搜救，伤亡和以前比少了很多。

第二天安置区开始通电，也恢复了部分信号，乐知时终于收到了宋煜迟来的短信。

看到那些文字，他眼前似乎能看到宋煜慌乱的脸。他反复咀嚼着宋煜发的"乖，别来"，心里尝到一丝苦涩的甜。

他给林蓉打了个史上信号最差的电话，被她断断续续大骂了一顿，又听她抽抽搭搭地哭，然后不断地道歉和认错。

林蓉怪他："你胆子也太大了，不怕路上出事吗？"

乐知时低声说："我一听到消息，就忘了害怕了……"

"唉，你们今年都不能回家过年了是吗？"

乐知时沉默了好久，也不敢回答。

林蓉也无法责怪他，甚至还说要赶来陪他们，被乐知时一通劝解，才打消这个念头。

他也给所有关心他的人报了平安，蒋宇凡头脑发热，也要来帮忙，乐知时好说歹说，才劝住他。

但他自己不想走。

乐知时还想留在这里，多帮一些人。

到了第四天，安置处越来越完善，有了移动厕所，已经有小朋友在安置处的大帐篷里统一接受心理辅导，有专门赶来的心理老师来上心理课，进行难后调节。

有时候乐知时很累了，会坐在帐篷外听他们上课，听到那些可爱的小朋友声音稚嫩，拖着尾音齐声回答问题，会有一种充满希望的感觉。

好在余震的频率已经降下来，后续的几天大家也都在惴惴不安中平稳度过。

他成为幸存者信息收集组的一名志愿者，奔走于雪山下的各个角落，收集信息，联系新闻媒体和社交网站上的自媒体，发布消息，尽可能地向幸存者的亲友报平安。

他们发布的信息得到了很多人的扩散和转发，不断有亲人相见，于劫难后重逢。

乐知时已经可以很坦然地接受别人的失而复得，并为此感到幸福。

除夕那天，乐知时跟随一位少数民族同伴路过一个地方，他顿住了脚步，静静地看了一会儿。

同伴叫他走，他才急忙跟上。

听宋煜说，他们的灾情地图越来越完整，越来越精确，可以很好地帮助指挥中心制订救援计划，乐知时觉得好幸运。

灾情逐渐稳定，搜救工作的密度不断减小，医疗资源也足够应对。稳定下来后，学校要求何教授带学生返程，他们不得不离开。

乐知时感觉这段时间就像做了场慌张的梦，不觉得可怕，但会难过。

甚至舍不得就这样离开。

离开的前一天又下了雪，乐知时叫住宋煜，说要带他去一个地方。

雪山在他们的身后，在冬日暖阳下闪烁着耀眼的光，天空很蓝，蓝得像从没发生过任何不幸的事那样，很美。

两个人边走边看，宋煜时不时会低头去看乐知时。

"你太累了，瘦了好多。"

乐知时仰起脸，对他笑了笑："没有。"

宋煜陷入短暂的沉默，仿佛在心里做了很艰难的决定一样，皱着眉问他："你会害怕吧，我继续做这样的工作？"

"会。"乐知时很诚实地点头，又垂下头，"是个人都会怕吧。人都是自私的，我也希望你能做最轻松最安稳的工作。"

"但我那天看到你们做出来的灾情地图和模型，忽然就觉得……真好。"乐知时皱了皱眉，看向宋煜，"你们真的拯救了很多人。"

"还有那些消防员、医生、护士，甚至那些挺身而出的普通人，他们也有爱人啊，他们的爱人和亲人好无私啊。"

乐知时收回放空的眼神，对宋煜微笑道："和他们比起来，你的工作危险系数都没有那么高了，所以我也要努力学着不那么自私。"

宋煜因感慨而说不出话，被乐知时领着来到旧城的一处大门前。

"到啦。"乐知时语气中有些得意，"我可是记了很久的路才能带你顺利来到这里的。"

这是一座教堂，没有上次在广州见到的那座宏伟，也不那么精致，静静地矗立在蓝天与雪山下，透着一种很朴素很纯粹的美。

乐知时从口袋里拿出一个小盒子，还差点掉了，紧张让他变得有些滑稽，好不容易接住放在手心，脸上的表情局促得可爱。

"这是之前，你生日的时候，我定制的礼物……"他觉得自己有点可笑，除夕都过了，自己居然还没把生日礼物送出去。

宋煜却怔在原地，视线从乐知时冻伤的手指缓慢地移到打开的盒子上。

"我找了好久才找到一个定制店，和那个工匠师一起设计的。"乐知时有些不好意思地说，"我还找蓉姨借了一笔钱，所以我现在没有存款了，只有外债。"

"留给我的遗产都没了是吗？"

乐知时像是怕他不要似的："只有这个了。"

细看之后，宋煜才看到内里有什么，他对着阳光看了看，是一块二十分钻石大小的墨绿色的玉，内嵌在铂金里。

"这是……"

"藏玉。"乐知时抿了抿嘴唇，"还挺应景的，我们现在就很靠近产地了，对吗？"

宋煜会心一笑。

原来他把自己送的玉石偷偷镶在里面了。

"这个很难做，工匠师试了好多次，所以做得很慢。"

"为什么嵌在里面？"宋煜问。

"我想把我的玉藏起来。"乐知时笑了起来，嘴角有一处小小的凹陷的窝，那双漂亮的眼睛像是不曾受过任何苦难，弯起来如同新月。

冷冽的寒风环抱住他们的身躯，雪山也来见证他们的劫后余生。

回程的车发动之前，何教授把宋煜叫下去说话，乐知时坐在车里，从车窗玻璃往下望。

"宋煜呢？"

听到有人喊宋煜，乐知时先转过头，看见一个学长，手里拿着一个碎了屏的手机。

"学长，他跟何教授谈话去了。"乐知时轻声说。

"是吗？那我给你吧。"学长笑着把手机塞给他，"你看这砸得……我们的都是冻关机了，就他的是被砸坏了，刚刚那个修手机的哥们才给我。你一会儿给小宋吧，不知道他还要不要。"

乐知时点了点头，低头看了看，手机屏幕的确碎得不像样了，但很神奇的是，还能开机。

刚刚那个学长坐到前面，像是忽然想到什么似的，转过身来对乐知时说："你的头像是不是一个小芝士？《猫和老鼠》里面那个。"

乐知时点了点头："嗯。"

"怪不得，我一打开手机微信消息爆炸，一看都是一个叫'摩尔曼斯克'的人发的，是你吧。"学长笑着说，"你是真担心他啊。"

另一个学姐说："那当然担心啊，毕竟是这么危险的事，而且小宋也很担心乐乐的，你看咱们冰山小宋什么时候对别人细声细语说过话？一见面就笑得很温柔，一点都不像他。"她叹口气，"看来世界上不存在冰山男，冰山男也是会融化的。"

乐知时的关注点都放在刚刚学长说的话上面，有些迷茫地喃喃自语："摩尔曼斯克……"

他低下头，解锁手机，指腹点在破碎的屏幕上，点开微信，看到了自己的对话框。

的确是这个备注。

这几个字他很熟悉，但又隐隐有些疑惑。

乐知时转过头，正好对上车外宋煜的视线。他抬起头，给乐知时一个温柔的微笑。

"学姐，"乐知时收回视线，凑上前，轻声问，"摩尔曼斯克是个地名对吧？"

"啊，是的，在俄罗斯。"那个学姐说，"那是北极圈内的一个不冻港。"

——正文完——

番外一
欢迎回家

成年人的无奈和困苦无处发泄，宋煜只想成为乐知时童真的收容所，
让他可以在自己的面前想哭就哭，想笑就笑。

回去的路上，乐知时越想越觉得心虚，就怕见到林蓉和宋谨之后会被大骂
一顿。

"现在知道怕了？"宋煜看着他不敢摁门铃，纠结时间长达一分钟之久，忍
不住逗他，"跑的时候那么义无反顾。"

乐知时转脸瞪了他一下，很小声又很直接地说："那还不是因为担心你。"

宋煜听了他突如其来的话，愣了一下，结果门忽然自己开了。

林蓉拉开大门，另一只手叉着腰："你们在门口叽叽咕咕说什么呢！我都
站在监视屏这儿等好久了。"

她话音刚落，突然间"砰"的一声，奇奇怪怪的彩带喷到宋煜和乐知时
身上。

"欢迎回家！！！"

乐知时傻乎乎地把脸上和身上的彩带弄掉，又去帮宋煜弄，但眼睛都不在
宋煜身上，所以手上的彩带糊了宋煜一脸。

"怎么这么多人啊……"

玄关外站了一大帮人，除了林蓉和宋谨，蒋宇凡、秦彦、沈密、南嘉，连

徐霖和曲直都来了。

宋谨手里拿着和他很不相称的玫红色彩带筒，笑眯眯地解释："大家给你们搞了个惊喜。"

确实是惊喜，乐知时心里暗暗庆幸，还好没有被骂。

"对啊，你们现在可是大英雄和小英雄。"南嘉手里拿了俩傻里傻气的红色绶带给他俩挂上，还跟秦彦使眼色。"哦对对。"秦彦见了也立刻跟上来，从自己的运动挎包里拿出一面卷得好好的锦旗，走到他俩跟前，"啪"的一下抖开，笑得见牙不见眼。

两人盯着锦旗上的两行黄字，忍不住念了出来。

乐知时："妙灸神针医百病……"

宋煜："……德艺双馨传四方。"

"我靠？"秦彦飞快地把手里的锦旗转过来自己看。

"秦彦学长你在搞什么啊?!"

秦彦抓着脑袋："那个锦旗店的老板把我的订单和隔壁老中医的搞混了！"

"哈哈哈哈哈！"

乐知时笑得浑身都颤。

"好了好了，快进来，正好赶上晚饭时间。"林蓉抱了抱宋煜和乐知时，"我的两个宝贝都瘦了，肯定每天都吃不好。"

"还可以的。"乐知时说，"宋煜在那边都不挑食了。"

秦彦笑起来："那儿也没的挑吧。"

"锦旗都拿错的人没有资格说话。"宋煜淡淡道。

为了这次的惊喜聚会，林蓉和宋谨特意把家里一直不用的长餐桌搬出来，做了一大桌子菜，中午大家就赶来家里布置，吹了各种形状的氢气球，让它们轻飘飘地悬在天花板上。

乐知时觉得好漂亮，一进来就不断地感慨，结果被蒋宇凡拽到一边，脚一伸："乐乐你看。"

乐知时没有搞明白，四处瞄了瞄："看什么？"

蒋宇凡又把自己的脚伸得更长一些："看！"

路过的徐霖端着一盘炸鸡翅，差点被蒋宇凡伸出来的脚给绊倒，好在他平衡能力还不错，又被乐知时拽了一下，好歹没摔下去，但是结结实实踩在了蒋宇凡的新鞋上。

"啊，我的限量版 AJ！！！"

乐知时和徐霖同时被蒋宇凡的抱脚痛哭吓到原地立正。

"啊……"乐知时反应过来，对徐霖说，"这就是蒋宇凡拿你和沈密打赌赢的那双 AJ 啊。"

捧着一大盘炸鸡翅的徐霖突然炸毛："我和谁?!"

乐知时又吓了一跳。

忘了忘了，在俩人面前都不能提这事。

林蓉把自己烤的大蛋糕也端出来，搁到餐桌的一端，拍了拍手。"小煜来切吧，小煜有强迫症，切得比较整齐。"

乐知时也对林蓉的建议表示赞同："哥哥手超准的。"

于是一向比佛还难请的宋煜就真的去切了。

大家聚在一起分享美食，一个一个传递宋煜切好的蛋糕。沈密叉了一块炸鸡送到嘴里，伸长脖子望着宋煜的方向。

"宋煜学长好惨啊，一只胳膊了还要切蛋糕。"

秦彦点头："嗯，我们要多多关心残障人士。"

于是他们俩得到了全场最小的两块蛋糕，而乐知时一个人的是他们俩加起来的两倍大。

"我可能吃不了这么多。"乐知时转过脸，对坐在自己身边的宋煜说。

宋煜一脸高贵地拿起自己的叉子。"你可以吃不完，但不能分给他们。"

猫咪是很记仇的。乐知时吃了一口蛋糕，很谨慎地只在心里夸赞宋煜可爱。

大家边吃边聊，乐知时和宋煜分享了很多在高原的经历。

"那里的人真的又坚强又乐观，而且很热情。"乐知时回忆起很多可爱的人，"我走的时候都有点舍不得。"

曲直提出建议："我们下次可以一起去那边旅行。"

"对。"南嘉也赞同，"我一直想去看看雪山，从来没有去过高原，一定很好看。"

"我们可以租帐篷!"乐知时兴致勃勃地提议。

"这种事情要从长计议。"宋谨给他们夹菜，"你们这些天很辛苦，要多休息，小煜要好好养伤。右手受伤了干什么都不方便。乐乐也是，下次遇到这样的情况，不可以一句话不说就跑到那么危险的地方去了。"

乐知时很诚恳地点了点头："我知道了，下次肯定不会这样。"

"真的吗？"蒋宇凡不相信，"你一听到宋煜学长出事，整个人就不正常了。我觉得你下次还是控制不了你自己。"

"我这次去了就知道是什么情况了，下次不会这么冲动了。我发誓，请大家监督我。"乐知时态度真诚地保证，还举起了自己的三根手指，看起来煞有介事。

宋煜摁下他的手指，语气温柔地说："好好吃饭吧。"

秦彦贱兮兮地对着蒋宇凡模仿宋煜的口吻，然后又摇摇头："火日立从来没有这么对我说过话。他对我说得最多的一句就是……"

"闭嘴。"宋煜说。

乐知时因为笑得太开心，不小心把手边小半杯可乐打翻，流到了宋煜的裤子上。他反应过来时已经晚了，拿桌上的抽纸慌慌张张地给宋煜擦。"对不起对不起。"

"没事。"宋煜捉住他的手腕，对林蓉和宋谨说，"我去换一下衣服。"

"哦好。"

他起身的时候瞟了乐知时一眼，但很快收回眼神，独自上了楼。走了不过一两分钟，饭桌上的话题已经换了一茬，乐知时说宋煜不方便换衣服，自己去帮他，然后加快脚步上了楼。

宋煜的房门是关着的，乐知时不确定有没有落锁。他试着握住门把手拧了一下，没想到打开了门，他一面很轻地往里推，一面在心里吐槽宋煜换衣服都不锁门。

进了门，手机忽然振动起来，乐知时掏出来看了一眼，犹豫了一会儿要不要接。

一只手的宋煜换起衣服来比乐知时想象中还要快。

宋煜盯着乐知时的手机屏幕。

"Ryan（瑞安）是谁？"他的声音都低了几分。

乐知时有些尴尬地转过脸，向宋煜解释："之前做志愿者帮忙给外国游客采集信息，有一个腿受伤的澳洲男生，当时留了我的电话。"

宋煜挑了挑眉："这几天一直给你打电话的人就是他？"

乐知时点了点头。

手机被宋煜拿走，乐知时原以为他会跟 Ryan 说两句，没想到他直接把人拉黑，然后把手机还给了乐知时。

"这就是为什么我不想带你一起去外出作业。"

乐知时脸上露出很可爱的表情，每次看到宋煜生气，他都会有一种莫名的愉悦感。"你不带我明明是怕我出事。"

宋煜对此耿耿于怀："以后这种直接拉黑，还有那些要加你微信的，都一样。之前秦彦动不动就把你微信给出去，惹了一堆麻烦。"

"欸？"乐知时捕捉到了重点，"你怎么知道秦彦学长把我微信给出去的事？"

宋煜不吭声了，拉着乐知时下了楼。

等到收拾餐盘的时候，乐知时才找到机会靠近秦彦。秦彦端着酸奶水果盘，一口一口把里面的东西都吃完。

"秦彦学长，你告诉我哥你把我微信号给出去的事了吗？"

"嗯？"秦彦一下子没想到。乐知时又问出第二个问题："还有，我一直很好奇……我哥是怎么跟你说的啊？"

五秒钟后，秦彦发现这两个问题事实上是同一个。

回想起当时的场面，那股冲击至今未过。

对宋煜的手伤一直不放心，回家休息了两天后，乐知时就带着他去医院检查了。

医院人来人往，乐知时站在宋煜的右边，护着他，生怕他磕着碰着。三天前他就在网上预约挂号，挂到一个有名的骨科专家号，所以排队候诊的人也格外多。乐知时带着宋煜在候诊区的最后一排最左边找到了一个空位。

"坐。"乐知时指着那个位子对他说。

宋煜并不打算坐，只淡淡道："你坐吧，我想站着。"

但他没来得及耍太久的酷，直接被乐知时摁到座位上。"你是病人。"

乐知时站在他的旁边，眼睛望着不远处显示屏上的号码，眯着眼，像个小大人一样对宋煜说："我们还要再等两个。"

"嗯。"宋煜顺势把乐知时往自己的方向拽，动作不大，好几次之后，乐知时才感觉到他是希望自己再靠近一点。

"已经很近啦。"乐知时低头小声对他说。

显示屏上的号码在这时候换了一个，就诊室的门打开，一个穿着附近某高中冬季厚校服的女生被一个男孩子揽着一蹦一跳地出来，大概是崴了脚，抬起的那只脚踝都有点肿，穿着棉拖鞋。

男生身上背着两个书包，手里还拿着一份拍好的片子。

"现在还在上课吗？"乐知时一边盯着他们，一边嘴里小声嘀咕，"高三的吧，好惨。"

宋煜没说话。

乐知时低头，轻声问他："是不是没睡好？"

宋煜晚上睡不好，或许是因为手疼，胳膊固定着也没办法翻身转身，只能仰躺着。乐知时也因为担心，一整个晚上都没有睡好，早早地就醒了。

但宋煜声音低沉地说："没有。"

乐知时把手伸进口袋里，摸出一颗凤梨味的奶糖，剥开奶黄色糖纸把里面的糖果递到宋煜嘴边，用哄小孩的语气怂恿他："这个很好吃的。"

看宋煜有些嫌弃地皱眉头，乐知时很受伤地说："这是我专程为你带的，因为要看病。"

宋煜最后还是把糖吃了，然后问他："看病为什么要带糖？"

"因为你以前就是这样啊。"

小时候的乐知时很讨厌看病，每一次来医院的时候都又害怕又紧张，因为几乎每次来都要打针，所以有时候一坐到医生对面他就直接哭出来。

那个时候的宋煜也不大，总会摸出几颗糖塞到他手里，又故意说："我也不知道哪儿来的，最讨厌吃糖了，给你。吃糖就不要哭了。"

然后小小的乐知时就会比较容易接受看病这件事，后来也养成了这个习惯，会在进入医院前就可怜巴巴地央求宋煜给他提前吃一颗。

那时候也奇怪，乐知时不吃林蓉带的糖，就只要宋煜手里的。有一次他忘了带，在爸爸妈妈带着乐知时等待的时候，自己不声不响到医院外的小超市去买。那里没有多好吃的奶糖，宋煜只好买了一包全是水果香精味的硬糖，乐知时还是吃得很开心。

"那是因为你小时候生病真的很爱哭。"宋煜装出一副烦恼的样子，"我没办法。"

不过乐知时没有因为他假装烦恼而困扰，一想到小时候的事，他就心情愉悦，伸出手摸了摸宋煜的头发，和高兴了就撸一把猫的行为没什么两样。

前排两个候诊的人起身离开了，那对高中生坐了下来，就在乐知时和宋煜的斜前方。

显示屏上又换了号，站在就诊室门口的护士喊着："29号在不在？"

乐知时立刻回应道："在的。"

令他庆幸的是，宋煜的伤没有他想象中那么严重。和高三宋煜手腕受伤时一样，乐知时在网上搜了很多关于骨折的信息，越看越害怕，几乎睡不着觉。此刻的他像一个合法的监护人那样，站在宋煜身边，不断地问医生很多问题，让宋煜都没有插嘴的机会。听到专家说好好养三个月就会没事，乐知时才放下心来，连连道谢。

他带着宋煜去取药，排队的时候让宋煜站得远远的，怕人来人往挤到他，自己一个人排。两个人隔老远对视，乐知时用有些奇怪的肢体动作跟宋煜对话，看起来很傻。

"我们两周后还要来复查。"乐知时带着宋煜走出了医院大门，年后的天气还是很冷。他叫了车，站在路边等了一会儿，连着打了三个喷嚏，被宋煜裹紧了外套。

坐上车后，乐知时还煞有介事地观察宋煜拍的片子。"人的骨头好细。"说完，他又有些心疼地摸了一下上面的裂痕，又摸了摸宋煜打着石膏的手，像施法一样小声祈祷，"快点长好吧。"

宋煜觉得乐知时可爱，拍了拍他的发顶。

乐知时觉得他的石膏白白的，很适合在上面画点什么。忽然听见宋煜开口说："何教授停了我半年的外出任务。"

"半年？"乐知时轻声说，"好久。"

"嗯，我就趁着这个时间多发点论文吧。他还说下个月会换防震效果更好的测控车，有专门放仪器的区域，这样可以避免受伤。"

"那就好。"

"真正参与应急测绘工作的时候，安全措施的级别是很高的。"宋煜解释说，"这次是真的毫无准备地赶上了一次意外。何教授之前工作的时候，都是在灾后赶到的，风险比较低，而且基本是在测控车里操控无人机的。"

听见宋煜解释这么多，乐知时没来由地有些心疼，都已经过去这么多天了，宋煜还是会有意无意地向他解释，告诉他这份工作事实上没有他想象中那么危险。

"我知道的，这次确实是很突然，你们没有准备就遇到了天灾。好在有惊无险。"乐知时很依赖地靠着他，"宋煜，我已经没有那么害怕了。"

"是吗？"

"嗯，人总是要长大的。"乐知时笑了笑，"而且我知道你会为了我照顾好自己的。"

宋煜也露出一个很淡的笑，他承诺说："会的。"然后又对乐知时说："你在我面前不要长大。"

这是一个很不切实际的念头，但宋煜真的这么想。他希望乐知时在他的面前永远直白、稚嫩，想要什么就找他要，对他有最大的依赖，哪怕是彼此照应，他也想让乐知时对他的照顾永远是小孩子装大人的笨拙和可爱。

成年人的无奈和困苦无处发泄，宋煜只想成为乐知时童真的收容所，让他可以在自己的面前想哭就哭，想笑就笑。

回到家的时候，他们发现玄关柜上贴着便利贴，是林蓉留的。

"我们要去参加我小姐妹的生日宴，不回来啦。"

宋煜忍不住吐槽："都多大了还小姐妹。"

乐知时在心里想，蓉姨也是因为被宋叔叔宠着，所以才会一直像个小女孩。尽管他也想被宋煜一直宠着，但现在不行，宋煜还是个伤员。

"哥哥，我来做饭。"

见他一副兴致勃勃的样子，把外套脱了直接扔在沙发上，宋煜略带质疑地朝他走过去："你确定？"

他有一种不太妙的预感，毕竟一贯手巧的乐知时，在炒菜方面着实没有天赋，又因为有林蓉和自己，他也从没有动过手，经验值基本为零。

"对啊。"乐知时肯定地说，穿上围裙。看见厨房里有林蓉煲好的排骨藕汤，还是热的，于是他对着站在餐厅的宋煜问："再给你炒一个鸡蛋好吗？"

宋煜想劝他不要，但乐知时已经先一步打了鸡蛋，背对着他小声叫了一下，然后拿筷子在盛鸡蛋的瓷碗里挑着什么。

八成是把鸡蛋壳打在里面了，宋煜心想。

"问题不大，问题不大。"乐知时一面小声念叨，一面用筷子把蛋液快速搅散。宋煜想进来帮忙，被他果断拒绝："你去坐，先喝排骨汤。"

半开放式的厨房，宋煜就算不进去，基本也能看到乐知时的动静。

感觉本来不大的问题好像变大了。

最终，关了火的乐知时背对着宋煜在流理台跟前站了半天，一番心理挣扎之后，他回头看向宋煜："要不今天就不吃鸡蛋了吧……"

"端过来。"宋煜说。

乐知时"哦"了一声，十分不情愿地把自己炒得又煳又碎的鸡蛋端到餐桌上，他比谁都清楚，宋煜这个人是最挑食的，有时候连蓉姨做的饭他都会挑剔，某道菜里如果有他不爱吃的姜，他连筷子都不动。

"你别吃这个，"乐知时心虚地给他多夹了几块汤里的排骨，"吃点蓉姨炖的排骨吧，吃哪儿补哪儿。"

但宋煜不动声色地夹起一筷子炒鸡蛋，尝了尝。

他越淡定，乐知时越忐忑："哥……"

"还可以。"宋煜又吃了一口，"味道比卖相好。"

乐知时不太自信，也拿起筷子夹了一口，然后就闷头喝汤，再也没吃。大概是他倒霉，刚好吃到没有完全弄出来的蛋壳。

一整盘炒鸡蛋最后都被宋煜吃光了，他还给自己找借口，说今天刚好想吃鸡蛋。

乐知时觉得宋煜的刚好来得很蹊跷，他十分沮丧地收拾了碗筷，站到洗碗池边放了水，说："我以后再也不做饭了。"

宋煜靠到他的身边，拨开他的头发，声音低沉但柔软："我都吃完了。"

这话说得颇有些邀功的意味，反而激起了乐知时小小的自尊心，他转过来盯着宋煜的脸："你的意思果然还是觉得很难吃。"

"好吃。"宋煜开口没犹豫，而且面色不变，说什么都像真的一样，"真的不做了？"

"嗯。"乐知时点了下头。

"做吧，"宋煜说话语气很轻，像是诱哄，"只做给我吃。"

犹豫了两秒，乐知时还是根本拒绝不了宋煜，只好垂下眼，看起来很乖地说："好吧。"

仿佛觉得自己的应答显得有些草率，乐知时转过去拿起一只碗，语气认真道："等我学得很好之后，会经常给你做菜吃的。"

宋煜明明只有一只手可以活动，但还是把乐知时洗过后还满是泡沫的碗接过来，拿在水龙头下面冲干净。

"也不用学得多好。"他的语气十分随和轻松，仿佛自己是这个世界上最不挑剔的人，"现在就很好。"

"你对我的要求是真的很低。"乐知时笑着把最后一个盘子洗出来，厨房窗外的阳光透过云层，把他的眼睫毛都照成半透明的浅色。

"不是。"宋煜帮他冲好盘子，放在台面上，"是因为你已经很好了。"

乐知时笑了笑，带着点感恩的意味，因为在宋煜面前，他从不会觉得自己不够好，一旦产生一点点这样晦暗的小火苗，宋煜就会很果断地掐灭。

"我收拾一下，你先去沙发上坐着，医生说了你要多休息。"

无论乐知时怎么说，宋煜都没有走，他站在原地，自顾自地问乐知时要抹布还是厨房纸巾，然后随意拿了一个。

假期悠闲，两人坐在沙发上看电影。乐知时给宋煜拿了一条厚毛毯盖在他身上。冬日午后的阳光晒得人昏昏沉沉，乐知时迷糊又困顿，但他也说不上为什么，只是很敏锐地感觉到宋煜的呼吸声不太对，一抬头，果然发现他皱着眉，嘴唇也微微抿着，嘴角平直。

他坐起来，很轻地摸了摸宋煜的手臂："是不是疼啊？"

宋煜摇了摇头。乐知时抬手摸了摸宋煜的额头："怎么办？要不要吃止疼片？"

他是个十足的行动派，脑子里有了这个想法身体就立刻行动起来，宋煜伸手拉住他："不用，回来。"

"止疼药吃多了也不好。"乐知时也开始了自我说服。

他不想让宋煜疼，想让宋煜开心。

想来想去，乐知时只能想到一件让宋煜高兴的事。"要不我给你念我写的日记吧。"

宋煜果然笑了。"这次这么自觉？"

乐知时歪了歪头："那是，总得为了宋煜同学的康复事业做一点小小的牺牲嘛。"

宋煜嘴角扬起细微的弧度，没有看他："真会哄人。"

乐知时毫不客气："谢谢夸奖。"

番外二
少年时代

"分心也不是什么大事。"

如果用一个词概括宋煜的少年时代，大概就是心无旁骛。

心无旁骛地学习，心无旁骛地依照计划按部就班地朝着职业规划前进。

心无旁骛地照顾乐知时。

绝大部分时间里，宋煜都可以很好地管理最后这件事在生活中的分量，偶尔会失控，所以失控的瞬间，他会自暴自弃地想，如果乐知时和他不住在一个屋檐下就好了。

减少和他接触的频次，降低生活中有关他的信息密度，这样一来，他应该就可以更自如地管控自己的计划。

不过这个论断后来被宋煜自己推翻了。

因为哪怕隔着大半个操场，听不到他的声音，也看不到他的笑脸，只是看到一个认真学习投篮的背影，自己就会开心。

在所有看起来可控的事物里，乐知时是最不稳定的，但宋煜觉得还好，还可以忍耐，只是这种情绪来得莫名其妙，好像找不到起点。

无论他怎么回溯记忆，好像都无法找到一个确切的、开始在意乐知时的时间点。又或许是因为他总是困惑，于是总是回忆，所以关于乐知时的点点滴滴，宋煜都记得分外清晰。

他闭上眼就可以想起第一次见到乐知时的场面，能想到他很漂亮很可爱的样子。一双手软软的，小小的，还不会叫哥哥。

不过那段时间他并不好过，对害乐知时病发的愧疚，还有因乐叔叔意外离世产生的心理应激，都在折磨着一个才不过六岁的小孩。

唯一可以缓解的办法就是悄悄地对乐知时好。

比如小学时在乐知时不知情的情况下，帮他教训骂他没爸爸妈妈的同班男生，或者总是在口袋里放自己很讨厌的奶糖，又会在晚上督促他刷牙。

还比如骑车到很远的地方去买一本不好买的漫画书，最后骗他是在学校门口买的，随手扔给他。

乐知时会很开心，但也是真的相信他是随便买的。

他很好骗，还不用哄。

所以宋煜甚至没有露出马脚，让他的保护告吹的机会。

他不会光明正大地对乐知时好，总是表现出一副毫不关心的样子。一开始他的演技真的很拙劣，但多少也瞒得过。

这座城市总是很频繁地下雨，夏天的时候仿佛泡在雨水里。路上人来人往，无论多小心，都会溅湿裤腿。成年人都是如此，更别提小孩子。

小时候的宋煜对连绵的阴雨没有太大的感觉，因为他是个走路很谨慎的孩子，早上出门前会穿好雨靴，然后干干净净地回家。但乐知时不是，他在下雨天会显得更笨，哪怕不淹水，他也会不小心踩到翘起来的地砖，然后可怜兮兮地溅上一身水。

如果淹了水就更不妙。有一次，还在上小学一年级的乐知时就被男同学骗到外面，说要他陪着去小卖部，给他买好吃的，结果他的裤子全浸湿了，一直到膝盖都是湿的，也没有好吃的。他很难过，又不敢告诉宋煜。

到了放学，他们在教学楼一楼碰面，宋煜看到乐知时的裤子和委屈的脸，才知道他一整个下午都是这样上课的。

"下雨天不许出教室。"他有点生气，对乐知时说了一个很不合理的要求。

可听到乐知时软软地说好的，宋煜又忍不住改口。

"不许出教学楼。"他又别扭地说，"要吃什么，上楼来找我，我去给你买。"

乐知时那时候也只是吸着鼻子，伸手很固执地要去牵宋煜的手。

宋煜收手不让他牵。"听明白了吗？不要跟别人跑了。"

"听明白了。"乐知时红着眼睛和鼻尖，很老实地对宋煜点头。

不过大概是吃过一次亏给乐知时带来的心理阴影太大，即便宋煜说自己会带他去小超市，可真到了下雨的时候，乐知时也不会出教室，除非打雷。他那时候会很想宋煜，有时候会忍不住掉眼泪。

挨到放学，乐知时还是会跑到宋煜的教室外面，扒着后门，眨着一双大眼睛不出声，乖乖等宋煜。

一般来说，宋煜是通过周围人的交头接耳发现乐知时的存在的。因为没人敢在上课的时候和宋煜说话，所以大家就彼此讲小话。听到"那个可爱的小弟弟""混血小可爱"这样的字眼，他大概就能猜到乐知时又在后面等他了。

下课之后，宋煜先收拾好自己的书包，然后当作不知道那样转过身。

和他对上视线的瞬间，乐知时会开心地蹦跶一下，然后跑进教室，抱住宋煜的腰，仰着脸笑得很傻，叫他小煜哥哥。

"你裤子今天有没有打湿？"

"没有。"乐知时摇头的时候软软的卷头发显得很蓬松，可爱度翻倍，"我今天一步都没有出门。"

宋煜觉得他傻，想说他可以上楼来找他，但最后也没有说出口。

那天司机告了病假，宋煜要带着乐知时坐出租车回家。很清楚乐知时无论怎么样都会弄湿裤子，所以他直接把乐知时背了起来，让乐知时来撑伞。

乐知时在宋煜的后背乖乖趴着，手臂抱得很紧，心情格外好，唱着很奇怪但不难听的儿歌。

"小煜哥哥，张成宇今天跟我说了对不起。"

张成宇就是骗乐知时，说会给他买零食的那个同学。

"嗯。"

宋煜想到自己教训他的场景，觉得那种小孩也不像是真的会感到抱歉的家伙，只是迫于高年级学生的压力罢了。

乐知时说了一句，又开始唱歌，他的头埋得太低，脸几乎要贴上宋煜的脖子，胡乱哼哼的时候呼吸都是湿乎乎的，和雨天的空气有一比。

"你不要原谅他。"

仿佛在向一个小孩灌输不够宽容的观念，但宋煜真的是这样想的。

乐知时太善良，就算是被人欺负，也会觉得是因为自己和别人不一样，所以才会被排挤，而不会觉得是别人的错。

"但是我已经说过没关系了。"乐知时抱住宋煜的脖子，感觉他站定把自己往上掂了掂，"下次我就不原谅他了。"

"这种事还想有下次吗？"

"不想。"乐知时吸了吸鼻子，"裤子湿了好难受。"

宋煜想一下也知道有多不舒服，他背着乐知时走到马路边。"为什么不告诉老师？"

"我忘记了。"乐知时缩在他颈边，黏糊得像沾了水又甩不掉的软糖，"小煜哥哥，我只想找你。"

车停在两个小孩子面前，出租车司机降下车窗，有些犹豫地看向他们："走不走？"

宋煜点了头，于是也略过了对乐知时的回应。

四年级的他，还不懂怎么坦然地向乐知时表达自己内心的想法。

后来他发现，长大了也一样。

青春期的迷茫、逆反和挣扎，他都默默地献给了乐知时。

尽管不记得自己是什么时候开始在意乐知时的，但宋煜记得那个转折点。

也是夏天，初三临近中考，是个乐知时睡不好的雷雨夜。那时候的乐知时已经不会再像三岁时那样拼命爬上宋煜的床。被拒绝一次，他就会乖乖回自己房间，留宋煜独自后悔。

拒绝的原因其实也很简单，班上有人开宋煜和一个女生的玩笑，把他们类比成隔壁班早恋的小情侣，聊到"初恋"这个不合时宜的话题。他觉得厌烦，心情持续低落，所以对乐知时说了"我很累，你还是回自己房间睡觉吧"这样的话。

躺在床上，宋煜闭着眼劝自己早点睡。可大雨喧嚷，令他本就不安的心更加浮躁。后来也不知过了多久，他好不容易迷迷糊糊睡着，梦里出现了很多奇怪的画面。

早上打开卧室的门，还是和往常一样，宋煜按照林蓉的吩咐去敲乐知时的房门，催他起床。

站在门口，盯着密码锁看了一分钟，听到里面拖鞋摩擦地板的声音，下一刻，乐知时慢吞吞拉开门，穿着很柔软的白色睡衣，抬手揉眼，下意识就抱住了宋煜。

"小煜哥哥，我还想睡。"乐知时把脸埋在他怀里，手臂也抱住他的腰，不

268

清醒的时候说话格外黏腻。

宋煜很不自在地扶住他的肩膀，推开了他。

他自己下楼，对林蓉说："以后不要让我叫他起床了。"

十五岁的宋煜展开青春期的考卷，一路顺畅地做到末尾，却遇上有史以来最难的最后一道大题。

他鲜有地产生了放弃答题的意念。连同前面得到的接近满分的分数，他都不想要了。

因为不知道应该如何处理，所以宋煜选择了维持现状，反正乐知时什么都不知道。他难得天真地幻想，说不定自己哪天就变了。

人不都是这样。

但宋煜为人挑剔，社交范围狭窄，除了学习，生活里好像只有一个乐知时。

中考结束，宋谨说要送他一件礼物，让宋煜尽管提。他很少会有想要的东西，因为感觉自己什么都有。所以当父亲问起，宋煜脑子里的第一反应是乐知时喜欢看动漫，他想要一台投影仪。

后来他当然也得到了，并且自己花了一个上午的时间亲自安装在卧室里，正对着床，因为他觉得乐知时很懒，会比较喜欢躺在床上看动漫。

他又花了一下午的宝贵时间，下载了乐知时喜欢的动漫，拉着窗帘在黑暗的房间里调试了很久的屏幕，等到终于满意，才准备找个借口让乐知时来看。

宋煜在脑子里反复练习要怎么合理地解释自己有这部动漫。

不过林蓉从来不希望家里只有一个孩子收到礼物，所以差不多是在同一天，乐知时的卧室里添置了一台高清壁挂电视。乐知时很开心，在饭桌上炫耀了很多次，画面很高清，颜色也很好。

所以宋煜就没说。

晚上睡不着，他把自己下载的动漫静音播放了一整晚，也才播了二十多集。

靠在床上，他一边看，一边想，怎么会这么长？究竟是哪里好看？

有什么好的，就这么喜欢。

那是他人生中第一次觉得，夜晚很难熬。

不过宋煜没有因为自己浪费掉一整天而对乐知时有什么怨气，冥冥之中他觉得，自己还会在这个小傻子身上浪费很多很多的时间。

他又无所谓地想，好在自己是个高效的人，有的是时间。

第二天晚上，宋煜顶着失眠的不良反应，在秦彦和班长的逼迫与劝导下参加了初中同学的毕业聚餐。大家吃饭的时候会聊很多无关的话题，又不断发散，听得人很容易走神。宋煜也想不起来，他们是怎么从吃烤肉聊到了某个被当作笑话的传闻。

宋煜全程没有说一句话，表现得和平时没有什么两样。回家的路上，秦彦缠着他说话。

"今天姚牧那家伙烦死我了，就一直问我你弟怎么不跟你们姓，而且长得也不像。"哪怕秦彦和乐知时的关系没有那么亲密，看起来也很苦恼，"后来我就告诉他，说乐乐的爸妈因为意外走了，乐乐算托付给你家。结果那个傻 × 告诉别人了。"

仿佛害怕宋煜不高兴，秦彦很快又说："不过我把他教训了一顿。他应该不会再把乐乐的事往外说了。"

宋煜很冷淡地"嗯"了一声，骑车的速度快了些，一路沉默地回家了。

夏夜的风把他的白色 T 恤吹得微微鼓起，但他胸膛里空荡荡，一颗心悬着。

乐知时就像是他唯一的过敏原，偏偏又无孔不入地出现在他的生命里，那么柔软，那么可爱，让他无处可逃，也无法拒绝。

当天晚上，宋煜想着饭桌上同学们的插科打诨，删掉了所有为乐知时下载的动漫。也不知道为什么，那种笑话在他听来并不好笑，反而产生了一种很割裂的情绪。

一面和很多人一样，觉得传闻中的人很卑省，一面又想知道，传闻中的人后来怎么样了。

最后也没能想出下文，网络言论也不可考，但宋煜自顾自地做出了一个决定，他不想让乐知时再叫他哥哥了。

像秦彦一样，他也不知道应该如何面对别人的追问，不知道怎么讲述个中缘由才不会让乐知时失去双亲的事尽人皆知，怎么解释才不会对乐知时造成二次伤害。

更何况，他本来也不是乐知时的亲哥哥。

他很简单地认为，只要在外人眼里，乐知时和他不像真正的兄弟，他就可以有一面被赦免的盾牌，也就有了能够更加心无旁骛的空间。

那台为了乐知时而买的投影仪最后被宋煜用来播放了很多很多的地质纪录

片，看到这些，他会想到过去的乐奕，于是更加警醒。

乐知时很快就厌倦了他的新电视，他会不经允许跑到宋煜的房间，缠着他一起玩游戏，被宋煜拒绝后也不走，就留在他的房间里看自己不感兴趣的纪录片。

每当这个时候，宋煜的心无旁骛都会失灵。

他眼睛望着纪录片的画面，心里想的却是，乐知时什么时候会觉得无聊，然后回自己的房间去。

但只要不赶他，林蓉不来催他回去睡觉，乐知时是不会走的。

他是所有可能出现的陷阱里，最单纯也最坚持的一个，一定要守着宋煜往下跳。

好像不得到结果就不罢休。

到另一个学区念高中时，乐知时也进入培雅初中部，大家都换了一批同学。宋煜按照之前的决定，实施了自己的隔绝计划。

乐知时对他永远言听计从、予取予求，所以也配合表演，在学校装作完全不认识的陌生人，没有交集，没有互动。

最初感到不适应的人是宋煜。

还在同一所小学的时候，乐知时会在教室门口等他下课。现在在同一所中学了，乐知时还是等他，只是把范围和距离放大到陌生人的程度，在连接两栋教学楼的长廊上坐着等他。

事实上宋煜都知道。

从乐知时第一天在长廊上徘徊却不敢走到高中部教学楼的时候，宋煜就知道。

但他认为这样才是对的。

排除早期的不适应，这种在人群中扮演陌生人的默契，有时候也会给宋煜带来一点细微的愉快。

有好几次在食堂遇见，乐知时看到他，会不自觉地犯傻，有时候是同手同脚，有时候会撞上行人。

还有一次，走路不爱看路的乐知时直接撞进了宋煜的怀里。

他半低着头，不敢看宋煜，长而软的睫毛打着颤，磕磕巴巴地说对不起，然后很生疏地叫他"学长"。

一想到这个家伙在晚上使出浑身解数钻到自己房间，撒娇求自己教他做数学题的样子，某个瞬间，宋煜会觉得这种伪装陌生的反差很有意思。

"没关系。"他伸手扶住乐知时。

"看路，学弟。"

培雅的升旗队是初中部和高中部搭配着上，护旗手有四个，其中两个合作升旗，一个高中部的，一个初中部的。

高一就被选中当升旗手的宋煜一直推托，最后还是推不掉，高二的时候被强行安排进去。开会的时候他总是自顾自做题，直到高二下学期的某次会议，小组长提到了一个名字。

"……和初中部的乐知时同学搭档的罗兴扭伤了脚，现在咱们高中部要调一下，就是下周，必须有一个人顶上去，谁想提前？"

一向和热心助人不沾边的宋煜，在这个时候提出可以更换。

"我不想临近期末去升旗，正好提前。"他给出了一个有些拙劣的理由，但这个任性程度很符合他本人给其他人的印象，又是挺身而出，所以小组长也就感恩戴德地更换了顺序。

出于想吓一吓乐知时的念头，宋煜没有告诉他这件事，哪怕乐知时在家吃夜宵时说过好几次自己下周要去升旗的事，他都没有张口接话。

乐知时让他像一个真正的高中男生，会做无聊透顶的恶作剧，还乐此不疲地想象乐知时被吓到的画面。

周一天不亮的时候他们就出门了，到学校之后各自换上了升旗手的军装制服。雾蒙蒙的初夏清晨，天光微弱地投射到浸着露水的操场。宋煜压着帽檐，跟着高中部的另一个男生迈着整齐的步伐走到初中部两个升旗手的身后。

直到他代表高中部站到升旗台，与表情认真到有些可爱的乐知时面对面的时候，这个小傻子才发现。

帽檐下，他那双漂亮的眼睛睁得很大，浓密的睫毛上下一碰，蜻蜓点水一样，又分开。

原以为做足了彼此相对的准备，乱的只会是乐知时一个人。

但事实上不是，宋煜也紧张得厉害。

在音乐声和夏日蝉鸣声里，他微微清了清嗓子，提示乐知时的愣神，他看着乐知时肉眼可见地紧张起来，之前在家里阳台上反复练习过的动作好像忘了大半，但还是很努力地跟随着宋煜，合作把红旗在音乐结束的当下升到顶点。

紧接着还有校旗，培雅的校歌响起。校旗的主升旗手是初中部的学生，也就是乐知时。他动作有些僵硬地扬了扬印着校徽的紫色校旗，随着校歌一点点拉动旗绳，小心翼翼地控制着自己的速度。

宋煜沉静地站在乐知时旁边，忽然听到什么声音，随之而来的是一阵哗啦的响动，他刚觉得不对，巨大的校旗忽然落下来，把他和乐知时罩在了里面。

升旗台下的几千名学生眼睁睁看着这场事故发生，甚至有人已经发出了不小的惊呼。

被旗子裹住的宋煜尽管也很蒙，但还算能思考，可下一秒，乐知时就抓住了他的手臂，很小声地开口：

"哥哥，怎么办？"

被罩在旗子下面的他们躲开了众人的目光，仿佛短暂地恢复了亲密关系。所以宋煜也很快地握了握他的手。

"没事的，别害怕。"

他掀开了校旗，向台下的领导和学生敬礼致歉，又带着乐知时深深鞠躬，镇定地起身，朝着广播站钟楼的方向又敬了一礼。

身为广播站站长的秦彦很快反应过来，在乐知时准备好后重新播放了校歌，在事故发生后的第一时间给了他们补救的机会。

结束后，乐知时和宋煜都被升旗队的带队老师带去谈话，不过他们没有被处罚，因为这次的事故不完全是因为乐知时紧张，事实上是因为校旗杆的旗绳老化，才会掉落。

"好在你们处理得不错。"老师看了一眼宋煜，"高中部学长就是不一样啊，很冷静。"

她笑着掸掇乐知时："你一会儿可要好好谢谢学长。"

从办公室出来，乐知时有些沮丧，夏天的阳光一点点打在他身上，把他身上这套制服衬得更好看。

在人来人往的走廊里，他们依旧保持着陌生的距离。

"你也不告诉我。"乐知时说得含糊，也很小声，仿佛害怕扮作陌生人的戏码被路过的学生拆穿，"吓我一跳。"

"所以你觉得是我的责任？"宋煜也像是一个和他关系止步于升旗队的学长。

乐知时摇了摇头："我的错。"他似乎还想说什么，但一个抱着厚厚一摞作业本的女生从他们之间很宽敞的缝隙里走过，所以他顿了顿。

"你没错。"宋煜淡淡道，"刚刚说了，是绳子的问题。"

"不是的。"等到没有人了，乐知时才又开口，小声但坦率，"是我太紧张了。"

和他走到楼梯口，乐知时低垂着头，像是自言自语："看到你就会分心，怎么办……"一个学生从楼梯上来，他又掩耳盗铃地加了个称谓。

"……学长。"

夏天的风温热，将乐知时柔软的语调吹到宋煜耳边。

"分心也不是什么大事。"他看似无所谓地安慰道。

番外三
双向靠近

宋煜的影子安全地笼住了乐知时。

"……据本市气象局最新消息，今日早上七点发布红色暴雨预警，预计将会出现短时特大暴雨，并伴有雷暴大风等强对流天气，请市民注意出行安全……"

早餐店里的旧电视机播报着天气预报，风扇蒙尘的扇叶呜呜转着，和灌木丛中的蝉鸣声融为一体。乐知时吃完了最后一口素汤粉，热得额头冒汗。一抬头，见叉着腰望向店外的老板感叹道："这鬼天气，热死人了，还特大暴雨呢。天气预报真是胡说八道。"

乐知时也站了起来，背上书包往外走，骑上了自己的单车。视野内是大片大片深深浅浅的绿，仲夏的风卷着潮湿的、热乎乎的空气拂上脸和身体，皮肤好像被贴上一层黏稠的膜。还只是清晨，光线里藏匿的热度就已经初露锋芒，日光反射在玻璃大楼上，把除斑驳树影以外的一切变得炙热而煞白，仿佛影像失真。

的确不像是会有暴雨的天气。

到了教室，大家早早地就把空调打开，骑车出了汗的乐知时猛地进了空调房，下意识摸了摸手臂，坐下来翻开自己的书。

同桌借走了他的英语作业，还夸奖他的创意节作品好看。

"谢谢。"乐知时低头看笔记，想背书，但脑子里却想着昨晚在楼下吃夜宵时对宋煜说的，很可能不会被他放在心上的邀请。

事实上可能连邀请也称不上，他只是在喝绿豆汤的时候提了一嘴今天创意节会换一批学生作品，上面有他的创意画，还有蒋宇凡的摄影作品。不过当时也只有蓉姨和宋叔叔对他的作品表示出了热情，宋煜安静地喝着绿豆汤，一个字也没说。

后来乐知时忍不住，又问他："哥哥，你明天是不是有体育课？"

宋煜点头，然后问他怎么了。

乐知时说没什么，过了几秒，又找了一个理由，说想看宋煜的某本书。

"被借走了。"宋煜回答。

本来也不是真的想看，所以乐知时很坦然地点了点头："好吧。"

他只是想确认宋煜是不是会上体育课。

因为从高中教学楼到操场是要经过创意节的展出地——小喷泉广场的。

"今天好像要下雨。"同桌抄作业的速度惊人，感恩戴德地把练习册递给乐知时，"你带伞了吗乐乐？"

乐知时回过神，点了点头："我抽屉里一直有一把。"

"那就好，不过感觉用不上。今天太阳好大。"

开了空调的教室像一个大的速冻柜，让他和外界的温度隔绝，思绪很钝，体感也变得不灵敏，很难感知到外面的变化。乐知时怕热，所以一步也没有离开教室。

比他更厌恶高温的宋煜却不得不在第三节课的时候离开冷气，很丧也很被动地去上体育课。阳光虽然比早上的时候稍小了些，但空气闷得要命，像湿毛巾盖在脸上。

拧一把这座城市的空气，恐怕都会湿淋淋淌下来水。

"我一会儿占个好点的球场，"秦彦揽住他的肩膀，"哎，要不先买个雪碧吧？"

宋煜嫌他身上热，推开了秦彦。"热，不想打。"

"不行！你不打我怎么赢？你堂堂一个男高中生，怎么可以不打球?！"

他又一次开始了死缠烂打式哀求，一路从教学楼到主干道，再到关了喷泉的喷泉广场。

秦彦的视线被眼前的作品展吸引。"今儿是不是又换了一拨？哎，这个剪纸不错……没有我们高二的吗？"他看得快，走马观花，一回头就看见宋煜停在了某个架子前，看得出神，不觉有些奇怪，"你看什么呢？"

"没什么。"宋煜转头，跟着秦彦离开了。

大夏天，他们还是被体育老师逼着绕操场跑了两圈。跑完之后宋煜就兀自走到操场边缘的自动贩卖机前，买了一瓶冰水，灌了几口，心里的闷才少了些。秦彦拉了几个男生打三对三，因天气太热想速战速决的宋煜打得很猛，以至于对面的三个人还以为他是精力过剩。

"又进了一个！"秦彦像个在场上摸鱼的啦啦队队员，给宋煜大力鼓掌。

球落地，宋煜抓着衣领扇了扇，潮湿的空气流进他的衬衣里。天色暗下来仿佛是一瞬间的事，乌云很快占领了整片天空。

他伸出被篮球弄脏的手，向上摊开，似乎在等什么。

"宋煜，继续啊！"

"太热了。"宋煜转身离开球场，"我去洗个脸。"

秦彦觉得他莫名其妙："你也太爱干净了，一会儿再去不行啊。"

但他从来都拦不住宋煜，只能看着，怪的是他没有直接去足球场后的洗手间，而是出了铁丝网圈起来的体育场，往外走了。

浅灰色的水泥地面上出现深色的暗点，一颗接着一颗。出了操场，宋煜的步子快了些，后来直接跑了起来。教学楼里的英文朗读声穿过郁郁葱葱的树丛，穿着白衬衫的宋煜在树影下奔跑，最后停在展览区的某个架子前。

他微微喘着气，盯着架子上贴着的写有"初二（8）班乐知时"的字条。

雨开始下起来，透过云层和树的缝隙，滴在宋煜的肩膀上。

本来想直接拿走，但他忽然看见自己的手掌，沾上了篮球上的灰土，很脏。于是他没有碰画，手握住架子的木条，举了起来，贴了画的那一面朝里，在雨下得更大之前，离开了这片无人的小广场。

雨水将宋煜的后背淋湿，半透明的白衬衫包裹着少年微凸的肩胛骨。他进了初中部一楼的楼梯通道，用手背擦了一下额头的雨水，又低头检查画有没有被淋湿。

好在他去得及时，画上只沾了最初的几滴雨。这是乐知时画的雨中繁华的城市，但如同利用了摄影双重曝光的技巧，车水马龙的都市映出隐隐约约的一片湖。

标题是"无处可归"。

宋煜握着画架，从远离乐知时教室的另一个楼梯口上楼，楼梯的光线变得晦暗，在空气里隐隐的水汽中折射出回忆的倒影。

他好像看见六岁的乐知时蹲在屋檐下，指着地上漫起的几乎要淹没一级台阶的水，问宋煜："小煜哥哥，为什么一下雨地就会淹水？都快没过我昨天用石头堆的小塔了。"

那时候的宋煜也试图给他解释："因为我们这里本来有很多湖，可以蓄很多水。但是为了建更多的房子，他们就把湖填了变成地，蓄不了水了。"

小小的乐知时蹲在地上，长长地"哦"了一声。

"所以是雨没有家可以回了。"

当时的宋煜只是觉得乐知时一窍不通，无论和他多么科学地解释一件事，他都有自己奇奇怪怪的理解。

但此时此刻，回忆起关于乐知时的童年记忆，宋煜还是忍不住勾起嘴角。

这些出现在乐知时脑海中的奇思妙想，大都来源于与宋煜的朝夕相处。

课上到一半，忽然听到同桌说外面下雨了，乐知时如梦初醒，想起自己的画还在外面。他飞快地扭头，朝坐在另一组的蒋宇凡瘪了下嘴，露出一个可怜的表情。作品同样淋雨的蒋宇凡也朝他递了一个心碎的表情，然后用肢体语言和口型告诉他，下课之后去拿。

雨越下越大，玻璃窗被水滴拍打，淌满了透明的雨线。乐知时的心情有些低落，并不完全因为自己的画可能会被淋透。

很少见地，乐知时把手伸到了抽屉里，摸出手机，屏幕亮起，但上面没有显示任何消息。

宋煜没有给他分享观后感，说明宋煜根本没有看到。

但他很快又否定了这个推论，因为即便宋煜看到了，也不会和他分享任何观后感。

"卷子讲不完了，就讲到这里吧，下课了你们订正一下错题，晚自习继续……"

老师还在讲台上说话，但铃响的第一时间，蒋宇凡就直接从教室前门冲了出去。一直握着伞的乐知时有些犹豫，看到又有几个人走出去，他也跟着他们，低着头出去了。

初二（8）班的门挨着楼梯口，他们飞快地跑下去，自带的风破开黏稠的空气。乐知时看见蒋宇凡准备直接冲进雨里，大喊着他的名字，撑开伞，带着他一起跑去小广场。

"我的相片我的相片我的相片……"蒋宇凡一路念叨，走过去才发现每一排架子都蒙上了一层透明的浅蓝色防水布，他还是不放心，拉着乐知时去检查，果然看到了自己拍的相片，完好地被罩在防水布下。

"幸好他们反应快，不过我的相片本来就有塑封，你的画比较危险，去看看。"他拉着乐知时的胳膊往里走。

乐知时的眼神也搜寻着自己的画，可真的走到之前摆放的那一处，却发现那里空了一块。

"我的画呢？"乐知时喃喃说。

蒋宇凡检查了一下左右两边，的确都不是乐知时的，中间正好少了一个。"你确定是在这儿？"

乐知时点了点头。

"太奇怪了。我们再找找吧。"

两人把这一排挨个看了一遍，也不见乐知时的画。作品展的摆放都是一个对着一个，很规律，明显这个画架方阵里就是缺了一个。

乐知时的心也缺了一小块，仿佛被人偷走了。他表面镇定，内心失魂落魄，失望之下赶在下节课的铃声响起前回到教学楼。

蒋宇凡三步并作两步上台阶，率先走到三楼楼梯口，嘴里说着："怎么会有人偷画啊，那——么大一个架子，怎么说不见就……"

他忽然噤声，话锋一转，看着他们教室外的那条走廊，对身后的乐知时说："好多人。"

乐知时也抬头望去，的确很多人。"怎么都围在我们教室后门……"

"走，去看看。"蒋宇凡一副兴致勃勃看热闹的样子，乐知时虽然心情不佳，但还是跟着他去了。

那群人里的好几个同班同学先看到了走过来的乐知时，笑着冲他招手："哎，这不是乐乐吗？"

"你好厉害啊！"

乐知时一头雾水，拥挤的人群仿佛都为他分散开。

摆在教室后门的，是他遗失的画架，上面的画完好无损。外面下着那么大的雨，这幅画没有沾湿分毫。

"怎么跑这儿来了？"蒋宇凡问其他人，"谁拿过来的啊？"

"没看到啊，下课出来溜达就看见摆这儿了。"

"你第一个出来都没看到啊。"

蒋宇凡抓了抓头发："我们从前门直接跑去楼梯了。"

乐知时还沉浸在迷茫之中，上课铃声响起，他最终还是把这个莫名消失又莫名出现的画架搬回了教室，放在空调旁。

雨越下越大，一整天都没有停。临近期末，大家中午都选择留在教室午休，乐知时也是一样，他算题算得有些困，趴在桌子上睡了半小时，醒来的时候雨更大了。有人开了门，隔绝在雨里的房间忽然涌入躁动的雨声。

乐知时发蒙，对着黑板缓慢地眨眼。

蒋宇凡跑到他跟前，手撑在他的桌面上："乐乐，我知道是谁帮你弄的了，说不定就是哪个暗恋你的妹子，惦记着你的画，就偷偷帮你搬上来了。"

"嗯……"乐知时目光缓慢地聚焦，"她不上课吗？"

"可以请假啊。"蒋宇凡手指敲着桌面，"看天气不对就请个假去帮你搬画架，多浪漫啊。"说完他又自言自语，"不过一点痕迹都没留，还真是暗恋。"

乐知时低头，看了一眼抽屉里的手机，多了一些消息，但依旧没有他想看到的那个名字。

"好吧，你说得有道理。"

一个愿意在大雨天救他的画的暗恋者，这个说法比乐知时一闪而过的某种念头合理得多。

几十秒过去，手机屏幕暗掉，恢复了平静。

天气预报总算是灵验了一次。

大雨仿佛没有尽头地降落，天色比往常暗了很多，窗棂渗了水，窗外阔叶乔木的叶子被雨浸透，仿佛要滴下绿色的汁液，地面被淹没，高中教学楼爬山虎的叶子被淋得摇晃。

乐知时在心里很感谢那个帮他搬画的人，又很担心其他人的作品有事，晚饭时看到组织创意节的学生会成员在转移画架，于是他也跟着去帮忙。

只有他的画在他身边。

之前说要在晚自习讲卷子的数学老师临时说不来了，又托课代表发了一套新卷子给他们做。大家已经对做不完的卷子态度麻木，班长坐上了讲台维持纪律，台下的同学们低头做题，少许几个人很小声地说话。

乐知时解题时很专注，他下意识用笔尾抵着下巴，戳了几下，想到了一个解题思路，刚要下笔，忽然惊雷闪过，身体条件反射地抖了一下。

"欸，越下越大了。"

"这个闪电好吓人。"

蒋宇凡望着窗户外面："……不会停电吧。"

班长拍了拍讲台："安静。不要说话。"

话音刚落，明亮的教室忽然陷入一片黑暗。

"真停电了！"

"蒋宇凡你这个乌鸦嘴！"

"是不是可以提前放学了！"

其他的教室也传来声音，乐知时第一反应是望向高中教学楼的方向，那里也是沉沉的黑暗。

班长在前面努力地维持着秩序，让他们都小声一点，隔壁班显然比（8）班更难管，学生都跑到了走廊上。

"我去办公室找老师，你们都不许出去。"

班上的男生开始起哄和聊天，说着"肯定要提前放学"和"一会儿去吃烧烤"的话题。还有一部分学生拿出了 USB 接口的小台灯，或者是手机的手电筒，对着光做题。

乐知时也拿出手机，想把这道题做完，他刚握起笔，窗外就闪过一道白色的光，仿佛撕裂黑夜一般，一瞬间亮如白昼，但很快又被黑暗吞没。这对乐知时来说是可怕的先兆。

果然，下一秒巨大的雷鸣就出现了，乐知时再怎么准备好，也被吓了一跳。

"乐知时，你这么大了还怕打雷啊。"后座的男生逗他，"这有什么好捂的？"

听到这样的话，乐知时放下了手，试图更专注地做题。

班长一去不归，教室里越来越乱，但好歹是没有人出去。

"听说我们学校是有发电机的，应该停不了多久。"

"是吗？上次不就直接放学了？"

闲聊声、雨声、前座女同学低低的背书声，混杂在晦暗潮湿的教室里，但都抵挡不了雷鸣的那一刻。

一道不算难的大题，乐知时做得磕磕绊绊，写完最后一步推导，他终于产生了不想继续等待和忍耐的心情，拿起手机，解锁屏幕，点开了和宋煜的对话框。

他想对宋煜说自己很怕，但又想到后座男生的玩笑，觉得自己很不像话。

犹豫间，感觉对话框忽然动了动，乐知时还以为是自己的错觉，低头一看，宋煜竟然给他发了一条消息。

宋煜哥哥：你昨晚说的书，借的人已经还给我了，回家给你。

他没想到竟然是这样的话题，是一个被他临时找来的借口。

但他更不会想到，这也是宋煜在第一个惊雷落下之后，担心乐知时会害怕，苦思冥想很久才找到的一个合适的、先与他说话的借口。

看起来自然，没有过多关心，很普通的开场白。

窗外又一次闪过白光，乐知时攥着手机，感觉自己的注意力被宋煜夺走很多，所以没有那么慌乱，但雷声落下的时候还是怕。

他打下一行字，点击了发送。

乐知时：哥哥，我有点慌。

班长回来，打开教室门："老师不在办公室，也不在茶水间。"

班上的同学一瞬间爆发出欢呼，但恪尽职守的班长还是不允许他们随便离开："如果提前放学，肯定会有通知的，先等等。"

乐知时在欢呼和小声抱怨中收到了宋煜的回复。

宋煜哥哥：教室里这么多人，慌什么？

乐知时想了想，觉得宋煜说的不无道理，所以一时间不知道说什么。

他没注意到对话框顶端的"正在输入中"，过了几分钟，又忍不住给他发了一句。

乐知时：还是有一点害怕的。

又等了很久，打了两次雷，班长第三次说了不要大声喧哗，乐知时还是没有收到宋煜的回复。

他想，自己在宋煜的眼里肯定十分幼稚、胆小，没有丝毫长进。

有女生结伴去上厕所，向班长请假。乐知时望着高中教学楼的方向，瞥见宋煜教室星星点点的光，像是受到某种蛊惑一样。

他也向班长请假，因为是乖学生所以很轻易得到了允许，但他并没有去洗手间，而是直接走进楼梯口，来到了那个连接两栋教学楼的空中长廊。

外面比教室稍亮，风混杂着雨水和潮湿的气味朝他而来，微微沾湿他的头发和衬衫。长廊的大理石地砖上蒙了层水，很滑。乐知时小心翼翼地低头走着，看见自己的帆布鞋落在黑色地砖上，漾起一圈小小的泛着光亮的涟漪。

他其实是漫无目的的，没多少自主意识，仿佛就是依从惯性来到了这里。

这是他每天悄悄等宋煜下课的地方。但他的等待是单方面的，不会真的等到宋煜，看到高二（5）班有人出教室，乐知时就会收起自己的单词本离开，先一步骑车回家。

宋煜是不知情又被动的那一个。

快走到长廊末尾，乐知时觉得自己该停下了。顷刻间闪电划过夜空，照亮了周遭的一切，他抬起头，像是只有在电影里才会出现的巧合。

长廊尽头的楼梯口伫立着一个身影，闪电点亮了他的脸孔。

乐知时觉得自己搞错了，愣在了原地，但闪电过去，那个身影依旧没有消失，也的的确确就是宋煜。

黑暗中，宋煜的双眼好像是亮的，望着乐知时。不知是不是乐知时的自我暗示，他感觉宋煜好像给了他一个眼神，然后转身，没有朝他走来，而是去到楼梯口旁的盥洗室。

或许是受了那个臆想出来的眼神的蛊惑，又或许是知道很快就要打雷，乐知时迈着步子跟了上去。

反光的地砖上残留着因他波动的水纹。

在雷声落下的瞬间，乐知时抖着肩膀推开了盥洗室虚掩的门，如同踏入一片黑暗的禁区。他希望没有人知道他跑到这里来，仿佛被人撞破他和宋煜同时出现会让他惶恐，被人知道他和宋煜的关系也是一样。

盥洗室空荡荡的，只有一排洗手的区域和一整排小槽，宋煜就站在那里，似乎刚洗完手。

乐知时很小声地开了口，叫了"宋煜哥哥"，然后又很不自然地进行了开场白。

"……今天的雨下得太大了。"

他懵懂地意识到，原来很多事在发生前其实早有预兆。

天气预报清楚明白地将即将到来的大雨摆在他面前，预警再预警。

只是他不敢相信，但也无法避免。

但当下的乐知时还不完全明白。

宋煜朝他走近了几步。闪电再一次出现，将这几平方米的逼仄房间照得透亮，在那一瞬间，宋煜看清了乐知时的脸，他柔软的短发，浅色瞳孔，眼睫毛，从衬衫领口延伸向上的、白得像瓷瓶的脖颈，细长的手指，垂着的手背上略微凸起的筋。

"嗯。"宋煜因走神而迟钝地给出回应，又下意识开口，"你怎么过来了？"

但他这句话被雷声覆盖了。

乐知时没有听见，所以没有回答。他的害怕在宋煜面前不需要隐藏，不必担心宋煜像后座的男生一样嘲笑他生理上的恐惧，所以乐知时又走近了几步，凑到宋煜的跟前。

宋煜的影子安全地笼住了乐知时。

宋煜想安慰他，想让他别害怕，但不得其法。乐知时先一步握住了他的手腕，握到他很珍惜的手表，又向上一些，握住宋煜的小臂。

潮湿的皮肤与掌纹相贴，乐知时的力气很轻，但好像攥住了宋煜的心。

衬衣领口的金属名牌似乎不小心碰到了宋煜的名牌。黑夜中发出的细微碰撞声，在宋煜的耳边久久回响。

"你怎么下来了？"他轻声问宋煜。

不知道怎么回应，总不能说是担心他想过去看看，走到一半又觉得自己很傻，所以停在了楼梯口。

"……洗手。"他很简单地回答。

乐知时轻轻地"哦"了一声，隔着两层衬衫，感觉到宋煜微微震动的胸膛。

"可是五楼不也有盥洗室吗？"他想到，就直接问了出来。

宋煜的声音别扭起来。

"乐知时。

"话这么多，你不怕了是吗？"

"没有。"

乐知时慌忙闭上嘴，两秒后又开口。

"再陪我一小会儿。"他恳切地请求。

番外四

平行世界

原来看过的一百多封信，也抵不过惊鸿一面。

"宋煜哥哥，见字如面。这句中国传统罗曼蒂克风格的话是我最近听爸爸说的，感觉非常奇特，每次我收到你的信，都有这种错觉，仿佛我已经见过你许多次了。等待真的不是一件容易的事。你应该不敢相信，由于上个月我收不到你的信，甚至自己买了一张飞去中国的机票，但我在出租车上又醒悟了。因为你说你很希望我们长大后的第一次会面是你来见我。

"听爸爸说你夏天就会来，我可以带你去牧场看刚生出来的小羊崽，我的小花园到那时候会开很多花。还有白色断崖和海岸线，我们可以骑车去看。

"真希望明天一觉醒来就到夏天。"

十八岁的夏天，宋煜与父母坐上了飞往伦敦的飞机，十一个半小时的飞行时间，抵达的时候已经是晚上七点，不过在这个高纬度的国家，白昼格外长，夜色尚未落下，街道依旧繁华。

乐奕和Olivia专程来接他们一家三口。尽管有几年不见，但宋煜觉得他们变化不大，乐奕还是那副谈笑风生的模样。

"小煜这个头蹿得真快，上次我一个人回国见你，你好像还没有这么高。"

宋谨笑道："正是长身体的时候，你家有一半欧美人基因，乐知时怕不是长得更快。"

Olivia 已经能听懂大半的中文，用带了口音的英语说没有。

乐奕也摆了摆手。"我家那小家伙可没有你儿子长得快，差至少……"他目测了一下，"半个头吧。"说完他又以一种请勿怪罪的语气说道："乐知时放假早，自己收拾了一大堆东西去度假小屋，毕竟那里比公寓和楼房舒服，有他喜欢的花园。本来今天是要求他过来接你们的，但是他临时被附近牧场的主人叫去帮忙照顾小羊羔了。"

他耸耸肩："你知道的，他见到小动物就走不动路。"

宋谨和林蓉都笑起来，说起有关乐知时小时候在公园里追松鼠的趣闻。大家说笑着上了车，自然地切换话题，如同每日相处的好友，丝毫没有生疏。

在车里，唯一感到遗憾的是宋煜。

毕竟这个曾经在信里写"等你来了，我一定亲自去接你"的家伙并没有来。

与他每个月都有书信往来的哥哥，事实上比不过一只小羊羔。

宋煜靠在座椅上，看向窗外匆匆掠过的繁华都市，在心里宽慰道，或许是一大群小羊羔。

他和乐知时上一次见面的记忆已经非常久远，那时候的乐知时也只有三四岁，后来很多次乐奕夫妇要带他回国来玩，都因为各种原因告吹，大多是因为乐奕的工作关系。印象很深的是宋煜十一岁的那次，他很期待地等着他们来，但最后因为乐知时突然过敏，哮喘发作，所以没能坐上飞机。

和现代高效、快速的交友方式很不同，维系乐知时和宋煜之间关系的是一封封手写信。这个主意是天性浪漫的乐奕出的，他认为手机和聊天软件是世界上最坏的发明，省略了思考与等待的过程，把一切砸给彼此看，甚至不如一通电话来得温情。

"写信是好的，"他说，"写信的时候你会思考，会有意识地为自己的问候而细细措辞。因为无法触碰到声音和画面，你会把所有的情感都揉在纸与字里，情感也在等待中发酵。"

另一方面，乐奕认为乐知时即便在英国长大，也需要掌握中文书写的能力，没什么比一个远在故国的兄长更适合做他的陪练了。

他们定下很古怪但有趣的约定，彼此只能给对方写信，其他的交流方式都算是作弊。

于是，宋煜从很小就开始与乐知时互通书信，频率基本是一月一次。起初乐知时甚至不太会书写汉字，即便是有乐奕教导，他也更喜欢用直白的绘画和宋煜交流。他第一次收到乐知时的文字信是十岁那年。

"宋煜哥哥，你的名字可真难写呀。"

明明只有这一句话，十三个字，但宋煜反复看了很久，觉得可爱极了。

再后来，乐知时的中文书写开始越来越熟练，甚至会引用一些他看过的书里的句子，像个小孔雀那样展示自己的中文水平，慢慢地，他开始向宋煜讲述自己成长过程中出现的大大小小的问题，青春期的迷茫和困惑，他都毫无保留地向宋煜倾诉。

或许因为他们相隔遥远，反而产生出一种安全感与美好。这种远距离之下的联络，让他们陪伴彼此长大，却又对彼此产生无尽的好奇。

"现在有些晚了，你们倒时差会很累，就不开车去那边了。"乐奕载着他们回到伦敦市郊的房子，安排他们休息，那是联排楼房里很温馨很漂亮的一套寓所，上下两层。Olivia 安排宋煜住进乐知时的房间。

她拉开房门，为了方便用英语向宋煜介绍里面的陈设，给他准备洗漱用品。"他是有点小孩子性格的，所以房间里很多东西，你不要介意。"

里面有很多很多书，地毯上还有乐知时摊开的一本植物绘本，画板上是画了一半的静物油画，还有很多植物、摆件和乐高，满满当当，但看起来充满了生活气息。

宋煜平静道："应该是请他不要介意我在这里住一晚。"

"他不介意的。这甚至是他的提议，因为他觉得客房太小了。"Olivia 的脸上浮现出笑意，"不过他说你有洁癖，拜托我在你来之前把房间收拾干净，但是我工作结束得太晚，没来得及。"她说着，拉开衣橱，"小煜，你先去楼下吃点东西。"

宋煜在床边站着，略微低头，视线扫过这张浅蓝色的、看起来十分干净和柔软的床。

"不用麻烦了。"他对正要忙碌的 Olivia 说。

原以为时差会很折磨人，但乐知时的床似乎有一种可以令人快速入眠的魔力，宋煜躺下去，望着他窗台上放着的六盆小巧的植物，还有他未完成的画，嗅到蓬松被褥里混合着植物根茎、奶油和木质的淡淡香气，陷入昏沉的梦中。

比见到本人更早一步地睡到他的床上，这种行为总有一种微妙的冒犯感。

宋煜隔天叠被子时，后知后觉地产生了这种念头。

他一转身，看到乐知时书桌上贴了许多便利贴纸，他写英文的字体很容易让人联想到他写中文的感觉，是一种共通的纤细感，但宋煜没有细看，觉得不妥。尽管这个毫无防备的家伙已经把整个房间的使用权交给了他。

吃过早饭，他们就驱车前往度假地，那是距离伦敦市一小时车程的乡村，地处英国南部，靠近一处海滨小镇，比起伦敦阴晴难测的天气，在乐奕的口中，那里有全英国最好的阳光。

快到的时候，Olivia 拨出一个电话，宋煜看似无心地望着车窗外的风景，但手机里扩散出的细微声音却对他造成了某种磁场上的干扰。

他仿佛听到了乐知时的声音，但又是失真的、不明确的。

他听见 Olivia 叫他的英文名 Joey（乔伊），叫他 sweetheart（亲爱的），而乐知时在那头说了什么，他听不清。这一点没来由地令宋煜产生了些许烦躁，温带海洋性气候的夏季不那么灼热，越过车窗的湿润夏风拂在脸上，感觉柔润，很像乐知时写信的风格。

"宋煜哥哥，听说你那边下了很长时间的雨，很巧的是伦敦也一样。昨天傍晚突然下雨，我浑身被淋透，原本心情是很差的，但忽然想到你此时此刻可能也在雨中，就产生了一种很甜蜜的心情，感觉你和我其实很近。

"一如既往地希望你能早一点来，我在这里等你。"

车子驶入小镇，大片大片的绿色阔叶乔木，短绒地毯一样的青草坪上错落分布着蜂蜜色与深灰色的乡村小屋。

"到了。"乐奕将车停在一幢二层度假小屋前。他们下车绕到后备厢拿行李，宋煜提了一个黑色的箱子跟随 Olivia 进了房子，前院种着白色玫瑰和不具名的矮树，草坪上摆放着茶桌和几个摇椅。房子的大门敞着，客厅的装潢温馨，桌子上放着一瓶拧开了的防晒乳、浅蓝色棒球帽和一盒开过的冰牛奶，椅子背上搭了一件红色的棉质短袖。

"他一定在后院。"Olivia 语气笃定。

后院有水声，宋煜听到了。他感觉脚下的木质地板仿佛变成海湾的浮木，感官也变得敏感起来。

阳光在宋煜踏出门的瞬间落到他脸上，视线有些模糊，明晃晃的日光下一切都像是过曝的底片。他稍稍眯眼，浅紫色的绣球灌木丛显现出来，草叶中，一个雪白的背若隐若现，还有在空中扬起的水柱，一条隐隐伴随着彩虹的透明弧线。

"Joey！" Olivia 叉腰喝住他，"你又用浇花的水管冲凉了！"

水柱一瞬间消失，连同哗哗的水声也停止。

绣球花丛里转过一张惊惶的脸，阳光下的湿发散着金色光晕，眼睛很大，通透得像宝石一样。

见字如面。

原来看过的一百多封信，也抵不过惊鸿一面。

但受到责难的乐知时很快又扭回头。紧接着，宋煜听到一句拖着长音的、非常可爱的"sorry（对不起）"，看见他雪白的后背盖上了一块宽大的灰色浴巾，从绣球花丛的另一头绕出来。

他光着脚踩在柔软的草坪上，露出一双白花花的腿，穿着一条藏青色泳裤，身上披着浴巾，但白皙的小腹和手臂依旧遮不住，湿漉漉的头发被捋到耳后，露出沾水后更纯真的眉眼。

"这是你每天盼着的哥哥。" Olivia 故意用调侃的方式做了介绍。

乐知时有些窘迫地擦了擦自己的手，向宋煜伸出来，与他握了握。冷与暖的体温交融和传递，乐知时垂着的眼睫沾了水珠，微微发颤。

他声音也很好听，仿佛为了郑重，特意用中文开口，带着一点不明显的口音叫他"宋煜哥哥"。

一瞬间宋煜的大脑中闪过许多乐知时手写信的内容，大段大段亲昵的抱怨，充满孩子气的炫耀，和眼前这个人一一对应，生成一种具象化的甜蜜。

宋煜的嘴角扬起细微的弧度，沉声，带着一点戏谑意味引用了乐知时的口头禅 lovely，握着手对他说："Lovely to see you（很高兴见到你）."。

乐知时的耳朵尖仿佛被谁掐了，在太阳下呈现出半透明的红，他松了手，说自己去换衣服，然后一路跑进房子里，顺走了椅子上的红色短袖。

他浑身都透着一股充满生机的稚嫩感。

再见面是在宋煜三楼的房间，他正收拾着自己的行李，忽然听到敲门声，一回头看见乐知时站在门边，穿着那件令他白得发光的红色上衣和一条黑色短裤。他很自然地走进来，吹干的头发很蓬松，褐色微卷。

"你和我想象中不一样。"乐知时略过了开场白，很直接地站到他的面前，无所顾忌地用充满好奇的眼神打量他。

宋煜放下手中的一件防晒衣，也看向他，平静地问："哪里不一样？"

乐知时的嘴角忽然扬起笑意，手臂紧张地摆动了两下，又双手握住，舒了口气之后诚恳道："比我想的还要英俊很多。"

见宋煜对这种夸奖仿佛不为所动，乐知时又追问："是不是有很多人夸你好看？你们学校的女孩是不是很多都会邀请你参加毕业舞会，当她们的男伴？"

宋煜挂好最后一件衣服，语气随意地背对他说："没有毕业舞会，所以也不会有男伴的说法。"

乐知时很明显地表现出松了一口气的样子："那真是万幸。"

宋煜转过来，看见他已经坐在了自己的床上，两条细白长腿伸展开，轻轻晃着，仿佛很愉快。

"你不是很清楚我有洁癖？"

听到这句话，乐知时像是被他吓了一下，眼睛睁大了些。但宋煜很快又说："开玩笑的。"

乐知时表现出困惑："所以你并没有洁癖。"

宋煜给了更明确的答案："对你没有。"

他说完，朝门外走，乐知时紧跟着站起来，随他出去，告诉他自己的房间就在隔壁，并且试图向他展示自己的阳台，但宋煜并没有进去。这一层只有他们两个人的房间，下了楼，二层是两对夫妇的卧室，站在楼梯上就能听见他们的欢声笑语。

午餐他们在前院的树荫下吃了烤肉和炸薯条，乐知时很费力地切着一块带筋的牛肉，坐在他身边的林蓉声称自己下午一定要给乐知时做顿可口的地道中国菜，期待已久的他当即放下刀叉，感激地吻了林蓉的脸颊。

宋煜坐在乐知时的斜对面，抿了一口金汤力，眼神偶尔落到他身上，看他神采飞扬的模样。

"你今天去游泳了？"乐奕问乐知时。

"对，泳池的水很冷，而且不干净，所以我才回来冲澡的。"乐知时想起来又为自己辩解。

Olivia 一边分餐一边笑着说："这可不是你光着身子见客人的理由。"

乐知时的脸又红了，桌子上摆着金汤力和苦艾酒，他一口也没喝，但脸颊浮现出可爱的红晕。宋煜喝了，却毫无反应，低着头，十分细致地切割着一盘牛肉，精准又斯文。

"穿着泳裤是不算的。"乐知时还是忍不住辩驳，"何况我还披着浴巾。"

"没错，光着脚。"乐奕替他补充。

一桌子的大人都笑起来。宋煜抬眼，和乐知时对视，发现他会躲开自己的目光，过两秒又移过来，讷讷地问他需不需要鱼肉。

宋煜接过他分过来的一块烤鳟鱼，说了谢谢，然后将自己整盘切割好的牛肉递给他。

"不用交换。"乐知时连忙摆手。

"不是交换。"宋煜站了起来，将盘子放到了乐知时面前，高大的影子笼罩着他，"原本就是给你切的。"

乐知时有些发愣，转而小声说了感谢，又起一口塞进嘴里。大人们开着"有个哥哥真是不错"的玩笑，乐知时的腮帮子塞得鼓鼓的，咀嚼的时候会时不时看宋煜。

饭后的闲暇时光，大家坐在前院喝茶。宋煜坐在摇椅上看了十几页书，有些困顿。于是上了楼，脚步踩到三层的时候，他听见了重叠的脚步声。

在房门的后面，他像猎手一样等到了自投罗网的猎物，还收获了一个慌张的眼神。

"你……你要睡觉吗？"乐知时望着宋煜问。

"可能。"宋煜将门开得大了一些，像是一种允许进入房间的邀请。

"你别睡觉。"乐知时很自然地跟进去，甚至抓起他的手腕，"我知道你要来，想了好多天的计划，全英国好玩的漂亮的地方我都记下来了，就等着你来。现在你却要在这么好的天气睡觉。"

他补充："你不知道好天气在英国多难得。"

宋煜相信英国人都喜欢谈论天气这一点了。同时他从乐知时身上发现了一种奇异的特质，那是从未受到过伤害的人展现出来的纯真和自信，可以毫无障碍地表达自我，不过分羞赧，不因第一次碰面而尴尬，很自然地亲近，并且不害怕被拒绝。

当然，他也无法拒绝乐知时。

"那就按照你的计划去执行。"宋煜想到在车里他的母亲对他的昵称，于是自顾自加了一句，"小导游。"

乐知时不明白导游的意思，问过后显得很激动："我一定会做一个非常厉害的导游。"

他带着宋煜骑车到海湾边，这里没有细白沙滩，海岸线被晒得闪闪发光的鹅卵石填充。路边的小店贩卖挤满奶油的草莓华夫饼，乐知时是不能吃华夫饼的，但他回了三次头，于是宋煜说自己很想吃。

"真的吗？"乐知时很惊喜，很快停下车，"我给你买。"

但宋煜只吃了一口，就递给他，说太甜。乐知时用叉子叉了一颗很大的红色草莓，沾满奶油塞进嘴里，含混地说："还好啊。"

"草莓华夫饼。"宋煜指了指他手里的盒子，"你吃草莓，华夫饼我解决。"

他们达成共识，像是从小一起长大的某种默契，尽管并不是。

宋煜生出一种自己好像是看着乐知时长大的错觉，但鲜活的乐知时站在眼前，又有着许多宋煜意想不到的美好细节。他笑起来嘴角浅浅的窝，他说话间抚摸手臂的动作，介绍城镇上艺术建筑的那种自信感。

"这是英国最开放的地方之一，每年夏天都有狂欢和游行。彩虹色的，很漂亮。"

他谈论这个话题的时候，会试探性地观察宋煜的表情。

"是吗？"宋煜淡淡说，"听起来不错。"

海近在眼前，他们穿着鞋走在鹅卵石上，海滩上满是身穿比基尼和泳裤的男男女女。乐知时带着宋煜走到海水边，建议他脱下鞋感受一下。宋煜照做了，他们拎着鞋，咸湿的海风卷起衣摆，潮汐涌上来没过他们的脚背和脚踝。

"好凉。"乐知时笑得像个小孩，然后靠近了宋煜些许，圆润的拇指靠上了宋煜脚掌的边缘。他们的脚也有大小的差距，宋煜的肤色稍深一些，乐知时在水里显得更白，像是发光的瓷器。

宋煜也朝他靠近些许，甚至用自己的半个脚掌轻轻踩在他白皙柔软的脚背上，乐知时没有抗拒。

等到宋煜收回自己的脚，水波震荡，乐知时将自己的脚掌踩到他的脚上面，然后仰着脸对他笑。

"你在报复吗？"宋煜说。

"这是交流。"乐知时一本正经。他们并肩站在海水与海风中，手臂摩擦手臂，乐知时低头打量，又将宋煜的手腕抓住，抬起来，用自己的拇指和食指测量宋煜的手腕，但无法圈住。他的指腹隔着皮肤摁压着宋煜凸出的腕骨、鲜活的静脉。

"我有一块手表。"乐知时握着他的手腕说，"很适合你。"

"你的？"宋煜也反握住他很细的手腕。

"对，但我只戴过一次，其实……"

他正说着，一个穿着黑色比基尼的棕发白人女孩朝他们走来，眼神锁定在宋煜的身上，打量他宽阔的肩膀与挺拔的五官。她很热情地站到宋煜面前，问他是留学生还是来旅游的，要不要和她一起在海边的 bar（酒吧）里喝一杯鸡尾酒。

乐知时这时候也抬起了头，眉头稍稍皱起。

宋煜拒绝了："我已经喝过酒了。"

对方敏锐地感知到他的意思，还有身边这个男孩的抗拒，不禁笑起来："哦，抱歉。"

乐知时皱起的眉头松开，变成了惊慌失措，尴尬地摇头，又不愿意摇得太死。

"我们……"

宋煜不否认，也不承认，但抓住了乐知时的手腕。那女孩说了句"不打扰你们约会"，就走了。

"我们没有约会。"等她走后，乐知时弱弱地回复。

宋煜松了手："这么多年之后的第一次见面，说郑重一点，也算是赴约。"

乐知时努力地理解着他的话，看见自己手腕被他握住之后残留的淡淡红痕。

"刚刚我没说完。"乐知时看向宋煜的侧脸，"那块只戴过一次的表，是我买给你的。"

"我想给你寄一份生日礼物。"

说好的只能书信往来。

"但这违反规定了，不是吗？"乐知时像是在自言自语。

"我现在在你面前了。"宋煜也看向他，"先违反规定的人是我。"

乐知时的睫毛轻轻晃动，眼神清澈而迷茫。

宋煜说："你知道你寄错过一封信吗？"

看着乐知时眼里闪过惊慌，宋煜继续说：

"一封只写了一半的信，被你用笔画掉了大半。"

"宋煜哥哥，我哮喘发作之后总是会陷入很长的低落期，不健康让我很困扰，每当这种时候我都不愿意你来见我，希望你来的时候我是健康的、充满活力的。我希望你会喜欢真正的我（生病的时候会长红疹，很丑），而不仅仅是信里落款的名字。很奇怪，我其实已经不记得小时候见你的经历，但我很想念你，人为什么会想念一个没有见面的人？

"全世界只有你是我可以毫无保留地倾诉的对象，我的家人，我的朋友，没有人可以取代你。无论发生什么，只要能在邮箱得到你的来信，我都会感到快乐。你不敢相信，病发之后我在病床上做了一个关于你的梦。我们见了面，没有握手，你亲吻了我的脸颊，说'lovely to see you'。

"真糟糕，这不是最可怕的，可怕的是在醒来的时候我感觉好遗憾。"

"知时。"他第一次用了思索过很多次的称呼，总想写在信的开头，但下笔又动摇。

没写完的最后一句话，宋煜看似冷静地面对面问他。

"我知道你为什么觉得遗憾，你呢，你清楚吗？"

"Joey，你好。收到你上一封信的时候我正忙着申请大学的事，所以这次回信的间隔时间有些长，抱歉让你久等。昨天我父母接到你爸爸的电话，说你前段时间生了一场病。不知道严不严重，希望收到这封信的时候你已经痊愈了。

"等到一切尘埃落定，我就会过去看你。其实我很在意你的体质问题，所以你可以试着写一份与你日常相处的须知手册寄给我，让我提前熟悉一下，规避可能会犯的错。

"希望和你的第一次见面是完美的。"

因为这封信的末尾，乐知时确信，信的那一端的人是一位完美主义者。

首先，他的字迹非常优美，从童年时期的端正到少年时期的初现风格，再到如今的成熟书写。每一个阶段，乐知时都认认真真地模仿过，所以他写中文的字迹和宋煜的很像，但又不完全一样。

其次，宋煜写信的纸张总是没有一丝皱褶，也没有任何多余的气味，一尘不染。他每一次落款的签名几乎都毫无差别，如同机器印下的痕迹。如果书信也有品质控制，宋煜的信一定是上佳。

最后，他希望收到一份与乐知时相处须知的要求，更加凸显他不愿犯错的特质。

想到这里，乐知时兴致勃勃地从床上起来，坐到书桌前打开台灯，很快速地在废纸上写下了有关自己的信息：他的过敏原，他吃的药，他讨厌的雷声……但写到最后，乐知时忽然生出一种胆怯。

宋煜不愿犯错。

那自己算不算一个需要被他规避的错误？

这个假设令少年期的乐知时第一次产生了迷惘。

他不知道自己怎么会在意上一个只存在于纸笔背后的兄长的，这听起来有些诡异，像二十世纪的小说情节。但他想，这个时代的很多人，他们也会爱上虚拟角色，爱上社交网络上精心设定的某个形象，相比而言，他甚至没这么可怜，毕竟宋煜是一个真实存在的人。只要他想，他就可以打破规定随时见到对方。

何况宋煜如此优秀，他愿意倾听，在成长期给他持续性的关心，无论他在信里写多么古怪的念头，宋煜都能理解，给他源源不断的新的灵感与启示。

他是世界上距离乐知时最遥远的人，也是与他最亲密无间的存在。

他怎么会不在意宋煜？

一旦想明白，乐知时就不由得开始担心，尽管他对自己有着相对自信，但他也清楚地知道他不完美。

他对宋煜产生的幻想多过世界上的任何人。在夜晚，他会听着窗外的风声想象宋煜的样子，他见过的每一个华人应该都不如宋煜好看。

读信的时候，乐知时时常幻想宋煜对自己说话。中文是多么美妙的声调语言，四种声调组合让说话都如同唱歌一样富有音律之美。宋煜一定也有着能发出这些奇妙语调的声音。所以乐知时很努力地学习声调，但这真的很难，除了自己的父亲，他几乎找不到一个能够说出标准中文的练习对象，所以他总是犯错。他甚至在信中写，如果他分不清去声和阳平，就会把"宋煜"读成"宋鱼"，那么宋煜的形象就会是一条可爱的小鱼。

而宋煜回信说："我相信你能分清，你是很聪明的学生。但做一条小鱼也不错。"

看到这样的回复，乐知时又喜悦又难过，他隐隐感觉宋煜是纵容自己的，但他不确定这种纵容的根源是什么，是朋友之间的关照，还是对认识的某个弟弟的鼓励。

情况越想越不妙。

生病的时候，乐知时的这种迷茫和焦虑就会加重，他昏昏沉沉地写了许多信，也废弃了其中的很多，但因为不想让宋煜久等，所以他拖着生病的身体赶在最后一天装好信寄走。

没想到寄错了。

这打乱了乐知时原先定下的全部计划——在第一次见面之前要保持足够的神秘感，让他像自己一样期待见面，保持健康和活力……

所以，他特意在知道宋煜要来的时候提前离开伦敦，也借口不去接机，因为机场不是个完美的地方，在他到来的时候也选择不直接站在门口傻傻迎接。

这些乐知时思忖许久的计划，最后都因为一封寄错的信而破灭。

海风把他的额发吹到脸颊，粘在他的鼻梁上。乐知时窘迫地用手指扒开，压下自己眼底的惊慌，但他还是没能忍住，在海风里飞快地眨了好几下眼。

潮汐又一次涌上来，这次没过了他小腿的三分之一。

见他一时间不回答，宋煜又开口："是我太直接了吗？"

他猜想乐知时会否认，然后磕磕巴巴地解释些什么。

但事情总是出乎意料。

乐知时露出懊恼的，甚至有些气馁的表情，绷紧了下巴，也抿起嘴唇，过了好几秒钟才抬眼看向宋煜，用一种负气的语气怪罪他："是的，我清楚，非常清楚，就是因为你。"

"我小心翼翼地避开那些差错，一点用都没有，还是被你发现了。"

不知为何，宋煜在某一瞬间，觉得他们的对话很熟悉，仿佛在哪里听过，有种恍如隔世的幻觉。他甚至产生了一种乐知时或许会哭出来的预感。

希望不要。

但这次的乐知时没哭。

"你毁了我的计划。"他抱怨的语气让宋煜觉得熟悉，因为在读他的信时，宋煜已经想象了无数遍这样的声音，现实比想象中的更动听。

一切像夏夜里的一场迷梦。乐知时感觉自己是世界上最幸运的人。他带着宋煜走了一遍海岸线，像是完成导游任务那样对他说"我带你去看白色悬崖"，然后逃跑似的骑上自己的单车。

宋煜没有取笑他，很从容地跟随乐知时去计划好的很多地方，他们一起看白色的断崖和粉刷成薄荷色的艺术画廊，还有彩虹颜色的一幢幢楼。穿梭在这座充满艺术感的海滨小镇的大街小巷，在傍晚时分一起骑车回家。

"Joey，你的脸晒得好红。"Olivia 端着一大碗恺撒沙拉，"你应该戴上你的帽子出门。"

乐知时支支吾吾地表示认同，然后闻着香味进了厨房。"这是给我做的吗？"

林蓉笑着说没错："这是珍珠丸子，你应该会喜欢的。来，尝一个。"她用叉子叉起一个喂给乐知时，他一口吞下去，才发现很烫，可又舍不得吐出来，就这么站在原地张着嘴吐出热气。

看起来傻得可爱。

宋煜倒了一杯冰水，走过去递到乐知时手上，然后便独自上楼，换了件衣服。

仅仅一顿晚饭的时间，乐知时就迷恋上了林蓉做的饭菜。甚至引得 Olivia 嫉妒："干脆把你送到叔叔家里好了。"

乐奕笑着抿了一口白葡萄酒："这个主意不错，老宋比我会教小孩。"

"你少恭维我。"宋谨也喝了点酒，面色发红，"开这种玩笑，也不问问孩子愿不愿意。"

"我愿意的。"乐知时很认真地点头，"真的可以吗？"

"哈哈哈哈哈，最当真的就是他！"

"我看你真是被吃的勾走了。"

宋煜将在夏天结束后入学，学习他喜欢的地质学。所以乐知时想好好利用他来之不易的假期，在这些天里，他们一起去莎士比亚的故居，去水上伯顿喂黑天鹅，去康沃尔郡的"伊甸园"，触摸古堡的砖石。

盛夏蝉鸣狂躁的深夜，父母陷入睡眠，乐知时盘腿坐在床上，打开自己带来的盒子，翻看先前宋煜的信件，还有他曾经为了给宋煜写信，摘抄的许多诗。

房间的门忽然被敲了敲，乐知时谨慎地问是谁。

"我。"宋煜站在门口，"可以进去吗？"

乐知时一听到他的声音，就傻傻地说了"当然"。于是一进门宋煜就看见他慌乱地抱着一个大盒子，最后自暴自弃地没有继续掩藏。

宋煜朝他走来。"这是什么？"他靠近一些，看得更仔细，"我的信？"

"嗯。"乐知时点了点头。

宋煜站到他的床边，像个斯文的绅士那样低头看他："为什么现在看这些？"

"想到了你。"乐知时很诚实，对他笑，"然后你就过来了。"

"你为什么过来？"乐知时问他。

宋煜望了望阳台外的夜色，又回到他发亮的双眼："你想看星星吗？"

他的邀请明明很寻常，但乐知时觉得格外浪漫，所以他欣然同意，套上衬衫，随宋煜轻手轻脚下楼。两人躺在后院的草坪上，尖细的草叶磨蹭着乐知时的脸颊和脖子，就像宋煜触摸的感觉一样。

乡村夜空的星光格外明亮，宋煜指着微微发红的那一颗："这是火星。"

"很形象。"乐知时对它的中文名给出评价，然后主动说，"我想知道你的星座，天蝎座。"

宋煜笑了笑："用肉眼看比较困难。"

"那算了。反正我查过，你确实很像天蝎座。"乐知时继续说着有关天蝎座的各种特性，神秘、精力旺盛、占有欲强。

"还有性感。"他侧了侧脸，看向躺在身边的宋煜。

宋煜也看向他，静静地看了一会儿。"好奇怪。"

"什么奇怪？"

他伸出一只手抚摩乐知时的脸颊："和你在一起，我总是感觉某个瞬间很熟悉，像经历过一样。"

乐知时也有同样的感觉，所以他稍稍睁大了双眼。

"或许是平行宇宙。"乐知时试图给他一个解释，"你相信多重宇宙理论吗？或许在另一个宇宙里，我们也是认识的。说不定我也说过你很像天蝎座……"

他凝望着夜空，有些遗憾愈发深刻："或许在那个宇宙里，我是从小和你一起长大的。我们每天一起吃饭，一起上学，早晨醒来回到的第一个人和睡前见到的最后一个人都是彼此。"

宋煜也轻笑一声。

那样未免太幸福。

他可以拥有乐知时的童年，他鲜活灵动的青春期，还有他的未来。

"希望那个宇宙的我们也是幸福的。"

"一定是。"宋煜语气笃定。

番外五
珍贵礼物

"能和你一起长大，是我这辈子最幸运的事。"

大四的寒假，辛苦忙碌了大半年复习雅思和申请学校的乐知时与同样面临硕士毕业的宋煜，在春节前夕收到了 UCL（伦敦大学学院）的 offer（录取通知）。听到好消息的时候，林蓉又哭又笑，高兴的是两个儿子都很争气，难过的是他们要离开自己一阵子，去国外读书了。

"蓉姨，你要是想我们了，就买张机票飞过去看我们。"乐知时把头靠在她的肩膀上，抱着她的胳膊安慰道。

"也是。"林蓉思路打通，开始计划起自己以英国为起点的欧洲游计划，"我要闭店半年，和我的小姐妹一起，玩够了再回来。"

宋谨对林蓉的旅游计划里没有自己已经很习惯，倒是为他们最终定下来的学校而感慨，揽住了乐知时的肩膀："所以兜兜转转还是去了英国啊。"

"哥哥的导师推荐他去 UCL 的地球科学，而且他的论文又多，申请 CSC（国家留学基金）肯定没有问题，对方导师对他很满意，还跟他开玩笑说'我们这个专业可是拯救地球的专业呢'。"

林蓉忍不住吐槽："英国人的幽默感跟你哥有一拼。"

宋煜一副无所谓的表情："林女士生得好。"

"哈哈哈哈哈。"

时间过得很快，假期一晃而过，开学后的乐知时忙着改毕业论文，忙得脚不沾地。樱花季到了，W大人山人海，乐知时交了修改稿，和宋煜趁周末回家休息了两天，正好也避开了赏花的人潮。

宋煜一如既往维持着晨起健身的习惯。

周六大清早，宋煜六点半就起床洗漱，但看着乐知时缩在被子里睡得很香的样子，又忍不住坐回到床边看他。

睡梦中的乐知时感觉到床微微下陷，闭着眼迷迷瞪瞪的。

这副样子让宋煜想到了小时候和乐知时在宠物店一起蹲着看过的仓鼠，睡着的时候也是这样眯着眼，很小的爪子还会伸出来动。

宋煜拨开他的额发，用指腹揉开乐知时的眉心。

"你要走了吗？"乐知时的声音很轻。

"嗯，跟我一起？"

"不想去。"乐知时很懒，不喜欢运动。

"那你再睡会儿。"

隔着被子，宋煜听见他含含糊糊说自己要睡了，于是他隔着被子摸了摸乐知时的头，然后起身离开。

话虽这么说，但乐知时已经被宋煜折腾得睡意全无，在被子里闷了一小会儿就掀开被子起身，拉开阳台的玻璃门透气，然后去洗手间洗漱。

林蓉也起得很早，乐知时套了件毛衣外套下来，看见她正往餐桌上放早餐。

"乐乐怎么起这么早？"她端了一份三鲜豆皮出来，"快来吃，我刚买回来的，超火的那家，排了好久的队。回来路上还碰到哥哥了，他去健身房附近吃。"

乐知时帮她端了牛奶和蛋酒，望了一眼客厅："叔叔呢？"

"一大早就去公司了，上午有一个合同签约。"林蓉把手里的水果盘搁在桌上，然后和乐知时坐在餐桌两端，"吃吧。"

两人一边吃，一边用餐桌上的平板电脑找出一部国外的情景喜剧看。虽然很多家里都有吃饭不许看电视的说法，但林蓉是个例外，不仅不禁止，还带头看。

"我十点之后要去阳和启蛰准备晚上宝宝的满月酒，你们晚上一起去吃呀。"林蓉盯着屏幕，吃了一块青苹果。办酒的是林蓉闺密的亲侄女，关系很近，她为此准备了很久。

"哦对了，阿姨一会儿来打扫卫生。"林蓉看了一眼手机，"快到了应该。"

乐知时喝了一口牛奶："那个……我帮哥哥收拾他的房间吧。"

林蓉的视线移到乐知时脸上，露出一个可爱又意味深长的笑："是有多乱啊。"

乐知时立刻摆手："没有，真的不乱。"

"行啊，那你收拾吧。"林蓉又吃了一块豆皮，含糊地说，"反正哥哥也不喜欢别人动他的东西，你的房间呢？"

"可以让阿姨收拾。"

乐知时收拾了餐具之后，很快上楼回到宋煜的房间，四月初的和风扬起一整面墙的白色窗帘，宋煜撤掉了曾经沉重的黑色窗帘，还房间原本的明亮和通透。

他把桌子上散乱的东西都收进柜子里，叠好被子。

门外忽然传来了陌生人的声音。他听到林蓉招呼着阿姨，思绪有一瞬间的清明，想起了自己回到卧室的本职工作。

乐知时走到书桌前，合上自己的笔记本电脑，还有摊开来的各种文献与著作，把笔收回笔筒里。宋煜的书桌又一次恢复了干净。他拿起一本《国家地理》杂志，走到书架前把它和其他的杂志归置到一起。

稍微站了站，乐知时忽然发现，书架的最上层有一本没有外封的很厚的书，果绿色的内封，侧面没有书名。有些好奇，乐知时拿下来，刚打开扉页，他发现了一行字迹，是他自己的。

宋煜哥哥，祝你生日快乐！

看称呼和字迹的成熟度，乐知时判断是他初中时期写的，看到扉页的书名——《你呼吸太阳，我呼吸月亮》，他不禁为自己当年的品位惊叹，转头想了想，好像当时只是因为被名字吸引，就毫不犹豫地买下了。

现在想想，给宋煜送这本书真的不算是一个好主意……

他稍稍翻了翻，书页停在了某一页，原来里面夹了一张折起来的草稿纸。乐知时先是拿开那张纸，视线停留在那一页，被宋煜画线的几句话上。

可我没有照看好我的心，

它被人从我这儿偷去。

嗬！我轻易就把贼猜到，
看眼睛就能把它认出。
只是我害怕他偷走的心，
他会还得太快太迅速。

和情感饱胀的文字不同的是，宋煜画的黑线直而标准，端正得很像他本人，而这样的话并不像是他会称赞的言语，可他画了线，很矛盾。

默念这几句，乐知时心跳得很快，就像诗篇里写的一样，如同能听到胸口有"蜻蜓振翅那样的动静"，折起来的纸没拿稳，掉落在地上。乐知时合上书，把折成方块的纸捡起来，顺便打开。

纸上没有字，也没有什么计算公式，而是更加不符合宋煜风格的简笔画，很多个，都是芝士块的图案，唯一很宋煜的是他把图案分布得很整齐，一个挨着一个画的，起初形状有些硬，不太可爱，到后面才开始圆润了些。

乐知时盯着，眉头微微皱起，他觉得好熟悉。几秒后，他想到了宋煜高中毕业时随手送他的写生册，上面刻着的也是这个芝士。

他有点疑惑，宋煜为什么要反复临摹这个品牌的 logo，只是因为好看吗？

卧室的门被敲响，乐知时回头，听见林蓉开口："乐乐，快下来帮我换沙发套。"

"哦。"乐知时把纸重新收到书里，一切归回原位，下楼给林蓉打下手。换好后，乐知时抱起之前的旧沙发套准备去洗衣房，他听见开门声，往玄关口望了望，果然看到穿着黑色卫衣戴着藏青色棒球帽的宋煜。

"回来了。"林蓉站起来，"给我带酸奶了吗？"

宋煜"嗯"了一声，把袋子放到茶几上，问乐知时："睡够了？"

"我没有睡。"想到自己早上干了这么多活还被他误解，乐知时有点不满意，抱着沙发套向洗衣房走去，谁知宋煜先一步到了洗衣房的门口，堵住了他。洗衣房连着生活阳台，门很大，乐知时往左，宋煜也往左堵住他，乐知时往右，宋煜也往右。

"宋煜，你好幼稚。"乐知时仰头看他，"你高中都没有这么幼稚。"

林蓉搭话道："错，他生下来就没有过。"

宋煜嘴角绷着笑，他喜欢乐知时被逗弄之后的表情："给你机会，你都不多睡一会儿。"

"睡不着了。"乐知时回答。

乐知时把沙发套塞进洗衣机之后设定好时间，点了开关。

林蓉抱着剩下的靠枕套走过来："乐乐，不搭理他了，走，跟我去阳和启蛰。"

谁知宋煜说："我今天中午要带他出去吃饭，和朋友约好了。"

"嗯？"乐知时一无所知，"什么时候约的？和谁？"

"早上。"宋煜靠在洗衣机上，伸手把乐知时脑后的发圈取下来，扎起的小鬏散开，头发微卷，"见到他们你应该会很高兴的。"

"好吧，"感觉是个惊喜，林蓉耸了耸肩，"晚上记得去阳和启蛰吃满月酒。"

乐知时换了套衣服，就跟着宋煜出去了。他对目的地和见面对象都一无所知，更古怪的是，宋煜居然没有开车。

"吃饭的地方很近吗？"

"不近。"宋煜说着，带乐知时走过一个红绿灯路口，往地铁站走去。他们和人流一起走向那趟粉色的 2 号线地铁，人很多，乐知时和宋煜站在门口的位置，靠得很近。

"我在这里拍过你。"宋煜忽然开口。

乐知时的眼睛微微睁大，露出惊讶的表情："什么时候？"

"你跟踪我那次。"宋煜盯着他的脸，仿佛认为他一定忘记了那件无足轻重的小事，但对宋煜而言，那一天让他开心了很久，无论是跟踪他的笨贼，还是他站在登记处脱口而出的"家属"二字，又或者是乐知时靠在自己肩上睡着的模样。

乐知时想起来了，并且十分聪明地猜到吃饭的地点："你要带我去之前那个日料店？"

"该不会……"

走进那家店之后，乐知时验证了自己的猜想，包括宋煜口中他见了会很高兴的朋友。

"你们终于来了！"坐在落地窗附近的夏知许朝他们伸长了手臂，挥了挥手，脸上挂着和过去几乎没有区别的阳光的笑，"快来。"

乐知时有些惊喜，看到转过脸朝他微笑的许其琛更是如此："其琛学长……"

宋煜揽着他过去，坐到了夏知许和许其琛的对面。"点菜了？"

"嗯。"夏知许笑起来露出虎牙，"还是和之前一样，怎么样，我记性不错吧。"

听罢，第一个笑的是许其琛，很买账。看到他那张沉静的脸上露出笑意，乐知时没来由地产生一种欣慰之情。他很希望过去的事真的能过去，许其琛不要困在那些人的言论中。

"给你多点了一份冰激凌。"许其琛给乐知时递过去一杯茶。

"谢谢学长。"乐知时的眼神从许其琛的身上落到夏知许身上，眨了眨眼，十分直接地开口，"所以学长，你们是解开误会了吗？"

夏知许本来喝了口茶，被乐知时的话呛到咳嗽，自己拍了拍胸口。

宋煜淡淡道："你是高中生吗？"

许其琛耳朵尖泛着红，看了一眼夏知许，被逗笑了。

"你怎么知道？"夏知许朝乐知时扬了扬下巴，"宋煜跟你说的？"

"没有啊。"乐知时手撑着下巴，"我猜到的，之前我就有这种感觉，当时还不是很明确，后来回头想想，越想越觉得是。"

"真厉害……"夏知许摇了摇头。

宋煜给乐知时夹了一块寿司。"是比你厉害点。"

"死弟控。"

他们互相打着嘴炮，边吃边聊，把彼此错过的这段时间都分享出来。看到夏知许如今的模样，乐知时总忍不住把他和当年隔壁学校那个风云人物的形象做比较，总感觉他瘦了点，声音也比之前低沉了许多，可他和许其琛之间的感觉却和当年没什么区别，很青涩，也很干净。

"所以你们要一起去 UCL ？"夏知许给许其琛夹了一块天妇罗，"可以啊，G5。"

乐知时忍不住说："还是你比较厉害，都已经是创业公司的老板了。"

"就做点游戏而已。"夏知许谦虚笑笑。

宋煜抬了抬眉："幸好还会做游戏。"

"我怀疑你在嘲讽我。"夏知许指着他。

"自信点。"

一顿饭吃了两个小时，这次结账终于轮到了宋煜。乐知时跟着许其琛站到门口等，午后的阳光很舒服，照在身上暖暖的。

"乐乐。"许其琛主动开口，"你考到 W 大的时候，我本来是想送你一件礼物的。但是那个时候我状态比较差，觉得你应该也不会想要，所以最后没有送出去。"

"我想要的。"乐知时脱口而出，眼神诚恳地望着许其琛。

许其琛笑了笑，声音温柔："下周我正好要回一趟学校，我给你送过去，是一本书。"

"好。"乐知时也不知道是哪里来的念头，直接抱了抱他，"谢谢。"

他也不知道是感谢许其琛在自顾不暇时还能记得只有一饭之缘的自己，还是感谢许其琛自己走了出来。

许其琛仿佛读懂了他的拥抱，拍了拍乐知时的肩膀："我现在很好。"

"嗯。"乐知时退离一些，"我感觉出来了。真好啊，虽然这个结果来得有点晚。"

许其琛望向他，又看了看马路川流不息的车辆。"不晚。"

他的声音很温柔："只要能重新来，什么时候都不晚，我都很满足。"

夏知许远远喊了许其琛，然后走了过来。他们像之前那样打算与彼此分别，宋煜也站到了乐知时的身边。

"下次约啊。"

说着，夏知许忽然想到了什么。"哦对了，我想起来了。"他对着宋煜说，"你小子当时那个本子就是做给乐乐的吧，和我一起做的那个。"

乐知时歪了歪头："本子？"

许其琛也有些疑惑地转过脸看向夏知许。

在夏知许面前无往不利的宋煜这一次总算消了气焰："你闭嘴吧。"

"什么啊？你不会没送吧？"夏知许仿佛捉到了他的把柄，"乐乐，你哥当时跟我一起去北京集训的时候给你做了个写生册，做得可仔细了，还差点把手弄破……"在宋煜的堵嘴威胁下，夏知许才没继续说。

"你的意思是你也做了？"许其琛很敏锐地捕捉到重点。

"啊……"夏知许有些窘迫，光顾着跟宋煜抬杠，都忘了自己的也没送出去，"那什么，回去你就知道了。"

两个在高三那年双双铩羽的家伙都溜了。

回想起在那本书里看到的画满了芝士图案的草稿纸，所有的线索一瞬间连了起来。

原来那根本不是什么品牌的 logo。

"那个芝士是你刻的对吗？"

下了地铁宋煜也没有继续别扭，比较坦然地说了出来："嗯，是夏知许那个傻子非要留下来做纪念品，所以我就跟他一起做了个本子。结果他还把手机丢在北京了。"

"那个芝士……"他顿了顿，"是我之前没事的时候画的。"

这句话让乐知时产生了一种奇妙的感觉。

"是因为我的名字很像芝士吗？"

宋煜盯着他的眼睛，仿佛对他总是直白的反问有所抱怨，过了一会儿，才"嗯"了一声。

这一刻，乐知时终于知道，原来不只是自己在少年时代会做出一遍遍写宋煜名字的傻事，宋煜也曾做过类似的举动，只是更加隐晦，更加充满防备。

也难怪，第二次得到写生册也是在宋煜去北京开会回来以后。这些被乐知时视作宝贝的写生册，并非宋煜随意扔给他的，而是他亲手装订，亲自在皮面上刻好图案的作品。

可他什么都不说。乐知时忽然庆幸自己对宋煜给他的一切都足够珍惜，如果他随意地弄丢或者浪费了他的写生册，现在他大概会因为践踏了宋煜的心而感到非常非常难过。

"你总是不说。你是不是还有很多事没有告诉我。"

言谈间，他们已经从地铁站踱步到阳和启蛰的小巷。宋煜起初没有回答，之后又低声"嗯"了一声。

"告诉我吧。"乐知时撒娇。

宋煜轻轻笑了笑："太多了。"

"我想听，你可以每天睡觉前给我讲一个，就当睡前故事，好不好？"

推开店门，宋煜温柔应允："好。"

阳和启蛰里被鲜花装饰，有一瞬间让宋煜回到了准备婚礼的那一次，只是这次的花色彩更丰富，还有很多小孩子喜欢的大型玩偶、乐高积木和半人高的泡芙塔。

"好热闹。"

"你们来了？"林蓉吹好一个气球扎起来放到一边。

"我来帮你。"乐知时跑过去吹气球，结果第一个就炸了，把自己都吓得愣在原地。

宋煜站在不远处，一开始也愣了愣，后来被乐知时的反应逗笑，事后越想越觉得可爱。

"你去后厨尝尝那个汤！"宋煜被林蓉打发去厨房，"对了，给你爸爸打电话，让他别忘了过来，他可是要发言的，带上稿子！"

乐知时忍不住说："好隆重啊。"

"那是，毕竟是我最好的闺密的侄女。她可喜欢这个侄女了，跟亲女儿一样。小宝贝出生可是超级大的喜事。"

看到墙上贴着的小可爱的照片，乐知时有些失神，又拿起一个气球："蓉姨，你……"

林蓉像是会读心一样，干脆利落地对他说："我不想要小孙子。"

乐知时不由得笑了出来："我还没说呢。"

"你说不说都是一样的，乖乖。"林蓉揽住他的肩膀，和他一起看照片墙，"小孩子是蛮可爱的，但是教和养一个小朋友是很耗费心力的一件事，我把你们俩拉扯大，已经享受够作为一个母亲的乐趣了，你们长大了，我也想趁自己还有心力，多为自己做点事。我的价值不应该只是作为母亲的价值，我也要做我自己，而不是某某的妈妈。你明白吗？"

乐知时点了点头，又抱住林蓉："辛苦你了。"

他在林蓉的肩窝靠着，沉默了片刻，又用很轻、仿佛试探的声音第一次用这样的称呼叫她："妈妈，谢谢你。"

本来上一刻还说笑着，听到这个称呼，林蓉鼻子忽然一酸，眼眶泛红。

她也抱住乐知时，上下抚摩他的后背。

"所以说……"她有些孩子气，"你总是要叫我妈妈的，哼，宋谨还拦着。你一会儿当着他的面再叫一次，听到了吗？"

"听到了妈妈。"乐知时笑了出来，很乖地在她怀里点头。

林蓉又补充："先不要叫他爸爸。"

乐知时笑个不停："好。"

宾客纷至沓来，阳和启蛰的前院人愈发多起来，还没到饭点。乐知时整理好气球，转身四处搜寻着宋煜的身影，又去包间找了找，一路找到最后一个包间，最后在阳和启蛰隐藏的后院看到了宋煜。他安静地坐在樱花树下的长椅上，闻声抬头望向他。

这棵垂枝晚樱是乐知时十岁的时候，他们全家一起移栽在后院的，如今已然长大了很多，雪白的樱花缀满了垂下的枝条，在四月初的风中微微摇曳，洋洋洒洒落下一片雪色的花雨。傍晚的橘色光线落在清冷的花树上，仿佛给花树染上了烟火气。

　　而樱花树下的宋煜显得格外清隽，面容沉静，落日在他脸上映出一丝不易察觉的温柔。

　　他朝乐知时伸出一只手，乐知时也跟着走过去。"你真会躲清闲。"

　　"刚刚我叫蓉姨妈妈了。"乐知时看向宋煜，发现他头上落了　朵樱花，于是轻轻用手拈下来，转了转，继续说，"她很开心。"

　　宋煜"嗯"了一声："她想很久了，只是不说。"

　　"这一点你就和她很像了。"

　　看着他的脸庞，宋煜陷入沉思，很快又拉回思绪。

　　"我昨晚做了一个梦。"他轻声开口。

　　乐知时捏着那朵樱花细小的梗："梦到什么了？"

　　"梦到……你爸妈没有走，你在英国长大，是个一看就很受宠的小孩。"

　　"然后呢？"乐知时手上的动作停下来，他似乎只关心一件事，"你在哪儿？"

　　"我在国内，但我好像去找你了，我见到了长大的你。"宋煜的眼神飘得很远，回忆着梦境，"我还记得海，还有白色的悬崖。"他微微勾起嘴角，"我们很开心。"

　　"然后呢？"

　　"不太记得了，好像就一起躺在草地上，还有很多开得很好的无尽夏。"

　　听起来是个很美的梦。乐知时凝视着宋煜的脸，一本正经道："宋煜，你是真的很在意我，才会做这种梦。"

　　宋煜被他认真的表情逗笑了，捏了捏他的脸："你才知道。"

　　说完，他脸上的笑意敛去些许，问乐知时："你会不会觉得，要是像梦里一样，你爸爸妈妈都在，你很幸福地长大，会比较……"他斟酌着措辞，最后说，"……不那么遗憾。"

　　乐知时静了静，叫他哥哥，琥珀色的瞳孔诚恳而通透："我一点也不觉得遗憾。"

　　他声音很轻："我没办法和假设出来的自己去比较。当然，我也想过如果我的爸妈还在会是怎么样，会不会更幸福，但说真的，有蓉姨和宋叔叔充当父母的角色，已经是天大的好事了，我想不出世界上还有比他们更好的人。"

"何况还有你。能和你一起长大，是我这辈子最幸运的事。"

宋煜抬手，摸了摸他后脑柔软的头发。

"我不觉得那个梦多美好，也不羡慕，因为那样的我会错过你最好的童年，你的少年。从三岁，到现在的二十二岁，和你度过的每一天，是我拥有过最珍贵的礼物。"

宋煜垂了垂眼，又望向他。

"我也没办法想象你不在我身边长大。所以我总觉得自己很残忍，再选一次，还是希望你三岁那年能来到我家。"

"不残忍。"乐知时声音温柔，"遗憾的另一面就是圆满。"

正说着，传来移门的声音，他们望去，看到了门口的宋谨，三个人都怔住。

"你戳在这儿干吗？"林蓉也走过来，看他们坐在樱花树下，"吃饭啦。"转头的时候她还拍了一下愣在原地的宋谨，"稿子带了吧？"

"带了，你看看。"

"我不看。"林蓉又扒着门瞅了一眼，"你俩赶紧过来，吃饭了。"

"知道了。"宋煜无奈摇头。

乐知时笑出声，站起来抖了抖身上的樱花："吃饭啦。"

番外六
走失风波

"哥哥，你今天为什么要哭呀？"

周末天气好得出奇，吃完午饭，宋煜一个人认真地做着作业。屋子里很安静，房间门"吱呀"一声被推开。

不用猜宋煜也知道来者是谁，他继续埋头写作业，听着某个入侵者的脚步声，最后眼角余光瞄到一双肉乎乎的小手，费力地扒上自己书桌的边缘。

他有时候觉得乐知时钝钝的。这个形容词很奇怪，用在作文里可能还会被扣分，但宋煜自己觉得十分贴切。在他眼里，乐知时手脚肉乎乎，是钝的，嘴唇也是钝钝的，软软的。心肠和脑瓜也一样，很钝，思考有点慢，很容易被骗。

"你来干什么？"宋煜从自己对乐知时的评价中抽离，不咸不淡地发问，"你们幼儿园不是给你留了拼贴画作业，做完了？"

乐知时动作缓慢地点了点头。"做完了呀。"他又靠近宋煜一些，小手摁在宋煜的腿上，一双大眼珠跟葡萄似的，可怜兮兮地晃着他，"哥哥，我想出去玩。"

宋煜摆出一副冷酷的架势，把他的手抓起来又拿开："我作业没做完。"

乐知时丝毫没有因他拿开自己的手而沮丧，甚至见缝插针地倒下去，肚子压住宋煜的腿，像一只叠起来的寿司。

310

"那你什么时候做完呀？等你做完我们就去好吗？"乐知时伸长了两只手，晃荡着，"我想去公园喂鸽子，鸽子想我了。"

宋煜差点被他的傻话逗笑："你怎么知道它们想你了？"

"我今天一天都听见耳朵边有咕咕咕的声音。"乐知时又费劲地起身站好，抓住宋煜的手臂晃来晃去，"小煜哥哥，我现在就想去，现在去吧。"

尽管宋煜一直强调他是幻听，他在扯谎，但最终还是拗不过，只得答应。家里大人都出去工作了，乐知时兴奋地拽着宋煜的手要把他拉下楼，但宋煜还是不紧不慢地拿上乐知时的小水壶，给他接了一杯水，然后把这个小手榴弹形状的水壶给他背上。临走前，宋煜又抓了几颗糖揣在兜里。

乐知时很麻烦，没准就吵着要吃什么，家里的糖最保险。

走到公交站，乐知时想坐到站台椅子上，但椅子很脏，他又穿了条白裤子，宋煜坚决不让："一会儿上车再坐。"

乐知时只好忍住了，乖乖让宋煜牵着手。等了一会儿，公交车到了，上面满满当当的人，宋煜牵紧了他的手，刷了自己的学生卡，又给乐知时投了硬币，拽着他在摇摇晃晃的车厢里往里走。到中段时，一个好心的年轻女孩起身给他们俩让了座位："小弟弟，你坐吧。"

宋煜低头说了谢谢，乐知时连忙学着宋煜鞠了半个躬，奶声奶气道："谢谢姐姐。"

"不客气。"女孩看他实在可爱，伸手摸了摸他软软的栗色头发。宋煜用手轻轻推了一下乐知时的后背："过去坐好。"

乐知时先是半推半就地坐上那个位置，可过一会儿又起来，故意说："小煜哥哥，这个椅子好硬。"

宋煜扶着前面的椅子背，低头盯着他，早知道他心里想的是什么，本来不想同意，可他最怕乐知时跟他撒娇，尤其是当着许多人的面。为了防止这种情况发生，宋煜先妥协了。

站在一旁的女孩看着这个有些早熟的小朋友肩膀一沉，像是叹了口气，然后对着那个可爱的小孩招了下手。小弟弟飞快地从椅子上下来，换哥哥坐上去。

如愿以偿被哥哥抱在怀里，乐知时开心得不得了，小屁股扭来扭去，被宋煜用手臂箍住。

"乐知时，你又重了。"

"因为我长高了，老师昨天量过的。"

宋煜冷酷道："你就是长胖了。"

下了车，宋煜的腿有些麻，自己弯腰揉了揉。乐知时倒像是一只撒欢的麻雀似的，飞快地扑腾到公园里。宋煜就这么看着他向鸽子群飞奔过去，许多白鸽因他过分激动地靠近吓得四散飞起。

宋煜都不知道乐知时什么时候装的零钱，可以买这么多袋鸽子食。他走过去蹲在乐知时身边，看着乐知时把塑料袋装的一小包杂粮倒在手掌心，把手伸出去，鸽子们不过来，他就蹲着往前挪，看起来傻傻的。

"来了来了。"乐知时激动地转过脸去看宋煜，眼睛睁得大大的，阳光落在他的眼底，像是映了一片碎金，"小煜哥哥，你看！"

宋煜"嗯"了一声，发现身边的鸽子越来越多了，于是也伸手找乐知时讨了点粮食，跟着他一起喂。

乐知时奶声奶气地对"想念"他的鸽子说话，人类语言里还掺杂着"咕咕咕"的鸽子语，听起来可爱又滑稽。

"你吃得好胖了呀，你之前没有这么胖的。"

见乐知时摸着一只鸽子的头自说自话，宋煜道："你分得清谁是谁吗？"

"当然了。"乐知时指着眼前这个胖胖的小鸽子的尾巴，"它这里有两个小黑点，像梅花的形状，所以我叫它小梅花。"他又指向另一只低头啄着地上玉米粒的白鸽，"那只的头顶上有一点灰色，那是小灰。"他对自己的鸽子朋友如数家珍，宋煜这才知道他是真的分得清，而且真的把这些小动物当成自己的朋友。

手里的食物快要喂完了，乐知时摸着鸽子的毛："我下次再来看你，你要等我啊，我下次给你们从家里带核桃好吗？核桃可好吃了。"

宋煜站了起来："你还真像个小公主。"

听到这句话，乐知时也腾一下站起来，仰着头看宋煜，脸上的表情有些不满，两条小眉毛都皱了起来："为什么？"

宋煜一副小大人的样子道："只有动画片里的公主才会跟小动物说话。"

乐知时伸手想去牵宋煜，可宋煜走得太快，第一下没有牵到，他下意识从嗓子里发出一声小小的呜咽，像刚刚那些没吃到食的鸽子一样。宋煜顿住，扭头看他，脸上露出一点嫌弃的小表情，但朝着他伸出了自己的手。

"乐知时，"他又用那种大人一样的语气开口，"你已经五岁了，走路还要人牵着走啊。"

"嗯。"乐知时理直气壮地点头，手抓得很紧，"我长大了也想要哥哥牵。"

"我不想。"宋煜很果断地拒绝。

"我想。"乐知时晃着他的手撒娇，可晃着晃着，他圆溜溜的大眼睛就瞟到了喷泉旁边的冰激凌摊。巨大遮阳伞下的冰柜玻璃盖被斜射过来的阳光照得发亮，如同藏有宝藏的盒子一样，深深地吸引着乐知时，令他走不动路。

宋煜发现自己根本不像是在牵一个小孩，更像是在拽着一个秤砣。他一回头，见乐知时眼巴巴地望着不远处卖冰激凌的摊位。

"你又想吃冰激凌。"

乐知时立刻摇头，可没一会儿又点头，用食指和大拇指靠近比了一个手势："一点点……"

宋煜叹了口气："可是你感冒刚好。"

乐知时凑过去抱住宋煜的腰，仰着脸和他商量："小煜哥哥，那我们俩分着吃不行吗？可以的吧。"

这种自问自答式的撒娇让人完全没法招架，宋煜表面上还是板着脸，一副严厉称职的好哥哥模样，但心里已经很动摇了。乐知时没求太久，宋煜就拉着他朝那边走，嘴里还埋怨："我的零花钱全都给你和鸽子买吃的了。"

乐知时飞快地提出补偿方案："我把我小猪存钱罐里的钱都给你，小煜哥哥，你要什么我都给你。"

宋煜没吭声，冰激凌摊的老板见他们过来，十分热情地打招呼。

"小朋友，想吃什么？够得着吗？我来帮你开吧。"

"不用。"宋煜觉得自己已经足够高了，高出这个冰柜这么多，他松开了乐知时的手，自己伸手拉开冰柜的玻璃门。里头的冰激凌五花八门，但宋煜最清楚乐知时喜欢什么牌子什么口味的冰激凌，而且他还要避免脆皮甜筒这种可能会让他过敏的类型。自从乐知时来到宋家，宋煜就学会了看食物包装上的配料表，一个人悄悄在自己的房间里搜索资料，列下一个乐知时不能吃的食物清单。每次看那个清单，宋煜都觉得乐知时很可怜。

老板手机响了几声，像是谁发来了消息，他让宋煜慢慢挑，自己坐下来回复消息。

宋煜翻了半天才找到那个芝士味的冰激凌，他拿了出来，跟刚好回完消息的老板结了账。可一转身，他就慌了，本来应该在自己身后乖乖等着的乐知时忽然消失了。喷泉喷射出的水珠在空气中翻涌，阳光折射出炫目的光圈。宋煜手握着冰激凌，茫然地四处探望。

"乐知时？"他叫了几声，目光四处寻找乐知时的身影，可怎么都看不到。宋煜的心里开始慌起来，他跑起来，声音也大了许多，从呼唤"乐知时"变成了"乐乐"。

"乐乐！你去哪儿了？乐乐！"

绕着喷泉中心找了一圈，宋煜都没有找到乐知时的身影。他的额角渗出汗珠，感觉自己掌心的温度在一点点融化手中握着的冰激凌。公园里来往的人很多，小小的宋煜奔走在这些大人之中，路过的人几乎都被他拦住，问了个遍，最后遇到一对坐在长椅上的情侣。

"别急，小弟弟，你在找谁啊？"年轻女孩拉住他的手臂。

宋煜有些防备地看向他们，睫毛垂了垂，一开口声音不自觉有些发抖。"我弟弟，你们看到过他吗？"尽管担心和紧张，但宋煜还是表现出远超这个年龄段小孩的冷静，向他们准确地描述了乐知时的样貌，"他长得很可爱，是个混血儿，五岁，穿浅蓝色的短袖和白色的短裤，棕色的卷发。"

听他说完，女孩面露难色，摇了摇头，身边的男生提醒道："你可以去问问公园的工作人员，让他们用广播帮你找。"

"我们陪你去吧，别担心，可能就是走丢了。"两人带着宋煜去找广播站。一路上宋煜心里都很慌，平时的他表现出超出同龄人的早熟，遇事总是沉着，似乎没有因为什么而紧张过。可一遇到乐知时的事，他就不受控制地担心起来。他想象到很坏的情况，联想到之前看过的拐卖小孩的电影，手便攥得更紧。

好在他们很快就找到了广播站，站内的工作人员不是第一次处理这样的事了，询问过相关信息之后便很快发布了广播。一个工作人员为他们三个倒了水，不知情的她误以为那对情侣才是走丢小孩的家属，于是上前宽慰，但女孩连忙摇头，指向沉默地坐在椅子上的宋煜："这个小弟弟才是。他是走丢小孩的哥哥。"

工作人员看过去，那孩子沉默地低着头，手里还握着一支快要融化的冰激凌。

"小朋友，别担心，冰激凌都要化了，先吃吧。"她走过去，蹲到宋煜的面前，想安慰他。

宋煜抬眼望向她的眼睛，静默片刻后开口："请问这里走丢的小孩多吗？一周会有几个？"

"这……"这个工作人员被他问得愣了愣，思索后回答，"挺多的，这个公园太大了，人流量又多。一周下来……可能有四五个。"

听罢，宋煜沉默两秒，又问："那……找回来的有多少？"

他的问题让在场的几个大人都不约而同感到惊讶，这个工作人员回头看了看坐在广播前的同事，交换了一个眼神，回过头，坐到宋煜身边："小朋友，你弟弟一定能找回来的，这样吧，我们分头行动，我去外面找，你就和我的同事一起在这儿等。"

听到这番话，宋煜很快就明白了她的意思，扭头直视她的脸，睫毛颤了颤，最后他又低下了头，没有说话。

时间也不知道过了多久，他手里的冰激凌已经完全化掉，没有办法吃了。宋煜觉得这里面的空调开得很低，他很冷，但他不愿说话。两个陪着他的大人不断地宽慰他，但作用不大。之前同他说话的工作人员出去找乐知时了。再后来，陪同他前来的年轻情侣也走了。

广播站的门被打开过一次，宋煜很快抬起头朝门外看去，但并不是乐知时，只是另一个工作人员。

他失望地坐回去，像一株短暂复活后再度失水的植物。

宋煜忽然开始害怕起来，他控制不住地往坏的方面想，脑子里一瞬间闪过很多不好的画面，其中掺杂着乐知时陪伴他度过的很多个日子，很多张属于他的可爱的笑脸。他甚至想到了乐知时第一次来自己家的样子。

那种莫大的自责和歉疚又一次席卷而来，海浪般淹没了渺小的宋煜。

"请问这里是广播站吗？"

不过两三分钟，广播站的门又一次被打开，飘浮着的彩色氢气球穿过门轻飘飘地一拥而入，云朵一样遮蔽住视野。宋煜感觉到什么，从椅子上起来，朝门口走了两步。忽然，一个小小的身影从氢气球的背后钻出来，朝宋煜奔来，一下子扑进他的怀里。

"哥哥！"

听到乐知时带着哭腔的声音，宋煜的鼻子一下子就酸了。他身子有些僵，被乐知时撞上来抱住的一瞬间有些蒙，像是被撞出去几分心魂似的，只能愣愣地抬手回抱住他。

摸到乐知时手臂的时候，宋煜下意识摸了摸他的后脑勺、他的脖子，然后忽然有了灵魂回落的感觉，一如和乐知时相见的第一晚，第一次在病房里听到他脱离危险的消息，那时候的他也是这样，僵直如木偶的身体找回了心跳和呼吸。

他隐约听到乐知时在哭，哭着叫他。意识一点点回落，恍惚间又觉得脸上凉凉的，一抬手，原来自己也在流泪。他觉得有些丢人，连忙用手背擦掉，可还是被乐知时看到了。

"小煜哥哥。"乐知时愣了愣，像是根本没有料到宋煜会哭一样，回过神的时候又踮起脚去摸他的脸，"哥哥你怎么哭了？你不要哭。"

"我没哭。"宋煜捉住了他的手，转过脸不想让他看。

一旁的工作人员也松了一大口气："太好了，小朋友找回来就好，可急坏你哥哥了。"

卖气球的中年男人左手攥着一大把气球线，右手擦了把额头上的汗，长长地舒了口气。"哎呀，可吓死我了，一听到你们的广播我就赶紧带着这个小朋友过来了。"他脸上笑容朴实，"这孩子太逗了，听到广播之后拉着我说'叔叔，他们在找我，乐知时是我的名字'。"

工作人员都笑起来，乐知时长得实在可爱，广播站的几个女工作人员又是给他倒水喝，又是给他糖吃，乐知时半躲在哥哥背后，但很懂礼貌地对她们鞠躬，小声说谢谢。

回去的时候已经是傍晚，西垂的太阳变成蜜渍的橘色，挂在薄云里。宋煜自责的劲过去，就起了一股气，原本想独自走在前面，不搭理乐知时，可想了想又放弃，最终自己走在乐知时的后头，隔他五六步的距离。

"小煜哥哥……"乐知时停下脚步，想扭头，可被宋煜喝止住。

"不许回头。"宋煜两手插在自己的上衣口袋里，"往前走。"

乐知时委屈兮兮地呜咽一声，继续向前，但嘴没闲着："你不要生我的气嘛，我……我下次真的记住了。"

宋煜盯着他的背影，沉默了片刻才赌气开口："你记住什么了？"

"以后绝对不会自己一个人跑开了。"乐知时委屈地转过身，手里还拿着卖气球的叔叔送给他的小鱼氢气球，看到宋煜也停下脚步，乐知时仿佛觉得这是个好时机，于是试探性地朝他走了一步，见宋煜闷不吭声，便飞快地朝他跑过去。

小鱼气球在天空中无可挣扎地摇摆着。

"哥哥，我真的知道错了，没有下次了。"乐知时又一次抱住宋煜，手忙脚乱之下不小心松了手，小鱼气球轻飘飘地往天空中蹿，宋煜本来很生气地想骂他，结果看到要飞上去的气球，又下意识伸手攥住，连后来的责骂都显得有些磕磕巴巴："还有下次我就不要你了！"

乐知时抬起脸，看着拉住小鱼气球的小煜哥哥，瘪嘴含泪，委屈地点了点头，但说出来的话又有些难得的叛逆，奶声奶气地说："你不能不要我。"

宋煜盯着他红红的眼睛，一时间有些语塞，他想说自己当然可以不要他，但最终还是没能说出口，只能转移了话题，侧过脸看向自己手里的气球："你就是为了这个跑的？"

乐知时的小表情是一览无余的心虚，对着他点了点头。宋煜刚要生气，又听到他继续道："因为……因为我看到这个小鱼了，我喜欢小鱼，我想把这个气球送给你……"

就像一拳打在了棉花上，宋煜无奈地望向天空中飘着的，看起来甚至有些蠢的鱼形氢气球，一时间竟不知道该说些什么好。

"哥哥，你不要生我的气好不好。"乐知时抱着他晃，"求求你了，我以后肯定会一直跟着你，哪儿也不去。"

宋煜把小鱼气球的线塞到乐知时手里。"谁让你跟着我了？以后别想让我带你出来。"他又想起什么，从口袋里拿出已经融化的那支芝士味冰激凌，不客气地拍到他手里，"全化了，自己丢了吧。"

乐知时一只手拽着小鱼气球的线，一只手拎着他千辛万苦求来的冰激凌，挨住宋煜，一步也不离："不要，我要吃。我回去把它再冻一遍。"

"随你的便。"

乐知时像块牛皮糖一样黏着宋煜，走在回家的路上，牵着小鱼气球好奇地扭头去看宋煜的脸："哥哥，你今天为什么要哭呀？"

这句话戳中了宋煜的命门，他正要反驳，又听见乐知时天真地发问："是不是我走丢了，叔叔和蓉蓉阿姨要骂你，你很害怕才哭的，对吗？"

宋煜扭头，带着气盯着乐知时的脸，盯得乐知时不敢继续问下去。

两个小朋友就这么静静地在人行道上站着，一辆飞驰的自行车路过，风扬起宋煜的额发。

"我是哭了。"宋煜终于承认，"但我不是因为害怕他们骂我。"

他瞪着乐知时，带着赌气的意味对他说："我是怕你不见了，知道吗？你这个笨蛋。"

乐知时愣在原地，过了几秒钟才回答："知道了……"很快他又小声反驳，"但我不是笨蛋吧……"

　　"你就是。"

　　"好吧，"小小的乐知时没有挣扎，抱住了宋煜的胳膊，又乖又甜地哄着哥哥，"我是笨蛋。"

图书在版编目（CIP）数据

可爱过敏原. 完结篇 / 稚楚著. -- 呼伦贝尔：内
蒙古文化出版社，2023.10
ISBN 978-7-5521-2349-4

Ⅰ.①可… Ⅱ.①稚… Ⅲ.①长篇小说—中国—当代
Ⅳ.①I247.5

中国国家版本馆 CIP 数据核字（2023）第 137225 号

可爱过敏原：完结篇

KE'AI GUOMINYUAN：WANJIE PIAN

稚楚　著

责任编辑	李　辉	
监　　制	毛闽峰	
策划编辑	张园园	
特约编辑	孙　鹤	
营销编辑	刘　珣　焦亚楠	
封面设计	有点态度设计工作室	
版式设计	潘雪琴	
插图绘制	踏月锦　芝　桃　RL　松　松	
	茶叶蛋　纸质芝士　大咩鸭	

出版发行	内蒙古文化出版社
地　　址	呼伦贝尔市海拉尔区河东新春街 4 付 3 号
直销热线	0470 8241422　　邮编 021008

印刷装订	北京天宇万达印刷有限公司
开　　本	680 mm×955 mm　1/16
字　　数	353 千
印　　张	20.5

版　　次	2023 年 10 月第 1 版
印　　次	2023 年 10 月第 1 次印刷
书　　号	ISBN 978-7-5521-2349-4
定　　价	52.80 元